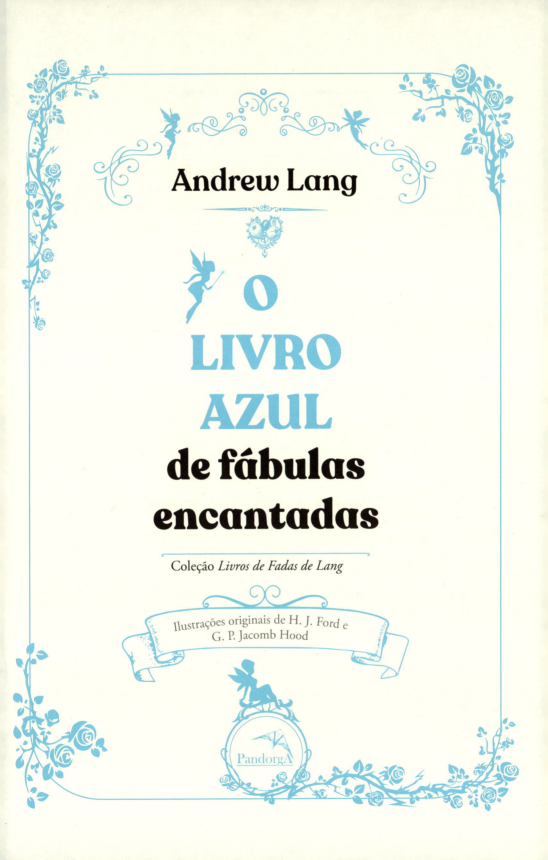

Andrew Lang

O LIVRO AZUL
de fábulas encantadas

Coleção *Livros de Fadas de Lang*

Ilustrações originais de H. J. Ford e G. P. Jacomb Hood

Todos os direitos reservados
Copyright © 2021 by Editora Pandorga

Direção Editorial
Silvia Vasconcelos

Tradução
Marsely de Marco

Preparação e Revisão
Paola Sabbag Caputo

Capa
Lumiar Design
Rafaela Villela

Projeto gráfico
Lumiar Design

Texto de acordo com as normas do Novo Acordo Ortográfico da Língua Portuguesa
(Decreto Legislativo nº 54, de 1995)

Dados Internacionais de Catalogação na Publicação (CIP) de acordo com ISBD

L269l   Lang, Andrew

         Livro azul de fábulas encantadas / Andrew Lang ; traduzido por Marsely de Marco. - Cotia : Pandorga, 2021.
         392 p. : il. ; 16 cm x 23 cm.

         Inclui bibliografia e índice.
         ISBN: 978-65-5579-070-2

         1. Literatura inglesa. 2. Contos de fadas. I. Marco, Marsely de. II. Título.

2021-2498

                                      CDD 823.91
                                      CDU 821.111-3

Elaborado por Vagner Rodolfo da Silva - CRB-8/9410

Índice para catálogo sistemático:
1. Literatura inglesa : Contos 823.91
2. Literatura inglesa : Contos 821.111-3

2021
IMPRESSO NO BRASIL
PRINTED IN BRAZIL
DIREITOS CEDIDOS PARA ESTA EDIÇÃO À
EDITORA PANDORGA
RODOVIA RAPOSO TAVARES, KM 22
GRANJA VIANA – COTIA – SP
Tel. (11) 4612-6404

www.editorapandorga.com.br

Sumário

Apresentação [7]

Sobre o autor [9]

Prefácio [11]

1. O Anel de Bronze [13]
2. O Príncipe Jacinto e a Querida Princesinha [23]
3. A Leste do Sol e a Oeste da Lua [31]
4. O Anão Amarelo [41]
5. Chapeuzinho Vermelho [61]
6. A Bela Adormecida no bosque [65]
7. Cinderela, ou o Sapatinho de Cristal [75]
8. Aladim e a Lâmpada Maravilhosa [83]
9. A história de um jovem que viajou o mundo para aprender sobre o medo [97]
10. Rumpelstiltzkin [109]
11. A Bela e a Fera [113]
12. A Criada Esperta [129]
13. Por que o mar é salgado [143]

14. O Mestre Gato, ou o Gato de Botas [149]
15. Felícia e o Vaso de Cravos [155]
16. A Gata Branca [163]
17. O Lírio d'água. As Fiandeiras de Ouro [179]
18. A Cabeça Terrível [187]
19. A história da bela Cachinhos Dourados [197]
20. A história de Whittington [209]
21. O Carneiro Maravilhoso [217]
22. O Pequeno Polegar [231]
23. Ali Babá e os Quarenta Ladrões [241]
24. João e Maria [251]
25. Branca de Neve e Rosa Vermelha [261]
26. A Garota dos Gansos [269]
27. Sapos e Diamantes [277]
28. O Príncipe Querido [281]
29. O Barba Azul [293]
30. João Fiel [299]
31. O Alfaiatezinho Valente [307]
32. Viagem a Liliput [317]
33. A Princesa da Montanha de Vidro [335]
34. A história do Príncipe Ahmed e da Fada Paribanou [345]
35. A história de Jack, o Matador de Gigantes [371]
36. O Touro Negro da Noruega [377]
37. O Gigante Ruivo [383]

Apresentação

Publicado em 1889, *O Livro Azul de fábulas encantadas* (Blue Fairy Book) é o primeiro livro de doze volumes de contos de fadas compilados por Andrew Lang (1844-1912). De todos os livros da série, este foi o que mais aderiu aos contos de fadas, incorporando histórias como as de Madame d'Aulnoy, de Madame Leprince de Beaumont, dos Irmãos Grimm e de Madame de Villeneuve.

Na época da publicação do primeiro livro, os contos de fada tinham, de certa forma, desaparecido das prateleiras das crianças britânicas. O "romance infantil", como as histórias de Mary Louisa Molesworth (1839-1921) e de Horatia Ewing (1841-1885), estavam no auge. Porém, é possível afirmar que Andrew Lang mudou todo o processo, uma vez que modificou o gosto de crianças e adultos de várias gerações.

A princípio, Andrew Lang não tinha intenção de criar uma série de livros, mas eles foram conquistando uma popularidade tão grande que o autor decidiu reunir mais e mais histórias. *O Livro Azul de fábulas encantadas* é composto por 37 contos, todos narrados na prosa de Lang. Nos onze volumes posteriores, são mais de 400 histórias, reunidas ao longo dos 21 anos em que o autor publicou a *Coleção Livros de fadas de Lang*.

Os livros de Lang têm todos os elementos que os leitores esperam dos contos de fadas: príncipes, princesas, gigantes, anões, *trolls*, feiticeiros, fadas, a lealdade e a traição, a beleza e a feiura, o temor e a bravura.

Aviso de conteúdo. Algumas histórias apresentam ideias, ou usam palavras, que são ofensivas a pessoas ou culturas. Os trechos foram mantidos, no entanto, não refletem os princípios que regem a Editora Pandorga.

Sobre o autor

O autor nasceu dia 31 de março de 1844, em Selkirk, um distrito pequeno da Escócia. Filho de Jane Plenderleath Sellar e John Lang, ele era o mais velho entre seus oito irmãos. Durante a infância, Lang ouvia de sua babá muitas histórias de fadas e lendas (o verdadeiro folclore), as quais foram grande influência ao longo de sua vida.

Lang começou seus estudos na Selkirk Grammar School e, posteriormente, frequentou a Universidade St. Andrews, onde teve grande destaque. Quando foi para Oxford, ganhou a reputação de um dos escritores mais capazes e versáteis, como jornalista, poeta, crítico e historiador.

Ao longo da sua vida, foi autor de 120 livros e se envolveu em mais de 150 outras obras, como editor ou contribuidor. Lang é mais conhecido por seus doze livros de fadas, *Os Fabulosos Livros Coloridos* ou *Livros de Fadas de Lang*.

Prefácio

Os contos deste volume são para as crianças que gostam – como é de esperar – das antigas histórias que alegraram tantas gerações.

Os contos de Perrault foram publicados a partir de uma antiga versão inglesa do século XVIII.

As histórias do *Cabinet des Fées* e de Madame d'Aulnoy foram traduzidas, ou melhor, adaptadas, pela srta. Minnie Wright, que também, com a gentil autorização do sr. Henry Carnoy, traduziu o conto "O Anel de Bronze", de *Traditions Popularies de l'Asie Mineure* (Paris, Maisonneuve, 1889).

As histórias dos Grimm foram traduzidas pela sra. May Sellar; outras, do alemão, pela srta. Sylvia Hunt; "A Cabeça Terrível" é uma adaptação do próprio editor de Apolodoro, Simônides e Píndaro. A srta. Violet Hunt condensou "Aladim" e a srta. May Kendall, "As viagens de Gulliver"; a "Fada Paribanou" é condensada de uma antiga tradução inglesa de Galland.

A editora do sr. Robert Chambers gentilmente permitiu a reimpressão de "O gigante ruivo" e "O Touro Negro da Noruega", de seu livro *Popular Traditions of Scotland*.

"Dick Whittington" é de um livreto popular editado pelo sr. Gomme e pelo sr. Wheatley da Vilon Society. "Jack, o Matador de Gigantes" é de um livro popular, mas uma boa versão desse antiquíssimo conto de grande apreciação é difícil encontrar.

Andrew Lang, 1889.

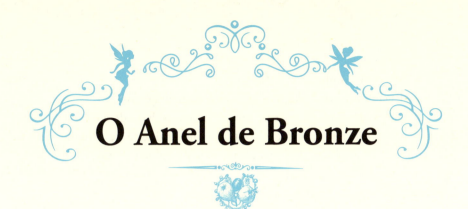

O Anel de Bronze

(*Traditions Populaires de l'Asie Mineure*, Carnoy e Nicolaides, Paris, Maisonneuve, 1889.)

ERA UMA VEZ, em terras longínquas, um rei cujo palácio era rodeado por um imenso jardim. Apesar de haver muitos jardineiros e de o solo ser fértil, o jardim não dava flores, frutos, não havia grama ou árvores que fornecessem boas sombras.

O rei já tinha perdido a esperança em relação ao jardim, quando um velho sábio lhe disse:

— Os seus jardineiros não entendem desse ofício: mas o que se pode esperar de homens cujos pais foram sapateiros e carpinteiros? Como poderiam ter aprendido a cuidar do seu jardim?

— Você tem toda a razão — lamentou o rei.

— Dessa forma — continuou o ancião —, você deve mandar buscar um jardineiro cujos pai e avô também tenham sido jardineiros e, em pouco tempo, o seu jardim estará coberto de grama verde, de belas flores, e você saboreará deliciosos frutos.

Então, o rei enviou mensageiros a todas as cidades, vilarejos e aldeias do reino para encontrar um jardineiro cujos antepassados também tivessem sido jardineiros. Um homem foi encontrado após quarenta dias.

— Venha conosco e será o jardineiro do rei — disseram.

— Como um pobre coitado como eu poderá se encontrar com o rei? — indagou o jardineiro.

— Isso não importa — responderam. — Aqui estão novas roupas para você e sua família.

— Mas devo dinheiro a várias pessoas.

— Pagaremos suas dívidas — disseram os mensageiros.

E assim convenceram o jardineiro a ir com eles, levando a esposa e o filho consigo. O rei, satisfeito por ter encontrado um jardineiro de verdade, deixou o jardim aos seus cuidados. O homem não teve dificuldade em fazer com que o jardim real produzisse flores e frutos e, ao final de um ano, o lugar não era mais o mesmo de antes, e o rei deu muitos presentes ao novo servo.

O jardineiro, como todos sabem, tinha um filho; um lindo rapaz de modos agradáveis e que levava, todos os dias, para o rei o melhor fruto do jardim e para sua filha as mais belas flores. A princesa era extremamente bela e tinha apenas dezesseis anos. O rei já começava a acreditar que estava na hora de ela se casar.

— Querida filha — disse o rei —, está na idade de se casar e, por isso, estou pensando em torná-la esposa do filho do primeiro-ministro.

— Pai — respondeu a princesa —, jamais me casarei com o filho do ministro.

— Por que não? — perguntou o rei.

— Porque amo o filho do jardineiro — afirmou a princesa.

O rei ficou muito zangado ao ouvir a resposta dela. Depois chorou e suspirou, declarando que um marido como aquele não seria digno de sua filha. A jovem princesa, entretanto, não mudou de ideia de se casar com o filho do jardineiro. A essa altura, o rei consultou seus ministros.

— Vossa Alteza deve fazer o seguinte: para conseguir ficar livre do jardineiro, deverá enviar os dois pretendentes a um país distante. Aquele que primeiro retornar deverá casar-se com a sua filha.

O rei seguiu o conselho. Deu ao filho do ministro um cavalo maravilhoso e uma bolsa cheia de moedas de ouro, enquanto o filho do jardineiro ganhou apenas um cavalo coxo e uma bolsa cheia de moedas de cobre. Todos pensavam que ele jamais retornaria da viagem.

Na véspera da partida, a princesa encontrou seu amado e recomendou-lhe:

— Seja valente e lembre-se sempre de que te amo. Pegue essa bolsa cheia de joias e faça o melhor uso que puder por amor a mim. Volte logo e exija minha mão.

Os dois pretendentes deixaram a cidade juntos, mas o filho do ministro disparou a galope em seu belíssimo cavalo e logo desapareceu de vista, indo por trás das montanhas longínquas.

Viajou por alguns dias e chegou a uma fonte. Lá, estava uma senhora que usava uma veste surrada, sentada em uma pedra.

— Bom dia, jovem viajante — cumprimentou a anciã.

Mas o filho do ministro não deu resposta alguma.

— Tenha dó de mim, viajante — ela implorou novamente. — Estou morrendo de fome. Há três dias estou aqui e ninguém me ajudou com nada.

— Deixa-me em paz, velha bruxa! — ordenou o jovem.

— Nada posso fazer por você — comentou ao retomar o caminho.

Naquela mesma tarde, o filho do jardineiro chegou à fonte em seu coxo cavalo acinzentado.

— Bom dia, jovem viajante — saudou-o a pobre mulher.

— Bom dia, boa senhora — respondeu.

— Jovem viajante, tenha dó de mim.

— Pegue minha bolsa, boa senhora — disse o jovem —, e monte atrás de mim, pois as suas pernas não parecem muito fortes.

A velha não esperou uma segunda oferta, montou atrás do jovem e assim chegaram à principal cidade de um poderoso reino. O filho do ministro estava instalado em uma boa hospedaria. O filho do jardineiro e a anciã repousaram em uma estalagem para pedintes. No dia seguinte, o filho do jardineiro ouviu um grande clamor na rua. Os arautos do rei passavam, tocando todo tipo de instrumentos, bradando:

— O rei, nosso senhor, está velho e enfermo. Concederá grande recompensa a quem o curar, fazendo-o recuperar o vigor da juventude.

Então, a velha mendiga aconselhou o benfeitor:

— Isto é o que deve fazer para conseguir a recompensa prometida pelo rei: saia da cidade pelo portão sul e lá encontrará três cachorrinhos de cores diferentes. O primeiro é branco; o segundo, negro e o terceiro tem cor de cobre. Você deverá matá-los, incinerando-os separadamente e juntando as cinzas. Coloque as cinzas em sacos da mesma cor de cada cãozinho, depois vá para a frente do palácio e diga bem alto: "Chegou um médico famoso de Janina, na Albânia. Só ele poderá curar o rei e devolver-lhe o vigor da juventude". Os médicos do rei dirão: "Esse é um impostor, e não um sábio" e inventarão todo tipo de dificuldades, mas você superará todas no final, apresentando-se diante do rei doente. Depois, deverá pedir o máximo de madeira que três mulas consigam carregar e um enorme caldeirão, ficará trancado em um quarto com o sultão e, quando o caldeirão ferver, deverá jogá-lo dentro, deixando-o até que suas carnes sejam completamente separadas dos ossos. Em seguida, colocará os ossos nos devidos lugares, lançando sobre eles as cinzas dos três saquinhos. O rei voltará à vida e terá a mesma aparência de quando tinha vinte anos de idade. Como recompensa, exija o anel de bronze, que tem o poder de dar-lhe tudo o que quiser. Vá, meu filho, e lembre-se de todas as minhas recomendações.

O jovem seguiu todas as orientações da velha mendiga. Ao sair da cidade, encontrou os cãezinhos branco, cobre e negro, matou todos e os queimou, juntando as cinzas em três sacos. Correu para o palácio e anunciou:

— Um médico famoso de Janina, na Albânia, acaba de chegar. Somente ele poderá curar o rei e fará com que recupere o vigor da juventude.

A princípio, os médicos do rei riram do viajante desconhecido, mas o sultão ordenou que o forasteiro fosse recebido. Trouxeram o caldeirão, o carregamento de madeira e, em pouco tempo, o rei estava fervendo. Perto do meio-dia, o filho do jardineiro organizou os ossos nos devidos lugares, e, mal havia jogado sobre eles as cinzas, quando o rei voltou à vida, mostrando-se novamente jovem e saudável.

— Como poderei recompensar meu benfeitor? — indagou. — Gostaria da metade de meus tesouros?

— Não — disse o filho do jardineiro.

— Gostaria da mão de minha filha?

— Não.

— Fique com a metade de meu reino.

— Não. Quero somente o anel de bronze que pode conceder imediatamente qualquer coisa que eu desejar.

— Ai de mim! — disse o rei. — Dou muito valor a esse maravilhoso anel, mas ele deve ser seu.

Assim, entregou o anel ao rapaz.

O filho do jardineiro voltou para despedir-se da velha mendiga, dizendo ao anel de bronze em seguida:

— Prepare um maravilhoso navio para que possa continuar minha viagem. Que o casco seja de puro ouro; os mastros, de prata e as velas, de brocado. Faça que a tripulação seja formada por doze jovens de aparência nobre, vestidos como reis, e que São Nicolau esteja no leme. Quanto à carga, que seja de diamantes, rubis, esmeraldas e granadas orientais.

Imediatamente surgiu no mar um navio com todos os detalhes semelhantes à descrição exigida pelo filho do jardineiro, que continuou o trajeto assim que entrou a bordo. Chegou logo depois a uma grande cidade e estabeleceu-se em um magnífico palácio. Reencontrou seu rival, o filho do primeiro-ministro, alguns dias depois. Ele tinha esbanjado todo o dinheiro que havia recebido e agora cumpria a desagradável tarefa de catador de lixo e pó. O filho do jardineiro indagou:

— Qual é seu nome? Qual é sua família? Qual o seu país de origem?

— Sou o filho do primeiro-ministro de uma grande nação, veja a degradante posição que ocupo, no entanto.

— Ouça bem: apesar de não saber muito sobre você, estou disposto a ajudá-lo. Darei um navio a você para que possa retornar ao seu país, mas tenho uma única condição.

— Aceito de bom grado, seja ela qual for.

— Siga-me até o palácio.

O filho do primeiro-ministro seguiu o rico desconhecido, sem imaginar quem ele poderia ser. Ao chegar ao palácio, o filho do jardineiro ordenou os escravos que despissem o recém-chegado.

— Coloquem esse anel em brasa — ordenou o mestre — e marquem esse homem nas costas.

Os escravos obedeceram a seu mestre.

— Agora, jovem — disse o rico desconhecido —, darei a você uma embarcação que o levará de volta ao seu país.

Ao sair, pegou nas mãos o anel de bronze e disse:

— Anel de bronze, obedeça a seu mestre. Prepare-me um navio de madeira apodrecida, pintado de preto, com velas em farrapos e marinheiros enfermos e adoentados. Um deverá ter perdido uma perna, outro, um braço, o terceiro será corcunda e o último ainda deverá ser manco, ter perna de pau ou ser cego. Todos deverão ser horrorosos e cheios de cicatrizes. Vá, e execute as minhas ordens.

O filho do primeiro-ministro embarcou no navio velho e, graças aos ventos favoráveis, finalmente chegou a seu país. Apesar das condições deploráveis de seu retorno, foi recebido com alegria.

— Sou o primeiro a voltar — disse ao rei —, então cumpra a sua promessa e dê-me a mão da princesa em matrimônio.

Sendo assim, imediatamente começaram a preparar os festejos do casamento. A pobre princesa estava triste e furiosa com aquilo. Na manhã seguinte, assim que amanheceu, um maravilhoso navio de velas ancorou na cidade.

O rei estava na janela do palácio naquele exato momento.

— Que navio estranho! — exclamou. — Casco dourado, mastros de prata e velas de seda. Quem são os jovens que vivem como príncipes que o tripulam? Será São Nicolau que está ao leme? Saiam imediatamente e convidem o capitão do navio para vir ao palácio.

Os servos obedeceram prontamente e logo apareceu um jovem príncipe radiosamente belo, vestido com finas sedas ornamentadas, cobertas por pérolas e diamantes.

— Meu jovem — cumprimentou o rei —, seja bem-vindo, quem quer que seja. Seja convidado enquanto estiver nessa cidade.

— Sou muito grato, Alteza — respondeu o capitão — e aceito a oferta.

— Minha filha se casará — disse o rei. — Gostaria de entregá-la ao noivo no altar?

— Isso me encantaria, Vossa Alteza.

Em seguida, o noivo e a princesa chegaram.

— O que é isso?! — exclamou o jovem capitão. — Vossa Alteza casaria essa encantadora princesa com aquele homem?

— Mas ele é o filho de meu primeiro-ministro!

— E o que importa? Não posso entregar sua filha no altar. O homem a quem ela está prometida é um dos meus servos.

— Servo?

— Sem dúvida. Encontrei-o em uma cidade distante e não passava de um catador de pó e lixo das casas. Compadeci-me dele e o recebi como um de meus servos.

— Impossível! — gritou o rei.

— Vossa Alteza gostaria que eu provasse o que falo? Esse jovem retornou em uma embarcação que cedi a ele, um navio de casco preto, deteriorado, incapaz de navegar longe, com marinheiros doentes e aleijados.

— Isso é verdade — disse o rei.

— É mentira — disse o filho do primeiro-ministro. — Não conheço esse homem!

— Senhor — disse o jovem capitão —, ordene que o noivo de sua filha seja despido e veja se a marca de meu anel não está ferrada em suas costas.

O rei ia ordenar que o rapaz se despisse quando o filho do primeiro-ministro, para ser poupado de tanta indignidade, admitiu que a história era verdadeira.

— E agora, Vossa Alteza, não me reconhece? — disse o jovem capitão.

— Eu o reconheço — disse a princesa —, é o filho do jardineiro, a quem sempre amei e é com você que desejo me casar.

— Jovem, você será meu genro — prometeu o rei. — As festividades do casamento já começaram. Portanto, deve se casar com a minha filha hoje mesmo.

E assim, naquele mesmo dia, o filho do jardineiro se casou com a bela princesa.

Vários meses se passaram. O jovem casal estava absolutamente feliz, e o rei cada vez mais satisfeito por ter conseguido um genro como aquele. No entanto, logo depois, o capitão do navio dourado achou importante fazer uma longa viagem e, após abraçar ternamente a mulher, partiu.

Nas redondezas da cidade, vivia um velho que passou a vida estudando as artes das trevas: alquimia, astrologia, mágica e encantamentos.

Esse homem descobriu que o filho do jardineiro só tinha conseguido se casar com a princesa com a ajuda do gênio que obedecia ao anel de bronze.

— Tenho que conseguir aquele anel — disse para si mesmo.

Então, foi até a beira-mar e pegou uns peixinhos vermelhos. Na verdade, eram bem bonitinhos. Quando voltou, passou em frente à janela da princesa e começou a falar bem alto:

— Quem quer lindos peixinhos vermelhos?

A princesa o ouviu e enviou suas escravas que perguntaram ao velho mascate:

— Quanto quer pelos peixes?

— Um anel de bronze.

— Um anel de bronze, velho louco?! E onde acharei um anel assim?

— Debaixo da almofada no quarto da princesa. — As escravas retornaram à senhora.

— O velho louco não quer ouro nem prata — disse uma delas.

— O que ele quer, então?

— Um anel de bronze que está escondido debaixo de uma almofada.

— Ache o anel e entregue-o a ele — disse a princesa.

Por fim, a escrava achou o anel de bronze que o capitão do navio dourado, por acidente, havia esquecido e o levou até o homem, que fugiu depressa.

Assim que chegou em sua casa, o velho pegou o anel e disse:

— Anel de bronze, obedeça a seu mestre. Desejo que o navio dourado se transforme em um navio de madeira escura, e a tripulação, em negros terríveis. Que São Nicolau solte o leme, e que a única carga sejam gatos pretos.

O gênio do anel de bronze obedeceu ao homem. Ao ver-se no mar, naquela condição deplorável, o jovem capitão compreendeu que alguém devia ter roubado seu anel de bronze e lamentou em voz alta a falta de sorte, claro que isso não fez diferença alguma.

— Pobre de mim! — chorou para si mesmo. — Quem quer que tenha roubado meu anel provavelmente levou minha querida mulher. Que benefício terei ao retornar ao meu país?

Assim, navegou de ilha em ilha, de costa a costa, acreditando que, em qualquer lugar que fosse, todos ririam dele e, logo sua pobreza era tão grande que ele, a tripulação e os pobres gatos pretos nada tinham para comer a não ser ervas e raízes. Depois de muito vagar sem rumo, chegou a uma ilha habitada por camundongos. O capitão ancorou na costa e começou a explorar o terreno. Só havia camundongos lá e eles estavam espalhados por toda parte. Alguns dos gatos pretos o seguiram e, por não terem alimento há vários dias, estavam terrivelmente famintos, o que causou um enorme estrago entre os ratos.

A rainha dos camundongos reuniu um conselho.

— Esses gatos nos devorarão se o capitão do navio não prender esses animais ferozes. Vamos mandar uma delegação composta pelos mais bravos de nós.

Vários camundongos se ofereceram para a missão e partiram para encontrar o jovem capitão.

— Capitão — disseram —, vá embora o mais rápido possível desta ilha. Se não, todos nós, camundongos, pereceremos.

— Com prazer — respondeu o jovem capitão —, mas com uma condição. Tragam de volta o anel de bronze que algum mago habilidoso roubou de mim. Se não fizerem isso, desembarcarei todos os meus gatos nesta ilha para exterminá-los.

Os camundongos partiram arrasados.

— O que devemos fazer? — indagou a rainha. — Como encontraremos esse anel de bronze?

Convocou um novo conselho, chamando os ratos de todos os cantos do globo, mas ninguém sabia onde estava o anel de bronze.

Subitamente, chegaram três camundongos de um país muito distante. Um deles era cego, o segundo era coxo e o terceiro tinha as orelhas cortadas.

— Ho, ho, ho! — disseram os recém-chegados. — Viemos de um país muito distante.

— Sabem onde está o anel de bronze ao qual o gênio obedece?

— Ho, ho, ho! Sabemos. Um velho feiticeiro o possui agora. O anel fica dentro do bolso durante o dia e dentro da boca durante a noite.

— Vão e peguem esse anel. Voltem o mais rápido possível.

Assim, os três camundongos construíram um barco e partiram para a terra do feiticeiro. Ao chegarem à cidade, atracaram e correram para o palácio, deixando no litoral somente o rato cego para tomar conta do barco. Esperaram até o anoitecer. O velho malvado deitou-se na cama, colocou o anel de bronze na boca e logo caiu no sono.

— O que faremos agora? — disse um animal ao outro.

O camundongo de orelhas cortadas achou uma lamparina cheia de óleo e um frasco cheio de pimenta. Então, mergulhou o rabo primeiro no óleo e depois na pimenta e o enfiou no nariz do feiticeiro.

— Atchim! Atchim! — espirrou o velho, mas não acordou. O espirro fez com que o anel de bronze pulasse de sua boca. Rapidamente, o camundongo coxo pegou o talismã precioso e levou-o para o barco.

O mago ficou desesperado quando acordou e não encontrou o anel de bronze em lugar algum. Entretanto, naquele momento, os três ratinhos tinham zarpado com seu prêmio. Uma brisa favorável os levou para a ilha em que a rainha dos camundongos os esperava. Naturalmente, começaram a falar sobre o anel de bronze.

— Quem de nós merece maior crédito? — perguntaram ao mesmo tempo.

— Eu — disse o rato cego —, porque sem minha vigilância nosso barco se afastaria para mar aberto.

— Claro que não! — berrou o rato de orelhas cortadas. — O crédito é meu. Não fui eu que fiz o anel pular da boca do homem?

— Não, o crédito é meu! — exclamou o rato coxo. — Fui eu que corri com o anel.

Dos berros logo vieram os socos, e, que azar! Quando a briga estava no auge, o anel de bronze caiu no fundo do mar.

— Como vamos encarar nossa rainha? — disseram os três ratos. — Ao perdermos, por tolice, o talismã, condenamos nosso povo ao extermínio total. Não podemos voltar a nosso país, vamos ficar nessa ilha deserta, terminando por aqui os nossos dias miseráveis.

Dito e feito. O barco chegou a tal ilha e os ratos desembarcaram. O camundongo cego foi rapidamente desertado pelos outros dois, que partiram para caçar moscas. No entanto, enquanto caminhava triste pelo litoral, o rato cego encontrou um peixe morto e sentiu alguma coisa dura enquanto o devorara. Ao ouvirem os gritos, os outros dois camundongos chegaram correndo.

— É o anel de bronze! É o talismã! — gritaram alegremente e, ao subirem de novo no barco, logo chegaram à ilha dos camundongos.

Chegaram na hora certa, pois o capitão estava justamente desembarcando o carregamento de gatos quando a delegação dos camundongos entregou a ele o precioso anel de bronze.

— Anel de bronze — ordenou o jovem —, obedeça a seu mestre. Faça com que meu navio volte a ser como antes.

Imediatamente, o gênio do anel passou a trabalhar, e o velho navio negro transformou-se novamente no maravilhoso navio dourado com velas de brocado. Os belos marinheiros correram para os mastros de prata e para as cordas de seda e logo partiram para a cidade. Ah! Como os marinheiros cantavam alegremente ao navegar nas águas transparentes do mar!

Por fim, alcançaram o porto. O capitão desembarcou, correu para o palácio e lá encontrou o velho malvado que dormia. A princesa abraçou demoradamente o marido. O mago tentou escapar, mas foi preso e amarrado com cordas fortes.

No dia seguinte, o feiticeiro, amarrado à cauda de um burro selvagem e carregado de nozes, foi partido em tantos pedaços quanto haviam nozes no lombo do burro.

O Príncipe Jacinto e a Querida Princesinha

(Madame Leprince de Beaumont)

E RA UMA VEZ um rei que se apaixonou perdidamente por uma princesa, mas ela não podia se casar com ninguém porque vivia sob um encantamento. Então, o rei saiu à procura de uma fada para perguntar o que poderia fazer para conquistar o amor da princesa. A fada disse a ele:

— A princesa tem um gatinho adorável e possui enorme estima por ele. O homem que tiver habilidade suficiente para pisar no rabo do gato será aquele destinado a se casar com ela.

O rei pensou e achou que não seria algo muito difícil de realizar. Foi embora deixando a fada, determinado a despedaçar o rabo do gato em vez de apenas pisar nele.

Como vocês imaginam, não demorou muito até que ele fosse ver a princesa e o bichano, como sempre fazia, veio na sua direção, arqueando as costas. O rei deu um passo maior e pensou que tivesse conseguido prender o rabo sob o pé, mas o gato se virou com tanta agilidade, que o rei só conseguiu pisotear o ar. Essa situação se prolongou por oito dias, até que o rei começou a pensar que o amaldiçoado rabo era agitado demais, pois não parava quieto nem por um minuto.

Entretanto, finalmente teve sorte suficiente para se aproximar do bichano enquanto ele dormia profundamente com o rabo espalhado pelo chão. E foi assim que o rei, sem hesitar, pisou nele com toda a força.

Com um grito horrível, o gato deu um pulo subitamente transformando-se em um homem alto, que lançou um olhar furioso ao rei e disse:

— Você se casará com a princesa porque quebrou o feitiço, mas terei minha vingança. Terá um filho e ele só será feliz quando descobrir que seu nariz é grande demais e, se você contar isso que acabo de dizer para alguém, desaparecerá imediatamente e nunca mais ninguém irá ver ou ouvi-lo novamente.

Apesar de estar morrendo de medo do feiticeiro, o rei não conseguiu controlar o riso diante da ameaça absurda.

— Se meu filho tiver um nariz tão grande assim — pensou consigo mesmo —, certamente conseguirá ver ou senti-lo; pelo menos se não for cego ou se tiver as mãos.

Mas, assim que o feiticeiro desapareceu, o rei não perdeu mais tempo pensando naquilo e foi procurar a princesa, que logo concordou em se casar com ele. Contudo, quando ainda eram recém-casados, o rei morreu, e a rainha nada tinha para fazer senão cuidar de seu filhinho, que chamou de Jacinto. O pequeno príncipe tinha grandes olhos azuis, os olhos mais lindos do mundo, e uma boca muito doce, mas, pobrezinho! O nariz era tão grande que cobria metade do rosto. A rainha ficou inconsolável quando viu tamanho narigão, mas as criadas garantiram que não era tão grande quanto parecia; disseram que era um nariz romano e que bastaria abrir qualquer livro de história para ver que todo herói tinha um nariz grande. A rainha, dedicada ao bebê, ficou feliz com o que disseram a ela sobre isso, e, quando olhou Jacinto de novo, o nariz já não parecia tão grande.

O príncipe cresceu rodeado de cuidados e, assim que começou a falar, contaram todo tipo de histórias horrorosas a ele sobre pessoas que tinham narizes pequenos. Ninguém podia se aproximar do príncipe se não tivesse o nariz mais ou menos parecido com o dele, e os cortesãos, para conseguir o favor da rainha, começaram a puxar o nariz de seus filhos várias vezes por dia para que ficassem compridos. Porém, não importava o que faziam, os narizes nunca conseguiam se comparar ao do príncipe.

O príncipe estudou história na maioridade e, sempre que falavam de um grande príncipe ou de uma bela princesa, os professores tinham o cuidado de dizer que tinham nariz comprido.

O quarto do príncipe era decorado com quadros, todos de pessoas de nariz grande. O príncipe cresceu tão convencido de que um nariz comprido era sinônimo de uma beleza inenarrável, que não gostaria, de forma alguma, de ter o nariz nem um milímetro menor!

Quando chegou seu aniversário de vinte anos, a rainha pensou ter chegado a hora de o príncipe se casar e, assim, ordenou que fossem trazidos, para que ele visse, retratos de diversas princesas, e entre eles lá estava um retrato da Querida Princesinha!

Ela era a filha de um grande rei e um dia possuiria vários reinos, mas o príncipe Jacinto não pensou em nada disso, pois estava embasbacado com a beleza dela. A princesa, considerada bem formosa por ele, tinha, no entanto, um narizinho empinado que, em seu rosto, era a coisa mais bela, mas era causa de enorme constrangimento entre os cortesãos, pois tinham adquirido o hábito de rir de narizes pequenos de tal forma que às vezes riam antes mesmo de parar para pensar. Contudo, aquele narizinho não causou riso ao príncipe. Ele não achou graça da piada e, na verdade, baniu dois de seus cortesãos que ousaram dirigir-se de forma desrespeitosa ao pequenino nariz da Querida Princesinha.

Os outros, entendendo a advertência, perceberam que seria melhor pensar duas vezes antes de falar. Um chegou a dizer ao príncipe que, apesar de ser verdade que nenhum homem podia ser digno de nada se não tivesse um nariz comprido, ainda assim a beleza da mulher era inusitada. Ele disse, ainda, que conhecia um homem instruído que sabia grego e que havia lido em algum manuscrito antigo que a bela Cleópatra tinha nariz arrebitado!

O príncipe preparou um presente magnífico ao cortesão como recompensa pela boa notícia e enviou embaixadores para pedir a mão da Querida Princesinha. O rei, pai da moça, consentiu. O príncipe Jacinto, ansioso para ver a princesa, caminhou três léguas para encontrá-la, mas mal se aproximou para beijar-lhe a mão quando, para horror de todos os presentes, apareceu o feiticeiro, rápido como um raio, e pegou a Princesinha, levando-a para longe da visão de todos.

O príncipe ficou inconsolável e declarou que nada o faria voltar a seu reino enquanto não a encontrasse novamente. Ele proibiu que seus cortesãos o seguissem, montou em seu cavalo e partiu, triste, deixando o animal escolher o próprio destino.

Logo chegou a uma vasta planície e por ela cavalgou o dia todo sem ver uma única casa. Tanto o cavalo quanto o cavaleiro estavam famintos quando a noite caiu e o príncipe viu uma luz que parecia brilhar bem dentro de uma caverna.

Cavalgou até lá e viu uma velha senhora que parecia ter no mínimo cem anos. Ela tentava colocar os óculos para ver o príncipe Jacinto, mas demorou muito até conseguir, pois seu nariz era muito pequeno.

O príncipe e a fada (pois ela era mesmo uma fada) mal tinham visto um ao outro e logo caíram na risada, exclamando ao mesmo tempo:

— Ah! Que nariz engraçado!

— Não tão engraçado como o seu — comentou o príncipe Jacinto. — Mas, senhora, imploro que deixe a discussão sobre nosso nariz de lado e que seja boa o bastante para que possa me dar algo para comer, pois estou faminto, e meu pobre cavalo também está.

— De todo o coração — disse a fada. — Embora seu nariz seja ridículo, sei que você é, no entanto, o filho de meu melhor amigo. Amei seu pai como se fosse meu irmão. Mas ele tinha um nariz muito bonito!

— Então, diga-me o que falta ao meu — disse o príncipe.

— Ah! Não falta nada — respondeu a fada. — Ao contrário, tem até demais. Não importa, é possível ser um homem de valor mesmo com um nariz comprido. Como ia dizendo, era muito amiga do seu pai. Nos velhos tempos, ele geralmente vinha me ver e saiba que eu era muito, muito bonita naquela época; pelo menos, era isso o que ele costumava dizer. Gostaria de contar a você sobre a conversa que tivemos na última vez em que nos encontramos.

— Certamente — disse o príncipe —, depois de jantar, será um grande prazer escutar, mas imploro à senhora, pois não comi nada hoje.

— O coitadinho tem razão — disse a fada. — Já ia me esquecendo. Então entre que vou servir o jantar e, enquanto come, posso contar minha história em poucas palavras, pois eu mesma não gosto de histórias sem-fim. Uma língua comprida é pior que um nariz comprido, e lembro-me de que, quando jovem, era muito admirada porque nunca fui de tagarelar. Costumavam dizer que a rainha, minha mãe, era assim. Hoje você me vê assim, mas eu era a filha de um grande rei. Meu pai...

— Seu pai, ouso dizer, conseguiu algo para comer quando estava com fome! — interrompeu o príncipe.

— Ah! Pois bem — respondeu a fada — e você também será servido imediatamente. Só queria contar...

— Mas realmente não conseguirei ouvir nada até que tenha algo para comer — interrompeu o príncipe, que estava ficando nervoso. Porém se lembrou de que seria melhor ser educado, pois precisava muito da ajuda da fada, e acrescentou:

— Sei que com o prazer de ouvir a senhora deveria ser capaz de esquecer da própria fome; mas meu cavalo, que não pode ouvi-la, precisa mesmo ser alimentado!

A fada ficou muito lisonjeada com aquela declaração e ordenou, chamando os criados:

— Não vai esperar nem mais um minuto, pois é muito educado, e, apesar de seu nariz enorme, é realmente muito agradável.

"Que uma praga leve essa velha! Como ela insiste em falar do meu nariz!", pensou o príncipe. "Alguém pode até pensar que o meu nariz juntou todo o comprimento que falta ao dela! Se não estivesse com tanta fome, já teria dado uma lição a essa linguaruda que acha que fala pouco! As pessoas são imbecis demais para ver os próprios defeitos! Isso porque é uma princesa: deve ter sido mimada por aduladores, que sempre a fizeram acreditar que falava pouco!"

Enquanto os servos arrumavam o jantar à mesa, o príncipe estava entretido ouvindo a fada fazer milhares de perguntas só pelo prazer de ouvir a própria voz. Contudo, percebeu uma criada que, não importasse o que era dito, sempre inventava um modo de elogiar a sabedoria da ama.

— Bem! — pensou enquanto jantava. — Estou muito feliz por ter vindo aqui. Isso só demonstra quanto tenho sido prudente por nunca ter dado ouvido a bajuladores. Pessoas desse tipo nos elogiam pela frente sem a menor cerimônia e escondem nossos defeitos ou os tomam como virtudes. Quanto a mim, isso nunca me acometeu. Conheço meus próprios defeitos, espero.

Pobre príncipe Jacinto! Ele realmente acreditava no que dizia e nunca lhe passou pela cabeça que as pessoas que elogiavam seu nariz estavam, na verdade, tirando sarro dele, exatamente da mesma maneira que a criada da fada zombava dela; pois o príncipe a tinha visto rindo às escondidas, sem que a fada percebesse.

Mas ela se manteve calada. Quando sua fome começou a ser saciada, a fada disse:

— Meu querido príncipe, por favor, vire um pouco para lá, pois o seu nariz faz uma sombra que realmente não me permite ver o que tenho no prato. Obrigada. Vamos falar do seu pai. Quando fui à corte, ele era só um garotinho, mas isso foi há quarenta anos. Estou aqui nesse lugar desolado desde aquela época. Conte-me o que está acontecendo agora, ainda há tantas garotas desejando diversão? Na minha época, eram vistas em festas, teatros, bailes e desfiles todos os dias. Querido, que narigão esse o seu! Não consigo me acostumar a ele!

— Francamente, senhora, gostaria que parasse de falar no meu nariz. Por que a aparência dele é tão importante? Estou bem satisfeito com meu nariz e nunca desejei que fosse menor. A pessoa deve aceitar o que tem.

— Meu pobre Jacinto, não fique bravo comigo — disse a fada —, juro que não tenho a intenção de irritá-lo; pelo contrário, desejo fazer um favor a você. Contudo, embora não possa impedir que seu nariz me cause espanto, tentarei não falar nada dele. Aliás, tentarei pensar que seu nariz segue o padrão comum. Para dizer a verdade, seu nariz tem o tamanho razoável de três.

O príncipe, que já não estava mais com fome, ficou tão impaciente com a insistência dos comentários da fada sobre seu nariz que acabou saltando sobre o cavalo e partiu apressadamente. Não importava qual direção tomava, sempre achava que as pessoas estavam malucas, pois todas falavam de seu nariz. Apesar de não admitir que era comprido demais, durante toda a sua vida, foi acostumado a ouvir que era bonito.

A velha fada, que só queria fazê-lo feliz, finalmente elaborou um plano. Trancou a Querida Princesinha em um palácio de cristal e o colocou em um lugar em que o príncipe com certeza encontraria. Ele ficou extremamente feliz ao ver a princesa novamente e começou a trabalhar com fervor para tentar libertá-la da prisão. Apesar de todo o esforço, fracassou completamente. Estava desesperado quando decidiu que ao menos deveria tentar chegar perto o suficiente para falar com a Querida Princesinha, que, por sua vez, estendeu a mão para que ele pudesse beijá-la. Mas, qualquer que fosse a posição, ele nunca conseguia trazer a mão dela até seus lábios, pois o nariz atrapalhava o tempo todo. Pela primeira vez, percebeu como seu nariz era comprido e exclamou:

— Bem, tenho que admitir que meu nariz é mesmo comprido demais!

Naquele momento, a prisão de cristal se espatifou em milhares de pedaços, e a velha fada, pegando a Querida Princesinha pela mão, disse ao príncipe:

— Agora, diga-me se não possui uma dívida comigo. Foi muita bondade minha mencionar o seu nariz! Você jamais teria descoberto como ele era incomum se não o tivesse impedido de fazer o que queria. Veja agora como o amor-próprio nos impede de conhecer nossos próprios defeitos, sejam eles da mente ou do corpo. Nossa razão tenta em vão nos mostrar os fatos. E nós nos recusamos a vê-los até os percebermos no caminho de nossos interesses.

O príncipe Jacinto, cujo nariz agora era como o de todas as pessoas, aprendeu com a lição recebida. Casou-se com a Querida Princesinha e viveram felizes para sempre.

A Leste do Sol e a Oeste da Lua

(Asbjornsen e Moe)

ERA UMA VEZ um pobre camponês que tinha muitos filhos e quase não conseguia oferecer comida e roupa a eles. Eram todos belos, mas a filha mais nova destacava-se pela beleza única e sem limites.

Em uma quinta-feira de outono, com uma tempestade lá fora, debaixo de uma escuridão terrível, havia uma enorme agitação que fazia as paredes do casebre sacudir sem parar, estavam todos perto da lareira, cada um se ocupando com uma atividade diferente. Subitamente, alguém bateu três vezes na vidraça.

O homem saiu para ver o que era e encontrou por lá um enorme urso branco.

— Boa noite, senhor — disse o urso branco.

— Boa noite — respondeu o homem.

— Será que o senhor pode me conceder sua filha mais nova? Se fizer isso, sua riqueza será tão grande quanto a sua pobreza.

O homem não tinha oposição alguma em se tornar rico, mas refletiu e disse a si mesmo: "Devo primeiro falar com minha filha". Então, foi para dentro da casa e disse a todos que, do lado de fora, havia um urso branco e enorme que tinha prometido deixá-los ricos se ele lhe entregasse a filha mais nova.

A jovem se recusou e disse que não queria ouvir mais nada sobre o assunto. Então, o homem saiu novamente e combinou com o urso branco que o animal deveria retornar na quinta-feira seguinte à noite para receber dela uma resposta. O camponês logo a convenceu, explicando como seriam ricos e como isso seria bom para ela. A jovem acabou cedendo e se preparou, lavando e costurando todos os seus trapos. Ela ainda se arrumou para parecer o mais inteligente possível e preparou-se para partir. Quase não tinha o que levar consigo.

Na quinta-feira seguinte, o urso branco veio buscá-la. Ela se sentou nas costas dele com sua bolsa e os dois partiram. Após terem percorrido grande parte do trajeto, o urso branco disse:

— Está com medo?

— Não, de forma alguma — respondeu ela.

— Agarre firme em meu pelo e não haverá perigo algum — disse ele.

E, assim, ela foi para muito, muito longe, até chegarem a uma grande montanha. O urso branco bateu na montanha e uma porta se abriu. Os dois entraram em um castelo com muitos cômodos iluminados, que brilhavam em tons de ouro e de prata. Havia também um amplo saguão em que se estendia uma mesa tão fantástica que nem era possível explicar como era esplendorosa. O urso branco deu à jovem um sino de prata e disse que, caso precisasse de algo, deveria tão somente soá-lo para que surgisse o que desejasse. Assim, após ter comido e à medida que a noite se aproximava, ela, que havia passado por uma longa viagem, ficou com sono e percebeu que gostaria de ir para a cama. A jovem mal tocou o sino e estava em um quarto com a cama preparada, e era a cama mais bonita que alguém poderia pensar em dormir. Havia travesseiros de seda, com dosséis também de seda e adornos dourados. Tudo o que havia no quarto era da cor do ouro ou da prata. Contudo, assim que ela se deitou e apagou a lamparina, um homem veio deitar-se ao seu lado. Pasmem! Era o urso branco, que durante a noite havia abandonado a forma animal. Entretanto, ela nunca o via, pois ele sempre chegava depois que ela apagava a lamparina e sempre partia antes do amanhecer.

Por um tempo, foi tudo bem. Então, ela começou a se sentir muito triste e agoniada, pois tinha de passar o dia todo sozinha. Desejava retornar à casa com seu pai, sua mãe e seus irmãos. O urso branco quis saber o que estava acontecendo com ela, e ela disse que a vida na montanha era entediante, pois ficava sempre sozinha e, na casa de seus pais, havia todos os irmãos e irmãs. Sentia-se muito angustiada por não poder voltar para eles.

— Talvez isso possa ser resolvido — disse o urso branco —, se prometer que jamais conversará a sós com sua mãe, mas somente quando estiver na presença de outras pessoas. Ela desejará pegá-la pela mão para levá-la a um quarto a fim de conversar sozinha com você e você, portanto, não poderá concordar com isso de modo algum. Caso contrário, uma enorme desgraça recairá sobre nós dois.

Em um domingo, o urso branco foi falar com ela, explicando que poderiam voltar para a casa de seus pais. Com ela sobre as costas dele, os dois viajaram até lá e levaram muito tempo para concluir o longo trajeto. Finalmente, chegaram a uma casa de fazenda enorme, e seus irmãos e suas irmãs corriam e brincavam do lado de fora. A casa era tão bela que olhar para ela causava prazer.

— Seus pais agora moram aqui — disse o urso branco —, mas não se esqueça do que eu disse. Se esquecer, fará mal a nós dois.

— Jamais me esquecerei — declarou ela.

Tão logo a jovem entrou na casa, o urso branco tomou o caminho de volta.

Todos ficaram tão felizes com o retorno da jovem à casa dos pais que a alegria parecia nunca terminar. Todos sentiam que o pai não poderia agradecer o suficiente por tudo o que tinha feito por eles. Agora eles tinham o que sempre desejaram, e nada poderia ser melhor. Todos perguntaram como era a vida aonde ela morava. Ela disse que tudo ia bem por lá também e que tinha tudo o que poderia desejar. Não sei dizer o que mais ela teve que contar, mas tenho certeza de que ninguém descobriu muito. À tarde, contudo, após terem almoçado por volta do meio-dia, tudo aconteceu como o urso branco tinha previsto. A mãe da jovem desejou ficar com ela a sós em seu quarto, mas ela se lembrou das palavras do urso e não permitiu ser conduzida.

— O que há para ser dito pode ser dito a qualquer momento — respondeu.

Mas a mãe acabou convencendo a filha com seu jeitinho, e a jovem viu-se forçada a revelar toda a história. Contou que toda noite, assim que ela apagava a lamparina, um homem vinha e se deitava ao seu lado e ela jamais o via porque ele sempre a deixava antes do amanhecer. Ela também revelou que estava sempre triste, pensando em como ficaria feliz se pudesse vê-lo, que tinha de ficar sozinha o dia todo e isso era muito entediante e solitário.

— Ah! — gritou a mãe espantada. — É bem provável que esteja dormindo com um *troll*! Mas vou ensiná-la a vê-lo. Você terá de levar um pedaço de minhas velas consigo, ela poderá ser escondida em seus seios. Use o pedaço de vela para vê-lo enquanto estiver dormindo, mas tome cuidado para que gota nenhuma da cera pingue nele.

Ela pegou a vela e a escondeu no próprio seio. Quando caiu a noite, o urso branco chegou para buscá-la. Após percorrerem certa distância, o animal perguntou-lhe se tudo que ele havia previsto tinha acontecido, e ela novamente se viu forçada a dizer que sim.

— Se tiver feito o que sua mãe desejava — disse —, uma grande desgraça recairá sobre nós.

— Não — replicou ela —, não fiz nada.

Após a jovem ter chegado em casa e ido deitar, as coisas aconteceram como de costume, e um homem veio deitar-se a seu lado. No meio da madrugada, quando ouviu que ele estava dormindo, ela se levantou, fez fogo, acendeu a vela e o viu. Era o príncipe mais belo que seus olhos já haviam contemplado. Ela gostou tanto dele que teve a impressão de que morreria se não o beijasse naquele exato momento e foi isso mesmo que ela fez. No entanto, enquanto o beijava, deixou três gotas da cera quente caírem sobre sua camisa e isso fez com que ele acordasse.

— Mas o que foi que você fez?! — ele indagou. — Atraiu desgraça para nós dois! Se tivesse conseguido esperar um ano, eu ficaria livre. Tenho uma madrasta que me amaldiçoou, fazendo com que durante o dia eu seja um urso e à noite um homem. Mas agora tudo está acabado entre nós. Devo deixá-la e retornar para minha madrasta. Ela mora em um castelo localizado a leste do sol e a oeste da lua, onde há uma princesa cujo nariz possui três metros de comprimento. É com ela que devo me casar agora.

A jovem chorou e reclamou, mas nada adiantou. Ele tinha que partir. Em seguida, perguntou-lhe se não poderia acompanhá-lo, mas isso era impossível.

— Poderia, então, me indicar o caminho até lá, para que eu possa procurá-lo? Isso é algo que posso fazer!

— Sim, de fato, pode — ele concordou —, mas não há caminho para lá. O castelo fica a leste do sol e a oeste da lua, e você jamais descobrirá como chegar até ele.

De manhã, quando a jovem acordou, tanto o príncipe como o castelo haviam sumido. Ela estava deitada em um pequeno tufo de grama no meio de um bosque escuro e cerrado. A seu lado, estava a mesma bolsa com trapos que havia trazido de casa. Então, após esfregar os olhos para afastar o sono e chorado até não aguentar mais, ela tomou seu caminho, andando por dias sem fim até chegar a uma grande montanha. Do lado de fora, uma senhora, sentada, brincava com uma maçã dourada. A menina perguntou se conhecia o príncipe que morava com a madrasta no castelo localizado a leste do sol e a oeste da lua e que se casaria com uma princesa cujo nariz tinha três metros de comprimento.

— Como a senhorita ficou sabendo dele? — a senhora indagou. — É você a donzela com quem ele deveria se casar?

— Sou eu mesma — respondeu.

— Então você é a garota? — continuou a senhora. — Nada sei dele, a não ser que mora em um castelo que está a leste do sol e a oeste da lua. Vai levar muito tempo para chegar lá, se é que vai conseguir chegar. Leve meu cavalo com você para que possa cavalgar até uma senhora que é minha vizinha, talvez ela possa dizer algo sobre ele. Quando chegar lá, dê um golpe debaixo da orelha esquerda do cavalo, ordenando-o a voltar para casa. Leve esta maçã dourada consigo.

Assim, a jovem montou no cavalo e cavalgou por um longo caminho, até que enfim chegou à montanha. Sentada do lado de fora, uma senhora idosa tinha uma escova de cerda dourada nas mãos. A garota indagou se ela conhecia o caminho para o castelo que ficava a leste do sol e a oeste da lua, mas recebeu como resposta aquilo que a primeira senhora havia dito:

— Nada sei sobre isso. Só sei que fica a leste do sol e a oeste da lua e que se leva muito tempo para chegar lá, se é que vai conseguir chegar. Leve meu cavalo com você até chegar a minha vizinha mais próxima, pode ser que ela saiba onde está o castelo. Quando a encontrar, apenas dê um golpe debaixo da orelha esquerda do cavalo e dê a ordem para que ele volte para casa.

Em seguida, deu-lhe a escova de cerda dourada, pois, segundo ela, poderia ter utilidade.

A jovem montou no cavalo e percorreu um trajeto cansativo. Muito tempo depois, chegou a uma grande montanha, e lá estava uma senhora de idade girando uma roda de fiar dourada. A jovem também perguntou à senhora se conhecia o caminho que levava ao príncipe e aonde poderia encontrar o castelo que ficava a leste do sol e a oeste da lua. O que ela ouviu em seguida foi a mesma coisa de sempre.

— É você a donzela com quem ele deveria se casar? — a senhora indagou.

— Sim, sou eu mesma que deveria se casar com ele — respondeu a moça.

Porém, a velha enrugada não sabia mais que as outras: que ficava a leste do sol e a oeste da lua ela sabia, e que levaria muito tempo para chegar até lá, se é que seja possível chegar. E continuou:

— No entanto, pode levar meu cavalo, e acho que é melhor cavalgar até o Vento do Leste para interrogá-lo, talvez ele saiba onde está o castelo e sopre para ajudá-la a chegar até lá. Quando o encontrar, porém, dê um golpe debaixo da orelha esquerda do cavalo e ele voltará para casa.

Em seguida, entregou à jovem sua roda de fiar dourada, dizendo:

— Talvez isso tenha alguma utilidade.

A jovem precisou cavalgar por muitos dias. Depois do cansativo período, conseguiu, enfim, chegar e perguntar ao Vento do Leste se ele poderia revelar o caminho para o príncipe, que vivia a leste do sol e a oeste da lua.

— Bem — disse o Vento do Leste —, já ouvi falar do príncipe e do seu castelo, mas não conheço o caminho que conduz até lá porque nunca soprei tão longe. Mas, se quiser, posso acompanhá-la com o meu irmão, o Vento do Oeste. Ele deve conhecer o caminho, pois é muito mais forte que eu. Sente-se em minhas costas para que eu a conduza.

E, assim, a moça se sentou nas costas dele e partiram na maior velocidade! Ao chegarem, o Vento do Leste entrou e declarou que a jovem que estava com ele era aquela que deveria se casar com o príncipe no castelo localizado a leste do sol e a oeste da lua. Ele disse também que ela viajou muito para encontrar o príncipe novamente, que ele mesmo a acompanhou até ali e que gostaria de saber se o Vento do Oeste sabia a localização do castelo.

— Não — respondeu o Vento do Oeste. —, jamais soprei tão longe. Se quiser, posso acompanhá-la até o Vento do Sul, que é muito mais forte que nós dois e já percorreu enormes distâncias. Talvez ele possa dizer tudo o que deseja saber. Sente em minhas costas que a levarei até ele.

E, então, ela viajou até o Vento do Sul e mais uma vez o trajeto foi percorrido na maior velocidade. Quando chegaram, o Vento do Oeste perguntou ao Vento do Sul se poderia revelar à jovem o caminho do castelo que ficava a leste do sol e a oeste da lua, pois era ela que deveria se casar com o príncipe que lá vivia.

— Ah, sim! — disse o Vento do Sul. — Então é ela? Bem, já viajei muito ao longo da vida, e por todo tipo de lugares. Contudo, jamais soprei tão longe assim. Se quiser, porém, irei com você até meu irmão, o Vento do Norte. Ele é o mais velho e o mais forte de todos nós; se não souber dizer onde fica, ninguém mais saberá. Sente-se em minhas costas que a levarei até lá.

Ela, então, sentou-se nas costas dele, que partiu em seguida com a maior pressa. Não levou muito tempo para percorrerem o caminho; aproximando-se do lugar em que morava o Vento do Norte. Sentiram-no tão selvagem e furioso que um frio subiu pela espinha dos dois muito antes de lá chegarem.

— O que querem? — ele bradou à distância, deixando-os paralisados.

O Vento do Sul respondeu:

— Sou eu, e aqui está aquela que deveria se casar com o príncipe que mora no castelo a leste do sol e a oeste da lua. Ela deseja perguntar se você já esteve lá e se poderia revelar o caminho a ela, porque gostaria de encontrá-lo novamente.

— Sim — disse o Vento do Norte —, sei bem onde fica. Certa vez, soprei até lá uma folha de álamo, mas passei os dias seguintes tão cansado que nada mais consegui soprar. Porém, se você quiser mesmo ir até lá e não tiver medo de me acompanhar, lhe colocarei em minhas costas e, se possível, tentarei soprar para que chegue até lá.

— É para lá que devo ir — ela afirmou. — Se houver uma forma de conseguir, tentarei. Não terei medo algum, não importa a sua velocidade.

— Muito bem — disse o Vento do Norte —, mas deverá dormir aqui hoje à noite, pois, para chegarmos lá, precisamos ter o dia inteiro pela frente.

Na manhã seguinte, bem cedo, o Vento do Norte a despertou, inflou-se e tornou-se tão grande e tão forte que somente vê-lo já causava medo. Partiram, então, os dois, lá no alto, abrindo caminho pelo ar como se não fossem parar até que chegassem ao final do mundo. Lá embaixo, caía uma furiosa tempestade, derrubando árvores e casas. Quando sobrevoaram o mar, centenas de barcos afundaram.

E assim avançavam. Passou-se muito tempo, e depois mais tempo... e ainda estavam sobre o mar. O Vento do Norte ficava cada vez mais cansado. Por fim, estava tão exausto, que mal conseguia soprar, e foi caindo e caindo, descendo e descendo... até que ficou tão baixo que as ondas começaram a chocar-se contra os calcanhares da coitadinha que carregava.

— Está com medo? — perguntou o Vento do Norte.

— Não sinto medo — respondeu ela honestamente.

Contudo, não estavam muito longe da costa. O Vento do Norte possuía a força precisa para jogá-la na praia, bem abaixo das janelas de um castelo que ficava a leste do sol e a oeste da lua. O vento ficou tão exausto e esgotado, que foi obrigado a descansar por vários dias antes de conseguir retornar para casa.

Na manhã seguinte, a jovem sentou-se à sombra dos muros do castelo para brincar com a maçã dourada. A primeira pessoa que a viu foi a donzela do nariz longo que se casaria com o príncipe.

— Quanto quer pela maçã dourada, menina? — perguntou, abrindo a janela.

— Não há ouro nem dinheiro que a compre — respondeu a jovem.

— Se não é possível comprá-la com ouro ou com dinheiro, o que a comprará? Peça o que bem entender! — replicou a princesa.

— Pois bem, se eu puder me encontrar com o príncipe e passar a noite toda com ele hoje, a maçã será sua — disse a jovem que lá havia chegado com o Vento do Norte.

— Muito bem — respondeu a princesa, decidida sobre o que fazer.

Ela pegou a maçã dourada. Entretanto, ao cair da noite, quando a jovem subiu ao quarto do príncipe, ele estava dormindo. Aos prantos, a coitadinha o chamou e sacudiu, mas foi incapaz de acordá-lo. De manhã, logo que o dia clareou, a princesa do nariz longo entrou e a colocou para fora. Durante o dia, a menina voltou a se sentar debaixo das janelas do castelo e lá ficou brincando com a escova de cerda dourada. E mais uma vez tudo aconteceu como antes. A princesa quis saber quanto gostaria de receber pela escova, e a jovem respondeu que o objeto não seria vendido por ouro nem por dinheiro, só entregaria a escova se tivesse autorização para ver o príncipe e passar com ele aquela noite. Contudo, quando a jovem subiu ao quarto do príncipe, ele dormia novamente; não importava quanto o chamasse ou sacudisse, nem mesmo quanto chorasse, o príncipe continuava adormecido, e ela era incapaz de despertá-lo. De manhã, logo que amanheceu, a princesa do nariz longo voltou e a colocou para fora novamente. Durante o dia, a jovem se sentou sob as janelas do castelo para girar a roda de fiar dourada. A princesa do nariz longo também queria aquele objeto. Ela abriu a janela e perguntou à menina por quanto poderia comprá-la. A menina disse o mesmo que nas ocasiões anteriores, ou seja, que a roda não estava à venda por ouro nem por dinheiro, apenas se tivesse autorização de ir até o príncipe que ali vivia e passar com ele a noite, é que entregaria o objeto à princesa.

— Sim — disse a princesa. — Aceito de bom grado.

Naquele lugar, porém, sentados em um quarto vizinho ao do príncipe, havia alguns cristãos que tinham sido levados para lá à força. Por duas noites seguidas, ouviram no quarto dele uma mulher que chorava e o chamava e, por isso, decidiram avisá-lo. Naquela noite, então, quando a princesa mais uma vez trouxe a poção do sono, o príncipe fingiu bebê-la e a despejou pelas costas, desconfiando do que se tratava. Tendo ela retornado a seu quarto, ele se manteve acordado e pôde ouvi-la dizer como chegou ali.

— Você chegou na hora certa — afirmou o príncipe —, pois amanhã mesmo eu me casaria. Não quero me casar com a princesa do nariz longo, e só você poderá me salvar. Direi que desejo ver do que minha noiva é capaz e pedirei que lave a camisa suja com as três gotas de cera. Sei que ela não se oporá, pois não sabe que foi você quem sujou a camisa. No entanto, a camisa só pode ser lavada por quem nasceu de pais cristãos, e não por quem vem de *trolls*. Assim, decretarei que só poderei me casar com quem puder lavá-las, e sei que você conseguirá.

Os dois compartilharam de grande felicidade naquela noite. No dia seguinte, aquele em que o casamento se realizaria, o príncipe declarou:

— Devo ver agora do que minha noiva é capaz.

— Isso você poderá fazer — disse a madrasta.

— Eu tenho uma delicada camisa que gostaria de usar no casamento, mas, sobre ela, caíram três gotas de cera que desejo ver removidas. Fiz votos de que só me casaria com aquela que conseguisse retirá-las. Não julgarei digna de ficar comigo aquela que não conseguir realizar tal feito.

Eles não se opuseram, pois o pedido era algo muito pequeno. A princesa do nariz longo começou a lavar da melhor maneira que podia, mas, quanto mais lavava e esfregava, maiores ficavam as manchas.

— Ah! Mas você não consegue lavá-la — disse a bruxa *troll* que a princesa tinha por mãe. — Deixe-me tentar.

Mas, em pouco tempo, ela também viu a camisa ficar pior. Quanto mais a lavava e esfregava, maiores e mais escuras ficavam as manchas.

Outras *trolls* vieram ainda fazer o mesmo, mas, quanto mais a lavavam, mais escura e feia ficava a camisa, até o momento em que ficou tão preta que parecia ter passado pela chaminé.

— Ah! — bradou o príncipe. — Nenhuma de vocês serve para nada! Há uma pedinte do outro lado da janela e estou certo de que conseguirá lavar melhor do que todas vocês! Entre, menina!

Quando ela entrou, ele continuou:

— Consegue deixar essa camisa limpa?

— Ah! Não sei — disse ela —, mas tentarei.

E, assim que pegou a camisa e a mergulhou na água, o tecido ficou branco como a neve, ou até mais branco.

— Então é com você que me casarei — declarou o príncipe.

Assim, a velha bruxa *troll* ficou tão tomada pela cólera que explodiu. A mesma coisa deve ter acontecido com a princesa do nariz longo e com os outros *trolls*, pois jamais se ouviu falar deles novamente. O príncipe e sua noiva libertaram todos os cristãos presos no castelo e levaram consigo todo o ouro e toda a prata que conseguiram carregar, mudando-se para muito longe do castelo que ficava a leste do sol e a oeste da lua.

O Anão Amarelo

(Madame d'Aulnoy)

ERA UMA VEZ uma rainha que teve muitos filhos e, de todos eles, só lhe restava uma filha. Portanto, seu valor equivalia ao de mil filhos.

A mãe, que desde a morte do rei, seu pai, só se importava com a princesinha nesse mundo, temia tanto perdê-la que a mimou demais e nunca corrigiu nenhum de seus defeitos. A consequência foi que a garotinha, que não poderia ser mais bela e que um dia receberia uma coroa na cabeça, cresceu tão orgulhosa e tão apaixonada por sua própria beleza que desprezava todas as outras pessoas do mundo.

A rainha, sua mãe, por causa dos carinhos e elogios, ajudou a fazê-la acreditar que não havia nada bom o suficiente para ela. Quase sempre usava os vestidos mais bonitos, como uma fada ou como uma rainha em trajes de caça, e as senhoras da corte a acompanhavam, vestidas como fadas da floresta. Mas, procurando ainda aumentar a vaidade da princesa, a rainha fazia seu retrato ser pintado pelos artistas mais inteligentes e o enviava a vários reis vizinhos com quem ela mantinha laços de amizade.

Quando viam o retrato, todos se apaixonavam pela princesa, mas a imagem causava um efeito diferente em cada um deles. Um adoeceu, outro ficou louco, e alguns mais sortudos partiam para vê-la o mais depressa possível. Mas os pobres príncipes se tornavam escravos da princesa assim que seus olhos caíam sobre ela.

Nunca existiu corte mais alegre. Vinte reis adoráveis faziam tudo o que podiam imaginar para que fossem considerados encantadores e, depois de terem gastado dinheiro como nunca para promover uma única distração, julgavam-se muito felizes se a princesa comentasse algo como:

— Que bonito!

Toda aquela admiração deixava a rainha imensamente feliz. Não havia um dia sem que ela recebesse sete ou oito mil sonetos, outras tantas elegias e também madrigais e canções, enviadas a ela por todos os poetas do mundo. Toda a prosa e toda a poesia produzidas na ocasião eram sobre Belíssima, pois era esse o nome da princesa. Em todas as fogueiras que faziam, ardiam, estalavam e faiscavam tais versos, melhor do que qualquer outro tipo de madeira.

Belíssima já estava com quinze anos, e todos os príncipes desejavam desposá-la, mas nenhum deles tinha coragem para assumir seu desejo. Como confessar se sabiam que qualquer um deles poderia perder a cabeça cinco ou seis vezes por dia só para agradá-la, e ainda assim ela consideraria que o sacrifício não passava de uma ninharia, tão pouco lhe importava? Podem imaginar a dureza de coração que os apaixonados atribuíam a ela; e a rainha, que desejava vê-la casada, não sabia como convencê-la a pensar seriamente no assunto.

— Belíssima — ela dizia —, queria que não fosse tão orgulhosa. O que a faz desprezar todos esses adoráveis reis? Gostaria que você se casasse com um deles, e você nem tenta me agradar.

— Sou tão feliz! — respondia Belíssima. — Deixe-me em paz, senhora. Não quero me envolver com ninguém.

— Mas você ficaria muito feliz com qualquer um desses príncipes — argumentava a rainha —, e vou ficar muito zangada caso se apaixone por alguém que não seja digno de você.

Mas a princesa tinha tanta estima por si mesma que achava que nenhum de seus apaixonados fosse inteligente ou belo o suficiente para ela. Já a sua mãe, que estava ficando muito irritada com tamanha determinação de não se casar, começou a lamentar que tivesse permitido tanta liberdade.

Por fim, não sabendo mais o que fazer, decidiu consultar uma feiticeira chamada "A Fada do Deserto". Fazer aquela visita não era nada fácil, porque a Fada era guardada por terríveis leões. Entretanto, por sorte, há muito tempo, a rainha soube que quem quisesse passar em segurança pelos leões deveria jogar para eles um bolo feito de farinha de milhete, de rapadura e de ovos de crocodilo. Ela preparou o bolo com as próprias mãos e, depois de o colocar em uma cestinha, partiu para procurar a fada. Porém, como não estava acostumada a andar longas distâncias, logo se sentiu muito exausta e sentou-se ao pé de uma árvore para descansar, adormecendo em seguida. Quando acordou, ficou desanimada ao ver a cesta vazia. O bolo todo tinha sumido! E, para piorar a situação, naquele momento ouviu o rugido dos grandes leões que haviam descoberto que ela estava perto e vinham atacá-la.

— O que devo fazer? — lamentou. — Vou ser devorada — e, com muito medo de dar um único passo para escapar, começou a chorar e apoiou-se no tronco da árvore em que havia dormido.

Só então ouviu alguém dizer:

— Hum, hum!

Olhou em volta e, em seguida, para cima da árvore, e lá viu um homenzinho muito pequeno que estava comendo laranjas.

— Ó rainha — cumprimentou —, eu a conheço muito bem e sei que está morrendo de medo dos leões, tem mesmo toda a razão de estar, pois já devoraram muitas pessoas. E o que pode esperar se não possui nenhum pedacinho de bolo para entregar a eles?

— Tenho que me preparar para aceitar a morte — disse a rainha. — Pobre de mim! Não teria muito com que me preocupar se minha querida filha fosse ao menos casada.

— Ah! A senhora tem uma filha — gritou o Anão Amarelo (este era o nome dele, pois, além de ser anão, tinha um rosto muito amarelo, e morava em um pé de laranjeira). — Fico muito feliz em saber disso, pois andei procurando uma esposa pelo mundo inteiro. Agora, se prometer que ela se casará comigo, nem um dos leões, tigres ou ursos atacará você.

A rainha olhou para ele e sentiu quase tanto medo do pequeno rosto feio quanto sentiu antes dos leões, e o medo era tão grande que não conseguiu dizer uma só palavra.

— O quê?! Vai hesitar? — gritou o anão. — Deve adorar a ideia de ser devorada viva.

E, enquanto ele falava, a rainha viu os leões, que vinham correndo morro abaixo, em sua direção.

Cada um deles tinha duas cabeças, oito pés e quatro fileiras de dentes, e a pele, dura como um casco de tartaruga, era de cor vermelha brilhante.

Diante da terrível visão, a pobre rainha, que tremia como uma pomba ao ver um falcão, gritou o mais alto que pôde:

— Ah! Caro Anão, Belíssima se casará com você.

— Ah, certamente! — disse ele, desdenhando. — Belíssima é bonita o suficiente, mas eu particularmente não quero me casar com ela, pode ficar com ela.

— Ah, nobre senhor — replicou a Rainha cheia de angústia. — Ela não é de se recusar. É a princesa mais encantadora do mundo.

— Pois bem — respondeu ele. — Por caridade vou ficar com ela, mas não se esqueça de que ela é minha.

À medida que ele falava, uma pequena porta se abriu no tronco da laranjeira e a rainha correu para dentro. No momento exato, a porta se fechou com um estrondo na cara dos leões.

A rainha estava tão confusa, que a princípio não percebeu que havia mais uma pequena porta na laranjeira, mas, em seguida, a abriu e a rainha foi parar em um campo de cardos e urtigas. O campo era rodeado por um fosso lamacento. Um pouco mais adiante, havia um pequeno casebre de palha e o Anão Amarelo saiu de lá todo animado. Calçava sapatos de madeira e um casaquinho amarelo, como ele não tinha cabelo e suas orelhas eram muito compridas, parecia um minúsculo objeto deplorável em sua totalidade.

— Estou muito feliz — disse à rainha — que você, na qualidade de minha futura sogra, venha conhecer a casinha em que sua Belíssima morará comigo. Com esses cardos e urtigas, ela alimentará um burro, que pode montar sempre que quiser; sob este teto humilde, nenhum mau tempo a atingirá, beberá a água deste riacho e comerá rãs, que crescem bem gordas por aqui, e então sempre terá a mim com ela: bonito, simpático e alegre, como está vendo agora. Isso porque, se a sombra dela a acompanhar mais de perto do que eu, ficarei surpreso.

A desafortunada rainha, percebendo de uma só vez que vida miserável a filha teria com aquele anão, não conseguia suportar a ideia, prostrando-se de forma letárgica, sem dizer uma palavra.

Quando voltou a si, para sua grande surpresa, viu-se deitada em sua cama em casa, usando a touca de dormir rendada mais linda que já tinha visto em toda a sua vida. No início, pensou que todas as suas aventuras, os terríveis leões e a promessa de que o Anão Amarelo se casaria com Belíssima não tinham passado de um sonho. Mas havia a nova touca com uma bela fita e renda para fazê-la se lembrar de que era tudo verdade, e aquilo a deixou tão infeliz que não conseguia comer, beber, nem dormir, pois aqueles pensamentos não saíam de sua cabeça.

A princesa, apesar da obstinação, realmente amava a mãe de todo o coração e ficou muito infeliz quando a viu com ar tão triste. Muitas vezes lhe perguntou qual era o problema, mas a rainha, que não queria que a filha descobrisse a verdade, dizia apenas que estava doente ou que um de seus vizinhos ameaçava declarar guerra contra ela. Belíssima sabia muito bem que ela escondia algo e que nenhum daqueles era o verdadeiro motivo para a inquietação da rainha. Sendo assim, decidiu que consultaria a Fada do Deserto sobre o assunto, principalmente porque tinha ouvido dizer muitas vezes que ela era sábia, e pensou que, na mesma ocasião, poderia pedir conselhos sobre se deveria se casar ou não.

Assim, com grande cuidado, a princesa fez um bolo apropriado para pacificar os leões e uma noite recolheu-se em seus aposentos muito cedo, fingindo que ia dormir. Porém, em vez disso, envolveu-se em um longo véu branco, desceu uma escada secreta e partiu completamente sozinha para encontrar a bruxa.

Contudo, quando alcançou a mesma laranjeira fatal e a viu coberta de flores e frutas, parou e começou a colher algumas das laranjas. Em seguida, após pousar a cesta no chão, sentou-se para comê-las. Mas, quando chegou a hora de partir novamente, a cesta tinha desaparecido e, apesar de procurar em todos os lugares, não conseguia encontrar vestígio dela. Quanto mais procurava, mais assustada ficava e, finalmente, acabou chorando. Então, subitamente, viu diante de si o Anão Amarelo.

— Qual é o seu problema, minha linda? — o Anão quis saber. — Por que está chorando?

— Pobre de mim! — respondeu a princesa. — Estou chorando, pois perdi a cesta de bolo que era para me ajudar a chegar em segurança à caverna da Fada do Deserto.

— E o que quer com a Fada, linda? — disse o pequeno monstro. — Porque sou amigo dela e, por esse motivo, sou tão inteligente quanto ela.

— A rainha, minha mãe — respondeu a princesa —, tem estado tão triste nos últimos dias que temo que venha a falecer, e tenho medo de que talvez eu tenha causado isso, pois ela quer muito me ver casada, e devo dizer com sinceridade que ainda não encontrei ninguém que considere digno de ser meu marido. Assim, por todas essas razões, quis falar com a Fada.

— Não fique preocupada, princesa — respondeu o anão. — Posso dizer tudo o que quer saber, e até melhor do que ela faria. A rainha, sua mãe, a prometeu em casamento...

"Prometeu *a mim*!" Interrompeu a princesa:

— Ah! Não! Tenho certeza de que não fez isso. Ela teria me contado se tivesse feito isso. Tenho muito interesse no assunto para que ela prometa algo sem meu consentimento. Creio que está enganado.

— Linda princesa — exclamou o anão subitamente, jogando-se de joelhos diante dela —, fico lisonjeado que não venha a desgostar da escolha dela quando eu lhe disser que é a mim que ela prometeu a felicidade de desposá-la.

— Você! — gritou Belíssima, começando a recuar. — Minha mãe quer que eu me case com você! Como pode ser tão tolo em pensar uma coisa dessas?

— Ah, não é que eu faça questão de ter essa honra — bradou o anão zangado. — Mas aqui estão chegando os leões, vão comê-la em três bocadas, e esse será o seu fim e o fim de seu orgulho.

De fato, naquele momento, a pobre princesa ouviu os rugidos horrorosos das feras que se aproximavam.

— O que devo fazer? — perguntou em lágrimas. — Será que toda a felicidade de meus dias chegará a este fim?

O malvado Anão olhou para ela e começou a rir cheio de ódio.

— Pelo menos — argumentou —, terá a satisfação de morrer solteira. Uma princesa linda como você deve, certamente, preferir morrer a ser esposa de um pobre anãozinho como eu.

— Ah, não fique com raiva de mim — exclamou a princesa, juntando as mãos. — Preferiria casar com todos os anões do mundo a morrer dessa maneira horrível.

— Olhe bem para mim, princesa, antes de dar-me a sua palavra — disse ele. — Não quero que tenha pressa alguma em fazer uma promessa.

— Ah! — gritou ela. — Os leões estão chegando. Já olhei para você o suficiente. Estou tão assustada... Salve-me agora ou morrerei de pavor.

Na verdade, assim que falou, caiu inconsciente e, quando se recuperou, viu-se em seu próprio pequeno leito em casa. Ela não sabia dizer como chegou lá, mas estava vestida com as mais belas rendas e fitas e, em volta de seu dedo, havia um anelzinho, feito de um único fio de cabelo ruivo, atado com tanta firmeza que, por mais que tentasse, não conseguia tirá-lo.

Quando a princesa viu todas aquelas coisas, lembrou-se do que tinha acontecido e também ficou profundamente triste, surpreendendo e alarmando toda a corte, e à rainha mais que ninguém. Cem vezes perguntou à Belíssima se alguma coisa estava acontecendo, porém ela sempre respondia que não havia nada.

Por fim, os principais homens do reino, ansiosos por ver casada sua princesa, enviaram apelos à rainha pedindo-lhe que escolhesse um marido para ela o mais rápido possível. A rainha respondeu que nada poderia deixá-la mais feliz. Porém, a filha parecia muito pouco inclinada a se casar, e recomendou que fossem falar pessoalmente com a princesa, e assim o fizeram imediatamente. Belíssima estava muito menos orgulhosa agora, após sua aventura com o Anão Amarelo, e não conseguia pensar em maneira melhor de livrar-se do pequeno monstro do que se casando com algum rei poderoso. Portanto, atendeu o pedido dos homens de maneira muito mais favorável do que eles esperavam. Ela disse que, apesar de viver muito feliz como estava, ainda assim, para agradar a todos, aceitaria se casar com o Rei das Minas de Ouro. Ele agora era um príncipe muito bonito e poderoso e era apaixonado pela princesa há anos, mas nunca acreditou que ela um dia fosse prestar atenção nele. Não é difícil imaginar como ele ficou feliz quando ouviu a notícia, mas o fato de que não havia mais esperança para os outros reis fez com que todos ficassem zangados. Mas, afinal de contas, Belíssima não poderia se casar com vinte reis, e a escolha de um já tinha sido bastante difícil, pois sua vaidade a convencia de que não havia ninguém no mundo que fosse digno dela.

Começaram imediatamente os preparativos para o casamento mais grandioso que já tinha acontecido no palácio. O Rei das Minas de Ouro mandou somas de dinheiro tão exorbitantes que o mar inteiro ficou coberto pelos navios que as traziam. Mensageiros foram enviados a todas as cortes mais alegres e mais refinadas, em especial à corte da França, em busca de tudo o que houvesse de mais raro e mais precioso para enfeitar a princesa, embora sua beleza fosse tão perfeita que nada que usasse pudesse fazer com que parecesse mais bela. Pelo menos, essa era a opinião do Rei das Minas de Ouro, e ele nunca ficava feliz se não estivesse com ela.

Com relação à princesa, quanto mais conhecia o rei, mais gostava dele. Ele era tão generoso, tão bonito e tão inteligente, que finalmente ela estava quase tão apaixonada por ele quanto ele por ela. Como eram felizes quando caminhavam juntos pelos belos jardins, às vezes ouvindo uma música encantadora! E o rei costumava compor canções para Belíssima. Esta é uma de que ela gostava muito:

> *Na floresta tudo é lindo*
> *Com a bela dama vindo.*
> *Pequenas flores que se vão*
> *Farfalhando até o chão —*
> *por ela são pisoteadas —*
> *E as mais lindas, mais delgadas,*
> *Olham para ela que caminha*
> *Levemente sobre a graminha.*
> *Ah, Princesa! As andorinhas*
> *Serão as nossas madrinhas,*
> *Se cantarmos juntos, portanto,*
> *Nestas terras de puro encanto.*

A felicidade deles perdurou o dia todo. Todos os rivais do rei estavam vencidos e tinham voltado, desesperados, para suas casas. Despediram-se da princesa com tanta tristeza que ela não conseguia deixar de sentir pena deles.

— Ah, senhora! — disse o Rei das Minas de Ouro. — Como é possível? Por que desperdiça a sua piedade com esses príncipes que a amam tanto que todos os seus problemas parecem ficar resolvidos com um único sorriso seu?

— Eu deveria estar arrependida — explicou Belíssima — se você não tivesse percebido quanta pena senti por esses príncipes que se afastavam de mim para sempre. Porém, para você, meu senhor, é muito diferente. Você tem todos os motivos para estar satisfeito comigo, mas eles estão partindo cheios de tristeza. Assim, não alimente rancor contra eles por causa de minha compaixão.

O Rei das Minas de Ouro foi conquistado pelo jeito bem-humorado com que a princesa lidava com a interferência dele e, atirando-se a seus pés, beijou a mão dela mil vezes, implorando que o perdoasse.

Finalmente chegou o dia feliz. Tudo estava pronto para o casamento de Belíssima. As trombetas soaram, todas as ruas da cidade estavam enfeitadas com bandeiras e cobertas de flores, e multidões corriam para a grande praça em frente ao palácio. A rainha estava tão feliz que mal conseguiu dormir e se levantou antes da aurora para dar as ordens necessárias e escolher as joias que a princesa usaria. Os adereços foram todos feitos de diamantes, até nos sapatos, que estavam cobertos por eles, e o vestido de brocado de prata fora bordado com uma dúzia de raios do sol. Podem imaginar o alto valor que tinham; mas, mesmo assim, nada apresentava brilho maior do que a beleza da princesa! Usava uma coroa magnífica na cabeça, com os lindos cabelos ondulados até quase os pés, e a figura imponente destacava-se com facilidade entre todas as damas que a serviam.

O Rei das Minas de Ouro não ficava atrás em nobreza e em magnificência. A felicidade estava estampada em seu rosto e todos os que se aproximavam dele voltavam carregados de presentes, pois em volta de todo o grande salão de banquetes tinham sido colocados mil barris repletos de ouro e inúmeros sacos feitos de veludo bordado com pérolas, cheios de dinheiro, cada um contendo pelo menos cem mil peças de ouro, distribuídas a todos que tivessem o prazer de estender a mão, e um número enorme de pessoas apressou-se a fazê-lo, e estejam certos de que alguns julgaram que aquela ocasião foi de longe o momento mais divertido entre as comemorações do casamento.

A rainha e a princesa estavam prestes a começar a caminhada com o rei quando viram, avançando na direção deles lá do final da longa galeria, dois enormes basiliscos, arrastando uma caixa muito malfeita. Atrás deles, vinha uma velha muito alta, cuja feiura espantava ainda mais do que a extrema velhice. Ela levava uma tira de pano de tafetá preto em volta do pescoço, uma capa de veludo vermelho e anáguas todas de trapos, apoiando-se pesadamente em uma muleta. A velha esquisita, sem dizer uma única palavra, passou mancando três vezes em volta da galeria, seguida pelos basiliscos, e então parou no meio do espaço e, erguendo a muleta de forma ameaçadora, gritou:

— Ho, ho, ho, rainha. Ho, ho, ho princesa! Acham que podem quebrar de forma impune a promessa que foi feita ao meu amigo, o Anão Amarelo? Eu sou a Fada do Deserto; sem o Anão Amarelo e sua laranjeira, meus grandes leões teriam devorado as duas rapidamente, tenho certeza disso, e em meu País Encantado não passamos por isso e não aceitamos ser insultados dessa forma. Decidam logo o que querem fazer, pois declaro que você se casará com o Anão Amarelo. Se não for assim, que eu faça arder no fogo a minha muleta!

— Ah, princesa! — disse a rainha aos prantos —, o que ouço? O que foi que prometeu?

— Ah, minha mãe! — respondeu Belíssima pesarosa —, o que foi que a senhora prometeu?

O Rei das Minas de Ouro, indignado por ter tido a felicidade interrompida pela velha malvada, foi até ela e, ameaçando-a com sua espada, bradou:

— Saia de meu país imediatamente e para sempre, criatura miserável, para que eu não acabe com a sua vida, e me livre da sua maldade.

Mal terminou a frase, a tampa da caixa caiu no chão com um barulho terrível, e, para espanto de todos, de dentro pulou o Anão Amarelo, montado em um grande gato espanhol.

— Isso não passa de arroubo de juventude! — exclamou ele, posicionando-se de imediato entre a Fada do Deserto e o rei. — Como se atreve a tocar essa ilustre maga! Sua briga é somente comigo. Eu sou o seu inimigo e rival. Essa princesa infiel com quem se casaria está prometida a mim. Verifique se ela não tem no dedo um anel feito com um fio de meus cabelos. Tente tirá-lo para ver e logo descobrirá que sou mais poderoso que você!

— Monstrinho miserável! — retrucou o rei — Como se atreve a me chamar de amante da princesa e reivindicar um tesouro como ela? Por acaso sabe que não passa de um anão? Que é tão feio que ninguém suporta olhar para você? E que eu mesmo deveria tê-lo matado muito antes se tivesse sido digno de morte tão gloriosa?

O Anão Amarelo, furioso com as palavras do rei, fincou as esporas no gato, que gritou com toda a força e começou a saltar para lá e para cá, aterrorizando todo mundo, exceto o corajoso rei, que perseguia o anão de perto. Ele, então, sacou um facão aterrorizante com que estava armado e desafiou o rei a enfrentá-lo em um único combate e, assim, correu para dentro do pátio do palácio na maior algazarra. O rei, com os ânimos acirrados, seguiu-o apressadamente, mas, logo que tinham tomado seus lugares de frente um para o outro e mal toda a corte teve tempo de se retirar rapidamente das galerias para assistir ao que acontecia, subitamente o sol ficou vermelho como sangue, e seguiu-se uma escuridão tamanha que dificilmente dava para ver alguma coisa. O trovão caiu com um estrondo, e parecia que os relâmpagos iam colocar fogo em tudo. Surgiram os dois basiliscos, um de cada lado do anão malvado, parecendo gigantes altos como montanhas, soltando fogo pela boca e pelos ouvidos, pareciam até fogueiras flamejantes. Nenhuma daquelas coisas conseguia aterrorizar o nobre e jovem rei, e a ousadia de seu porte e de suas ações tranquilizaram todas as pessoas que o observavam, e talvez tenham até entristecido o próprio Anão Amarelo; mas mesmo a sua coragem diminuiu quando viu como sofria sua amada princesa. A Fada do Deserto, com uma aparência ainda mais terrível do que antes, montada em um grifo alado e com longas serpentes enroladas no pescoço, havia golpeado a princesa brutalmente com a lança que carregava. Belíssima caiu nos braços da rainha, sangrando e sem sentidos. A mãe amorosa, sentindo-se tão ferida pelo golpe quanto a própria princesa, gritava e lamentava com tanta agonia que o rei, ao ouvi-la, perdeu inteiramente a coragem e a presença de espírito. Desistindo do combate, disparou em direção à princesa para resgatá-la ou morrer com ela, mas o Anão Amarelo foi ágil demais para ele. Pulando com o gato espanhol para a galeria, tirou Belíssima dos braços da rainha e, antes que qualquer dama da corte pudesse impedi-lo, saltou para cima do telhado do palácio e desapareceu com o prêmio.

 O rei, paralisado de pânico, observava desesperado o pavoroso desenrolar dos fatos e não tinha forças para lutar contra aquilo. Para piorar a situação, sua visão ficou obscurecida, tudo se transformou em sombras, e sentiu que uma forte mão o lançava pelos ares.

 A nova desgraça foi obra da malvada Fada do Deserto, que acompanhou o Anão Amarelo para ajudá-lo a levar a princesa, e se apaixonou pelo belo jovem Rei das Minas de Ouro assim que o viu. Ela acreditava que, se o levasse para alguma caverna assustadora e o acorrentasse a uma rocha, rapidamente o medo da morte o faria esquecer Belíssima, e ele se tornaria seu escravo. Então, assim que chegaram ao local, ela devolveu a visão ao rei, mas sem libertá-lo das correntes, e por causa do poder mágico que possuía surgiu diante dele como uma fada jovem e bonita, fingindo ter chegado lá bem por acaso.

 — O que vejo? — exclamou. — Querido príncipe, é você que está aí? Que desgraça o trouxe a esse lugar sombrio?

 O rei, enganado pela enorme transformação de aparência, explicou:

 — Pobre de mim, bela fada! A maga que me trouxe aqui tirou a minha visão, mas pela voz tive como saber que era a Fada do Deserto, apesar de não entender a razão de ela ter me trazido até aqui.

— Ah! — gritou a maga disfarçada. — Se você caiu nas mãos dela, só conseguirá escapar se casar com ela. Ela fez isso com vários príncipes e é claro que pegará para si tudo o que quiser.

Enquanto fingia sentir pena do rei, ele notou os pés dela. Eles eram iguais aos de um grifo e, assim, percebeu que se tratava da Fada do Deserto, pois os pés eram a única coisa que não podia mudar, mesmo com toda aquela beleza estampada em seu rosto.

Ele falou com ela em tom de confidência e não deixou transparecer a ela que havia descoberto quem era:

— Não é que eu sinta antipatia pela Fada do Deserto. Na verdade, não consigo suportar a maneira como ela protege o Anão Amarelo e me mantém acorrentado aqui como se eu fosse um criminoso. É verdade que amo uma princesa encantadora, mas, se a maga me libertasse, minha gratidão me obrigaria a amá-la unicamente.

— É mesmo verdade o que fala, príncipe? — perguntou a maga, completamente enganada.

— Com certeza — respondeu o príncipe. — Como poderia enganá-la? Entende que é muito mais prazeroso para a minha vaidade ser amado por uma maga que por uma mera princesa? Porém, mesmo que eu esteja morrendo de amores por ela, vou fazer de conta que a odeio até que seja libertado.

A Fada do Deserto, completamente envolvida pelas palavras do rei, decidiu imediatamente levar o príncipe para um lugar mais agradável. Assim, forçou-o a entrar em sua carruagem, que era puxada por cisnes em vez dos habituais morcegos, e partiu com ele. Imaginem só a aflição do príncipe quando, lá da altura vertiginosa em que viajava pelos ares, viu a amada princesa em um castelo feito de aço polido, cujas paredes refletiam os raios do sol com tanto calor que ninguém conseguia se aproximar dele sem se transformar em cinzas! Belíssima estava sentada em uma pequena moita à beira de um córrego, apoiando a cabeça sobre a mão e chorando sem parar, mas, no exato momento em que passaram, ela olhou para cima e viu o rei e a Fada do Deserto. Bem, a Fada era tão inteligente que não parecia bonita só para o rei, pois até a pobre princesa a considerou a criatura mais encantadora que viu em toda a sua vida.

— O quê?! — exclamou. — Será que eu já não estava infeliz o bastante neste castelo solitário para onde me trouxe o pavoroso Anão Amarelo? Será que também tenho de ficar sabendo que o Rei das Minas de Ouro deixou de me amar assim que me perdeu de vista? Mas quem poderá ser a minha rival, de beleza fatal bem maior que a minha?

Assim que terminou de dizer o que pensava, o rei, que estava ainda mais apaixonado por ela que nunca, ficou extremamente triste por ser separado de sua amada princesa tão subitamente. Mas conhecia muito bem o excessivo poder que tinha a fada para ter qualquer esperança de escapar dela de uma maneira em que não tivesse que ser muito paciente e astuto.

A Fada do Deserto também tinha visto Belíssima, e tentou perceber nos olhos do rei o que a visão inesperada tinha causado nele.

— Ninguém pode dizer o que você quer saber melhor que eu — afirmou. — Esse encontro casual com a princesa infeliz por quem no passado nutri algum sentimento antes que tivesse a sorte de conhecer você, mexeu um pouco comigo, admito, mas você representa para mim muito mais que ela, que eu preferiria morrer a ter que me separar de você.

— Ah, príncipe! — suspirou. — Será que posso crer que você realmente me ama tanto assim?

— O tempo dirá, minha senhora — respondeu o rei. — Mas, se quer me convencer de que realmente sente algo por mim, imploro: não se recuse a ajudar Belíssima.

— Sabe o que está pedindo? — reclamou a Fada do Deserto, franzindo o cenho e olhando-o com desconfiança. — Quer que eu utilize minha arte contra o Anão Amarelo, que é meu melhor amigo, para livrar uma princesa orgulhosa a quem só posso considerar minha rival?

O rei suspirou, mas não elaborou resposta alguma. O que ele poderia dizer diante de tanta lucidez? Por fim, chegaram a um campo imenso, emanando felicidade por todos os tipos de flores; um rio de águas profundas cercava o campo, e as águas de muitos riachos murmuravam baixinho debaixo das sombras das árvores. Era um lugar que parecia sempre fresco e renovado. Um pouco mais adiante, havia um magnífico palácio cujas paredes eram de esmeraldas transparentes. Assim que os cisnes que puxavam a carruagem da maga pousaram debaixo de uma galeria, enfeitada com piso de diamantes e com arcos de rubis, foram recebidos por milhares de belas criaturas que vinham alegremente ao encontro deles por todos os lados, cantando as seguintes palavras:

Se o amor quer vencer dentro do peito,
De nada adianta ser orgulhoso
Suporta-se a dor com respeito,
E o amor é duplamente vitorioso.

A Fada do Deserto ficou muito feliz ao ouvi-los louvar seus triunfos. Ela, então, levou o rei ao quarto mais belo que é possível imaginar e deixou-o sozinho por um tempo, o suficiente para que não se sentisse prisioneiro. Ele tinha certeza de que ela não tinha mesmo se afastado muito e estava, de fato, observando-o de algum esconderijo. Naquele momento, aproximando-se de um grande espelho, proferiu as seguintes palavras:

— Fiel conselheiro, deixe-me ver o que posso fazer para tornar-me tão atraente quanto a maravilhosa Fada do Deserto, pois só consigo pensar em agradá-la.

E passou a enrolar o cabelo imediatamente. Naquele momento, viu em cima de uma mesa um casaco mais grandioso que o seu e vestiu-o com cuidado. A maga voltou tão encantada que não conseguia esconder a alegria.

— Tenho plena consciência dos problemas pelos quais tem passado somente para me agradar — ela disse. — Portanto, digo que você já conseguiu fazer isso. Fica muito fácil conseguir me satisfazer se você realmente se importar comigo.

O rei, que tinha os próprios motivos para querer manter a velha maga animada, não poupou os discursos bonitos e, depois de um tempo, foi autorizado a caminhar sozinho na praia. A Fada do Deserto tinha usado feitiços para provocar uma tempestade tão terrível que o mais ousado dos pilotos não se aventuraria no mar, e assim ela não tinha medo de que seu prisioneiro fosse fugir; mas essa foi a forma que ele encontrou algum alívio para pensar com pesar sobre a terrível situação que viva sem ser interrompido pela perversa sequestradora.

Depois de uma caminhada sem parar de um lado para o outro, ele escreveu alguns versos na areia com sua vara:

É nesta praia cristalina
Que chorarei a minha sina.
Meu amor, como me curar desse pesar,
Pobre de mim que só vejo o mar.
Ó mar perverso e intempestivo,
Seus ventos seguem sempre tão redondos!
Que deixa meu coração tão negativo,
E aqui mantém preso seus estrondos.
Meu peito é mais agitado que o seu,
Pois o destino triste não pode ser meu.
Por que tenho que viver exilado?
Por que da minha Princesa fui roubado?
Ah, lindas Ninfas, filhas do mar,

Que conhecem o amor verdadeiro,
Venham, impeçam o pai de me dizimar
Libertem um triste amante desse paradeiro!

Enquanto ainda escrevia, ouviu uma voz que chamou sua atenção, apesar da tristeza que sentia. Observando que as ondas subiam cada vez mais altas, olhou ao redor e logo viu uma moça encantadora que flutuava suavemente na direção dele em cima da crista de uma onda gigantesca, com os longos cabelos espalhados pelos ombros. Em uma das mãos, ela segurava um espelho e, na outra, um pente. No lugar dos pés, tinha uma linda cauda, como a de peixe, usada para nadar.

O rei ficou mudo de surpresa diante da inesperada visão, mas, assim que ela chegou à distância em que podia ser ouvida, disse a ele:

— Sei como se sente infeliz por ter perdido sua princesa e ter se tornado prisioneiro da Fada do Deserto. Se quiser, vou ajudá-lo a fugir desse lugar fatal; caso contrário, sofrerá de tanta tristeza e viverá dessa forma durante trinta anos ou mais.

O Rei das Minas de Ouro não sabia como responder a oferta da sereia. É claro que queria muito fugir, mas tinha medo daquilo ser mais uma artimanha da Fada do Deserto para tentar enganá-lo. Como hesitou, a sereia, que adivinhou seus pensamentos, insistiu:

— Pode confiar em mim. Não estou tentando enganá-lo. Estou muito brava com o Anão Amarelo e com a Fada do Deserto e não há possibilidade alguma de ter vontade de ajudá-los, principalmente depois que passei a ver com frequência sua pobre princesa, cuja beleza e bondade inspiram-me pesar demais por ela. Garanto que, se confiar em mim, o ajudarei a fugir.

— Confio plenamente em você! — exclamou o rei. — Farei o que disser, mas, se viu mesmo minha princesa, imploro que me diga como ela está e o que está acontecendo com ela.

— Não devemos perder tempo com conversas — ela disse incisivamente. — Venha comigo que vou levá-lo ao Castelo de Aço, e deixaremos nas areias dessa praia uma figura tão parecida com você que até a própria Fada será enganada por ela.

Dizendo isso, ela rapidamente recolheu um monte de algas marinhas e soprou três vezes, proferindo as seguintes palavras:

— Minhas amigas algas marinhas, ordeno que fiquem aqui estendidas sobre a areia até que a Fada do Deserto chegue para levá-las embora.

Imediatamente as algas marinhas tomaram a forma do rei, que olhou para ela espantado, pois estava até vestida com um casaco parecido com o dele. Mas estavam ali pálidas e imóveis como o próprio rei poderia ter ficado se um dos relâmpagos o tivesse atingido, atirando-o sem sentido sobre a praia. Em seguida, a sereia pegou o rei e partiram juntos nadando com alegria.

— Agora — explicou —, tenho tempo para contar a você sobre a princesa. Mesmo depois da façada da Fada do Deserto, o Anão Amarelo a obrigou a montar atrás dele em cima do pavoroso gato espanhol; mas ela logo desmaiou de dor e de medo e não se recuperou até que estivessem dentro das paredes do temível Castelo de Aço, que pertence ao Anão Amarelo. Lá, foi recebida pelas moças mais belas que existem e que tinham sido trazidas pelo Anão Amarelo, que rapidamente passou a servi-la, dedicando a ela toda a atenção possível. Deitaram-na em um sofá coberto com tecido de ouro, bordado com pérolas do tamanho de nozes.

— Ah! — interrompeu o Rei das Minas de Ouro. — Se Belíssima me esquecer e concordar em se casar com ele, meu coração ficará partido.

— Não precisa ficar preocupado com isso — esclareceu a sereia —, a princesa não pensa em ninguém além de você, e o terrível anão não consegue convencê-la a sequer olhar para ele.

— Por favor, continue a história — pediu o rei.

— O que mais posso dizer? — indagou a sereia. — Belíssima estava sentada no bosque quando você passou e o viu com a Fada do Deserto, que tinha se disfarçado de forma habilidosa. A princesa a achou mais bonita do que ela mesma. Consegue imaginar o desespero dela, pois achou que você estivesse apaixonado por outra?

— Ela acredita que eu amo a Fada do Deserto! — exclamou o rei. — Que erro tenebroso! O que pode ser feito para que saiba a verdade?

— Você sabe — respondeu a sereia, sorrindo gentilmente para ele. — Quando as pessoas estão tão apaixonadas uma pela outra, como acontece com vocês, não precisam de conselhos de ninguém.

Enquanto a sereia falava, chegaram ao Castelo de Aço, e o lado que dava para o mar era a única parte da construção que o Anão Amarelo tinha deixado desprotegida das pavorosas muralhas cálidas.

— Sei bem — explicou a sereia — que a princesa está sentada ao lado do riacho, exatamente no local em que a viu quando passou, mas, como terá muitos inimigos por enfrentar antes que possa encontrá-la, pegue essa espada. Armado com ela, poderá ousar enfrentar qualquer perigo e superará as maiores dificuldades, só precisa cuidar de uma coisa: nunca deixe a espada cair da sua mão. Adeus; agora o esperarei do lado daquela pedra e, se precisar de minha ajuda para levar sua amada princesa, não o desapontarei, pois a rainha, sua mãe, é minha melhor amiga, e foi por causa dela que o salvei.

Deu ao rei uma espada feita com um único diamante, que era mais brilhante que o sol. Ele não conseguia encontrar palavras para expressar sua gratidão, mas implorou que acreditasse na importância do presente, e nunca esqueceria sua ajuda e sua generosidade.

Agora, voltemos à Fada do Deserto. Quando descobriu que o rei não tinha retornado, apressou-se a procurá-lo e chegou à praia com uma centena de damas em comitiva, carregadas de magníficos presentes para ele. Algumas traziam cestas cheias de diamantes; outras, taças de ouro fabricadas com muita arte e com âmbar, coral, pérolas; e outras, ainda, equilibravam sobre a cabeça um pacote dos produtos mais valiosos e mais belos, enquanto as demais carregavam frutas e flores, e até pássaros. Porém, para o horror da fada, que acompanhava a alegre comitiva, viu, esticada sobre a areia, a imagem do rei que a sereia havia feito com algas marinhas! Espantada e triste, soltou um grito terrível, atirando-se ao lado do falso rei, chorando e uivando, e apelando às onze irmãs, que também eram magas, e que vieram em seu socorro. Mas todas ficaram encantadas com a figura do rei, pois eram inteligentes, mas a sereia era ainda mais inteligente que elas, e tudo o que conseguiram fazer foi ajudar a Fada do Deserto a erguer um monumento maravilhoso sobre o qual acreditavam ser o túmulo do Rei das Minas de Ouro. No entanto, enquanto pegavam jaspe e pórfiro, ágata e mármore, ouro e bronze, estátuas e acessórios para imortalizar a memória do rei, ele agradecia à boa sereia e pedia que o ajudasse, e ela concordou com graça e desapareceu. Em seguida, ele partiu para o Castelo de Aço. Caminhava com agilidade, olhando ansiosamente ao redor, e desejava mais uma vez ver sua querida Belíssima, mas não tinha ido muito longe quando foi cercado por quatro esfinges terríveis que o teriam logo despedaçado com garras afiadas se não fosse pela espada de diamante da sereia. Então, assim que ela a fez cintilar diante de seus olhos, caíram aos pés dele, completamente indefesas. Ele as matou com um único golpe. Porém, mal se virou para continuar a busca, encontrou seis dragões cobertos de escamas mais duras que ferro. Apesar de ser um encontro assustador, a coragem do rei foi inabalável e, com a ajuda da maravilhosa espada, os fez em pedaços um a um. Agora, esperava que as dificuldades tivessem terminado, mas na próxima curva foi confrontado por uma charada que não sabia resolver. Vinte e quatro ninfas belas e graciosas avançaram em direção a ele, segurando guirlandas de flores, com as quais fechavam o caminho.

— Aonde vai, príncipe? — perguntaram. — É nosso dever proteger esse lugar e, se o deixarmos passar, grandes infortúnios recairão sobre você e sobre nós também. Imploramos que não insista em continuar. Quer matar vinte e quatro moças que nunca fizeram nenhum mal a você?

O rei não sabia o que fazer nem o que dizer. Aquela situação contrariava tudo o que acreditava que um cavalheiro deveria fazer quando uma dama pedisse algo para ele; mas, como hesitou, uma voz em seu ouvido soprou:

— Ataque! Ataque! Não sinta dó ou sua princesa estará perdida para sempre!

Assim, sem responder às ninfas, avançou imediatamente, quebrando as guirlandas e espalhando-as em todas as direções; e continuou sem mais obstáculos até a pequena moita em que tinha visto Belíssima. Ela estava sentada ao lado do córrego. Estava pálida e cansada quando ele chegou, e teria prostrado a seus pés, mas se desviou dele com tanta indignação como se ele fosse o próprio Anão Amarelo.

— Ah, princesa! — exclamou ele. — Não tenha raiva de mim. Deixe-me explicar tudo. Não sou infiel nem tenho culpa pelo que aconteceu. Sou um pobre coitado que a contrariou sem ter como evitar.

— Ah! — lamentou Belíssima. — Eu o vi voando pelos ares com o ser mais encantador imaginável! Isso aconteceu contra sua vontade?

— Na verdade, sim, princesa — retrucou. — A perversa Fada do Deserto, não contente em me acorrentar a uma rocha, levou-me em sua carruagem para o outro lado da terra, e lá estaria preso até agora se não fosse a ajuda inesperada de uma bendita sereia, que me trouxe aqui para salvar você, minha princesa, das mãos indignas que a mantêm cativa. Não recuse a ajuda de seu mais fiel apaixonado.

Assim que disse essas palavras, jogou-se aos pés da princesa e a segurou pelo manto. Mas, pobre dele! Assim que fez aquele gesto, deixou cair a espada mágica, e o Anão Amarelo, que estava agachado atrás de um pé de alface, o viu, pulou para fora e a agarrou, pois conhecia muito bem seu poder.

A princesa emitiu um grito de terror ao ver o anão, mas essa reação só irritou o pequeno monstro; murmurando algumas palavras mágicas, convocou dois gigantes, que prenderam o rei com enormes grilhões de ferro.

— Bem — disse o anão —, sou senhor do destino de meu rival, mas vou conceder-lhe a vida e a permissão para ir embora ileso se você, princesa, concordar em casar comigo.

— Prefiro morrer mil vezes — vociferou o infeliz rei.

— Pobre de mim! — exclamou a princesa. — Você tem que morrer? O que poderia ser mais terrível que isso?

— Você se casar com esse canalha seria muito mais terrível — respondeu o rei.

— Pelo menos — continuou ela —, que morramos juntos.

— Permita-me ter a satisfação de morrer por você, minha princesa — declarou ele.

— Ah, não, não! — gritou ela, virando-se para o anão — Em vez disso, farei o que você quiser.

— Princesa cruel! — bradou o rei — Farias minha vida horrível ao casar-se com outro diante de meus olhos?

— Não é assim — retrucou o Anão Amarelo. — Você é um rival a quem temo muito e não verá nosso casamento.

Proferindo essas palavras, apesar das lágrimas e gritos de Belíssima, apunhalou o coração do rei com a espada de diamante.

A pobre princesa, vendo seu apaixonado morto a seus pés, sabia que não poderia viver sem ele; desabou ao seu lado e morreu de coração partido.

Foi este o fim dos infelizes apaixonados, a quem nem sequer a sereia conseguiu ajudar, porque todo o poder mágico havia sido perdido com a espada de diamante.

Quanto ao cruel anão, preferiu ver a princesa morta a vê-la casada com o Rei das Minas de Ouro. Já a Fada do Deserto, quando ouviu as aventuras do rei, demoliu o enorme monumento que havia erguido e ficou tão zangada por ter sido enganada, que passou a odiá-lo com a mesma força com que o amava.

A bondosa sereia, pesarosa pelo triste destino dos amantes, transformou-os em duas altas palmeiras, sempre lado a lado, sussurrando juntas sobre a fidelidade de seu amor e acariciando uma à outra por entre os galhos entrelaçados.

Chapeuzinho Vermelho

(Charles Perrault)

HÁ MUITOS e muitos anos, vivia, em certo vilarejo, uma pequena camponesa, a mais bela criatura já vista. Sua mãe era muito dedicada a ela, e a avó a adorava ainda mais. A boa mulher tinha feito para a menina uma capinha vermelha com capuz que ficava muito boa nela, e todos a chamavam de Chapeuzinho Vermelho.

Um dia, sua mãe, após fazer uns quitutes, disse:

— Vá, minha querida, veja como está a sua vovozinha, pois ouvi dizer que estava muito doente. Leve para ela esse manjar e um potinho de manteiga.

Chapeuzinho partiu imediatamente para visitar a avó, que vivia em outro vilarejo. Ao cruzar a floresta, encontrou um velho lobo que teve a grande ideia de devorá-la, mas não ousava fazer isso por causa dos lenhadores que viviam pela floresta. Perguntou a ela aonde ia. A pobrezinha, que não sabia que era perigoso aproximar-se do lobo e conversar com ele, disse:

— Vou ver minha vovozinha e levar para ela um manjar e um pote de manteiga feitos pela mamãe.

— Ela mora muito longe? — perguntou o lobo.

— Ah, pobre de mim! — respondeu Chapeuzinho Vermelho. — Fica depois daquele moinho lá longe, na primeira casa do vilarejo.

— Bem — disse o lobo —, irei contigo e a visitarei também. Seguirei por esse caminho e você seguirá por aquele e, assim, veremos quem chegará primeiro.

O lobo começou a correr o mais rápido que podia, pegando o caminho mais curto, e a menina foi pelo mais longo, distraindo-se a colher nozes, correr atrás de borboletas e colher buquês de todas as flores que encontrava. O lobo não demorou a chegar à casa da velha senhora. Bateu à porta:

— Toque-toque.
— Quem está aí?
— Sua neta, Chapeuzinho Vermelho — respondeu o lobo, imitando a voz da menina. — Trouxe um manjar e um potinho de manteiga feitos pela mamãezinha.

A boa vovó, acamada por estar um pouco doente, gritou:
— Puxe a trava da porta e o trinco subirá.

O lobo puxou o trinco e a porta se abriu. Imediatamente foi na direção da boa senhora e a devorou rapidamente, pois fazia mais de três dias que não via comida alguma. Depois, fechou a porta e foi para a cama da avó, para esperar Chapeuzinho Vermelho, que chegou um pouco depois e bateu à porta:

— Toque-toque.
— Quem está aí?

Chapeuzinho, no início, ao ouvir o vozerio do lobo, ficou com medo, mas, por achar que sua avó estava rouca e resfriada, respondeu:
— É a sua netinha, Chapeuzinho Vermelho. Trouxe um manjar e um potinho de manteiga feitos pela mamãezinha.

O lobo gritou, procurando soar o mais suave possível:
— Puxe a trava da porta e o trinco subirá.

Chapeuzinho puxou a trava e a porta se abriu.

O lobo, vendo a menina entrar, disse, escondendo-se debaixo das cobertas da cama:
— Coloque o manjar e o potinho de manteiga no banco e venha aqui se deitar comigo.

Chapeuzinho despiu-se e foi para a cama, mas ficou muito assustada com a aparência da avó com a camisola que disse:
— Vovozinha, que braços grandes você tem!
— São para abraçá-la melhor, minha querida.
— Vovozinha, que pernas grandes você tem!
— São para correr melhor, minha criança.
— Vovozinha, que orelhas grandes você tem!
— São para ouvir melhor, minha filha.
— Vovozinha, que olhos grandes você tem!
— São para ver melhor, minha criança.
— Vovozinha, que dentes grandes você tem!

— São para devorar você!

E, assim que disse essas palavras, o lobo malvado jogou-se sobre Chapeuzinho Vermelho e a devorou.

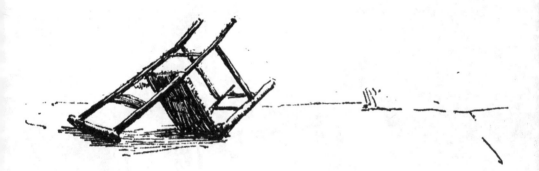

Bela Adormecida no bosque

(Charles Perrault)

ERA UMA VEZ um rei e uma rainha muito tristes por não terem filhos. Eles eram tão tristes que nem conseguiam expressar tamanha tristeza. Foram a todas as fontes milagrosas do mundo, fizeram promessas, votos, peregrinações. Tentaram de tudo, e tudo foi em vão.

Porém, a rainha finalmente teve uma filha. Houve um maravilhoso batismo, e a princesa recebeu como madrinhas todas as fadas que conseguiram encontrar pelo reino. Ao todo, foram encontradas sete e cada uma delas deu um presente à princesa, conforme o costume das fadas daquela época. Sendo assim, a princesa tinha todas as perfeições imagináveis.

Depois que acabou a cerimônia do batismo, toda a corte voltou ao palácio do rei, pois um grande banquete para as fadas estava sendo organizado. Diante de cada uma delas havia um estojo de ouro maciço com uma tampa esplêndida. Dentro dele, havia colher, faca e garfo, todos de ouro puro e cravejados de diamantes e rubis. Enquanto se sentavam à mesa, viram entrar uma fada muito velha na sala. Ela não tinha sido convidada porque estava há mais de cinquenta anos em uma torre e todos acreditavam que estivesse morta ou enfeitiçada.

O rei ordenou que lhe trouxessem os talheres, mas não foi possível dar-lhe um estojo de ouro como os demais, pois só havia sete, feitos especialmente para as sete fadas. A velha fada acreditou ter sido menosprezada e murmurou algumas ameaças entre dentes. Uma das jovens fadas, que estava sentada ao lado dela, conseguiu ouvir as queixas e concluiu que a velha poderia dar à princesinha algum presente agourento. Ela, então, saiu assim que se levantaram da mesa e se escondeu atrás das cortinas para que pudesse ser a última a falar, procurando corrigir de toda forma o mal que a velha pudesse tentar causar.

Enquanto isso, todas as fadas começaram a dar os presentes à princesa. A mais nova deu a ela o dom de ser a pessoa mais linda do mundo; a seguinte, de ter a inteligência de um anjo; a terceira, de ter uma graça maravilhosa em tudo o que falasse; a quarta, de dançar com perfeição; a quinta, de cantar como um rouxinol; e a sexta, de tocar todos os tipos de música com extrema perfeição.

A velha fada seria a próxima e, sacudindo a cabeça mais por despeito do que pela idade, disse que a princesa espetaria a mão em uma roda de fiar e morreria por causa da ferida. O presente terrível fez toda a corte tremer e todos passaram a chorar copiosamente

Naquele exato momento, a fada jovem saiu de trás das cortinas e disse em voz alta as seguintes palavras:

— Meu rei e minha rainha, tenham certeza de que sua filha não morrerá com essa tragédia. É verdade, não tenho o poder de desfazer completamente o que a fada mais velha fez. A princesa deve, portanto, espetar a mão em uma roda de fiar, mas, em vez de morrer, apenas cairá em um sono profundo que durará cem anos, ao fim dos quais, o filho de um rei a acordará.

O rei, para evitar a desgraça profetizada pela fada velha, emitiu um decreto em que proibia a todos, sob pena de morte, fiar com roca ou fuso, e até ter uma roca em casa. Cerca de quinze anos depois disso, o rei e a rainha foram a uma de suas casas de veraneio, e a princesa ficou brincando no palácio, correndo para cima e para baixo; enquanto ia de um cômodo a outro, chegou a um pequeno quarto no alto da torre. Lá, uma velha senhora, sozinha, estava fiando em uma roca. A boa mulher nunca tinha ouvido o decreto do rei que as proibia.

— O que está fazendo aí, minha boa mulher? — perguntou a princesa.

— Estou fiando, minha bela menina — disse a velha, que não sabia quem era aquela criança.

— Ah! — exclamou a princesa. — Isso é muito interessante. Como se faz? Posso ver se também consigo fazer?

Ela mal tinha tomado o fuso nas mãos quando, impaciente e meio desajeitada, cumpriu-se a profecia da fada: o fuso espetou a mão da princesa, que caiu desmaiada.

A boa senhora, sem saber muito bem o que fazer naquela situação, gritou por socorro. As pessoas vieram em grande número de todas as partes. Jogaram água no rosto da princesa, abriram suas roupas, apertaram as palmas das mãos e esfregaram as têmporas com água de colônia, mas nada fez com que ela recuperasse a consciência.

O rei ouviu todo o barulho e lembrou-se do que as fadas tinham previsto. Considerando que aquilo fatalmente tinha de acontecer, uma vez que as fadas tinham avisado, ordenou que a princesa fosse levada para o melhor quarto de seu palácio e fosse colocada em uma cama cravejada de prata e de ouro.

Ela era tão linda que parecia um anjo. O desmaio não tinha afetado em nada a sua beleza; as bochechas continuavam rosadas e os lábios, avermelhados. Na verdade, os olhos estavam fechados, mas dava para ouvir sua respiração suave, e por isso todos acreditavam que não estava morta. O rei ordenou que ninguém a incomodasse e que a deixassem dormir tranquilamente até que chegasse a hora de seu despertar.

A boa fada, que havia salvado a vida da princesa ao substituir a sentença de morte por um sono de cem anos, estava no reino de Mataquim, a doze mil léguas de distância. Quando houve o acidente com a princesa, logo foi informada por um anãozinho que tinha botas de sete léguas, isto é, botas que o permitiam percorrer mais de sete léguas em um único passo. A fada veio imediatamente e chegou por volta de uma hora depois em uma carruagem flamejante, puxada por dragões.

O rei ajudou-a a descer da carruagem, e ela aprovou tudo que ele havia feito. Mas, como era muito precavida, pensou que, quando acordasse, a princesa não saberia o que fazer sozinha, em um velho palácio. Assim, fez o seguinte: tocou com a varinha todos no palácio (exceto o rei e a rainha) – governantas, damas de honra, camareiras, cavalheiros, oficiais, mordomos, cozinheiros, copeiros, guardas paramentados, mensageiros, criados –, e, da mesma forma, tocou todos os cavalos que estavam nos estábulos, bem como os demais, e os cães que estavam no pátio externo, incluindo a pequena Mopsey, a cachorrinha da princesa, que dormia com ela na cama.

No momento em que foram tocados, caíram no sono e não despertariam antes de sua ama, estariam prontos para esperá-la quanto ela precisasse. Até as fagulhas do fogo, brilhando no auge ao assar perdizes e faisões, adormeceram do jeito que estavam. Tudo aquilo ocorreu em um único instante. Fadas não brincam em serviço.

O rei e a rainha, tendo beijado a filha querida sem despertá-la, saíram do palácio e emitiram um decreto que proibia que alguém se aproximasse de lá. Mas tal decreto nem se fez necessário, pois, em quinze minutos, cresceram inúmeras árvores, grandes e pequenas, arbustos e sarças em torno do palácio. Elas se entrelaçavam entre si para que nem homem, nem animal pudessem entrar por ali e também não havia como sair. A princesa dormiria sem temer a invasão de curiosos. Quanto à fada, deu uma bela demonstração do seu poder e da sua arte, mesmo que ninguém duvidasse disso.

Ao fim dos cem anos, passava por ali o filho do rei que na época governava e que era de uma família diferente da princesa adormecida. Ele estava naquela parte do país para caçar. Perguntou a muitos:

— O que são aquelas torres em meio à mata fechada?

Todos responderam de acordo com o que sabiam. Alguns disseram:

— São as ruínas de um velho castelo, assombrado por espíritos.

Outros disseram que todos os feiticeiros e todas as bruxas da região praticavam ali seu *sabath* ou reunião noturna.

A opinião mais corriqueira era que ali vivia um ogro que levava para lá todas as criancinhas que capturava, a fim de comê-las quando quisesse e sem ser seguido por ninguém, pois só ele tinha o poder de atravessar o bosque.

O príncipe estava confuso, sem saber em quem acreditar, quando um bom camponês disse a ele o seguinte:

— Vossa Alteza, cerca de cinquenta anos atrás, ouvi de meu pai, que ouviu de meu avô, que havia naquele castelo uma princesa, a mais linda já vista. Ela deve dormir lá por cem anos e será acordada pelo filho de um rei, a quem está prometida.

O jovem príncipe ficou todo empolgado com aquelas palavras, acreditando, sem pensar no assunto, que podia dar fim à rara aventura. Impulsionado pelo amor e pela honra, resolveu naquele momento investigar.

Mal tinha começado a avançar em direção ao bosque, todas as grandes árvores, todos os arbustos e todas as sarças se afastaram, abrindo passagem para ele. Caminhou até o castelo que via no final da ampla alameda pela qual passava; o que o surpreendeu foi que nenhum de seus homens puderam segui-lo, pois as árvores se fechavam novamente conforme ele passava. Contudo, não deixou de seguir seu caminho; um príncipe jovem e apaixonado é sempre valente.

Ele entrou em um pátio externo espaçoso e tudo o que viu deixaria até mesmo o mais destemido paralisado de medo. Ali reinava o silêncio mais aterrador, a imagem da morte estava expressa em todas as partes e não havia nada para ser visto além de corpos de homens e animais estendidos, todos parecendo mortos. Ele, entretanto, sabia muito bem, pelos rostos rosados e pelas espinhas no nariz dos soldados da guarda real, que estavam apenas dormindo. As taças ainda mantinham algumas gotas de vinho, deixando bem claro que tinham caído no sono bêbados.

Então, cruzou o pátio pavimentado de mármore, subiu as escadas e entrou na sala da guarda em que os homens estavam em suas posições, com o mosquete no ombro e roncando com a maior intensidade. Depois disso, foi a diversos cômodos cheios de cavalheiros e de damas, e todos dormiam, alguns em pé, outros sentados. Por fim, entrou em um aposento todo cravejado de ouro e viu em cima de uma cama, cujo dossel estava aberto, a mais linda visão possível: uma princesa, que parecia ter quinze ou dezesseis anos, e cuja beleza flamejante e até mesmo resplandecente tinha algo de divino. Aproximou-se com temor e com admiração e prostrou-se diante dela.

Como o encantamento estava no fim, a princesa acordou e, olhando-o com mais ternura do que à primeira vista poderia ser admitido, disse:

— É você, meu príncipe? — ela indagou. — Esperou muito tempo por mim.

O príncipe, encantado com aquelas palavras, e ainda mais pela forma como foram expressadas, não sabia como mostrar a alegria e a gratidão; garantiu à princesa de que a amava mais do que a si mesmo. O discurso não foi bem articulado, pois eles mais choravam do que conversavam. O que faltava em eloquência, sobrava em amor. Ele estava mais confuso que ela, o que é compreensível; ela teve tempo para pensar no que iria dizer a ele; pois tudo indica (apesar de a história não ter tocado nesse tópico) que a boa fada, durante um sono tão longo, a encheu de muitos sonhos agradáveis. Resumindo, conversaram durante quatro horas e ainda não tinham falado nem sobre a metade do que tinham que dizer.

Enquanto isso, todos no palácio acordaram, pensando em suas próprias tarefas e, como não estavam apaixonados, estavam, de fato, famintos. A principal dama de honra era mais astuta que os demais e ficou muito impaciente, dizendo à princesa em voz alta que o jantar estava servido. O príncipe ajudou-a a se levantar. Ela estava completamente vestida, com toda formosura, mas Sua Alteza teve o cuidado de não dizer que parecia estar vestida como sua avó e que tinha uma faixa aparecendo sobre a gola alta. No entanto, não parecia nem um pouco menos charmosa e linda por causa disso.

Foram à grande sala de espelhos e lá jantaram, sendo servidos pelos servos da princesa. Violinos e oboés tocaram canções antigas, mas muito boas, apesar de já fazer mais de cem anos desde a última vez que foram tocadas; e, depois do jantar, sem perder tempo, o capelão real os casou na capela do castelo, tendo as cortinas fechadas pela chefe das damas de honra. Dormiram muito pouco, uma vez que a princesa nem tinha razão para dormir. O príncipe partiu na manhã seguinte para voltar à cidade, pois seu pai devia estar sentindo sua falta. A alteza disse a ele que tinha se perdido na floresta durante a caçada e que havia repousado na cabana de um produtor de carvão, que lhe deu queijo e pão preto.

O rei, seu pai, que era um homem bom, acreditou nele, mas a mãe não parecia muito convencida quanto à veracidade da história. Ao ver que ele saía quase todos os dias para caçar e que sempre tinha alguma desculpa para isso, apesar de ter dormido fora três ou quatro noites seguidas, ela começou a suspeitar que o filho estivesse casado. Naquele ponto, o príncipe vivia com a princesa há mais de dois anos e tinha com ela dois filhos: a menina mais velha chamava-se Aurora, e o mais novo era um menino chamado Dia, porque era muito mais vistoso e bonito que a irmã.

A rainha conversou diversas vezes com o filho para descobrir como ele havia passado o tempo, e ele tinha o dever de satisfazê-la. Embora a amasse, nunca chegou a confiar nela, porque era descendente de ogros, e o rei jamais teria se casado com ela, não fosse pela vasta riqueza. Na corte, havia o rumor de que ela ainda tinha tendência a agir como ogra e que, sempre que via criancinhas, tinha toda a dificuldade do mundo para não atacar. E assim o príncipe nunca mencionou nada sobre os filhos.

Entretanto, quando o rei morreu, mais ou menos dois anos depois, o príncipe tornou-se senhor e mestre, declarou abertamente seu casamento e, em uma grande cerimônia, levou sua rainha para o palácio. Prepararam uma entrada triunfal na cidade, com a princesa acompanhada dos dois filhos.

Pouco depois, o novo rei foi à guerra contra o imperador Contalabutte, seu vizinho. Deixou o governo do reino aos cuidados da rainha, sua mãe, e recomendou seriamente que cuidasse de sua mulher e de seus filhos. Ele teve que continuar a expedição durante todo o verão, e, assim que partiu, a rainha-mãe enviou a nora a uma casa de campo no bosque para que pudesse satisfazer com mais tranquilidade seu terrível desejo.

Alguns dias depois, ela mesma foi até lá e disse a seu cozinheiro:

— Pretendo comer a pequena Aurora amanhã no jantar.

— Ah, madame! — lamentou o cozinheiro.

— É o que farei — respondeu a rainha, usando aquele tom de ogra com forte desejo de comer carne fresca — e a comerei com molho de mostarda.

O pobre homem, sabendo muito bem que não devia pregar peças em ogros, tomou seu facão e foi ao quarto de Aurora. Ela tinha, então, quatro anos de idade e foi até ele pulando e sorrindo, abraçou-o, pedindo um docinho. O cozinheiro começou a chorar, e o facão caiu de suas mãos. Foi ao quintal dos fundos, matou um cervo e o preparou com um molho tão bom que sua senhora lhe garantiu que jamais havia comido algo tão delicioso em toda a vida. Ao mesmo tempo, ele foi obrigado a pegar a pequena Aurora e levá-la à sua esposa, para escondê-la no alojamento dos fundos do quintal.

Mais ou menos oito dias depois, a rainha má disse ao cozinheiro:
— Jantarei o pequeno Dia.

Ele nada respondeu, decidido a enganá-la como da outra vez. Saiu para procurar o pequeno Dia e o viu com um punhal nas mãos, com o qual combatia um grande macaco. A criança tinha apenas três anos de idade. Pegou-o nos braços e levou-o até a esposa, para que ela pudesse escondê-lo no quarto com a irmã, e, no lugar do pequeno Dia, cozinhou um jovem cabrito, muito tenro, que a ogra achou maravilhoso.

Tudo tinha ido muito bem até o momento, mas, certa noite, a rainha má disse ao cozinheiro:
— Comerei a rainha com o mesmo molho que comi a filha dela.

Foi naquele momento que o pobre cozinheiro ficou desesperado por não saber como enganá-la. A jovem rainha já tinha completado vinte anos, se desconsiderados os anos que tinha passado dormindo; e ele não sabia como encontrar no curral um animal cuja carne fosse suficientemente dura. Decidiu, então, para salvar sua própria vida, que cortaria a garganta da rainha e foi ao quarto dela com a intenção de fazer isso de uma vez. Alimentou toda a fúria de que era capaz, e entrou no quarto da jovem rainha com a adaga na mão. Todavia, não a surpreenderia; mas cortaria a garganta dela com todo o respeito, seguindo as ordens recebidas da rainha-mãe.

— Faça isso mesmo — disse ela, esticando o pescoço. — Cumpra as ordens que recebeu para que eu possa partir e ver meus filhos, meus pobres filhinhos que foram amados por mim com tanto carinho.

Ela os considerava mortos, pois haviam desaparecido sem seu conhecimento.

— Não, não, senhora! — exclamou o pobre cozinheiro aos prantos. — Não vai morrer e vai conseguir ver seus filhos novamente; mas tem que ir para casa comigo, no meu alojamento, pois os escondi e enganarei a rainha uma vez mais, servindo uma corça em seu lugar.

Depois disso, ele a levou até seu quarto rapidamente e lá a deixou para abraçar os filhos e chorar com eles. Saiu para preparar uma corça, que seria servida no jantar. A rainha-mãe a devorou com o mesmo apetite, como se fosse a jovem rainha. Ficou muito contente com a própria crueldade e já tinha inventado uma história para contar ao rei quando ele retornasse. Diria que lobos ferozes haviam comido sua esposa e seus dois filhos.

Certa noite, enquanto caminhava pelo pátio do palácio, como de costume, para ver se sentia o cheiro de carne fresca, a rainha ouviu, em um dos quartos do fundo, o pequeno Dia chorar, pois a mãe o havia castigado por desobediência. Ao mesmo tempo, ouviu a pequena Aurora pedir desculpas ao irmão.

A ogra logo reconheceu a voz da rainha e de seus filhos e ficou furiosa por ter sido enganada. Ordenou, na manhã seguinte, ao raiar do dia (com a voz mais terrível que fez a todos tremer), que fosse trazido para o meio do pátio maior um enorme caldeirão, cheio de sapos, víboras, cobras e todos os tipos de serpentes, a fim de que ali fossem lançados a rainha com os filhos, o cozinheiro, sua esposa e sua camareira. Todos a quem ela tinha dado ordens deveriam ser trazidos até lá com as mãos presas atrás das costas.

Assim foram trazidos, e os tiranos estavam prestes a lançá-los no caldeirão quando o rei (que não era esperado tão cedo) entrou no pátio no lombo do cavalo (pois vinha fazer um anúncio) e perguntou, absolutamente perplexo, o que significava aquele espetáculo horrível.

Ninguém ousou dizer a ele, até que a ogra, cheia de cólera ao ver o que estava acontecendo, lançou-se de cabeça no caldeirão e foi instantaneamente devorada pelas criaturas repugnantes. O rei nada pôde fazer a não ser lamentar muito, pois era sua mãe. Contudo, foi consolado por sua linda esposa e seus queridos filhinhos em seguida.

Cinderela, ou o Sapatinho de Cristal

(Charles Perrault)

ERA UMA VEZ um cavalheiro que teve como segunda esposa a mulher mais arrogante e convencida de que já se tinha ouvido falar. Ela teve duas filhas com o primeiro marido e as filhas apresentavam comportamento muito semelhante ao dela. Na verdade, as filhas eram iguais a ela em tudo. O cavalheiro também teve uma filha com sua primeira mulher. Era uma jovem de temperamento incomparavelmente bom e doce, herdado da mãe, a melhor pessoa do mundo.

Logo após as comemorações do casamento, a madrasta começou a revelar a verdadeira face. Era incapaz de tolerar as boas qualidades da jovem, ainda mais por fazerem suas próprias filhas parecerem ainda mais odiosas. A menina era responsável por todos os afazeres domésticos: lavava a louça, limpava a mesa e ainda esfregava o aposento da senhora e das senhoritas, suas filhas. A jovem dormia em um sótão miserável, em uma deplorável cama de palha, enquanto as irmãs ficavam em cômodos belos e de assoalhos polidos, com leitos da última moda e espelhos tão grandes que permitiam serem vistas por inteiro, da cabeça aos pés.

A pobrezinha aguentava tudo com paciência e não ousava dizer nada ao pai, que, completamente dominado pela esposa, apenas a repreenderia. Sempre que terminava os afazeres, costumava ir para o lado da lareira e sentar-se no meio das cinzas e do borralho, o que fazia com que sempre a chamassem de Cinzerela, apesar de a irmã caçula, que não era tão grosseira e agressiva como a mais velha, a tivesse apelidado de Cinderela. Mesmo usando vestimentas simples, Cinderela era mil vezes mais bela do que as irmãs, que sempre andavam vestidas glamurosamente.

Certa vez, o filho do rei quis dar um baile e convidou para a festa todas as pessoas de bom gosto. As jovens senhoritas foram também convidadas, uma vez que sempre se apresentavam à alta sociedade de forma majestosa. Ficaram muito felizes com o convite, ocupando-se de forma admirável com a escolha dos vestidos, das anáguas e dos acessórios de cabeça que combinariam com os trajes. Tudo aquilo representava um novo problema para Cinderela, pois era ela quem passava o linho das irmãs e fazia as pregas de seus babados. Elas passavam os dias todos falando sobre como se vestiriam.

— Eu escolherei um conjunto vermelho de veludo com adereço francês — disse a irmã mais velha.

— E eu vestirei a anágua de sempre, mas escolherei um mantô de flores douradas para compensar e um diamante sobre o corpete, que está bem longe de ser a peça mais vulgar do mundo — concluiu a mais nova.

Pediram os vestidos e os corpetes para a melhor costureira que conseguiram. As escovas e os pincéis foram trazidos por mademoiselle *de la Poche*.

Cinderela também foi chamada para dar sua opinião, pois tinha muito bom gosto e sempre procurava dar boas opiniões, e aconselhá-las da melhor forma que podia. Além disso, ela sempre se oferecia para arrumar os cabelos, pois as irmãs adoravam. Enquanto isso, elas indagaram:

— Não gostaria de ir ao baile, Cinderela?

— Ai de mim! — lamentou. — Vocês nunca param de zombar de mim! Aquilo não é para gente como eu.

— É bem verdade — responderam. — Todos morreriam de rir ao ver a Cinderela em um baile!

Qualquer pessoa teria deixado o penteado daquelas irmãs malfeitos, mas Cinderela era boa demais e as arrumou perfeitamente bem. As irmãs ficaram quase dois dias sem comer de tão contentes que estavam. Ao tentarem deixar os corpetes o mais apertado possível para que parecessem mais altas e elegantes, arrebentaram mais de uma dúzia de cordões. Elas ficavam o tempo todo em frente ao espelho.

Finalmente, o grande dia chegou. Enquanto seguiam para a corte, Cinderela as acompanhou com o olhar até as perder de vista, e então caiu no choro.

A madrinha, que apareceu e a viu banhada em lágrimas, quis saber o que havia acontecido.

— Como eu gostaria... Como eu gostaria...

Por entre as lágrimas e os soluços, Cinderela não conseguia completar a frase. A madrinha, que também era uma fada, indagou:

— Gostaria de poder ir ao baile, não é mesmo?

— Sim! — exclamou Cinderela, suspirando profundamente.

— Está certo — continuou a madrinha. — Se for uma boa menina, arrumarei um jeito para você ir.

Em seguida, levou-a para o seu quarto e disse:

— Corra até o jardim e traga-me uma abóbora.

Cinderela partiu na mesma hora para buscar a melhor abóbora que encontrasse. Sem saber como aquilo faria com que fosse ao baile, levou para a madrinha, que tirou tudo o que havia dentro dela e nada deixou além da casca. Depois, a fada bateu na abóbora com a varinha e a transformou em uma carruagem linda, toda revestida de ouro.

Em seguida, a madrinha avistou uma ratoeira onde encontrou seis ratos. Bateu de leve com a varinha em cada um deles e os transformou em belos cavalos. Juntos, somavam seis cavalos com a mesma cor acinzentada dos camundongos. Faltava um cocheiro.

— Vamos ver se não há algum outro rato na outra ratoeira... Podemos transformá-lo em um cocheiro — sugeriu Cinderela.

— Isso mesmo! — respondeu a madrinha. — Vá procurar.

Cinderela trouxe a armadilha e dentro havia três ratos enormes. A fada escolheu o mais barbudo e, ao tocá-lo com a varinha, o transformou em um cocheiro gordo e alegre, com o bigode mais bonito já visto até então. Em seguida, disse à jovem:

— Vá novamente ao jardim e encontrará seis lagartos atrás do regador. Traga-os para mim.

Assim que Cinderela os trouxe, a madrinha os transformou em seis lacaios, que imediatamente saltaram para trás da carruagem. Os uniformes estavam todos enfeitados com ouro e prata, e sabiam tão perfeitamente como se comportar que parecia que sempre tiveram essa função na vida. A fada então disse à jovem:

— Muito bem: esse é o cortejo que a levará ao baile. Você gosta?

— Mas é evidente que sim! — exclamou. — Mas como posso ir vestindo esses trapos deploráveis?

Bastou a madrinha tocá-la com a varinha para que suas roupas se transformassem em tecidos de ouro e prata, todos cobertos por joias. Feito isso, deu à Cinderela um par de sapatinhos de cristal, os mais belos que havia no mundo. E assim, toda glamorosa, Cinderela subiu na carruagem. A madrinha, contudo, ordenou que não ficasse no baile após a meia-noite e disse, ainda, que, se permanecesse um segundo a mais ali, a carruagem voltaria a ser abóbora; os cavalos, camundongos; o cocheiro, rato; os lacaios, lagartos; e suas roupas, iguais às que estava usando antes.

Cinderela prometeu à madrinha que deixaria o baile antes da meia-noite e foi embora mal conseguindo conter tanta felicidade. O filho do rei, que tinha ouvido dizer que uma grande princesa, desconhecida por todos, estaria para chegar, correu para o lado de fora a fim de recebê-la. Assim que ela desceu da carruagem, ele lhe estendeu a mão e a conduziu ao baile, no meio de todos os convidados. Um profundo silêncio os acompanhou, pois todos ficaram tão atentos para contemplar a beleza única da desconhecida que ninguém mais dançava e nenhum violino se ouvia. Só se escutava comentários como: "Mas como é bela! Como é bela!".

O rei, apesar da idade, não conseguiu deixar de observá-la, comentando baixinho com a rainha que há muito não via criatura tão bonita e tão adorável.

Todas as damas passaram a examinar a roupa e o penteado, a fim de que pudessem fazer algo similar no dia seguinte, se é que conseguiriam material tão bom e mãos tão habilidosas para produzi-lo.

O filho do rei acompanhou-a ao assento mais ilustre e, depois de um tempo, tirou-a para dançar. Cinderela bailou com tanta graça, que fez todos a admirarem ainda mais. Foi servido, então, um excelente banquete, mas o jovem príncipe nada comeu, para continuar dando atenção à jovem.

Cinderela sentou-se ao lado das irmãs e foi muito gentil com elas, dando-lhes parte das laranjas e das cidras com que o príncipe a havia presenteado. Como não a reconheceram, as irmãs ficaram muito surpresas com tal atitude. Enquanto as distraía dessa forma, a jovem ouviu o relógio indicar que eram quinze para meia-noite, sendo assim, logo fez reverência aos convidados e se apressou o máximo que pôde.

Quando chegou em casa, foi atrás de sua madrinha. Ela a agradeceu e disse que queria, do fundo do coração, ir ao baile no dia seguinte, pois esse também era o desejo do filho do rei.

Enquanto ela, cheia de entusiasmo, contava à madrinha tudo o que havia acontecido no baile, as duas irmãs bateram à porta. Cinderela a abriu mais que depressa.

— Mas como demoraram! — disfarçou, bocejando, esfregando os olhos e espreguiçando-se como se tivesse acabado de acordar. Mas Cinderela não tinha vontade alguma de dormir desde que as irmãs haviam saído de casa.

— Se tivesse ido — afirmou uma delas —, jamais se cansaria! Apareceu lá a mais admirável das princesas, a mais bela que qualquer olho mortal já viu. E foi tão gentil conosco que até nos deu laranjas e cidras.

Cinderela mostrou-se indiferente a tudo aquilo. Somente chegou a perguntar o nome da princesa, mas disseram que não sabiam e que o filho do rei, inquieto por causa dela, daria o mundo para saber quem era. Ao ouvir isso, uma sorridente Cinderela respondeu:

— Ela deve ser realmente belíssima, então! Como vocês foram abençoadas! Será que eu conseguiria vê-la? Ah, senhorita Charlotte! Poderia me emprestar o conjunto amarelo que sempre usa...

— Ora, quanta impertinência! — exclamou a senhorita Charlotte. — Emprestar minhas roupas a uma borralheira suja como você! Seria muita tolice.

Cinderela já esperava tal resposta e ficou muito contente com a recusa. Estaria em apuros se a irmã tivesse emprestado o que pediu apenas por brincadeira.

No dia seguinte, as duas irmãs foram novamente no baile. Também esteve lá Cinderela, mas em trajes ainda mais esplendorosos que os da outra vez. O filho do rei ficou o tempo todo ao lado dela. Ele a elogiava e não parava de lhe dirigir palavras ternas. Para Cinderela, aquilo estava tão longe de ser cansativo, que se esqueceu das recomendações da madrinha. Pensou que ainda eram onze horas quando o relógio, enfim, bateu à meia-noite, e, portanto, ela se levantou e fugiu, rápida como uma lebre. O príncipe correu atrás dela, mas não conseguiu alcançá-la. Ela deixou um sapatinho de cristal para trás, e ele o pegou com enorme cuidado. Cinderela conseguiu chegar em casa, mas quase sem fôlego e usando as roupas velhas e deploráveis de antes. Tudo o que havia restado de todo aquele refinamento era o par daquele sapatinho que ela havia deixado cair.

Perguntaram aos guardas do palácio se não tinham visto a princesa ir embora. Eles disseram que não viram ninguém além de uma jovem de trajes miseráveis que mais se parecia uma pobre camponesa do que uma bela dama.

Quando as duas irmãs retornaram do baile, Cinderela quis saber se todas haviam se divertido e se a bela dama tinha voltado lá.

Elas disseram que sim, mas que havia saído apressadamente assim que o relógio bateu meia-noite, e que tinha sido tudo tão rápido que até deixou cair um de seus sapatinhos de cristal, os mais belos do mundo. O príncipe o pegou e nada mais fez senão procurá-la pelo baile. Certamente, ele estava muito apaixonado pela bela dona do sapatinho de cristal.

Elas estavam mesmo falando a verdade, pois, alguns dias depois, o filho do rei fez proclamar, ao som da trombeta, que se casaria com aquela em cujo pé coubesse no sapatinho. Os criados começaram pelas princesas; em seguida, passaram às duquesas e a toda a corte, mas em vão. O sapatinho foi levado ainda às duas irmãs, que de tudo fizeram para calçar os pés nele. Cinderela, que tudo observava e reconhecia seu sapato, sugeriu, rindo:

— Posso ver se cabe em mim?

As irmãs gargalharam e não paravam de zombar dela. O cavalheiro enviado com o sapatinho olhou com seriedade para a jovem e, julgando-a bela, declarou ser justo que experimentasse, pois ele tinha ordens para permitir que todas deveriam tentar.

O homem fez Cinderela sentar-se e, colocando o sapatinho em seu pé, percebeu que deslizava com facilidade, encaixando-se como se feito de cera. A surpresa que tomou conta das irmãs foi grande, mas aumentou ainda mais quando Cinderela tirou do bolso o outro sapatinho e o colocou no pé. Em seguida, chegou a madrinha, que, ao tocar com a varinha as roupas da jovem, as transformou nas mais ricas e esplendorosas do que qualquer outra que Cinderela pudesse ter tido.

Então, as irmãs descobriram que ela era a dama admirável e elegante que tinham visto no baile. Jogaram-se aos seus pés, a fim de pedir perdão pelos maus-tratos a que a haviam submetido. Cinderela fez com que se levantassem e as abraçou, disse que as perdoava de todo o coração e desejava que sempre a amassem.

Então, vestida como estava, foi levada até o príncipe, que a viu mais adorável que nunca e casou-se com ela dias depois. Cinderela, cuja bondade era comparável à sua beleza, deu às duas irmãs aposentos no palácio e, naquele mesmo dia, uniu-as a dois grandes lordes da corte.

Aladim e a Lâmpada Maravilhosa

(De *As Mil e Uma Noites*.)

ERA UMA VEZ um alfaiate pobre que tinha um filho chamado Aladim, um menino descuidado, desocupado, que não fazia nada a não ser jogar bola o dia todo nas ruas com meninos vadios como ele. A situação entristecia tanto o pai, que ele acabou morrendo. Apesar das lágrimas e das orações da mãe, Aladim não melhorou. Um dia, quando estava brincando nas ruas como sempre, um estranho quis saber se era filho de Mustafá, o alfaiate.

— Sou, sim, senhor — respondeu Aladim —, mas ele morreu há muito tempo.

Quando ouviu isso, o estranho, que era um famoso mago africano, o pegou pelo pescoço e o beijou, exclamando:

— Sou seu tio e o reconheci pela semelhança com meu irmão. Vá até sua mãe e diga que estou chegando.

Aladim correu para casa e contou à mãe sobre o tio recém-chegado.

— Na verdade, meu filho — confirmou —, seu pai tinha um irmão, mas sempre achei que tivesse falecido.

Mesmo assim, preparou o jantar e mandou que Aladim procurasse o tio, que chegou trazendo vinho e frutas. Em seguida, sentou-se e beijou o lugar em que Mustafá costumava se acomodar, pedindo à mãe de Aladim que não se surpreendesse por não ter aparecido antes, porque estava fora do país há quarenta anos. Virou-se para Aladim e perguntou qual era a sua ocupação. Ao ouvir a pergunta, o menino abaixou a cabeça e sua mãe caiu aos prantos. Ao saber que Aladim não fazia nada e não queria aprender ofício algum, ofereceu-se para estabelecer uma loja para ele e provê-la de mercadorias. No dia seguinte, comprou para Aladim um conjunto de roupas refinadas e o levou por toda a cidade, mostrando-lhe os pontos de interesse, e, ao anoitecer, trouxe-o de volta para a casa da mãe, que ficou muito feliz ao ver o filho tão bem.

No dia seguinte, o mago levou Aladim a alguns belos jardins bem distantes das muralhas da cidade. Sentaram-se junto a uma fonte, e o mago tirou um bolo do cinturão, dividindo entre eles. Depois, seguiram viagem até quase chegar às montanhas. Aladim estava tão cansado que implorava para retornar, mas o mago o distraía com histórias divertidas e ele ia seguindo, apesar de desejar o contrário. Por fim, chegaram a duas montanhas divididas por um estreito vale.

— Não seguiremos em frente — afirmou o falso tio. — Vou mostrar algo maravilhoso a você; basta que recolha alguns gravetos enquanto acendo uma fogueira.

Quando o fogo já estava ardendo, o mago atirou um pó que trazia consigo, ao mesmo tempo que proferiu algumas palavras mágicas. A terra tremeu ligeiramente e abriu-se diante deles, revelando uma pedra plana quadrada com um aro de bronze no meio que servia para erguê-la. Aladim tentou fugir, mas o mago o pegou e deu-lhe um golpe que o derrubou.

— O que foi que fiz, tio? — indagou, lamentando.

Mas o mago respondeu gentilmente:

— Não tema e me obedeça. Debaixo desta pedra há um tesouro que deve ser seu, e ninguém mais pode tocá-lo. Por isso, deve fazer exatamente o que mando.

Ao ouvir a palavra tesouro, Aladim esqueceu os medos e segurou o aro conforme ordenado, dizendo os nomes do pai e do avô. A pedra soltou-se com bastante facilidade e surgiram alguns degraus.

— Desça — ordenou o mago —, ao pé desses degraus vai encontrar uma porta aberta que leva a três grandes salões. Arregace as mangas e passe por eles sem tocar nada, ou morrerá instantaneamente. Os salões dão para um jardim de sofisticadas árvores frutíferas. Continue a caminhada até chegar a um nicho em um terraço, onde há uma lâmpada acesa. Despeje o óleo que contém e traga-a para mim — Tirou um anel do dedo e o deu a Aladim, fazendo votos de prosperidade.

Aladim encontrou tudo como o mago havia descrito, colheu algumas frutas das árvores e, depois de pegar a lâmpada, chegou à boca da caverna. O mago gritou com muita empolgação:

— Venha logo e me entregue a lâmpada.

Aladim disse que só a entregaria quando estivesse fora da caverna. O mago ficou extremamente furioso e, jogando mais um pouco de pó em cima da fogueira, pronunciou algumas palavras, e a pedra rolou de volta para o lugar.

O mago foi embora da Pérsia para sempre, deixando bem claro que não era tio de Aladim, mas sim um mago astuto que havia lido em seus livros mágicos sobre uma lâmpada maravilhosa que faria dele o homem mais poderoso do mundo. Embora só ele soubesse onde a encontrar, só poderia recebê-la das mãos de outro. Havia escolhido o tolo Aladim para tal fim, com o intuito de obter a lâmpada e matá-lo em seguida.

Durante dois dias, Aladim ficou no escuro, chorando e lamentando. Por fim, juntou as mãos em oração e, ao fazê-lo, a mão friccionou o anel, que o mago tinha se esquecido de pegar de volta. Imediatamente, um gênio enorme e terrível surgiu das entranhas da terra e perguntou:

— O que quer comigo? Sou o escravo do Anel, obedecerei todas as suas ordens.

Aladim, destemidamente, respondeu:

— Tire-me deste lugar!

E logo em seguida a terra se abriu e ele estava do lado de fora. Assim que seus olhos conseguiram suportar a luz, voltou para casa, mas desmaiou na soleira da porta. Quando voltou a si, contou à sua mãe o que tinha acontecido e mostrou a lâmpada e os frutos que havia colhido no jardim, que, na verdade, eram pedras preciosas. Ele, então, pediu um pouco de comida.

— Pobre de mim, meu filho! — lamentou. — Não tenho nada em casa, mas fiei um pouco de algodão e vou sair para vendê-lo.

Aladim mandou guardar o algodão, pois, em vez disso, venderia a lâmpada. Como ela estava muito suja, a mãe começou a esfregá-la para que pudesse ser negociada por um preço maior. Imediatamente apareceu um gênio gigantesco, perguntando o que ele queria. Ela desmaiou, mas Aladim, pegando a lâmpada, disse cheio de coragem:

— Traga-me algo para comer.

O gênio retornou com uma tigela de prata, doze pratos de prata repletos de saborosas carnes, duas taças de prata e duas garrafas de vinho. A mãe de Aladim, quando voltou a si, indagou:

— De onde vem esse magnífico banquete?

— Não pergunte, apenas coma — replicou Aladim.

Assim, sentaram-se no café da manhã e lá ficaram até chegar a hora de jantar, e Aladim contou a mãe sobre a lâmpada. Ela implorou que a vendesse, e que não tivesse nada a ver com demônios.

— Não — contestou Aladim —, não vamos desperdiçar a oportunidade que bateu à nossa porta. Eu tirarei proveito dessas virtudes e levarei o anel sempre comigo também.

Quando acabaram de comer tudo que o gênio havia trazido, Aladim vendeu um dos pratos de prata e assim por diante, até que não restasse prato algum. Recorria logo ao gênio, que lhe dava outro conjunto de pratos, e assim viveram muitos anos.

Um dia, Aladim ouviu que uma ordem do sultão proclamava que todos tinham de ficar em casa e fechar as persianas das janelas enquanto sua filha, a princesa, passasse para ir e voltar do banho. Aladim queria muito ver o rosto dela, o que era muito difícil, pois ela sempre usava um véu. Ele se escondeu atrás da porta do banho e espiou por uma fresta. A princesa levantou o véu quando entrou e era tão linda que Aladim se apaixonou por ela à primeira vista. Ele foi para casa tão diferente que a mãe ficou assustada. Contou que estava perdidamente apaixonado pela princesa, que não podia viver sem ela, e queria pedi-la em casamento a seu pai. A mãe caiu na risada ao ouvir aquilo, mas Aladim finalmente a convenceu a ir até o sultão para que fizesse o pedido. Ela pegou um guardanapo e colocou nele os frutos mágicos do jardim encantado, que cintilavam e brilhavam como as mais preciosas joias. Ela os levou para agradar o sultão e partiu, confiando na lâmpada. O grão-vizir e os senhores do conselho tinham acabado de sair quando ela entrou no salão, posicionando-se na frente do sultão. No entanto, ele ignorou sua presença. Ela foi todos os dias durante uma semana, ficando sempre no mesmo lugar. No sexto dia, quando o conselho se dispersou, o sultão disse ao vizir:

— Vejo uma mulher na sala de audiências todos os dias, carregando algo em um guardanapo. Chame-a da próxima vez para que eu possa descobrir o que ela quer.

No dia seguinte, a um sinal do vizir, ela se aproximou do trono e ficou ajoelhada até ouvir a ordem do sultão:

— Levante-se, boa mulher, e diga-me o que quer.

Como ela hesitou, o sultão mandou que todos saíssem, exceto o vizir, e ordenou que falasse abertamente, prometendo perdoar de antemão qualquer coisa que pudesse dizer. Ela, então, contou o intenso amor do filho pela princesa.

— Rezei para que ele a esquecesse — confessou —, mas foi em vão. Ameaçou cometer algum ato desesperado se me recusasse a vir até Vossa Majestade para pedir a mão da princesa. Agora, peço que me perdoe, não só a mim, mas também a meu filho, Aladim.

O sultão perguntou com palavras gentis o que ela tinha no guardanapo e ela rapidamente desdobrou as joias e as apresentou. Ele ficou surpreso e, voltando-se para o vizir, exclamou:

— O que você acha? Eu devo conceder a mão da princesa a alguém que a valoriza a esse preço?

O vizir, que a queria para seu próprio filho, implorou ao sultão que esperasse três meses, pois esperava que seu filho providenciasse um presente mais valioso para oferecer. O sultão concordou e determinou à mãe de Aladim que, embora concordasse com o casamento, ela não deveria vir à sua presença novamente antes de três meses.

Aladim esperou pacientemente durante quase três meses, mas, assim que se passaram dois, sua mãe, que foi à cidade comprar óleo, encontrou todos em júbilo e quis saber o que estava acontecendo.

— Não sabe que o filho do grão-vizir vai se casar com a filha do sultão hoje à noite?

Ofegante, ela correu e contou a Aladim, que ficou desolado a princípio, mas logo se lembrou da lâmpada. Ele a esfregou, e o gênio apareceu indagando:

— Qual é o seu desejo?

Aladim explicou:

— Como pode ver, o sultão quebrou a promessa feita a mim e o filho do vizir deverá desposar a princesa. Minha ordem é que traga para cá a noiva e o noivo hoje à note.

— Mestre, eu obedeço — respondeu o gênio.

Aladim foi para seu quarto em seguida e lá, exatamente à meia-noite, o gênio transportou a cama com o filho do vizir e a princesa.

— Leve esse homem recém-casado — determinou — e o deixe no frio lá fora, retornando ao amanhecer.

Diante disso, o gênio arrancou da cama o filho do vizir, deixando Aladim com a princesa.

— Não tenha medo de nada — explicou Aladim —, você é minha mulher, prometida a mim pelo seu pai injusto, e não vou causar dano algum a você.

A princesa estava assustada demais para falar e passou a noite mais infeliz de sua vida, enquanto Aladim se deitou a seu lado e dormiu profundamente. Na hora determinada, o gênio buscou o trêmulo noivo, colocou-o em seu lugar e transportou a cama de volta ao palácio.

Depois disso, o sultão chegou para dar um bom-dia à filha. O pobre filho do vizir levantou-se e escondeu-se, enquanto a princesa não disse nada, e estava muito triste. O sultão a enviou para a mãe que perguntou a ela:

— Como é possível, minha filha, que não fale com seu pai? O que aconteceu?

A princesa deu um suspiro profundo, relatando finalmente à mãe que, durante a noite, a cama tinha sido transportada a alguma casa desconhecida e o que lhe tinha acontecido. A mãe não acreditou em palavra alguma do que ela disse, mas implorou que se levantasse e tratasse a história como um sonho qualquer.

Na segunda noite, a mesma coisa aconteceu e, na manhã seguinte, diante da recusa da princesa de contar o que havia acontecido, o sultão ameaçou decapitá-la. Ela, então, confessou tudo, implorando que perguntasse ao filho do vizir se não estava mesmo falando a verdade. O sultão determinou ao vizir que interrogasse o filho, que sabia a verdade, e acrescentou que, amando a princesa como amava, preferiria morrer a passar outra noite terrível como aquela, disse ainda queria se separar dela. Seu desejo foi atendido, e puseram fim às festividades e aos júbilos.

Quando se completaram os três meses, Aladim enviou a mãe para lembrar ao sultão sua promessa. Ela ficou no mesmo lugar de antes, e o sultão, que havia se esquecido de Aladim, lembrou-se dele imediatamente e mandou buscá-lo. Ao notar a pobreza da mulher, o sultão sentiu-se menos propenso do que nunca a manter a sua palavra e pediu o parecer do vizir, que o aconselhou a pedir um valor tão alto pela princesa que nenhum homem da terra pudesse alcançá-lo. O sultão, em seguida, voltou-se para a mãe de Aladim, declarando:

— Boa mulher, um sultão deve honrar suas promessas, e cumprirei a minha, mas seu filho deve primeiro enviar-me quarenta bacias de ouro cheias de joias até as bordas, carregadas por quarenta escravos negros, conduzidos por igual número de escravos brancos, vestidos com trajes esplêndidos. Diga a ele que estou aguardando a resposta.

A mãe de Aladim curvou-se até o chão e foi para casa, pensando que tudo estava perdido. Deu a mensagem a Aladim, acrescentando:

— Pode ser que ele fique esperando muito tempo sua resposta!

— Não tanto tempo quanto imagina, mãe — retrucou o filho. — Eu faria muito mais do que isso pela princesa.

Invocou o gênio e, dentro de alguns momentos, chegaram os oitenta escravos, tomando todo o espaço da pequena casa e do jardim. Aladim os fez partir para o palácio, dois a dois, seguidos pela mãe. Estavam tão ricamente vestidos, com joias tão esplêndidas nos cinturões, que todos se apinhavam em multidões para vê-los e para observar também as bacias de ouro que carregavam na cabeça. Entraram no palácio e, após se ajoelharem diante do sultão, perfilaram-se em semicírculo em volta do trono, de braços cruzados, enquanto a mãe de Aladim os apresentava ao sultão. Em vez de hesitar, o sultão afirmou:

— Boa mulher, retorne e diga a seu filho que eu o aguardo de braços abertos.

Ela não perdeu tempo para dar a notícia a Aladim e o mandou se apressar. Mas Aladim primeiro chamou o gênio.

— Quero um banho perfumado — exigiu —, trajes ricamente bordados, um cavalo melhor que o do sultão e vinte escravos para me servir. Além disso, seis escravos, com belas vestes, para atender à minha mãe. E, por último, dez mil peças de ouro em dez bolsas.

E assim foi feito. Aladim montou em seu cavalo e cavalgou pelas ruas, e os escravos atiravam ouro à medida que seguiam. Aqueles que tinham brincado com ele na infância não o reconheciam, pois ele tinha ficado muito bonito. Quando o sultão o viu, desceu de seu trono, abraçou e levou-o a uma sala em que a festa tinha sido organizada a fim de realizar o casamento dele com a princesa naquele mesmo dia. Mas Aladim se recusou, afirmando:

— Tenho que construir um palácio digno para ela — e despediu-se.

Assim que chegou em casa, ordenou ao gênio:

— Construa um palácio com o melhor mármore, com ornamentos em jaspe, ágata e outras pedras preciosas. No centro, construirá um enorme salão abobadado, e as quatro paredes serão de ouro maciço e de prata, cada uma delas com seis janelas e as treliças todas serão cravejadas de diamantes e rubis, exceto uma, que deverá ficar inacabada. Deverá haver estábulos, cavalos, cavalariços e escravos. Vá, e deixe tudo pronto!

O palácio foi concluído no dia seguinte. O gênio levou-o lá e apresentou todas as suas ordens fielmente executadas, até em relação a um tapete de veludo que ia do palácio de Aladim ao palácio do sultão. A mãe de Aladim, em seguida, vestiu-se esplendorosamente e caminhou até o palácio com seus escravos, enquanto ele a seguia a cavalo. O sultão enviou músicos com trombetas e címbalos para encontrá-los, e a música e os aplausos retumbavam no ar. Ela foi levada até a princesa, que a saudou e a tratou com honrarias. À noite, a princesa despediu-se do pai e partiu em um tapete voador para o palácio de Aladim, ao lado da mãe dele, e seguida pelos cem escravos. Ela ficou encantada com a visão de Aladim, que correu para recebê-la.

— Princesa — explicou-lhe —, se eu a desgracei, culpe a sua beleza por toda a minha ousadia.

Ela confessou que, depois que o viu, obedeceu a seu pai sem problemas em relação a isso. Depois que o casamento ocorreu, Aladim a levou até o salão onde acontecia uma festa e, após o jantar com ele, dançaram até a meia-noite. No dia seguinte, Aladim convidou o sultão para ver o palácio. Ao entrar no salão com as vinte e quatro janelas, decoradas com rubis, diamantes e esmeraldas, exclamou:

— É uma das maravilhas do mundo! Há apenas uma coisa que me intriga. Foi por acaso que uma janela à esquerda ficou inacabada?

— Não, senhor, faz parte do projeto — replicou Aladim. — Foi meu desejo que Vossa Majestade tivesse a glória de terminar esse palácio.

O sultão ficou satisfeito e mandou buscar os melhores joalheiros da cidade. Mostrou-lhes a janela inacabada e ordenou que a enfeitassem como as outras.

— Senhor — explicou o porta-voz —, não conseguiremos encontrar número suficiente de joias.

O sultão mandou buscar as próprias joias, que foram logo empregadas, mas aquilo não resolvia, pois, após um mês, nem metade do trabalho havia sido realizado. Aladim, sabendo que a tarefa deles era em vão, ordenou que desfizessem o trabalho e levassem as joias de volta, e, a seu comando, o gênio terminou a janela. O sultão surpreendeu-se ao receber as joias de volta e visitou Aladim, que mostrou a janela concluída. O sultão abraçou-o, enquanto o vizir, invejoso, insinuava que era trabalho de bruxaria.

Aladim conquistou o coração das pessoas com seus modos gentis. Foi nomeado capitão dos exércitos do sultão e venceu várias batalhas por ele, mas se manteve modesto e cortês como antes, e assim viveu em paz e feliz por muitos anos.

Entretanto, longe, na África, o mago lembrava-se de Aladim e, usando a arte da magia, descobriu que, em vez de ter tido uma morte deplorável na caverna, havia escapado e desposara uma princesa, com quem vivia com grandes honras e riquezas. Sabia que o filho do pobre alfaiate só poderia ter conseguido tais feitos por causa da lâmpada e viajou noite e dia até chegar à capital da China, empenhado em arruinar Aladim. Ao passar pela cidade, ouviu pessoas falarem por todos os lugares de um palácio maravilhoso.

— Perdoem-me a ignorância — comentou —, que palácio é esse de que tanto falam?

— Nunca ouviu falar do palácio do príncipe Aladim, a maior maravilha do mundo? Vou dizer onde fica, se quiser vê-lo.

O mago agradeceu àquele e, tendo visto o palácio, soube que tinha sido erguido pelo gênio da lâmpada. Aquilo o deixou tomado de raiva. Decidiu que ia se apossar da lâmpada e mergulhar Aladim mais uma vez na mais profunda pobreza.

Por infelicidade, Aladim havia partido para uma caçada de oito dias, o que deu tempo de sobra ao mago. Ele comprou uma dúzia de lâmpadas de cobre, colocou-as em uma cesta, e foi para o palácio, gritando: "Trocamos lâmpadas velhas por novas!", seguido por uma multidão. A princesa, sentada no salão de duas dúzias de janelas, enviou uma escrava para descobrir o motivo da algazarra, a qual retornou rindo, sendo repreendida pela princesa em seguida.

— Senhora — respondeu a escrava —, quem pode deixar de rir ao ver um velho tolo oferecendo-se para trocar lâmpadas antigas por boas lâmpadas novas?

Outra escrava, ao ouvir isso, comentou:

— Há uma lâmpada velha lá no mezanino que talvez possa interessá-lo.

Aquela era a lâmpada mágica que Aladim tinha deixado lá, pois não poderia levá-la para a caçada consigo. A princesa, sem saber seu valor, rindo, ordenou à escrava que a levasse e fizesse a troca. Ela foi e disse ao mago:

— Dê-me uma lâmpada nova em troca dessa.

Ele a pegou e mandou a escrava escolher a lâmpada que quisesse, em meio às vaias da multidão. Partiu sem lamentar suas lâmpadas e saiu dos portões da cidade até um lugar deserto e por lá ficou até o anoitecer, quando pegou a lâmpada e a esfregou. O gênio apareceu e, ao comando do mago, o transportou, juntamente com o palácio e a princesa nele, para um lugar deserto na África.

Na manhã seguinte, o sultão foi à janela e olhou para o palácio de Aladim e esfregou os olhos, pois tinha sumido. Mandou buscar o vizir e perguntou o que tinha acontecido com o palácio. O vizir olhou pela janela também e ficou atordoado de espanto. Mais uma vez, culpou a magia, e dessa vez o sultão acreditou nele e enviou trinta homens a cavalo para trazer Aladim a ferros. Eles o encontraram cavalgando para casa, amarraram e obrigaram-no a ir com eles a pé. No entanto, as pessoas que o amavam seguiam-no, armadas, para assegurar-se de que não sofreria nenhum mal. Foi levado à presença do sultão, que ordenou ao carrasco que o decapitasse. O carrasco forçou Aladim a ajoelhar-se, vedou seus olhos e ergueu o cutelo para golpeá-lo. Naquele instante, o vizir, que viu que a multidão tinha forçado entrada até o pátio e estava escalando os muros para resgatar Aladim, gritou ao carrasco que parasse a execução. Na verdade, o povo parecia tão ameaçador que o sultão cedeu e ordenou que Aladim fosse desamarrado e o perdoou na frente da multidão. Aladim agora implorava que dissessem o que tinha feito.

— Falso desgraçado! — praguejou o sultão — Venha até aqui — e mostrou a ele pela janela o lugar em que o palácio deveria estar.

Aladim ficou tão surpreso que não conseguia proferir palavra alguma.

— Onde está seu palácio? Onde está minha filha? — inquiriu o sultão. — Pelo primeiro, não tenho profunda preocupação, mas tenho de rever minha filha, e você a encontrará ou perderá a cabeça.

Aladim implorou que fossem concedidos quarenta dias a ele para que pudesse encontrar a princesa, jurando que voltaria e se entregaria à morte de acordo com o desejo do sultão se fracassasse. Sua súplica foi atendida, e saiu da presença do sultão profundamente triste. Durante três dias, perambulou como louco, perguntando a todos o que havia acontecido com seu palácio, mas só riam e tinham piedade dele. Chegou às margens de um rio e ajoelhou-se para fazer as orações antes de atirar-se às águas. Ao fazê-lo, esfregou o anel mágico que ainda usava. O gênio que tinha visto na caverna apareceu e perguntou qual era o seu desejo.

— Salve minha vida, gênio — implorou Aladim —, traga de volta meu palácio.

— Isso não está em meu poder — garantiu o gênio. — Sou apenas o escravo do anel, deve procurar saber o que houve com o Escravo da Lâmpada.

— Mesmo assim, pode me levar até o palácio, colocando-me debaixo da janela de minha querida esposa?

Imediatamente, foi transportado para a África, sob a janela da princesa, e adormeceu de pura exaustão.

Foi despertado pelo canto dos pássaros, e seu coração estava mais leve. Viu claramente que todo o azar era proveniente da perda da lâmpada e, em vão, perguntou-se quem a havia roubado.

Naquela manhã, a princesa levantou-se mais cedo do que de costume desde que tinha sido transportada para a África pelo mago, cuja companhia era forçada a suportar uma vez por dia. Entretanto, ela o tratava de forma tão rude, que ele, de forma alguma, se atrevia a viver lá. Enquanto ela se vestia, uma de suas aias olhou para fora e viu Aladim. A princesa correu, abriu a janela e gritou para que ele fosse até ela. Foi grande a alegria dos dois apaixonados ao se verem novamente. Depois de tê-la beijado, Aladim disse:

— Imploro, princesa, em nome de Deus, antes de falarmos de qualquer outra coisa, para seu próprio bem e por mim, diga-me o que foi feito de uma lâmpada velha que deixei no mezanino do salão de duas dúzias de janelas quando fui à caça.

— Pobre de mim! — choramingou. — Sou a causa inocente de nossas dores — e contou sobre a troca da lâmpada.

— Agora sei que devemos isso ao mago africano! Onde está a lâmpada?

— Ele a carrega consigo — replicou a princesa. — Sei disso porque ele a tirou do peito para mostrá-la a mim. O mago quer que eu quebre minha confiança em você e me case com ele, pois disse que você foi decapitado por ordem de meu pai. Ele está sempre falando mal de você, mas só respondo com minhas lágrimas. Se eu persistir, creio que logo será violento.

Aladim a confortou e a deixou por um tempo. Trocou de roupa com a primeira pessoa que encontrou na cidade e, tendo comprado certo pó, retornou à princesa, que o deixou entrar por uma pequena porta lateral.

— Use seu vestido mais bonito — recomendou — e receba o mago com sorrisos, levando-o a acreditar que me esqueceu. Convide-o para jantar com você e diga que quer provar o vinho da África. Ele vai sair para buscar a bebida e, enquanto estiver fora, vou dizer o que deve fazer.

Ela ouviu Aladim com atenção e, quando ele saiu, vestiu trajes alegres pela primeira vez desde que tinha deixado a China. Vestiu um cinto e um turbante de diamantes e, vendo em um espelho que estava mais bonita que nunca, recebeu o mago, dizendo, para seu grande espanto:

— Convenci-me de que Aladim está morto e de que nem todas as minhas lágrimas o trarão de volta para mim, por isso estou decidida a não mais lamentar. Sendo assim, convido-o para jantar comigo, mas estou cansada dos vinhos da China, gostaria de saborear os da África.

O mago correu para a adega e a princesa despejou o pó que Aladim lhe tinha dado em sua própria taça. Quando ele retornou, ela pediu que bebesse o vinho da África à sua saúde, entregando a própria taça em troca da taça dele, como sinal de reconciliação entre eles. Antes de beber, o mago fez um discurso em louvor de sua beleza, mas a princesa o interrompeu, dizendo:

— Vamos beber em primeiro lugar, e você poderá me dizer o que quiser depois.

Ela levou a taça aos lábios e a manteve assim, enquanto o mago tragou da sua até a última gota e caiu sem vida. A princesa, em seguida, abriu a porta para Aladim, atirando os braços em volta do pescoço; mas Aladim a repeliu, ordenando que o deixasse porque tinha mais coisas a fazer. Encaminhou-se em seguida até o mago morto, tirou a lâmpada do colete e determinou ao gênio que levasse o palácio e tudo dentro dele de volta para a China. E assim aconteceu. A princesa, em sua câmara, só sentiu dois pequenos choques e, quase sem pensar, estava em casa novamente.

O sultão, que estava sentado em seu gabinete, de luto pela filha perdida, incidentalmente levantou os olhos e os esfregou, pois lá estava o palácio, como antes. Apressou-se até lá, e Aladim o recebeu no salão de duas dúzias de janelas com a princesa a seu lado. Aladim contou o que havia acontecido e mostrou o cadáver do mago para que ele pudesse acreditar. Foi proclamada uma festa de dez dias e parecia que Aladim poderia agora viver o resto da vida em paz; mas não era para ser assim.

O mago africano tinha um irmão mais novo, que era talvez ainda mais perverso e mais esperto do que ele. Viajou à China para vingar a morte do irmão e fez uma visita a uma piedosa mulher chamada Fátima, acreditando que ela poderia ser útil. Entrou em sua cela e encostou um punhal no peito, ordenando que se levantasse e cumprisse sua determinação, sob pena de morte. Trocou de roupa com ela, pintou o rosto como o dela, pôs seu véu e a assassinou para que não andasse por aí contando histórias. Depois disso, seguiu para o palácio de Aladim, e todo o povo, pensando que ele fosse a santa mulher, reuniu-se em torno dele, beijando-lhe as mãos e pedindo a bênção. Quando chegou ao palácio, a algazarra em torno dele era tão intensa que a princesa mandou sua escrava olhar pela janela e perguntar o que estava acontecendo lá fora. A escrava contou que era a santa mulher, curando gente ao tocar suas enfermidades e, ao ouvir isso, a princesa, que há muito desejava ver Fátima, mandou buscá-la. Ao chegar à princesa, o mago dedicou uma oração por sua saúde e prosperidade. Quando terminou, a princesa o fez sentar-se a seu lado e pediu que ficasse sempre com ela. A falsa Fátima, que não queria nada melhor que aquilo, concordou, mas manteve abaixado o véu com medo de ser descoberta. A princesa mostrou o salão e perguntou o que achava dele.

— É realmente lindo — elogiou a falsa Fátima. — Em minha opinião, falta apenas uma coisa.

— E que coisa é essa? — indagou a princesa.

— Bastaria que um ovo do pássaro-roca fosse pendurado no meio da abóboda para ser a maravilha do mundo.

Depois disso, a princesa não conseguia pensar em mais nada que não fosse o ovo do pássaro-roca e, quando Aladim retornou da caçada, encontrou-a de mau humor. Implorou que ela dissesse o que estava errado, e ela declarou que toda a sua satisfação pelo salão tinha sido destruída pela ausência de um ovo de pássaro-roca pendurado na abóboda.

— Se esse é o problema, seu desejo será realizado.

Afastou-se dela e esfregou a lâmpada e, quando o gênio apareceu, ordenou que trouxesse um ovo do pássaro-roca. O gênio deu um grito tão alto e terrível que a sala tremeu.

— Patife! — gritou ele. — Não é suficiente que eu tenha feito tudo o que fiz por você e ainda me ordena trazer meu mestre para pendurá-lo no meio dessa abóboda? Você, sua esposa e seu palácio merecem ser queimados até as cinzas, mas esse pedido não é seu, e sim do irmão do mago africano que você matou. Ele agora está em seu palácio disfarçado como a santa mulher. Ela foi assassinada por ele. Foi ele quem colocou esse desejo na cabeça da sua esposa. Cuide de si mesmo, pois a intenção dele é matá-lo — após suas palavras, o gênio desapareceu.

Aladim foi de volta à princesa, reclamando de dor de cabeça, e pediu que a santa Fátima fosse mandada para curá-lo com a imposição de mãos. Mas, quando o mago se aproximou, Aladim, agarrando a adaga, perfurou seu coração.

— O que foi que você fez? — indagou a princesa. — Matou a santa mulher!

— Nada disso — contestou Aladim —, matei um mago perverso — e contou a ela como ele a tinha enganado.

Depois disso, Aladim e a esposa viveram em paz. Ele sucedeu o sultão após sua morte e reinou por muitos anos, deixando atrás de si uma longa linhagem de reis.

A história de um jovem que viajou o mundo para aprender sobre o medo

(Irmãos Grimm)

UM PAI TINHA dois filhos: o mais velho era inteligente e brilhante e sempre sabia o que tinha que fazer; o mais novo, no entanto, era abobalhado e não conseguia aprender, nem entender nada. Tanto é que as pessoas que o viam exclamavam:

— Esse rapaz deve ser um fardo para seu pai!

Quando algum trabalho tinha de ser feito, sempre o mais velho que o executava; mas, se era algo mais à tardinha ou à noite e se o caminho passasse pelo cemitério ou por algum local assombrado, o mais velho respondia: "Ah, não! Nada me fará ir até lá, meu pai. Isso me dá calafrios!", pois tinha medo.

Quando se sentavam à noite ao pé da lareira, contando histórias de deixar o cabelo em pé, eles às vezes diziam:

— Ah, não! Isso nos dá calafrios!

O filho mais novo, sentado em seu canto, ouvia a exclamação e não conseguia entender o que significava: "Estão sempre dizendo que isso dá calafrios! Aquilo dá arrepios! Nada me faz tremer. Provavelmente, essa é uma arte além do meu alcance."

Um belo dia, o pai disse a ele:

— Escute aqui, você aí no canto, já está crescido e forte, deve aprender a se sustentar. Veja seu irmão, quanto se esforça. Todo o dinheiro que gastei para educá-lo é dinheiro jogado fora!

— Querido pai, ficarei feliz em aprender. Na verdade, se for possível, gostaria de aprender a ter calafrios, pois não entendo nada disso.

O irmão mais velho, ao ouvir aquilo, pensou: "Deus meu! Que tolo é esse meu irmão! Nunca prestará para nada. 'Pau que nasce torto, morre torto'".

O pai deu um suspiro e respondeu:

— Logo aprenderá a tremer, mas isso não o ajudará a ganhar a vida.

Algum tempo depois, quando receberam uma visita do sacristão, o pai desabafou com ele e contou que o filho mais novo era inútil para tudo, nada sabia e nada aprendia.

— Veja só! Quando lhe perguntei como pretendia ganhar a vida, o rapaz pediu que o ensinassem a ter calafrios!

— Ah! Se é isso o que ele deseja — disse o sacristão —, posso ensinar. Mande-o por algum tempo para minha casa que lhe ensinarei com primor!

O pai ficou muito satisfeito com a proposta, pois pensou: "Será uma boa lição". Então, o sacristão levou o rapaz para casa, e ele ficou encarregado de tocar o sino. Após alguns dias, o sacristão acordou o rapaz à meia-noite, ordenando que subisse à torre e tocasse o sino da igreja, pensando com seus botões: "Agora, meu caro, aprenderá a tremer e a ter calafrios". Em seguida, foi na frente dele, de maneira furtiva, e, quando o rapaz estava lá em cima da torre e havia virado para pegar a corda do sino, viu, em pé, do outro lado do campanário, um vulto branco.

— Quem está aí? — perguntou, mas o vulto nada respondeu, não balançou nem se moveu. — Responda — exigiu o rapaz — ou então vá embora. Não há nada que fazer aqui a esta hora da noite.

O sacristão, no entanto, continuou parado, para que o jovem pensasse que ele fosse um fantasma. O jovem perguntou pela segunda vez:

— O que quer aqui? Fale se for um homem honrado, senão eu o atirarei escada abaixo.

O sacristão pensou: "Não está falando sério", e continuou mudo e imóvel como se fosse uma pedra. Então, o jovem perguntou uma terceira vez e, como não obteve resposta, atacou o vulto e o atirou escada abaixo. O vulto rolou uns dez degraus e ficou estatelado em um canto. A seguir, tocou o sino, voltou para casa, deitou na cama sem dizer uma palavra e adormeceu.

A mulher do sacristão esperou longo tempo pelo marido, mas ele não apareceu. Por fim, ansiosa, acordou o rapaz e perguntou:

— Sabe onde está meu marido? Ele subiu na torre antes de você.

— Não — respondeu o jovem —, mas havia alguém lá em cima, de pé, na escada, em frente ao alçapão do campanário. Como não quis me responder nem ir embora, julguei ser um pilantra e o atirei escada abaixo. É melhor ir ver se era ele; se for, ficarei muito triste.

A mulher correu e encontrou o marido gemendo em um canto, com a perna quebrada. Levou-o para baixo e, então, saiu correndo para a casa do pai do rapaz, reclamando em alto e bom tom:

— Seu filho é causa de muita desgraça: atirou meu marido escada abaixo e ele quebrou a perna. Tire aquele imprestável de nossa casa!

O pai, horrorizado, correu até o jovem e censurou-o severamente:

— Que malditas bobagens são essas? Só o maligno poderia dar essas ideias a você!

— Pai, escute-me — respondeu o rapaz —, não tenho culpa alguma. Ele estava lá, à noite, como quem tem más intenções. Eu não sabia quem ele era e pedi três vezes que se apresentasse ou fosse embora.

— Ah! — lamentou-se o pai. — Você só me traz infortúnio; saia da minha frente, não quero mais saber de você.

— Sim, meu pai, vou-me de bom grado. Espere até o amanhecer que me porei a caminho para aprender a tremer e a ter calafrios e, assim, serei mestre de uma arte que me permitirá viver.

— Aprenda o que quiser — respondeu o pai —, para mim é indiferente. Tome cinquenta moedas, pegue-as e saia por esse mundo afora, mas não diga a ninguém de onde vem e quem é seu pai, pois tenho vergonha de você.

— Está bem, pai, farei como quiser; se esse for seu único pedido, facilmente conseguirei guardá-lo na memória.

Ao amanhecer, colocou no bolso as cinquenta moedas, pegou a estrada e murmurou: "Se ao menos eu pudesse tremer! Se ao menos pudesse sentir um calafrio!".

Então, passou por ele um homem que ouviu o jovem resmungar, e, após caminharem um pouco, avistaram um cadafalso. O homem contou:

— Aquela é a árvore em que sete pessoas foram enforcadas, e agora estão aprendendo a fugir. Sente-se debaixo dela e espere até cair a noite, e logo saberá o que é ter calafrios.

— Se é só isso — respondeu o jovem —, é fácil; mas, se eu aprender a ter calafrios tão rapidamente, então amanhã darei a você minhas cinquenta moedas. Venha amanhã de manhã buscá-las.

Dito isso, o rapaz foi sentar-se bem debaixo da árvore dos enforcados e esperou o cair da noite. Como sentiu frio, acendeu uma fogueira, mas à meia--noite soprou um vento tão gelado que, apesar de ele estar perto da fogueira, não conseguia se esquentar. Conforme o vento soprava, os corpos oscilavam, batendo uns nos outros, e o rapaz pensou: "Se eu estou penando aqui perto do fogo, como essas pobres criaturas devem estar tremendo ali em cima!". Como tinha um coração bondoso, pegou uma escada e subiu para desprendê-los, corpo por corpo, e assim desceu os sete cadáveres. Em seguida, atiçou o fogo e os dispôs em volta da fogueira para que se aquecessem. No entanto, lá ficaram e não se moveram, e as chamas pegaram em suas roupas. Então, o rapaz disse:

— Tomem cuidado ou vou pendurá-los novamente lá em cima!

Mas os mortos não o ouviam e deixaram os farrapos queimar. Então, zangado, ele disse:

— Se não forem cuidadosos, nada poderei fazer para ajudá-los! Não tive a intenção de queimá-los — e tornou a pendurá-los um ao lado do outro. Em seguida, sentou-se diante do fogo e caiu no sono.

Na manhã seguinte, o homem foi até ele e, desejando ganhar as cinquenta moedas, disse:

— Sabe agora o que é ter calafrios?

— Não — respondeu o rapaz. — Como poderia? Esses camaradas aqui de cima nunca abriram a boca e são tão estúpidos que deixaram queimar os poucos trapos velhos que vestem.

O homem percebeu, então, que não ganharia as cinquenta moedas naquele dia e partiu, dizendo:

— Bendito seja quem nunca na vida viu tipo igual!

O jovem também seguiu seu caminho e começou a murmurar: "Se ao menos eu pudesse tremer! Se ao menos pudesse sentir um calafrio!". Um carregador que andava atrás dele ouviu essas palavras e perguntou-lhe:

— Quem é você?

— Não sei — disse o jovem.

— De onde vem?

— Não sei.

— Quem é seu pai?

— Não posso dizer.

— O que está murmurando?

— Ah! — exclamou. — Daria tudo o que tenho para ficar arrepiado de medo, mas não encontro quem possa me ensinar.

— Deixa de bobagem! — censurou o carregador. — Venha comigo e resolverei isso logo!

O jovem partiu com o carregador e naquela noite chegaram a uma hospedaria onde pousariam até o amanhã seguinte. Assim que entraram, o rapaz disse de novo bem alto:

— Ah! Se ao menos eu pudesse tremer, se ao menos pudesse sentir um calafrio!

O estalajadeiro ouviu-o e disse, rindo:

— Se isso é tudo o que deseja, aqui terá uma oportunidade.

— Cale-se! — interveio a mulher do estalajadeiro. — Muitos pagaram com a vida pela curiosidade e seria uma grande pena se esses belos olhos nunca mais vissem a luz do dia!

Mas o jovem explicou:

— Por mais que seja difícil, insisto em aprender; foi para isso que saí de casa!

E não deu paz ao estalajadeiro até que ele contasse que existia na vizinhança um castelo assombrado, onde seria fácil para qualquer pessoa aprender a ter arrepios se passasse ali três noites em claro. O rei prometeu a filha em casamento a quem tivesse tamanha ousadia, e ela era a princesa mais linda da face da terra. Além disso, existiam muitos tesouros escondidos no castelo, guardados por espíritos maus, que ficariam disponíveis e eram suficientes para transformar um pobretão em um ricaço. Muitos já tinham tentado, mas nenhum saiu do castelo.

Assim, o jovem foi até o rei e pediu:

— Se me fosse permitido, gostaria muito de passar três noites no castelo.

O rei olhou para ele e, somente porque o rapaz pareceu agradável, disse:

— Pode pedir três coisas, mas nada que esteja vivo, e poderá levá-las com você para o castelo.

O rapaz respondeu:

— Pois bem, peço algo que faça fogo, uma morsa manual e um banco de carpinteiro com as facas de entalhar.

No dia seguinte, o rei mandou entregar tudo no castelo. Ao anoitecer, o jovem tomou seu posto, acendeu um bom fogo em um dos cômodos, colocou a seu lado o banco de carpinteiro com as facas de talhar e sentou-se na morsa.

— Ah! Se ao menos eu pudesse tremer! Se ao menos pudesse sentir um calafrio! — disse. — Mas acho que nem aqui aprenderei.

Por volta da meia-noite, quis atiçar o fogo e estava assoprando a brasa quando ouviu um grito vindo de um dos cantos.

— Miau, miau! Como está frio!

— Seus tolos! — exclamou o rapaz. — Por que gritam? Se estão com frio, aproximem-se do fogo e se aqueçam.

Enquanto ainda falava, dois gatos pretos enormes saltaram ferozes e postaram-se um de cada lado do rapaz. Fitavam-no como animais ferais, com olhos faiscantes. Depois de ficarem aquecidos, disseram:

— O amigo gostaria de nos acompanhar em um joguinho de cartas?

— Por que não? — respondeu. — Mas deixe-me primeiro ver suas patas.

Os gatos esticaram as garras.

— Ah! Que unhas compridas! Esperem um minuto: devo cortá-las primeiro.

Então, agarrou-os pelo cangote, colocou-os sobre o banco de carpinteiro e apertou-lhes as patas na morsa com firmeza.

— Depois de observá-los atentamente — afirmou —, já não sinto desejo algum de jogar cartas com vocês.

Com essas palavras, matou os gatos e atirou-os pela janela ao fosso. Após mandar os dois para o descanso eterno, quando estava para sentar-se novamente diante do fogo, surgiram de todos os cantos gatos e cães pretos com correntes flamejantes de tal forma que lhe era impossível se livrar de todos. Urravam de maneira medonha, pisoteavam o fogo, espalhavam as brasas e tentavam apagá-las. O rapaz observou tudo quieto por um tempo, mas, quando achou que tinham passado dos limites, pegou a faca de talhar e gritou:

— Saiam todos! Bando de patifes! — e atirou-se sobre eles de forma violenta.

Alguns fugiram, outros caíram mortos, e o rapaz os jogou no fosso lá embaixo. Ao voltar, avivou o fogo novamente e aqueceu-se. Assim que se sentou, seus olhos recusaram-se a permanecer abertos por mais tempo, e venceu o desejo de dormir. Olhando ao redor, descobriu uma cama grande, em um dos cantos.

— Exatamente do que preciso! — disse o rapaz e deitou-se.

Bem quando ia fechar os olhos, a cama começou a mover-se sozinha e a correr por todo o castelo.

— Ótimo — disse —, só um pouquinho mais rápido!

Então, a cama acelerou como se fosse puxada por seis cavalos, passando por soleiras e escadas, para cima e para baixo. De repente, um estrondo! A cama deu um salto, ficou de pernas para o ar e caiu em cima dele como uma montanha. Atirou para longe as cobertas e os travesseiros, saiu debaixo da cama e exclamou:

— Agora, quem tiver disposição, que vá passear!

Voltou a deitar-se ao lado de seu fogo e dormiu até o raiar do dia.

Pela manhã, o rei veio e, vendo o jovem deitado no chão, pensou que os fantasmas tivessem sido demasiados para ele e que estivesse morto. Então, lamentou:

— Que pena! Um rapaz tão bom.

O jovem, ao ouvir isso, levantou-se e retrucou:

— Ainda não chegamos a esse ponto!

O rei, atônito, mas muito satisfeito, perguntou como tinham sido as coisas.

— Excelentes — respondeu —, e, agora que sobrevivi a uma noite, as outras vão passar da mesma maneira.

Quando voltou para a hospedaria, o estalajadeiro, admirado, arregalou os olhos e disse:

— Não contava em vê-lo vivo! Aprendeu agora o que é ter calafrios?

— Não, é inútil. Ah, se alguém pudesse me ensinar!

Na segunda noite, o rapaz voltou para o antigo castelo, sentou-se ao pé da lareira e começou a eterna ladainha:

— Ah, se ao menos eu pudesse tremer, se ao menos pudesse sentir um calafrio!

À meia-noite, iniciou-se um burburinho com um ruído contínuo, que começou fraco, mas aos poucos foi crescendo; então, um breve silêncio e, por fim, um grito alto, e metade de um homem caiu pela chaminé diante dele.

— Ei! Há alguém aí em cima? — gritou. — A outra metade de homem que procura está aqui embaixo, assim como está não basta!

Então o barulho recomeçou, ouviu-se um grito agudo e um berro, e o resto do corpo caiu.

— Espere um pouco — disse. — Vou atiçar o fogo para que você possa se aquecer.

Feito isso, olhou ao redor novamente, e as duas metades estavam unidas e um homem de aparência horripilante sentava-se em seu assento.

— Venha cá — disse o jovem —, não vou implorar, o banco é meu.

O homem tentou empurrá-lo, mas o jovem não permitiria isso nem por um momento, e, empurrando-o com força, tomou novamente o lugar. Então, mais homens caíram pela chaminé, um após outro. Foram buscar nove tíbias de esqueleto e duas caveiras e começaram a jogar boliche. O rapaz achou que também podia jogar e perguntou:

— Vocês ficarão incomodados se eu participar do jogo?

— Não, contanto que tenha dinheiro.

— Tenho bastante dinheiro — respondeu —, mas as suas bolas não são muito redondas.

Então, pegou as caveiras, colocou-as na morsa e arredondou-as.

— Assim rolam melhor! — disse. — Agora vamos nos divertir!

Jogaram, e o rapaz perdeu um pouco do dinheiro, mas, ao dar meia-noite, tudo desapareceu de diante de seus olhos. Deitou-se e dormiu placidamente.

Na manhã seguinte, o rei chegou, aflito, querendo notícias.

— Como foi dessa vez? — perguntou.

— Joguei boliche e perdi uns trocados.

— Não ficou arrepiado?

— Não tive a sorte — disse o jovem. — Teria ficado feliz. Ah, só queria saber como é sentir um calafrio!

Na terceira noite, sentou-se novamente em seu banco e suspirou, bem desanimado:

— Ah, se ao menos eu pudesse tremer!

Ia alta a noite quando chegaram seis homenzarrões carregando um caixão. O rapaz, então, lamentou:

— Ah! Deve ser meu primo que morreu há alguns dias!

Fazendo um sinal com o dedo, chamou:

— Venha, primo, venha.

Os homens colocaram o caixão no chão. O jovem aproximou-se e levantou a tampa. E ali estava o defunto. Tocou o rosto dele, estava frio como gelo.

— Espere aí — disse —, vou aquecê-lo um pouco.

Foi até a lareira, aqueceu as mãos e as pousou no rosto do cadáver, que continuou gélido.

Então, levantou o corpo, sentou-o perto do fogo e, deitando-o no colo, esfregou os braços dele para que o sangue voltasse a circular, mas não houve resultado. Lembrou-se, então, de que, se duas pessoas se deitassem juntas na cama, uma aqueceria a outra. Assim, deitou o defunto na cama, cobriu-o e deitou-se ao lado dele. Passado um tempo, o defunto aquecido começou a mexer-se. O jovem indagou-lhe:

— Primo, o que teria acontecido se eu não tivesse conseguido aquecê-lo?

O morto, todavia, levantou-se e bradou:

— Agora vou estrangulá-lo!

— O quê?! É assim que me agradece? Vou devolvê-lo direto para o caixão!

Levantou-o, atirou-o dentro do esquife e fechou a tampa. Os seis homenzarrões chegaram e levaram embora o caixão.

— Eu simplesmente não consigo tremer; está claro que nunca o aprenderei nesta vida!

A essa altura, entrou um homem de tamanho incomum e de aparência medonha, velho e de barba branca.

— Criatura miserável! Eu o ensinarei a tremer, pois vou matá-lo! — esbravejou.

— Não tão depressa — respondeu o jovem. — Se devo morrer, tem que me pegar primeiro.

— Já vou pegá-lo! — berrou o monstro.

— Calma, calma, não se gabe. Sou tão forte quanto você, e até mais!

— É o que vamos ver! — disse o velho. — Se for mais forte que eu, eu o deixo ir. Venha, vamos tentar.

Dito isso, conduziu o rapaz por corredores sombrios até uma forja e, empunhando um machado, deu um golpe na bigorna que a enterrou no chão.

— Pois faço melhor — afirmou o rapaz e aproximou-se da outra bigorna.

O velho chegou bem perto, e a barba branca pendia em cima da bigorna. O jovem segurou firme o machado e abriu uma fenda na bigorna, prendendo a barba do velho.

— Agora, você está em meu poder — disse o rapaz. — Dessa vez, você morrerá!

Apanhou uma barra de ferro e espancou o velho até que ele, gemendo, suplicou que parasse e disse que daria enormes riquezas ao rapaz. O jovem retirou o machado e o deixou partir. O velho levou o rapaz novamente ao castelo e mostrou para ele três baús de ouro que ficavam em um porão.

— Um desses baús — disse o velho — pertence aos pobres, o outro é do rei, e o terceiro é seu.

Naquele instante, bateu meia-noite e o espírito do velho desapareceu, deixando o rapaz sozinho no escuro.

— Certamente serei capaz de achar a saída — disse ele.

Foi apalpando até encontrar o caminho da sala e adormeceu perto do fogo. Na manhã seguinte, chegou o rei:

— Bem, agora aprendeu a tremer?

— Não — respondeu o rapaz —, o que pode ser? Esteve aqui meu primo morto e um velho barbudo que me mostrou baús de dinheiro lá embaixo, mas, a sentir um calafrio, ninguém me ensinou.

Declarou o rei:

— Conseguiu quebrar a maldição do castelo e deve se casar com minha filha.

— Tudo bem — disse o jovem —, mas ainda não sei como é sentir um calafrio.

Assim, buscaram o ouro e celebraram-se as núpcias, mas o jovem rei, embora amasse muito sua mulher e estivesse muito feliz, continuava a resmungar:

— Ah! Se ao menos eu pudesse tremer, se ao menos pudesse sentir um calafrio!

Por fim, aquilo levou a jovem rainha ao desespero. Sua aia disse, então:

— Deixe isso por minha conta! Faremos com que aprenda a tremer e ter calafrios.

Então, a aia foi até o riacho que corria pelo jardim e trouxe um balde cheio de peixinhos vivos e o levou para a rainha. Durante a noite, quando o jovem rei estava dormindo, a mulher arrancou-lhe o pijama e despejou em cima dele o balde de peixinhos, que começaram a escorregar e a saltar por todo o seu corpo. Àquela altura o rei acordou e gritou:

— Ai, que calafrio! Ai, como tremo! Obrigado, minha querida esposa! Agora já sei o que é sentir um bom arrepio!

Rumpelstiltzkin

(Irmãos Grimm)

ERA UMA VEZ um pobre moleiro que tinha uma filha muito bonita. Certo dia, ele teve uma audiência com o rei e, procurando parecer uma pessoa de importância, disse que tinha uma filha capaz de transformar feno em ouro.

— Ora, esse é um talento notável! — disse o rei ao moleiro. — Se sua filha é tão talentosa como diz, traga-a ao palácio amanhã para que veja com meus próprios olhos.

Quando a menina foi levada até lá, o rei a conduziu a um quarto cheio de feno, deu-lhe uma roca e um fuso e disse:

— Agora trabalhe e fie a noite toda, até o amanhecer, e se a essa hora não tiver transformado o feno em ouro, morrerá.

Então, fechou a porta atrás de si e deixou-a sozinha lá dentro. A pobre filha do moleiro sentou-se e não sabia o que fazer. Ela não tinha a menor ideia de como transformar feno em ouro e ficou tão triste que começou a chorar. Subitamente, a porta abriu-se e entrou um homenzinho, que disse:

— Boa noite, senhorita criada do moleiro. Por que chora tão copiosamente?

— Ah! — respondeu a menina. — Tenho que fiar feno em ouro e não tenho ideia de como fazê-lo.

— O que me daria se eu o fiasse em seu lugar? — perguntou o anão.

— Meu colar — respondeu a menina.

O homenzinho tomou o colar, sentou-se à roca e, rapidamente, a roda girou três vezes e o carretel estava cheio. Então, colocou outro e, novamente a roda girou três vezes e o segundo carretel estava cheio. Assim foi até o amanhecer, quando todo o feno havia sido fiado e todos os carretéis estavam cheios de ouro. Ao nascer do sol, o rei veio e, vendo o ouro, ficou surpreso e animado, mas seu coração só cobiçava mais e mais o precioso metal. Pôs a filha do moleiro em outro quarto cheio de feno, muito maior que o primeiro, e ordenou que, se tivesse amor à vida, transformaria todo aquele feno em ouro antes da manhã seguinte. A menina não sabia o que fazer e começou a chorar. Então, a porta se abriu como da outra vez, e o homenzinho apareceu dizendo:

— O que me dará se eu transformar o feno em ouro em seu lugar?

— O anel que tenho no dedo — respondeu a menina.

O anão tomou o anel e rapidinho se pôs a fiar na roca e, quando o dia amanheceu, ele tinha transformado todo o feno em ouro reluzente. O rei ficou feliz além da conta com a visão, mas a ganância por ouro ainda não estava satisfeita. Ele levou a filha do moleiro a um quarto ainda maior, cheio de feno, e disse-lhe:

— Deve fiar todo esse feno durante a noite e, se conseguir, se tornará minha esposa.

"Ela é só a filha de um moleiro, é verdade", pensou, "mas eu não poderia encontrar esposa mais rica, mesmo que procurasse no mundo inteiro".

Quando a menina ficou sozinha no quarto, o homenzinho apareceu pela terceira vez e disse:

— O que me dará se mais uma vez eu transformar o feno em ouro em seu lugar?

— Não tenho mais nada para dar — respondeu a menina.

— Então, prometa-me que me dará seu primeiro filho quando for rainha.

"Quem sabe o que acontecerá antes disso", pensou a filha do moleiro. Além disso, como não via outra maneira de sair daquela situação, prometeu ao anão o que ele pediu, e ele mais uma vez transformou o feno em ouro. Quando veio pela manhã e encontrou tudo como desejava, o rei logo se casou com ela, tornando-a rainha.

Passado um ano, ela deu à luz um belo filho e não pensou mais no homenzinho. Até que um dia, de súbito, ele entrou em seu quarto e disse:

— Dê-me o que prometeu!

A rainha ficou assustada e ofereceu ao homenzinho toda a riqueza do reino se ele tão somente lhe deixasse a criança. Mas o anão respondeu:

— Não. Uma criaturinha viva me é mais cara que todos os tesouros do mundo.

E a rainha começou a chorar e soluçar tão amargamente que o homenzinho se compadeceu dela e disse:

— Vou dar a você três dias para adivinhar meu nome. Se descobrir nesse período, poderá ficar com a criança.

A rainha pensou a noite toda procurando todos os nomes que já tinha ficado sabendo e enviou um mensageiro para vasculhar as terras, trazendo qualquer nome que encontrasse. Quando o homenzinho chegou no dia seguinte, ela começou com Gaspar, Belquior, Baltazar, e todos os nomes que conhecia. Era uma série longa, mas a cada um o homenzinho respondia:

— Esse não é meu nome.

No dia seguinte, ela mandou perguntar o nome de todos na vizinhança, e conseguiu uma longa lista dos nomes mais incomuns e extraordinários para quando o homenzinho chegasse.

— Seu nome, por acaso, é Pernovino, Canelarco, Pernafuso?

Mas ele sempre respondia:

— Não é esse meu nome.

No terceiro dia, o mensageiro voltou e anunciou:

— Não consegui encontrar nenhum nome novo, mas enquanto subia o monte, perto da esquina da floresta, onde raposas e lebres desejam boa-noite umas às outras, vi uma pequena casa e, em frente à casa, uma fogueira e, ao redor do fogo, o homenzinho mais grotesco que já vi pulava com uma perna só e cantava:

Amanhã festejarei, mas agora vou jantar.
Pois, logo bem cedinho, a criança vou pegar.
O nome do campeão não saberá a bela dama,
Pois ela nem imagina como Rumpelstiltzkin se chama!

Podem imaginar a alegria da rainha ao ouvir o nome. Quando o homenzinho se aproximou e perguntou: "E agora, minha rainha, qual é meu nome?", ela primeiro perguntou:

— Chama-se Conrado?

— Não.

— Chama-se Henrique?

— Não.

— Por acaso seu nome é Rumpelstiltzkin?

— Foi um demônio que contou para você! Um demônio! — gritou o homenzinho, e em sua fúria bateu o pé direito com tanta força que afundou até a cintura. Ainda furioso, puxou o pé esquerdo com as duas mãos e acabou se rasgando em dois.

A Bela e a Fera

(Madame de Villeneuve)

ERA UMA VEZ, em um país muito distante, um comerciante tão afortunado em suas atividades que tinha se tornado extremamente rico. Contudo, como tinha seis filhos e seis filhas, notou que a fortuna não seria grande o suficiente para permitir que todos possuíssem o que desejassem, como já estavam acostumados a fazer.

Porém, uma inesperada desgraça recaiu sobre eles. A casa em que moravam pegou fogo e rapidamente veio abaixo com toda a esplendorosa mobília, livros e quadros, ouro, prata e cada bem precioso que continha. E aquele foi apenas o começo dos problemas! O pai, que sempre havia prosperado em tudo, perdeu subitamente todos os barcos que possuía no mar, ou por causa de piratas, ou devido a naufrágios ou incêndios. Em seguida, descobriu que os empregados que o serviam em países distantes, e que eram de sua inteira confiança, não haviam sido fiéis. Como consequência, de uma enorme riqueza, passaram à mais terrível miséria.

Tudo o que restou foi uma casinha localizada em um lugar desolado, a pelo menos cem léguas da cidade em que viviam. Ali, o pai foi obrigado a se esconder com seus filhos, que estavam desesperados diante da ideia de levar uma vida tão diferente. Na verdade, as filhas, no início, nutriram a esperança de que seus amigos, tão numerosos quando eram ricas, insistissem para que ficassem em suas casas, agora que não tinham uma. Mas descobriram que haviam sido abandonadas e que seus velhos amigos chegavam ao ponto de atribuir toda aquela desgraça à extravagância das moças, sem demonstrar intenção alguma de ajudá-las.

Partiram, então, para a cabana que ficava no meio de uma floresta escura e dava a impressão de ser o lugar mais lúgubre da face da terra. Como eram pobres demais para terem empregados, as meninas tinham de trabalhar duro, como se fossem camponesas. Quanto aos filhos, cultivavam os campos em troca de sustento.

Usando roupas humildes e vivendo da maneira mais simples possível, as meninas não paravam de lamentar a perda do luxo e das diversões da vida que levavam anteriormente; somente a mais nova se esforçava para ser valente e feliz. Ela ficou tão triste quanto os demais quando a desgraça se abateu sobre seu pai, mas, tendo recuperado rapidamente a animação natural, começou a trabalhar para tirar o melhor proveito de tudo e também para distrair o pai e os irmãos o máximo possível e, ainda, convencer as irmãs a participar de suas danças e cantorias. As irmãs, no entanto, não queriam nada daquilo, e, ao verem que a mais nova não estava tão triste quanto elas, declararam que aquela vida miserável combinava com ela. Mas ela, na verdade, era muito mais bela e inteligente do que as outras. Era tão adorável que sempre lhe chamavam de Bela.

Depois de dois anos, quando todos começavam a acostumar-se à nova vida, houve mais um ocorrido para interromper a tranquilidade. O pai recebeu a notícia de que um de seus navios, que pensava ter perdido, havia ancorado com segurança e apresentava um valioso carregamento. Imediatamente, todos os filhos e as filhas acharam que sua pobreza havia chegado ao fim e quiseram partir para a cidade. Porém, o pai, homem prudente, implorou que esperassem um pouco e, embora fosse época de colheita e fizesse falta, mostrou-se determinado a ir primeiro, a fim de fazer averiguações. Somente a filha mais nova duvidava que voltariam a ser tão ricos quanto no passado, ou ao menos ricos o suficiente para viver de maneira confortável em uma cidade que pudesse novamente oferecer diversão e companhias joviais.

Assim, todos encheram o pai de encomendas, pedindo joias e vestidos que somente uma fortuna poderia comprar. Apenas Bela, certa de que aquilo seria inútil, não quis pedir nada. Percebendo o silêncio, o pai perguntou:

— E o que devo trazer para você, Bela?

— Tudo o que desejo é que volte para casa em segurança — respondeu a filha.

As irmãs ficaram irritadas, pois sentiam que ela as culpava por terem pedido artigos tão caros. O pai ficou contente, mas, imaginando que em sua idade ela gostaria de presentes belos, pediu que escolhesse algo.

— Bem, meu paizinho, se o senhor insiste, peço que me traga uma rosa. Não vejo nenhuma desde que cheguei aqui, e gosto tanto delas!

O comerciante então partiu e chegou à cidade o mais rápido possível, mas apenas para descobrir que seus antigos companheiros, julgando-o morto, tinham dividido entre si os bens da embarcação. Assim, após seis meses de preocupações e de gastos, ele estava tão pobre quanto antes, recuperando somente o necessário para arcar com os custos da viagem. Para piorar, teve que sair da cidade debaixo de uma temperatura terrível e, assim, após algumas léguas de casa, sentia-se quase esgotado de tanto frio e cansaço. Apesar de saber que levaria horas para atravessar a floresta, estava tão ansioso para concluir a viagem que decidiu prosseguir. A noite, entretanto, o surpreendeu, e tanto a neve alta quanto a nevasca intensa impediram que seu cavalo o levasse adiante. Não se via casa alguma; o único abrigo possível vinha do tronco oco de uma árvore enorme, em que ele ficou agachado durante toda a noite, que pareceu ser a mais longa de sua vida. Apesar da exaustão, o uivo dos lobos o manteve acordado e, mesmo quando amanheceu, as coisas não pareceram melhorar, pois a neve havia coberto todas as passagens, e ele não soube que caminho tomar.

Após um longo tempo, o homem conseguiu identificar um tipo de trilha, que começava tão acidentada e escorregadia, que ele caiu mais de uma vez. Tendo se tornado mais fácil o percurso, chegou a uma alameda em que havia um fabuloso castelo ao fim. O comerciante estranhou o fato de não haver neve alguma na alameda, que era inteiramente formada por laranjeiras repletas de flores e de frutas. Chegando ao primeiro pátio da construção, deparou-se com um lance de degraus em ágata e os subiu, passando, em seguida, por uma série de cômodos mobiliados luxuosamente. A brisa gelada do ar local o revigorou e o deixou faminto, mas parecia não haver ninguém a quem pudesse pedir algo para comer naquele palácio enorme e magnífico. Um silêncio profundo imperava. Por fim, cansado de andar por aposentos e por galerias vazios, ele parou em um cômodo menor do que todos os outros: havia ali fogo aceso e uma poltrona tinha sido arrastada para perto dele. Pensando que o local tinha sido preparado para alguém que chegaria, o comerciante se sentou para aguardá-lo e logo caiu em um sono prazeroso.

Quando foi acordado pela fome extrema horas depois, ele ainda estava sozinho. No entanto, uma mesinha com um jantar agradável tinha sido preparada perto dele, que, nada tendo comido nas últimas vinte e quatro horas, não perdeu tempo algum antes de começar a refeição, na expectativa de que logo teria oportunidade de agradecer a quem quer que tivesse dedicado tanta atenção a ele. Ninguém apareceu e, mesmo após outro longo cochilo, do qual o comerciante despertou completamente renovado, não havia sinal de pessoa alguma. Havia apenas um prato de bolos e de frutas deliciosas preparado sobre a mesinha ao lado dele. Por ele ser naturalmente acanhado, o silêncio começou a atemorizá-lo. Então, resolveu vasculhar os cômodos mais uma vez, sem obter resultado algum: não havia por lá nem mesmo um criado sequer. Não existia sinal de vida no palácio! Ele ficou pensando no que deveria fazer e, para distrair-se, começou a fingir que todos os tesouros que via ali eram seus e passou a decidir como os partilharia entre seus filhos.

Em seguida, desceu até o jardim e, embora fosse inverno em todos os outros lugares, ali o sol brilhava, os pássaros cantavam, as flores se abriam e o ar era doce e suave. Encantado com tudo aquilo que via e ouvia, o comerciante disse-se a si mesmo:

— Tudo isso deve ter sido feito para mim. Partirei neste mesmo instante e trarei meus filhos para que partilhem desses prazeres.

Apesar de estar tremendo de frio e exausto quando chegou ao castelo, teve o cuidado de levar seu cavalo ao estábulo para que ele se alimentasse. Pensando ser melhor selá-lo para a viagem de volta, pegou o caminho que levava até ali. Havia muitas rosas de ambos os lados da trilha e o comerciante percebeu que jamais tinha visto ou cheirado flores tão delicadas. Aquilo fez com que se lembrasse da promessa feita a Bela. Então parou e, assim que colheu uma para levar à filha, foi surpreendido por um estranho ruído atrás de si. Ao virar-se, encontrou uma Fera horripilante e de aparência furiosa, que disse com uma voz terrível:

— Quem disse que poderia colher minhas rosas? Não foi suficiente que eu permitisse ficar em meu palácio e ter sido bom com você? É assim que demonstra sua gratidão, roubando minhas flores? Mas tal insolência não ficará impune.

Atemorizado por palavras tão furiosas, o comerciante deixou cair a rosa fatal e, lançando-se de joelhos, suplicou:

— Perdoa-me, meu nobre senhor! Sou verdadeiramente grato por sua hospitalidade, uma hospitalidade tão magnífica que não imaginei que fosse ficar ofendido pela retirada de algo tão pequenino quanto uma rosa.

Mas a fala não fez reduzir a ira da Fera.

— As desculpas e as lisonjas parecem estar na ponta da língua — bradou o monstro —, mas nada disso poderá livrá-lo da morte merecida.

— Ai de mim! — falou o comerciante. — Se minha filha soubesse o perigo que corro por causa das suas rosas!

Desesperado, ele começou a contar à Fera os infortúnios e o motivo da viagem, sem esquecer-se de mencionar o pedido de Bela.

— O resgate de um rei não poderia comprar tudo o que minhas outras filhas pediram — complementou —, mas achei que ao menos poderia dar a Bela sua rosa. Peço, portanto, que me perdoe. Pode ver que não agi por mal.

A Fera refletiu por um momento. Em tom menos furioso, declarou:

— Darei meu perdão com uma condição: dê-me uma de suas filhas.

— Ah! — exclamou o mercador. — Se eu fosse cruel o bastante para garantir minha vida às custas de uma de minhas filhas, que desculpa poderia inventar para trazê-la até aqui?

— Desculpa alguma será necessária — respondeu a Fera. — Se ela vier, deverá ser por vontade própria. Não a aceitarei em outra condição. Veja se alguma é suficientemente corajosa e o ama a ponto de vir e salvar sua vida. Você passa a impressão de ser um homem honesto e, por isso, confiarei que irá para casa. Darei um mês para ver se uma de suas filhas retornará com você para permanecer aqui, e assim o deixarei livre em troca. Se nenhuma estiver disposta a fazê-lo, despeça-se de todos para sempre e retorne sozinho, pois passará a pertencer a mim — e, de cara fechada, acrescentou: — Não pense que pode se esconder de mim, pois, se não mantiver sua palavra, irei atrás de você!

O comerciante aceitou a proposta, apesar de não acreditar que alguma de suas filhas se deixaria convencer a ir. Ele prometeu retornar na data combinada e, ansioso por escapar da presença da Fera, pediu permissão para partir de imediato. A Fera, no entanto, disse que ele só poderia ir no dia seguinte.

— Haverá um cavalo preparado para você — disse. — Agora vá, jante e espere minhas ordens.

O pobre comerciante, mais morto que vivo, retornou para seu aposento e viu que, sobre a mesinha arrastada para a frente da lareira acesa, um suculento jantar tinha sido servido. Mas ele estava assustado demais para comer e apenas experimentou alguns dos pratos, temendo que fosse enfurecer a Fera caso não obedecesse a suas ordens. Quando terminou, ouviu no cômodo ao lado um grande ruído, e soube que a Fera se aproximava. Como nada podia fazer para escapar daquela visita, a única coisa que lhe restava era mostrar-se o menos receoso possível. Assim, quando a Fera apareceu e perguntou grosseiramente se ele havia saboreado o jantar, o comerciante respondeu humildemente que sim, graças à gentileza do anfitrião. Em seguida, a Fera recomendou a não se esquecer do acordo que haviam feito e que preparasse a filha para que o esperasse.

— Não se levante amanhã — acrescentou — até ver o sol e ouvir o badalar de uma sineta de ouro. Então, encontrará seu café da manhã aqui, e, no pátio, o cavalo que deverá montar. Ele também o trará de volta em um mês, quando retornará com sua filha. Leve uma rosa para Bela e lembre-se da sua promessa!

O comerciante ficou muito feliz quando a Fera se foi; e, apesar da tristeza o impedir de dormir, ficou prostrado até o nascer do sol. Então, após um café da manhã apressado, foi colher a rosa de Bela e subiu no cavalo. O animal o levou tão rapidamente que, em um instante, o homem havia já perdido o palácio de vista. Ainda estava absorto em pensamentos sombrios quando parou à porta da cabana.

Os filhos e as filhas, já inquietos pela longa ausência, foram logo a seu encontro, ávidos por saber o resultado da viagem. Vendo-o sobre um cavalo esplêndido e envolto por um rico manto, acharam que tivesse sido favorável. De início, o comerciante escondeu a verdade, dizendo apenas, ao entregar a rosa à Bela:

— Aqui está o que você me pediu. Nem imagina quanto me custou!

O comentário despertou a curiosidade de seus filhos, que ele teve de relatar suas aventuras do início até o fim, o que deixou todos muito infelizes. As meninas lamentavam em voz alta as esperanças perdidas, enquanto os filhos, tentando convencer o pai a não retornar àquele terrível castelo, faziam planos de matar a Fera caso viesse buscá-lo. Mas o comerciante os lembrou que havia prometido retornar e, então, as meninas ficaram muito irritadas com Bela. Disseram que foi tudo culpa dela e que, se ela tivesse pedido por algo sensato, nada daquilo jamais teria acontecido. Reclamaram incisivamente de ter de sofrer por causa de sua tolice.

A pobre Bela ficou tão aflita que disse:

— Sou mesmo responsável por tão grande infelicidade, mas garanto que agi inocentemente. Quem poderia imaginar que pedir uma rosa em pleno verão fosse causar tanta desgraça? Mas, como sou eu a culpada, é justo que seja eu a que sofra por ela. Por isso, retornarei com meu pai para que ele possa cumprir a promessa.

A princípio, ninguém quis saber daquela solução. O pai e os irmãos, que a amavam profundamente, declararam que nada os convenceria a deixá-la partir. Mas Bela mostrou-se inflexível. Com o passar do tempo, começou a dividir todos os poucos bens entre as irmãs e despediu-se de tudo o que amava. Chegado o dia infeliz, encorajou e animou o pai enquanto iam montados sobre o cavalo que o havia trazido. O animal parecia voar em vez de galopar, mas o fazia de maneira tão suave que Bela não teve medo. Na verdade, teria aproveitado a viagem, se não temesse o que poderia acontecer quando chegasse ao fim. O pai ainda tentou convencê-la a retornar, mas foi em vão. A noite caiu enquanto conversavam e, para a surpresa dos dois, luzes coloridas e maravilhosas começaram a reluzir em todas as direções enquanto fogos de artifícios irrompiam bem na frente de seus olhos. Toda a floresta estava iluminada, e apresentava um calor aconchegante, apesar do frio pungente pelo qual tinham passado até ali. Tudo aquilo durou até chegarem a uma alameda de laranjeiras e, lá, viam estátuas com tochas incandescentes nas mãos. Quando os dois se aproximaram do palácio, viram que estava todo iluminado, do telhado ao chão, e no pátio havia uma música suave.

— A Fera deve estar faminta mesmo para fazer tanta festa pela chegada da presa — disse Bela, tentando rir.

Apesar da ansiedade, era impossível não admirar as muitas maravilhas que ali via. O cavalo parou em frente a um lance de escada que dava para o terraço. Assim que desceram do cavalo, o pai levou a filha ao pequeno aposento em que esteve antes. Lá, havia uma esplêndida lareira acesa, bem como uma mesa arrumada com muito bom gosto. Nela, um jantar delicioso foi servido. O comerciante sabia que aquilo havia sido preparado ali para eles, e Bela, menos atemorizada agora que passou por vários cômodos sem ter sinal da Fera, estava disposta a comer, uma vez que a longa viagem a deixou faminta. No entanto, mal os dois haviam terminado a refeição, os passos do anfitrião começaram a ser ouvidos, levando Bela a agarrar-se ao pai com um temor que só fez crescer quando notou como ele também estava assustado. Quando a Fera apareceu, Bela, apesar de sentir a visão trêmula, fez grande esforço para esconder o terror que sentia e a cumprimentou de forma respeitosa.

O gesto claramente agradou à Fera, que, depois de olhá-la, declarou com um tom que aterrorizaria até o mais ousado dos corações, apesar de não parecer irada:

— Boa noite, meu senhor. Boa noite, Bela.

O comerciante estava assustado demais para responder, mas Bela respondeu com doçura:

— Boa noite, Fera.

— Veio por vontade própria? E vai ficar aqui de bom grado mesmo depois que seu pai partir?

Bela respondeu com coragem que estava pronta para ficar.

— Fico feliz — disse a Fera. — Como veio de vontade própria, pode ficar. Quanto a você, meu senhor — acrescentou, virando-se para o comerciante —, assim que o sol nascer amanhã, poderá partir. Quando a sineta tocar, levante-se rapidamente e faça o café da manhã. Encontrará o mesmo cavalo esperando para levá-lo para casa. Mas lembre que nunca mais verá meu palácio de novo.

Em seguida, voltando-se para Bela, afirmou:

— Leve seu pai para o aposento ao lado e ajude-o a escolher tudo o que, em sua opinião, seus irmãos e suas irmãs gostariam de ter. Encontrará três baús de viagem; pode enchê-los com tudo que quiserem. É justo que mande algo de grande valor como lembrança sua.

Então, após se despedir, a Fera se foi, e Bela, apesar de pensar com enorme abatimento na partida do pai, temia desobedecer às ordens recebidas. Sendo assim, os dois foram para o quarto ao lado que era cheio de estantes e armários. Ficaram muito surpresos com as riquezas que encontraram. Havia vestidos luxuosos e dignos de uma rainha, com todos os adereços que deveriam acompanhá-los. Quando Bela abriu os armários, ficou pasma diante das joias vistosas que se amontoavam sobre as prateleiras. Após escolher uma enorme quantidade de peças e tendo-as partilhado entre as irmãs, fez uma pilha de vestidos maravilhosos para cada uma, a jovem abriu, então, o último baú, que estava cheio de ouro.

— Como o ouro terá mais utilidade para você, pai, creio que será melhor retirar todas as outras coisas e encher os baús com ele.

Foi o que fizeram. No entanto, quanto mais ouro colocavam, mais espaço parecia haver, e assim acabaram colocando de volta todas as joias e todos os vestidos que haviam retirado. Bela colocou o máximo de joias possíveis de serem carregadas de uma só vez e, mesmo assim, os baús não ficavam cheios, mas estavam tão pesados que nem um elefante seria capaz de carregá-los.

— A Fera estava zombando de nós — lamentou o comerciante. — Provavelmente fingiu que nos daria tudo isso, sabendo que não conseguiríamos carregar!

— É melhor esperarmos para ver — respondeu Bela. — Não acredito que queira nos enganar. Tudo o que podemos fazer é trancar os baús e deixar tudo pronto.

Foi o que fizeram. Em seguida, retornaram ao pequeno aposento e encontraram o café da manhã preparado para surpresa dos dois. O comerciante devorou a sua parte com voracidade, pois acreditava que a generosidade da Fera talvez permitisse que ele retornasse em breve para ver Bela. Mas ela continuava convicta de que seu pai estava indo embora para sempre e, portanto, ficou bem triste ao ouvir o claro soar da sineta pela segunda vez, avisando aos dois que era a hora de se despedirem. Desceram até o pátio e lá havia dois cavalos à espera: um para carregar os dois baús, o outro para ser montado pelo comerciante. Os animais, impacientes, batiam as patas contra o chão, e o pai se viu obrigado a se despedir apressadamente de Bela. Assim que os montou, os cavalos partiram com tal velocidade que ela o perdeu de vista em um instante. Então, Bela começou a chorar, caminhando com pesar até seu aposento. Ela logo percebeu que estava com muito sono e, como não havia nada melhor para fazer, deitou-se e adormeceu instantaneamente. Sonhou que estava passeando às margens de um riacho ladeado por árvores e que lamentava, ali, seu triste destino, quando um jovem príncipe, mais belo que qualquer outro que já visto e dono de uma voz que tocava o coração, aproximou-se e disse:

— Ah, Bela! Não é tão infeliz quanto pensa. Aqui será recompensada por tudo o que sofreu antes. Cada desejo seu será atendido. Apenas procure encontrar-me, não importa qual for meu disfarce, pois eu a amo do fundo do coração. Ao me fazer feliz, encontrará a própria felicidade. Se for tão leal quanto é bela, nada mais teremos de desejar.

— O que posso fazer, príncipe, para que seja feliz? — disse Bela.

— Basta ser grata — respondeu ele — e não confie tanto em seus olhos. Sobretudo, não me abandone até conseguir salvar-me da minha cruel desgraça.

Depois disso, ela pensou estar em um cômodo, em companhia de uma senhora altiva e elegante, que disse:

— Querida Bela, procure não lamentar tudo o que deixou para trás, pois está destinada a um futuro melhor. Só não se deixe enganar pelas aparências.

Bela achou os sonhos tão interessantes que não teve pressa de acordar, mas logo o relógio a despertou, chamando-a suavemente doze vezes pelo nome. Então, ela se levantou e viu a penteadeira com tudo o que poderia desejar. Quando terminou de se arrumar, descobriu ainda que o jantar a esperava no cômodo ao lado. No entanto, comer não exige muito tempo quando se está sozinho, e logo Bela já estava confortavelmente sentada em um dos assentos de um sofá, pensando no príncipe que viu em sonho.

— Ele disse que eu poderia fazê-lo feliz — disse-se para si mesma. — Parece, então, que essa Fera terrível o mantém prisioneiro. Como poderei libertá-lo? E por que será que os dois me disseram que não confiasse nas aparências? Não entendo! Afinal de contas, era apenas de um sonho... por que me inquietar com ele? É melhor procurar algo com o que me distrair.

Bela então se levantou e começou a explorar alguns dos muitos cômodos do palácio.

O primeiro em que entrou estava revestido de espelhos. Bela estava refletida em todos os lados e pensou jamais ter visto aposento tão encantador. Em seguida, uma pulseira presa em um candelabro chamou sua atenção. Ao pegá-la, Bela notou, para sua grande surpresa, que era o retrato do príncipe, tal como o tinha visto em sonho. Com grande alegria, pôs a pulseira no braço e entrou em uma galeria de quadros, lá descobriu um retrato em tamanho natural daquele mesmo lindo príncipe. Tinha sido pintado com tanta qualidade, que, ao examiná-lo, o homem parecia sorrir afetuosamente para ela. Quando se esforçou para sair de perto do retrato, Bela passou por um cômodo que continha todos os instrumentos musicais existentes, e ali se divertiu por muito tempo, tocando alguns deles e cantando até ficar cansada. O quarto seguinte era uma biblioteca, na qual havia tudo o que ela sempre quis ler e tudo o que já havia lido. Parecia que uma vida inteira não bastaria para ler sequer os títulos dos livros, de tão numerosos que eram. Naquele momento, a noite começava a cair e, sobre castiçais de diamantes e rubis, as velas de cera passaram a acender-se sozinhas.

Bela encontrou sua refeição servida bem na hora em que gostava de comer, mas não viu ninguém ali nem ouviu nenhum ruído. E, apesar de seu pai ter avisado que ficaria sozinha, começou a achar aquilo um tanto entediante.

Todavia, Bela ouviu a Fera aproximar-se e perguntou a si mesma, trêmula, se ele teria a intenção de devorá-la. Como a Fera não parecia nem um pouco feroz e apenas disse, com o costumeiro tom rouco, "Boa noite, Bela", ela respondeu animadamente e conseguiu esconder o terror que sentia. Em seguida, a Fera perguntou o que ela tinha feito para se distrair e Bela contou a ele todos os cômodos que tinha visitado.

A Fera quis saber se ela acreditava que poderia ser feliz em seu palácio. Bela respondeu que aquilo tudo era tão bonito, que seria muito difícil agradar-lhe se não conseguisse ser feliz ali.

Após cerca de uma hora de conversa, a jovem começou a achar que a Fera estava longe de ser tão terrível quanto ela havia achado no começo. Então, a criatura se levantou para deixá-la e, com sua rouca voz, perguntou:

— Você me ama, Bela? Quer casar comigo?

— Ah! Mas o que direi? — exclamou Bela, que receava deixar a Fera com raiva caso se recusasse.

— Diga apenas que sim ou que não, sem medo.

— Ah, Fera... não! — declarou Bela apressadamente.

— Como não é de sua vontade, desejo, Bela, uma boa noite a você.

Bela desejou o mesmo, muito feliz por ele não ter ficado irritado com a recusa. E, mal a Fera saiu, já estava ela na cama adormecida, sonhando com o príncipe desconhecido. Ele se aproximava dela e dizia:

— Ah, Bela! Por que é tão cruel comigo? Temo ter ainda muitos dias de infelicidade em meu destino.

Seus sonhos iam se transformando, mas o príncipe encantador aparecia em todos. Então, chegada a manhã, o que primeiro veio à mente foi olhar o retrato e ver se o homem do sonho de fato se parecia com ele, e ela não teve dúvida quanto a isso.

Naquela mesma manhã, Bela decidiu distrair-se no jardim, uma vez que o sol brilhava e a água dos chafarizes corria. No entanto, ficou espantada ao perceber que todos aqueles lugares eram conhecidos por ela. Logo a jovem chegou ao riacho em que as murtas cresciam e onde ela, em sonho, havia conhecido o príncipe. Aquilo a fez acreditar ainda mais que a Fera o mantinha ali como prisioneiro. Assim que se cansou do lugar, Bela retornou ao palácio e encontrou um novo cômodo cheio de artigos diversos: fitas que poderiam se transformar em laços e sedas que poderiam se converter em flores. Havia, ainda, um aviário cheio de pássaros raros e tão dóceis que voaram até Bela assim que a notaram, pousando sobre seus ombros e sobre sua cabeça.

— Criaturinhas lindas — disse ela —, como seria bom ver essa gaiola mais perto de meu quarto para que pudesse ouvir com frequência seu canto!

Tendo dito isso, Bela abriu uma porta e descobriu, para sua alegria, que ela levava ao seu quarto, apesar de a jovem achar que estivesse do outro lado do palácio.

Havia outros pássaros em um cômodo mais distante, papagaios e cacatuas que falavam e cumprimentaram Bela pelo nome. Ela os considerou tão divertidos que pegou um ou dois e os levou para seu quarto e lá conversou com eles durante o jantar. Em seguida, como sempre fazia, a Fera a visitou e fez as mesmas perguntas de antes, despedindo-se com um "Boa noite" rouco e partindo logo depois. Então, Bela foi para a cama e sonhou novamente com o misterioso príncipe.

Bela foi passando os dias procurando as mais variadas distrações. Depois de um tempo, a jovem encontrou outra coisa estranha no palácio e essa foi sua fonte de distração muitas vezes antes de ficar cansada de estar sozinha. Havia um cômodo em que não havia dado nenhuma atenção especial. Se não fosse uma cadeira extremamente confortável debaixo de cada janela, estaria completamente vazio. Na primeira vez em que tentou ver o que havia do lado de fora, pareceu que uma cortina negra a impedia de fazê-lo. Mas, na segunda, como estava cansada, sentou-se em uma das cadeiras e viu a cortina deslizar para o lado e um engraçado teatro de fantoches apareceu à sua frente. Havia danças, luzes coloridas, música e vestidos lindos. Era tudo tão divertido que Bela ficou encantada. Em seguida, experimentou cada uma das outras sete janelas e em todas havia diversão nova e surpreendente, dessa forma, não havia mais como ela se sentir sozinha. Toda noite, após o jantar e antes de desejar-lhe boa-noite, a Fera vinha vê-la e, com sua terrível voz, perguntava-lhe:

— Bela, você se casaria comigo?

Agora que estavam mais próximos, Bela achou que a Fera partia um tanto triste após sua recusa. Porém, os felizes sonhos que tinha com aquele príncipe jovem e belo logo a faziam se esquecer da pobre criatura. A única coisa que a incomodava era ouvir constantemente que não deveria confiar nas aparências e era melhor seguir pelo coração e não pelos olhos, bem como muitas outras coisas muito perturbadoras que ela não conseguia entender por mais que refletisse.

E assim o tempo foi passando, até que, por mais feliz que estivesse, Bela começou a desejar rever o pai, os irmãos e as irmãs. Certa noite, ao notá-la bastante triste, a Fera quis saber o que estava acontecendo. Bela não mais o temia; sabia agora que, apesar da aparência feroz e da voz pavorosa, ele era bem dócil. Então, respondeu que queria rever a família. Ao ouvir isso, a Fera pareceu angustiar-se profundamente, chorando de tristeza.

— Ah, Bela, tem coragem de abandonar uma Fera tão desgraçada como eu? Do que mais precisa para ser feliz? É por me odiar que quer fugir?

— Não, Fera querida — respondeu Bela, ternamente. — Não o odeio, de modo algum, e ficaria muito triste se nunca mais voltasse a vê-lo! Mas gostaria de ver meu pai mais uma vez. Deixe-me ao menos ficar dois meses fora, e prometo retornar para permanecer aqui o resto da vida.

A Fera, que soluçava pesarosamente enquanto Bela falava, respondeu:

— Não consigo recusar nada do que me pede, ainda que isso venha a custar minha vida. Pegue as quatro caixas que encontrará no quarto ao lado do seu e coloque nelas tudo o que desejar. Mas não se esqueça da sua promessa e volte ao fim dos dois meses; caso contrário, irá se arrepender. Se não chegar na hora, verá esta leal Fera morta. Além disso, não precisará de nenhuma carruagem para retornar, somente despeça-se de seus irmãos e irmãs na noite anterior ao seu retorno. Ao ir para a cama, gire este anel em seu dedo e diga com firmeza: "Desejo retornar a meu palácio e ver minha Fera novamente". Não tenha medo, durma com tranquilidade e, muito em breve, verá seu pai mais uma vez.

Assim que ficou sozinha, Bela correu para encher as caixas com todos os artigos raros e preciosos que via a seu redor. Apenas quando se cansou de juntá-los, as caixas se encheram de fato. Em seguida, foi para a cama, mas estava tão feliz que mal conseguiu dormir. Quando enfim começou a sonhar com seu querido príncipe, ficou pesarosa ao vê-lo estirado sobre a grama, tão triste e fatigado, que mal parecia ser ele.

— Qual é o problema? — perguntou.

Ele a olhou com reprovação e disse:

— Como tem coragem de me perguntar isso, menina cruel? Não está me abandonando à beira da morte?

— Ah, não fique tão aflito! — exclamou Bela. — Só desejo garantir a meu pai que estou segura e feliz. Prometi à Fera que retornarei; se não cumprir minha palavra, ela morrerá de tristeza!

— E que diferença faz isso para você? — disse o príncipe. — Se importa com isso por acaso?

— Seria muita ingratidão de minha parte não me importar com uma Fera tão bondosa — afirmou Bela, indignada. — Eu morreria para privá-la da dor. Posso garantir que não a culpa é dela ser tão feia.

Naquele momento, um som estranho a fez acordar. Não muito longe dali, alguém falava. Ao abrir os olhos, ela estava em um cômodo que não conhecia e que estava longe de ser tão esplendoroso quanto aqueles com que havia se acostumado no palácio da Fera. Onde estaria a Fera? Ela se levantou e com pressa se vestiu. Em seguida, viu que as caixas arrumadas na noite anterior estavam no quarto. Enquanto se perguntava com que magia a Fera a tinha transportado para aquele lugar estranho tanto as caixas quanto ela mesma, Bela subitamente ouviu a voz do pai e correu para saudá-lo, tomada de alegria. Os irmãos e as irmãs ficaram espantados com seu aparecimento, uma vez que não esperavam voltar a vê-la. Fizeram perguntas intermináveis a ela.

Bela também ouviu tudo o que aconteceu com eles enquanto estava fora e como foi a viagem de volta do pai. Ao descobrirem que ela só passaria com eles um breve tempo, devendo retornar ao palácio da Fera de uma vez por todas, reclamaram em voz alta. Bela quis saber do pai o que poderiam significar aqueles sonhos estranhos que ela vinha tendo e por qual razão o príncipe sempre pedia para não confiar nas aparências. Após muito pensar, o pai respondeu:

— Você diz que a Fera, por mais pavorosa que seja, nutre profundo amor por você e merece, pela gentileza e bondade, tanto seu amor quanto sua gratidão. A meu ver, o príncipe quer mostrar que deve dar à Fera aquilo que ela deseja, apesar da feiura.

Para Bela, aquilo parecia muito sensato. Mas sempre que pensava em seu querido príncipe, que era tão lindo, não sentia vontade de se casar com a Fera. De qualquer forma, não tinha que decidir isso ao longo dos próximos dois meses: até lá, poderia se divertir com as irmãs.

Todavia, apesar de serem todos extremamente ricos, vivendo mais uma vez na cidade e desfrutando de muitos contatos, Bela nada encontrou que pudesse distrai-la por muito tempo. Frequentemente pensava no palácio em que havia sido tão feliz, principalmente porque, em casa, jamais voltou a sonhar com seu querido príncipe, e isso a deixava bem triste.

Além disso, suas irmãs pareciam estar acostumadas a ficar sem ela, chegando até a se sentirem incomodadas com sua presença. Se não fosse pelo pai e pelos irmãos, que imploravam para que ela ficasse, não sentiria tanto por voltar. Eles pareciam tão tristes com a possibilidade de sua partida que Bela não conseguia se despedir deles. Todo dia, ela acordava determinada a despedir-se à noite, mas quando a noite vinha, ela acabava fraquejando mais uma vez.

Contudo, certa noite, teve um sonho funesto que a ajudou a tomar a decisão. Ela estava caminhando por uma trilha solitária nos jardins do palácio, quando ouviu gemidos que pareciam vindos de alguns arbustos que escondiam a entrada de uma caverna. Correndo para ver o que estaria acontecendo ali, ela encontrou a Fera deitada de lado, parecendo morrer. Debilmente, o monstro a censurou por ser a causa de seu sofrimento, quando então uma senhora altiva apareceu e, em tom muito grave, declarou:

— Ah, Bela! Chegou a tempo de salvar a vida dele. Veja o que acontece quando as pessoas não cumprem suas promessas! Se você demorasse mais um dia sequer, encontraria a Fera morta.

Bela ficou tão aterrorizada com o sonho que, na manhã seguinte, anunciou que pretendia retornar de uma vez por todas. À noite, despediu-se do pai, dos irmãos e das irmãs; e, assim que se deitou, girou o anel ao redor do dedo e disse com firmeza:

— Desejo retornar a meu palácio e ver minha Fera novamente.

Então, adormeceu imediatamente, só despertando ao ouvir o relógio declarar doze vezes com a voz musical: "Bela, Bela...". Isso logo a fez perceber que estava no palácio mais uma vez. Tudo ali parecia o mesmo. Os pássaros ficaram tão felizes ao vê-la! Bela, no entanto, tinha a impressão de que jamais tinha vivido um dia tão longo; tão ansiosa estava por rever a Fera, que achava que a hora do jantar jamais chegaria.

Quando, enfim, chegou a hora de comer e a Fera não apareceu, a jovem ficou verdadeiramente assustada. Ela correu até o jardim, a fim de procurá-la. Ia e voltava pelas trilhas e alamedas, chamando pela Fera em vão. Ninguém respondia e não havia nenhum vestígio dela. Por fim, já bem cansada, ela decidiu parar e descansar por um momento, quando percebeu que estava diante do sombrio caminho com que havia sonhado. Bela correu até lá e, como esperado, encontrou a caverna. Ela viu a Fera deitada e pensou que estivesse dormindo. Feliz por tê-la encontrado, a menina se apressou a acariciar sua cabeça, mas para seu espanto, o monstro não se moveu nem abriu os olhos.

— Ah, não! Morreu! E a culpa é minha! — exclamou Bela, chorando copiosamente.

Então, ao olhar para a Fera de novo, notou que ainda respirava. Pegando um pouco d'água rapidamente na fonte mais próxima, ela respingou um pouco sobre seu rosto e, para sua grande alegria, notou que o monstro voltava a si.

— Ah, Fera! Que susto me deu! — lamentou. — Não sabia quanto o amava até agora a pouco, quando temi que fosse tarde demais para salvar sua vida.

— Pode mesmo amar criatura tão feia quanto eu? — perguntou a Fera com uma voz fraca. — Ah, Bela, chegou bem a tempo. Eu estava morrendo porque achei que você havia se esquecido da sua promessa. Agora retorne e vai descansar. Irei vê-la em breve.

Bela, que em parte esperava que Fera ficasse brava, sentiu-se tranquilizada ao ouvir a voz gentil e retornou ao palácio, onde o jantar a esperava. Em seguida, a Fera retornou como sempre e quis falar sobre o período em que ela esteve com o pai, perguntando se havia se divertido e se todos haviam ficado contentes em vê-la.

Bela respondeu com cortesia e se divertiu bastante ao narrar tudo o que havia acontecido. Então, quando enfim chegou o momento de a Fera partir e perguntar, como tantas vezes tinha feito, se a jovem queria se casar com ela, a menina respondeu com ternura:

— Sim, Fera querida.

Enquanto falava, um resplendor luminoso surgiu diante das janelas do palácio; fogos de artifícios explodiam, canhões salvavam; do outro lado da alameda de laranjeiras, em letras formadas por vaga-lumes, lia-se: "Vida longa ao príncipe e à sua noiva".

Ao virar-se para a Fera para perguntar o que tudo aquilo queria dizer, Bela descobriu que ela havia desaparecido e, em seu lugar, estava o príncipe que amava há tanto tempo. No mesmo momento, as rodas de uma carruagem foram ouvidas no terraço e duas damas entraram no aposento. Uma delas foi reconhecida por Bela como a senhora altiva vista em seus sonhos; a outra também era tão nobre e majestosa que a jovem mal soube a quem cumprimentar primeiro.

A que já era conhecida, porém, disse à sua companheira:

— Esta, rainha, é Bela, aquela que teve coragem de salvar seu filho do terrível encanto. Os dois se amam e só falta o seu consentimento para que sejam plenamente felizes.

— Dou todo o meu consentimento — clamou a rainha. — Jamais poderei agradecê-la o bastante, minha encantadora jovem, por ter devolvido a meu filho sua forma natural.

Em seguida, abraçou afetuosamente Bela, e o príncipe, que cumprimentava a Fada, recebia as felicitações.

— Muito bem — a Fada falou para Bela —, creio que queira que eu mande buscar todos os seus irmãos e todas as suas irmãs para que dancem em seu casamento, não é mesmo?

E assim aconteceu. O casamento foi celebrado no dia seguinte com grandiosidade, e Bela e o príncipe viveram felizes para sempre.

A Criada Esperta

(Asbjornsen e Moe)

ERA UMA VEZ um rei que tinha muitos filhos. Não sei exatamente quantos eram, mas o mais jovem deles não conseguia ficar sossegado em casa e estava decidido a sair para o mundo para tentar a sorte. Assim, depois de muito tempo, o rei foi forçado a conceder-lhe licença para partir. Depois de muitos dias viajando, chegou à casa de um gigante e conseguiu ser contratado como criado por ele. Em uma manhã, o gigante saía para levar as cabras para pastar e, antes de ir, disse ao filho do rei que ele deveria limpar o estábulo.

— Depois de ter feito isso — ordenou —, não precisa fazer mais nenhum trabalho hoje, pois seu patrão é gentil e logo você verá que sim. Mas faça bem feito o que mandei, do começo ao fim. E em hipótese alguma deve entrar em qualquer um dos quartos que dão para fora do aposento em que dormiu na noite passada. Se fizer isso, eu mesmo acabarei com a sua vida.

— Bem, com certeza, é um patrão sem complicações! — o príncipe pensou enquanto andava para cima e para baixo na sala, cantarolando, pois achava que haveria tempo de sobra para limpar o estábulo; "mas seria divertido dar uma olhada nos outros quartos também", pensou o príncipe, "pois deve haver algo que ele tenha medo que eu veja, visto que não estou autorizado a entrar lá". Assim, entrou no primeiro aposento. Um caldeirão estava pendurado nas paredes; fervia, mas sob ele o príncipe não conseguia ver fogo algum. "Só queria saber o que há ali dentro", pensou, e mergulhou no caldeirão uma mecha de seus cabelos, e os fios ficaram como se fossem feitos de cobre.

— É um tipo de sopa apetitosa. Se alguém provar, ficará com a garganta dourada — concluiu o jovem, e seguiu então para o próximo cômodo.

Lá também havia um caldeirão pendurado na parede, borbulhando e fervendo, mas novamente não havia fogo embaixo dele.

— Vou só experimentar como é esse aqui também — afirmou o príncipe, mergulhando ali outra mecha de cabelo, e os fios saíram cobertos de prata.

— Essa sopa rica não deve ser servida no palácio de meu pai — reclamou o príncipe —, mas tudo depende do sabor — e partiu logo em seguida para o terceiro aposento.

Lá, da mesma forma, havia um caldeirão pendurado na parede, em ebulição, exatamente como aconteceu nos outros dois. O príncipe teve o prazer de prová-lo também, mergulhando ali um cacho de cabelo, e a mecha saiu tão dourada e brilhante que resplandeceu mais uma vez.

— Alguns dizem que as coisas não vão bem — disse o príncipe —, mas aqui estão indo cada vez melhor. Se há ouro em ebulição, que outra coisa poderá ferver lá?

Estava determinado a ver, assim, atravessou a porta de entrada do quarto. Lá não havia caldeirão algum à vista, mas havia uma pessoa sentada em um banco, e parecia ser a filha de um rei. Quem quer que fosse, o príncipe jamais tinha visto alguém tão belo em sua vida.

— Ah, em nome de Deus, o que está fazendo aqui? — perguntou a moça sentada no banco.

— Comecei a trabalhar como criado aqui ontem — respondeu o príncipe.

— Que logo encontre um lugar melhor, se veio aqui para servir! — comentou ela.

— Ah, mas acho que tenho um patrão gentil — confidenciou o príncipe. — A tarefa que ele me passou hoje não é difícil de cumprir. Assim que tiver limpado o estábulo, terei terminado.

— Sim, mas como conseguirá fazer isso? — ela indagou novamente. — Se limpar como fazem as outras pessoas, para cada forquilha que jogar fora, dez voltarão para você. Mas vou ensiná-lo como se faz: você deve girar a forquilha de cabeça para baixo e trabalhar com o cabo, e então tudo vai sair voando por conta própria.

— Certo, farei isso — afirmou o príncipe e ficou sentado onde estava o dia todo, pois logo ficou resolvido entre eles que se casariam. Dessa forma, seu primeiro dia de trabalho com o gigante não pareceu muito longo. Todavia, quando a noite se aproximou, ela o advertiu de que seria melhor que ele limpasse o estábulo naquele momento, antes que o gigante voltasse para casa. Quando ele chegou lá, hesitou em tentar saber se o que ela tinha falado era verdade, e assim começou a trabalhar da mesma maneira que tinha visto os criados fazerem nos estábulos de seu pai, mas logo viu que tinha de desistir, pois, mesmo tendo trabalhado por um curto período, mal tinha espaço ali para ficar em pé. Ele fez, portanto, o que a princesa havia ensinado, virou a forquilha ao contrário, e trabalhou com o cabo e, em um piscar de olhos, o estábulo ficou limpo como se tivesse sido escovado. Assim que terminou a tarefa, voltou novamente para o aposento onde o gigante tinha permitido que ficasse e começou a andar de um lado para o outro, cantarolando.

O gigante logo retornou para casa com as cabras.

— Limpou o estábulo? — perguntou.

— Sim, patrão, agora está limpo e cheiroso — respondeu o filho do rei.

— Vou verificar — anunciou o gigante, virando-se para ir ao estábulo e ao ver que estava exatamente do jeito que o príncipe falou, disse:

— Com certeza falou com minha Criada Esperta, pois você nunca teria conseguido limpar assim — concluiu o gigante.

— Criada Esperta? Do que está falando, patrão? — retrucou o príncipe, fingindo ser tão estúpido quanto um asno. — Gostaria de saber.

— Bem, irá vê-la muito em breve — avisou o gigante.

Na segunda manhã, o gigante mais uma vez teve de sair com suas cabras e, portanto, ordenou ao príncipe que fosse buscar seu cavalo, que estava lá fora, na encosta da montanha, e, assim que tivesse cumprido a tarefa, poderia descansar o restante do dia.

— Seu patrão é gentil e logo verá que sim — repetiu o gigante. — Mas não entre em nenhum dos quartos que falei ontem ou viro sua cabeça até arrancá-la — ele ameaçou e em seguida partiu com as cabras.

— Sim, é verdade, o senhor é um patrão gentil — o príncipe concordou. "Mas vou entrar lá e conversar com a Criada Esperta novamente. Talvez em pouco tempo ela possa preferir ser minha a ser sua."

E ele foi até ela novamente e ela perguntou, então, qual era a tarefa dele naquele dia.

— Ah, não é um trabalho muito perigoso, imagino — comentou o filho do rei. — Só tenho que subir até a encosta da montanha para buscar o cavalo dele.

— Bem, e como pretende cumprir tal ordem? — indagou a Criada Esperta.

— Ah, vir para casa montado em um cavalo não é nada demais — explicou o filho do rei. — Acho que já montei cavalos mais folgazões antes.

— Sim, mas montar o cavalo até a casa não é algo tão fácil quanto você pensa — advertiu a Criada Esperta —, mas vou ensinar como você deve fazer:

quando chegar perto dele, sairá fogo de suas narinas como chamas de uma tocha de resina; seja muito cauteloso e pegue as rédeas que estão penduradas na porta, arremetendo-as diretamente na mandíbula. Logo em seguida, o animal ficará tão manso que conseguirá fazer com ele o que quiser.

O príncipe disse que não se esqueceria da orientação, depois, sentou-se novamente o dia todo ao lado da Criada Esperta, e conversaram sobre vários assuntos. A primeira e última coisa que comentaram foi que seria uma grande felicidade e alegria se pudessem se casar e escapar em segurança do gigante. O príncipe teria esquecido não só da encosta da montanha, mas também do cavalo se a Criada Esperta não o tivesse alertado quando começou a anoitecer, recomendando que seria melhor buscar o cavalo naquele momento, antes que o gigante chegasse. E assim ele fez, apanhou as rédeas que estavam penduradas em um gancho, caminhou pela encosta da montanha e não demorou muito para encontrar o cavalo, e fogo e rubras labaredas que saíam das narinas do animal. Mas o jovem observava cuidadosamente uma oportunidade e, assim que o cavalo correu em sua direção, ele atirou a peça diretamente na boca, e o animal ficou quietinho como um carneirinho, e não houve dificuldade alguma para trazê-lo para casa de volta ao estábulo. Em seguida, o príncipe retornou a seu quarto e começou a cantarolar.

O gigante voltou para casa de noite e indagou:

— Foi buscar o cavalo de volta da encosta da montanha?

— Fui, sim, patrão. Montá-lo foi divertido, mas cavalguei direto até em casa e o guardei no estábulo — informou o príncipe.

— Vou verificar — replicou o gigante que saiu para o estábulo.

Mais uma vez o cavalo estava lá, exatamente como o príncipe tinha avisado.

— Com certeza anda conversando com a Criada Esperta, pois isso nunca seria ideia sua — disse o gigante novamente.

— Ontem, patrão, falou dessa Criada Esperta, e hoje está falando dela novamente. Ah, pelos céus, patrão! Por que não me mostra essa pessoa? Pois, para mim, seria um verdadeiro prazer vê-la — provocou o príncipe, que mais uma vez se fingiu de bobo.

— Ah, irá vê-la muito em breve — avisou o gigante.

Na manhã do terceiro dia, mais uma vez o gigante tinha que ir ao bosque com as cabras.

— Hoje deve ir ao mundo subterrâneo para cobrar meus impostos — determinou ao príncipe. — Quando tiver cumprido essa tarefa, poderá descansar durante o restante do dia, pois seu patrão é gentil e logo verá que sim — e em seguida partiu.

"Bem, não importa que seja um patrão gentil, a tarefa designada é muito difícil de cumprir", pensou o príncipe; "mas vou ver se consigo encontrar a Criada Esperta. Ele diz que ela é dele, mas, apesar de tudo isso, ela pode me orientar sobre o que fazer agora", e foi procurá-la novamente. Assim, quando a Criada Esperta perguntou o que o gigante tinha determinado como tarefa naquele dia, ele disse que tinha que ir ao mundo subterrâneo para cobrar os impostos.

— E como resolverá isso? — indagou a Criada Esperta.

— Ah, você tem que me ensinar como fazer — pediu o príncipe —, pois nunca estive no subterrâneo e, mesmo que soubesse o caminho, não sei quanto devo exigir.

— Ah, sim, vou ajudá-lo com isso. Você tem que ir até a rocha que fica debaixo da encosta da montanha e pegar a clave que está lá. Depois, bata na parede rochosa — orientou a Criada Esperta. — Em seguida, alguém sairá brilhando com fogo; você dirá qual é a sua missão e, quando ele perguntar quanto quer recolher, deve dizer: "O tanto que conseguir carregar".

— Sim, não me esquecerei disso —, garantiu, sentando-se ali com a Criada Esperta o dia todo até o cair da noite. Ele teria ficado lá, todo feliz, se a Criada Esperta não o tivesse advertido de que era hora de partir para cobrar os impostos antes que o gigante chegasse.

Assim, ele pegou o caminho e agiu exatamente como a Criada Esperta havia orientado. Chegou à parede rochosa, pegou a clava e bateu na parede. Surgiu logo alguém coberto de fagulhas que irrompiam dos olhos e do nariz.

— O que quer? — interrogou-o.

— Fui encarregado de vir até aqui pelo gigante e cobrar o imposto em seu nome — anunciou o filho do rei.

— E quanto deverá levar? — inquiriu o outro.

— Não quero mais do que for capaz de carregar comigo — respondeu o príncipe.

— Ainda bem que não exigiu quantidade igual a uma carga de cavalo — comentou o ser que saiu da rocha. — Mas agora entre comigo.

O príncipe o seguiu e viu uma enorme quantidade de ouro e de prata! Estavam empilhados dentro da montanha como se fossem montes de pedras entulhados, ele pegou uma carga que era grande o suficiente para conseguir transportar e continuou o caminho com aquele volume. Assim, à noite, quando o gigante chegou em casa com as cabras, o príncipe entrou na câmara e começou a cantarolar novamente, como tinha feito nas outras duas noites.

— Já recolheu o imposto? — quis saber o gigante.

— Recolhi, sim, senhor — respondeu o príncipe.

— Onde colocou, então? — perguntou o gigante de novo.

— O saco de ouro está lá em cima do banco — informou o príncipe.

— Verificarei — avisou o gigante, indo até o banco.

O saco estava lá e estava tão cheio que transbordaram o ouro e a prata quando o gigante desamarrou a corda.

— Com certeza anda conversado com minha Criada Esperta — vociferou o gigante —, e se isso for verdade, vou torcer o seu pescoço.

— Criada Esperta? — indagou o príncipe — Ontem meu patrão falou dessa Criada Esperta, hoje fala dela de novo e no primeiro dia mencionou a mesma coisa. Ah, se eu mesmo pudesse ver essa pessoa... — rogou.

— Sim, sim, espere até amanhã — prometeu o gigante — que, então, eu mesmo vou levá-lo até ela.

— Ah, patrão! Eu agradeço, mas está apenas zombando de mim — reclamou o filho do rei.

No dia seguinte, o gigante o levou até a Criada Esperta e disse a ela:

— Agora deve matá-lo e fervo-o no caldeirão grande que conhece. Quando tiver o caldo pronto, vá me chamar — determinou o gigante.

Em seguida, deitou-se no banco para dormir e quase imediatamente começou a roncar tão alto que parecia um trovão entre as colinas. A Criada Esperta pegou uma faca e fez um corte no dedo mindinho do príncipe, deixando cair três gotas de sangue sobre um tamborete de madeira. Depois disso, ela pegou todos os trapos velhos e solas de sapatos, toda a imundície que conseguiu reunir e jogou no caldeirão. Rapidamente, encheu um baú com ouro em pó, uma pedra de sal e uma garrafa de água que estava pendurada na porta. Ela também levou consigo uma maçã de ouro e duas galinhas também de ouro. Assim que terminou, ela e o príncipe partiram na velocidade máxima que conseguiram. Depois de concluírem um pequeno percurso, chegaram ao mar e, em seguida, navegaram. Porém, onde conseguiram o navio, nunca saberei. Após ter dormido um bom tempo, o gigante começou a esticar-se no banco em que estava deitado.

— Será que o caldo já vai ferver? — quis saber.

— A fervura está apenas começando — respondeu a primeira gota de sangue no tamborete.

Assim, o gigante deitou-se para dormir novamente e dormiu por um longo, longo tempo. Depois, começou a mover-se um pouco mais uma vez.

— Será que vai ficar pronto agora? — indagou, mas não levantou o olhar dessa vez nem um pouco mais do que tinha feito na primeira vez, pois ainda estava meio adormecido.

— Está feito pela metade! — avisou a segunda gota de sangue, e o gigante acreditou que fosse a Criada Esperta novamente. Virou-se no banco e deitou-se para dormir mais uma vez. Após ter dormido durante muitas horas, começou a mover-se e a esticar-se.

— Ainda não está pronto? — perguntou.

— Está bem cozido — respondeu a terceira gota de sangue.

Em seguida, o gigante moveu-se para sentar-se e esfregar os olhos, mas não conseguiu ver quem havia falado com ele. O gigante, então, procurou pela Criada Esperta, chamando-a, mas não houve resposta alguma.

— Ah, bem, ela acaba de roubar um pouquinho da sopa — pensou o gigante e pegou uma colher, encaminhando-se até o caldeirão para experimentar. No entanto, lá não havia nada a não ser solas de sapatos e trapos, e toda aquela tralha estava cozida de tal forma que ele não conseguia dizer se era guisado ou mingau de leite. Ao ver aquilo, entendeu o que tinha acontecido e teve um ataque de fúria tão intenso que mal sabia o que estava fazendo. Foi embora à procura do príncipe e da Criada Esperta com tanta velocidade que o vento assobiava atrás dele, e não demorou muito até chegar à água, mas não conseguiu ultrapassá-la.

— Bem, bem, logo encontrarei uma solução para isso; basta chamar meu sugador de rios — concluiu o gigante e o chamou.

Assim, o sugador de rios veio, deitou-se e deu uma, duas, três goladas, e com isso a água no mar caiu a um nível tão baixo que o gigante viu a Criada Esperta e o príncipe em seu navio.

— Agora deve jogar fora a pedra de sal — orientou a Criada Esperta, e assim fez o príncipe.

A pedra cresceu e se transformou em uma grande montanha erguida ao longo das águas do mar, tão alta que o gigante não conseguiria ultrapassá-la e o sugador de rios já não conseguia beber mais água.

— Bem, bem, logo encontrarei uma solução para isso — calculou o gigante.

Então, convocou o furador de colinas para que viesse e furasse a montanha de tal forma que o sugador de rios pudesse beber toda a água novamente. Contudo, assim que foi feito o buraco e o sugador de rios estava começando a beber a água, a Criada Esperta orientou o príncipe a jogar uma ou duas gotas do frasco. Assim que ele o fez, o mar ficou instantaneamente cheio de água de novo e, antes que o sugador de rios pudesse dar mais uma golada, eles chegaram à terra firme e estavam sãos e salvos. Portanto, decidiram ir para casa, até o pai do príncipe, mas o jovem não permitia, em hipótese alguma, que a Criada Esperta chegasse até lá a pé, pois achava que não era apropriado para ela nem para ele irem a pé.

— Espere aqui um pouco enquanto vou em casa para buscar os sete cavalos que ficam no estábulo do meu pai — explicou ele. — Não fica muito longe, portanto, não demorarei. Não vou deixar que minha prometida vá a pé até o palácio.

— Ah, não, não vá, pois, se for para o palácio do rei, se esquecerá de mim, eu prevejo isso.

— Como poderia me esquecer de você? Sofremos tanto juntos e nos amamos tanto — afirmou o príncipe; insistindo em ir para casa buscar a carruagem com os sete cavalos.

Por fim, a Criada Esperta acabou cedendo, pois ele estava resoluto quanto ao que faria.

— Mas, ao chegar lá, não deve sequer perder tempo cumprimentando ninguém. Vá direto até o estábulo, pegue os cavalos, atrele-os à carruagem e dirija-se de volta o mais rápido que puder. Todos virão atrás de você, mas você deve se comportar como se não os tivesse visto e, em hipótese alguma, deve experimentar nada, pois, se o fizer, causará grande sofrimento, tanto para você quanto para mim — ela o advertiu e ele prometeu que cumpriria tudo.

Ao chegar em casa, no palácio do rei, como um de seus irmãos estava prestes a se casar, a noiva e todos os amigos e parentes dela tinham vindo para o palácio. Todos eles se aglomeraram ao redor do príncipe, perguntando sobre várias coisas, e queriam que ele os acompanhasse. Contudo, ele se comportou como se não os enxergasse e partiu direto para o estábulo, saindo com os cavalos para arreá-los. Quando perceberam que não conseguiriam de jeito algum convencê-lo a acompanhá-los, trouxeram-lhe comida e bebida, tudo do bom e do melhor que haviam preparado para o casamento, mas o príncipe recusou-se a tocar em qualquer coisa e não fazia nada a não ser atrelar os cavalos o mais rápido possível. No entanto, a irmã da noiva arremessou uma maçã que veio rolando pelo pátio todo até chegar a ele e anunciou:

— Como não comerá mais nada, dê uma mordida nessa fruta, pois deve estar com fome e com sede após a longa jornada.

Ele apanhou a maçã e mordeu um pedaço dela. Assim que colocou o pedaço de maçã na boca, esqueceu-se que deveria voltar na carruagem para buscar a Criada Esperta.

— Acho que devo estar louco! Para que quero essa carruagem e esses cavalos? — perguntou a si mesmo.

Em seguida, levou os cavalos de volta para o estábulo, dirigiu-se ao palácio real e ali foi decidido que deveria se casar com a irmã da noiva, a moça que havia arremessado a maçã para ele.

A Criada Esperta sentou-se às margens da praia e lá ficou por muito tempo esperando o príncipe, mas nem a sombra dele apareceu. Então, ela foi embora e, depois de caminhar uma distância curta, chegou a uma pequena cabana solitária no meio de um bosque, ao lado do palácio do rei. Lá, ela entrou e perguntou se teria permissão para ficar.

A cabana pertencia a uma velha megera, que também era uma cuca mal-humorada e perversa. No início, não permitiu que a Criada Esperta permanecesse ali, mas, finalmente, depois de muito tempo, persuadida pelas belas palavras e pelo bom pagamento, deu permissão a ela. A cabana era tão suja e preta por dentro quanto um chiqueiro e a Criada Esperta afirmou que arrumaria a casa para deixá-la com aparência similar ao interior das casas de outras pessoas. A velha megera também não gostou da ideia. Ela fez uma careta e ficou muito irritada, mas a Criada Esperta não se incomodou. Pegou seu baú de ouro e atirou um punhado dele no fogo. O ouro ferveu e espalhou-se pela cabana toda até ficar tudo dourado, por dentro e por fora. Mas, quando o ouro começou a borbulhar, a bruxa velha ficou tão apavorada que fugiu como se o próprio Capeta a estivesse perseguindo, e nem se lembrou de se inclinar ao passar pela porta, assim, rachou a cabeça e morreu.

Na manhã seguinte, o xerife passava pelo local e parou por lá. Ficou bastante surpreso quando viu a cabana de ouro brilhar e reluzir lá na mata e ficou ainda mais impressionado quando entrou e viu a bela donzela que estava sentada ali. Apaixonou-se por ela no mesmo instante e imediatamente implorou, de forma doce e gentil, que se casasse com ele.

— Bem, mas você tem muito dinheiro? — indagou a Criada Esperta.

— Ah, sim. Vivo bem, não se preocupe com isso — assegurou o xerife.

Ele foi para casa pegar sua riqueza e voltou à noite, trazendo um saco com dinheiro até a borda, o qual deixou em cima do banco. Já que ele tinha tanto dinheiro, a Criada Esperta respondeu que o aceitaria e, em seguida, sentaram-se para conversar.

No entanto, mal tinham sentado, a Criada Esperta já queria levantar-se novamente.

— Esqueci-me de verificar o fogo — avisou.

— Por que você tem que se levantar para fazer isso? — perguntou o xerife.

— Eu mesmo o farei! — então, levantou-se e chegou à chaminé em um único salto.

— Conte-me quando pegar a pá — pediu a Criada Esperta.

— Bem, estou com a pá na mão agora — avisou o xerife.

— Então pode segurar a pá e a pá pode segurá-lo para jogar brasas ardentes em cima de você até o raiar do dia — replicou a Criada Esperta.

Dessa forma, o xerife ficou lá a noite inteira com as brasas ardentes em cima dele, sem se importar com choro nem súplica, pois nada fazia as brasas quentes esfriarem.

Quando o dia começou a amanhecer, e o xerife conseguiu derrubar a pá e adquiriu uma supervelocidade e todos os que o encontravam arregalavam os olhos e se viravam para vê-lo, pois voava como louco, tinha aparência pior do que se tivesse sido esfolado e tostado. Todo mundo ficava se perguntando por onde ele tinha andado, mas, por pura vergonha, ele não falava nada.

No dia seguinte, o advogado passou a cavalo pelo local em que morava a Criada Esperta. Viu como a cabana brilhava e reluzia no meio do bosque e também entrou para ver quem morava lá. Quando viu a bela donzela, apaixonou-se por ela ainda mais perdidamente do que o xerife e começou a cortejá-la no mesmo instante. A Criada Esperta logo perguntou, assim como havia feito com o xerife, se ele tinha muito dinheiro. O advogado respondeu que não estava em má situação e que iria imediatamente a sua casa para trazer sua riqueza. Ele voltou à noite com um grande saco de dinheiro, contendo o dobro da quantidade do xerife. Colocou o saco no banco, ao lado da Criada Esperta. Assim, ela prometeu que o aceitaria, e ele se sentou no banco ao lado dela para conversarem sobre as providências, mas, subitamente, ela disse que se tinha esquecido de trancar a porta da varanda naquela noite e precisava fazê-lo.

— Por que você deve se levantar para fazer isso? — perguntou o advogado. — Sente-se, tranquilamente, que eu mesmo o farei!

Em um segundo, levantou-se e chegou à varanda.

— Avise-me quando estiver com a mão na tranca — pediu a Criada Esperta.

— Bem, estou segurando a tranca agora — gritou o advogado.

— Então pode segurar a porta e a porta pode segurá-lo, e pode ir de parede a parede até o romper do dia.

Que dança terrível o advogado viveu naquela noite! Nunca havia bailado antes e nunca mais desejou dançar. Às vezes ficava em frente à porta, às vezes a porta ficava à sua frente, e ia de um lado da varanda até o outro, até que o advogado estava quase morto de tão espancado. A princípio, começou a insultar a Criada Esperta e, em seguida, a implorar e rezar, mas a porta não se importava com nada a não ser mantê-lo onde estava até o raiar do dia.

Assim que a porta soltou a mão dele, o advogado saiu correndo. Esqueceu que deveria ser vingado pelo que havia sofrido, e esqueceu, também, não só o saco de dinheiro, mas também o namoro, pois estava com muito medo de que a casa-porta viesse dançando atrás dele. Todos os que o encontravam, arregalavam os olhos e viravam para vê-lo, pois voava como louco e tinha a aparência pior do que se tivesse passado a noite levando testadas de um rebanho de carneiros.

No terceiro dia, chegou o meirinho, e ele também viu a casa dourada no pequeno bosque e também sentiu que devia ir até lá para ver quem a habitava. Quando avistou a Criada Esperta, encheu-se de tanto amor por ela que praticamente a cortejou antes de cumprimentá-la. A Criada Esperta respondeu como havia respondido aos outros dois, que, se ele tivesse muito dinheiro, ela o aceitaria.

— Não vivo em má situação — afirmou o meirinho.

Logo recebeu instruções para ir imediatamente a sua casa buscar o dinheiro, e assim o fez. Voltou à noite com um saco de dinheiro ainda maior que aquele que havia trazido o advogado; devia conter pelo menos o triplo de dinheiro, e ele o pôs no banco. Assim, ficou resolvido que se casaria com a Criada Esperta. Contudo, mal haviam sentado juntos, ela disse que havia se esquecido de buscar o bezerro e tinha de sair para levá-lo até o estábulo.

— Não precisa fazer isso — avisou o meirinho. — Eu farei para você. — E, grande e gordo como era, saiu com a rapidez de um menino.

— Avise-me quando pegar o rabo do bezerro — pediu a Criada Esperta.

— Estou segurando o rabo do bezerro neste momento — gritou o meirinho.

— Então pode segurar o rabo do bezerro e o rabo do bezerro pode prender-se em você e podem dar a volta ao mundo juntos até o dia amanhecer! — determinou a Criada Esperta.

Assim, o meirinho teve de se mexer, pois o bezerro, descontrolado, passou por cima de uma colina e de um vale, e quanto mais o meirinho chorava e berrava, mais rápido o bezerro ia. Quando a luz do dia começou a surgir, o meirinho estava quase morto e ficou tão feliz de soltar-se da cauda do bezerro que se esqueceu do saco de dinheiro e de tudo mais. Caminhava lentamente naquele momento, mais devagar do que o xerife e o advogado antes dele, mas, quanto mais lentamente se movia, mais tempo tinham todos para arregalar os olhos e fitá-lo. Ninguém poderia imaginar como estava cansado e esbodegado depois da dança com o bezerro.

No dia seguinte, o casamento aconteceria no palácio do rei. O irmão mais velho deveria ir à igreja com sua noiva, e o irmão que tinha estado com o gigante, com a irmã dela. Mas, quando se sentaram na carruagem e estavam prestes a partir do palácio, um dos parafusos se rompeu, e, embora tivessem feito uma, duas e três peças para substituí-lo, não obtiveram sucesso porque todos se quebraram, um a um, não importando o tipo de material de que fossem. O trabalho levou muito tempo, e não conseguiam sair do palácio. Estavam, portanto, em apuros. Em seguida, o xerife, que havia sido convidado para as bodas na corte, disse:

— Lá longe, no meio da mata, mora uma donzela e, se conseguir convencê-la a emprestar o cabo da pá que usa para acender o fogo a você, tenho certeza de que a peça se fixará muito bem.

Assim, enviaram um mensageiro ao matagal, pedindo com palavras tão bonitas para que pudessem pegar emprestado o cabo da pá, que ela não se negou.

Mas, subitamente, assim que estavam começando a viagem, o piso da carruagem tombou em pedaços. Fizeram um novo piso o mais rápido possível, mas, independentemente de qual fosse o jeito como o pregavam ou o tipo de madeira que usavam, assim que o fixavam à carruagem e se preparavam para partir, o piso se rompia novamente. A situação deles era ainda pior agora do que antes, quando o parafuso havia se rompido. Logo, então, afirmou o advogado, que também estava nas bodas no palácio:

— Lá longe, no meio da mata, mora uma donzela, e, se ao menos conseguir convencê-la a emprestar metade da porta da sua varanda, tenho certeza de que o piso será fixado.

Assim, mais uma vez enviaram um mensageiro à mata e imploraram, com palavras bonitas, para que pudessem pegar emprestada a porta dourada da varanda, e a obtiveram rapidamente. Quando estavam no exato momento da partida, os cavalos não conseguiam puxar a carruagem. Eles já tinham seis cavalos e atrelaram oito animais. Em seguida, dez, depois doze e, quanto mais animais atrelavam e quanto mais o cocheiro os chicoteava, menos se resolvia a questão: a carruagem não saía do lugar. O dia já começava a chegar ao fim, tinham de ir à igreja, e, portanto, todo mundo no palácio estava em estado de ansiedade. Logo, manifestou-se o meirinho dizendo:

— Lá longe, na cabana dourada da mata, mora uma moça, e, se ao menos conseguir que ela empreste seu bezerro, pois sei que poderia puxar a carruagem mesmo que pesasse tanto quanto uma montanha.

Todos acharam que seria ridículo ser conduzido à igreja por um bezerro, mas não havia mais nada a se fazer além de, mais uma vez, enviar um mensageiro e implorar por meio de palavras tão lindas quanto possível, em nome do rei, que ela lhes emprestasse o bezerro. A Criada Esperta cedeu imediatamente, pois nem dessa vez ela negaria o pedido.

Em seguida, arrearam o bezerro para ver se a carruagem se moveria; e lá foi ela, em percurso conturbado e suave, por cima de paus e de pedras, de modo que mal conseguiam respirar. Às vezes, estavam no chão, outras vezes, no ar; e quando chegaram à igreja a carruagem começou a girar e girar como uma roca. Foi com grande dificuldade e perigo que conseguiram sair da carruagem e entrar na igreja. E, quando voltaram, a carruagem foi ainda mais veloz, de modo que a maioria deles não descobriram como voltaram para o palácio.

Quando haviam sentado à mesa, o príncipe que trabalhou para o gigante disse que achava que deveriam ter convidado ao palácio a donzela que havia emprestado o cabo da pá, a porta da varanda e o bezerro, pois, afirmou, "se não tivéssemos essas três coisas, nunca teríamos saído do palácio".

O rei também considerou que isso era justo e correto, assim, enviou cinco de seus melhores homens até a cabana dourada para saudar a donzela com cortesias do rei e pedir que fizesse a gentileza de ir ao palácio para a refeição do meio-dia.

— Cumprimente o rei e diz que, se ele fizer a gentileza de vir a mim, eu também farei a gentileza de ir até ele — respondeu a Criada Esperta.

Portanto, o rei teve de ir pessoalmente, e a Criada Esperta o acompanhou imediatamente. Como o rei acreditava que ela era mais nova do que aparentava, concedeu a ela o lugar de honra, ao lado do noivo mais jovem. Quando estavam sentados à mesa por um breve período de tempo, a Criada Esperta pegou o galo, a galinha e a maçã de ouro que tinha trazido consigo ao sair da casa do gigante e os colocou em cima da mesa em sua frente. Imediatamente, o galo e a galinha começaram a lutar entre si pela maçã de ouro.

— Ah! Vejam como aqueles dois ali estão lutando pela maçã de ouro — exclamou o filho do rei.

— Sim, e assim também lutamos nós dois para fugir do gigante aquela vez na montanha — replicou a Criada Esperta.

Então, o príncipe a reconheceu e podem imaginar em que estado de felicidade ficou. Ordenou que a bruxa megera que havia rolado a maçã até ele fosse dilacerada por vinte e quatro cavalos, para que não restasse nem um pedacinho dela. Em seguida, pela primeira vez, passaram realmente a continuar as festividades do casamento. Cansados como estavam, o xerife, o advogado e o meirinho também acompanharam a cerimônia.

Por que o mar é salgado

(Asbjornsen e Moe)

ERA UMA VEZ, há muito, muito tempo, dois irmãos: um rico e o outro pobre. Quando chegou a véspera do Natal, o pobre não tinha nada para comer em casa, nem carne, nem pão. Então, foi até o irmão e suplicou, em nome de Deus, que lhe desse algo para o dia do nascimento de Jesus. Aquela não era a primeira vez que o irmão rico era forçado a dar alguma coisa ao mais pobre e não estava nada satisfeito por ter que ofertar naquela ocasião mais que o de costume.

— Se fizer o que peço, terá um pernil inteiro — garantiu.

O irmão pobre imediatamente agradeceu e prometeu cumprir.

— Bem, aqui está o pernil. Agora, deve ir direto à Mansão dos Mortos — disse o irmão rico, arremessando o pernil para ele.

— Certo, farei o que prometi — disse o outro, que pegou o pernil e partiu. Caminhou um dia inteiro e, ao anoitecer, chegou a um lugar em que brilhava uma luz. "Não há dúvida de que este é o local", pensou o homem, segurando o pernil.

Um velho de barba branca e longa estava no alpendre, cortando lenha para as festas.

— Boa noite! — disse o homem que levava o pernil.

— Boa noite para o senhor. Aonde vai a essa hora da noite? — indagou o velho.

— Vou à Mansão dos Mortos, se é que estou no caminho certo — respondeu o pobre homem.

— Ah, sim! Está certo, pois é aqui — disse o velho. — Quando entrar, todos os demônios desejarão comprar seu pernil, pois não há muita carne para comer por aqui, mas não deve vendê-lo a menos que, em troca, consiga a moenda de mão que fica atrás da porta. Quando sair novamente, irei ensiná-lo a parar a moenda, que é útil para quase todas as coisas.

Então, o homem do pernil agradeceu ao velho o bom conselho e bateu à porta. Ao entrar, tudo aconteceu exatamente como o que velho disse: todos os demônios, grandes e pequenos, cercaram-no como formigas em um formigueiro, e cada um tentou cobrir o lance do outro pelo pernil.

— Por direito, minha velha e eu deveríamos comê-lo na ceia de Natal, porém, já que o quer tanto, darei o pernil a você — disse o homem. — Mas, se eu o vender, levarei a moenda de mão que fica atrás da porta.

No começo, o diabo preferiu não entregar a moenda ao homem; discutiram e barganharam, mas o homem ficou firme no que disse, então o diabo foi forçado a entregar a moenda de mão a ele. Quando o homem saiu de novo para o pátio, perguntou ao velho lenhador como deveria parar a moenda. Assim que aprendeu, agradeceu ao velho e correu para casa o mais rápido que pôde, mas não chegou antes de o relógio ter batido a meia-noite da véspera do Natal.

— Onde se meteu? — perguntou a velha. — Eu fiquei sentada aqui, horas e horas, sem ter sequer dois gravetos para acender o fogo no pote do mingau de Natal.

— Ah! Não pude vir antes. Tinha uma coisa importante para resolver e um longo caminho a percorrer, mas logo verá! — explicou o homem. Dito isso, colocou a moenda de mão sobre a mesa e ordenou que girasse e, primeiro, produzisse luz, depois, uma toalha e, então, carne, cerveja e tudo de bom para uma ceia de Natal.

— Meu bom Deus! — disse a velha enquanto via aparecer uma coisa atrás da outra. Quis saber onde o marido tinha conseguido a moenda, mas ele não quis contar.

— Não se preocupe em saber onde a consegui; perceba que é uma boa moenda e que a água que a faz girar nunca congela — disse o homem.

Então, fez com que a moenda produzisse carnes, bebidas e todos os tipos de guloseimas para durar o período inteiro das festas de Natal. No terceiro dia, convidou todos os amigos para um banquete.

Quando o irmão rico viu tudo o que havia no banquete e na casa, ficou contrariado e com raiva ao mesmo tempo, pois invejava tudo o que o irmão possuía. Pensou: "Na véspera de Natal, estava tão pobre que veio me implorar ninharia, e agora, pelo amor de Deus, dá uma festança como se fosse um conde ou um rei!".

— Mas, pelo que há de mais sagrado, diga-me onde conseguiu sua riqueza — suplicou ao irmão pobre.

— Vieram de trás da porta — disse aquele que possuía a moenda, pois naquela altura, não queria dar explicações ao irmão.

Contudo, mais tarde, depois de já ter bebido demais, não se conteve e revelou como conseguiu a moenda de mão.

— Veja o que traz toda a minha fortuna! — exclamou, mostrando a moenda e, fazendo a manivela girar, foi surgindo uma coisa atrás da outra.

Ao ver aquilo, o irmão rico insistiu em ficar com a moenda, o que conseguiu, depois de muita persuasão, mas teve de pagar trezentos dinheiros por ela, e o irmão pobre ficaria com ela até o fim da ceifa do feno, pois pensou: "Se ficar com ela todo esse tempo, posso fazê-la girar e preparar carne e bebida que durarão muitos longos anos".

Durante esse período, podem imaginar que a moenda não enferrujara e, ao chegar a época da ceifa do feno, o irmão rico se apossou dela, mas o irmão pobre não o ensinou a fazer a moenda parar. Era noite quando o irmão rico chegou à casa com a moenda. Pela manhã, ordenou à velha que saísse e virasse o feno com os ceifadores, pois ele cuidaria da casa naquele dia.

Assim, ao aproximar-se da hora do jantar, colocou a moenda na mesa da cozinha e disse:

— Gire, manivela, dê-me arenques e sopa de leite! Faça rápido e bem feito!

Então, a moenda começou a girar e a fazer surgir arenques e sopa de leite. No começo, ocuparam todos os pratos e tigelas, depois se esparramaram por todo o chão da cozinha. O homem virava e desvirava a moenda e fez tudo o que podia para que parasse, mas, por mais que a virasse e a apertasse, a moenda continuava girando a manivela. Em pouco tempo, a sopa cresceu tanto que o homem já estava quase se afogando. Logo, abriu a porta da sala, mas não demorou muito para a moenda encher todo o cômodo, e foi com dificuldade e risco que o homem conseguiu atravessar a correnteza de sopa e segurar o trinco da porta. Quando a abriu, não ficou muito no lugar, pois foi entornado, com os arenques e a sopa vindo logo atrás dele, a escoar pela fazenda e pelo campo. A velha, que estava ali fora espalhando o feno, começou a crer que o jantar estava demorando e disse às mulheres e aos ceifadores:

— Embora o mestre não nos tenha chamado para a casa, acho melhor irmos. Pode ser que ele descubra que não é bom em fazer sopa e tenhamos que ajudá-lo.

Assim, começaram a voltar para a casa, mas, ao chegarem à meia altura da colina, encontraram arenques, sopa e pão jorrando em espirais, esparramando por todos os lados, e o próprio homem à frente da inundação.

— Ah, como eu queria que os céus dessem a cada um de vocês cem estômagos! Tomem cuidado para não se afogarem na sopa! — gritava ao passar por eles como se estivesse sendo perseguido por um bandido, indo até onde morava o irmão.

Ali, então, suplicou, que pelo amor de Deus aceitasse a moenda de volta, e que fosse naquele instante.

— Se a manivela girar por mais uma hora, toda a região será destruída por arenques e sopa.

No entanto, o irmão não a aceitaria novamente se o outro não lhe pagasse trezentos dinheiros, e ele assim o fez. Agora o irmão pobre possuía novamente o dinheiro e a moenda.

Dessa forma, não passou muito tempo até que adquirisse uma casa de fazenda melhor que aquela em que vivia seu irmão. A moenda produziu tanto dinheiro que ele revestiu a casa com placas de ouro. A fazenda ficava à beira-mar e a casa brilhava e cintilava longe no mar e por todo o fiorde. Todos os que velejavam por ali eram obrigados a aportar para visitar o milionário da casa de ouro, e todos queriam ver a moenda maravilhosa, pois o relato se espalhou por todos os cantos e não havia ninguém que nunca tivesse ouvido a respeito. Passado um bom tempo, veio também um capitão que desejava ver a moenda. Perguntou se ela seria capaz de fazer sal.

— Sim, ela é capaz de fazer sal — disse o proprietário.

Quando o capitão ouviu aquilo, desejou com todas as forças possuir a moenda, custasse o que custasse. Ele pensou que, se a possuísse, poderia parar de navegar para longe, por mares perigosos, em busca de carregamentos de sal. De início, o homem não queria se desfazer dela, mas o capitão pediu e implorou, até que, finalmente, o homem disse que a venderia, e ganhou muito, muito dinheiro. Quando o capitão pôs a moenda nas costas, não ficou muito por lá, pois temia que o homem mudasse de ideia. Assim, não teve tempo de perguntar como fazer para que a moenda parasse de girar a manivela e entrou em seu navio o mais rápido que pôde. Após distanciar-se um pouco no mar, pegou a moenda e a colocou no convés do navio.

— Gire, manivela, dê-me sal! Faça rápido e bem feito! — disse o capitão.

Assim, a moenda começou a produzir sal até que jorrasse como água. Quando o capitão estava com seu navio carregado, quis parar a moenda, mas não importava o modo como a virasse e, por mais que tentasse, a moenda continuava a girar a manivela, e a montanha de sal foi ficando cada vez maior, até que, por fim, o navio afundou. A moenda foi para o fundo do mar e, ainda hoje, dia após dia, continua a girar; e é por isso que o mar é salgado.

Mestre Gato, ou O Gato de Botas

(Charles Perrault)

ERA UMA VEZ um moleiro que deixou de herança para os três filhos somente o seu moinho, seu burro e seu gato. A divisão foi feita rapidamente. Nem escrivão, nem advogado foram chamados. Eles teriam acabado com todo o pequeno patrimônio. O mais velho recebeu o moinho; o segundo, o asno; e o mais novo recebeu somente o gato. O jovem ficou inconsolável com tamanha má sorte.

— Meus irmãos podem ganhar a vida muito bem se juntarem suas propriedades. Quanto a mim, quando tiver comido meu gato e feito uma luva com seu couro, devo morrer de fome.

O gato, que ouvia tudo, mas fingia não ouvir, disse com ar sério e solene:

— Não fique aflito, meu bom mestre. Tudo o que tem de fazer é me dar uma bolsa e conseguir um par de botas, feito para mim, para que possa correr em meio à lama e aos espinhos, e verá que não sou a pior parte como imagina.

O dono do gato não deu muita importância ao que ele disse. Já tinha o visto frequentemente fazer armadilhas astutas para pegar ratos e camundongos. Ele se abaixava de forma sorrateira, escondia-se na farinha ou se fingia de morto. Então, não perdeu totalmente a esperança de conseguir dele alguma ajuda em sua condição miserável. Quando o gato conseguiu o que pediu, calçou as botas muito galantemente e posicionou a bolsa no pescoço, segurando as alças com as duas patas dianteiras. Em seguida, saiu pela mata em busca da abundância de coelhos. Colocou farelo de milho e de serralha na bolsa e, esticando-se como se estivesse morto, esperou que alguns coelhinhos, ainda ingênuos sobre as questões do mundo, viessem revirar a bolsa em busca do que havia ali.

Desconfiado, estava esparramado no chão, mas conseguiu o que queria. Um coelhinho tolo e apressado pulou na bolsa, e Monsieur Gato imediatamente puxou as tiras, pegou-o e o matou sem piedade. Orgulhoso de sua presa, foi com ela até o palácio e pediu audiência com Sua Majestade. Indicaram a ele as escadas até o aposento do rei e, prostrando-se em reverência, disse:

— Senhor, trago aqui um coelho da mata, que meu nobre mestre, o senhor Marquês de Carabás — foi esse o título que agradou ao gato dar a seu mestre — me ordenou que trouxesse de presente a Vossa Majestade.

— Diga a seu mestre que muito o agradeço e que me proporcionou grande satisfação.

Em outro dia, o gato escondeu-se em um trigal, mantendo a bolsa aberta e, quando um casal de perdizes nela entrou, puxou as tiras e prendeu os dois. Foi levá-los de presente ao rei, como fez da outra vez com o coelho capturado na mata. O rei, de semelhante modo, recebeu as perdizes com grande satisfação e ordenou que lhe dessem algum dinheiro para uma bebida.

O gato continuou assim por dois ou três meses a levar para Sua Majestade, sempre que conseguisse, presentes em nome de seu mestre. Um dia, quando soube que o rei sairia para se refrescar às margens do rio com sua filha, a princesa mais linda do mundo, disse a seu mestre:

— Se seguir meu conselho, sua sorte estará selada. Tudo que precisa fazer é sair para tomar banho de rio bem no local em que mostrarei, e deixe que eu cuido do restante.

O Marquês de Carabás seguiu o conselho do gato mesmo sem saber a razão. O rei passou pela região bem na hora que ele se banhava, e o gato começou a gritar:

— Socorro! Socorro! Meu mestre, o Marquês de Carabás, está se afogando!

Ao ouvir o barulho, o rei colocou a cabeça para fora da janela da carruagem e, vendo que era o gato que deu tantos presentes a ele, ordenou que seus guardas imediatamente corressem para ajudar o Marquês de Carabás. Enquanto retiravam o pobre marquês do rio, o gato foi à carruagem e disse ao rei que, enquanto o marquês se banhava, tinham vindo alguns bandidos que lhe roubaram as roupas, embora ele tivesse gritado "Ladrões, ladrões!" muitas vezes, o mais alto que conseguiu.

Aquele gato astuto tinha escondido as roupas debaixo de uma grande pedra. O rei imediatamente ordenou que os oficiais de seu guarda-roupa corressem e buscassem um de seus melhores trajes para o lorde Marquês de Carabás.

As roupas finas recebidas pelo rei realçaram a boa aparência do Marquês de Carabás. A filha do rei, ao vê-lo, secretamente se sentiu atraída por ele. Bastou que o Marquês de Carabás lançasse dois ou três olhares gentis e respeitosos para que ela se apaixonasse loucamente por ele.

O rei o convidou a entrar na carruagem para participar do passeio. O gato, muito feliz ao ver que seu projeto começava a dar certo, seguiu na frente da carruagem e, ao encontrar alguns camponeses que aravam o campo, disse:

— Homens de bem que aram a terra, se não disserem ao rei que o campo que aram pertence ao meu mestre, o Marquês de Carabás, serão triturados em pedacinhos como ervas para a panela.

O rei não deixou de perguntar aos camponeses a quem pertencia o campo que aravam.

— Ao meu senhor, o Marquês de Carabás — responderam em uníssono, pois as ameaças do gato os tinham deixado muito assustados.

— Veja, senhor, este é um campo que nunca deixa de nos oferecer uma colheita farta todos os anos.

O mestre gato, que ainda seguia à frente, encontrou com alguns ceifeiros, e disse:

— Bons homens que estão na ceifa, se não disserem ao rei que todo esse trigo pertence ao Marquês de Carabás, serão triturados em pedacinhos como ervas para a panela.

O rei, que passou pouco depois, precisaria saber a quem pertencia todo aquele trigo que estava diante dos olhos.

— Ao meu senhor, o Marquês de Carabás — responderam os ceifeiros.

O rei ficou muito satisfeito com aquilo, assim como o próprio marquês, que recebeu os cumprimentos. O mestre gato, que sempre seguia adiante, disse as mesmas palavras a todos os que encontrava, e o rei sempre ficava admirado com a imensidão das propriedades do Marquês de Carabás.

Monsieur Gato chegou, enfim, a um majestoso castelo, cujo dono era um ogro, o mais rico de que já se teve notícia; pois todas as terras por onde o rei tinha passado pertenciam àquele castelo. O gato, que teve o cuidado de procurar informações a respeito do ogro e o que ele podia fazer, quis falar com ele, alegando que não poderia passar tão perto do castelo sem ter a honra de prestar-lhe reverências.

O ogro o recebeu com toda a educação permitida a um ogro e pediu que se sentasse.

— Tenho certeza de que tem o dom de se transformar em qualquer tipo de criatura que desejar. Por exemplo, pode se transformar em um leão ou em um elefante, e assim por diante.

— É verdade — respondeu o ogro alegremente —, e, para convencê-lo, me transformarei em um leão agora, bem diante de seus olhos.

O gato ficou tão desesperado ao ver um leão tão de perto que imediatamente entrou na calha, não sem muita dificuldade e perigo por causa de suas botas, que eram inúteis para caminhar pelas telhas. Pouco depois, quando o gato viu que o ogro tinha voltado à sua forma natural, desceu e admitiu que tinha ficado muito assustado, mas disse:

— Também me contaram, mas não consigo acreditar, que tem o poder de assumir a forma dos menores animais; por exemplo, pode se transformar em um rato ou em um camundongo; mas devo admitir que creio ser impossível.

— Impossível?! — exclamou o ogro. — Mostrarei isso agora mesmo.

Na mesma hora, transformou-se em um rato e começou a correr pelo chão. Assim que o gato viu, pulou sobre ele e o comeu.

Enquanto isso, o rei, que avistou o belo castelo do ogro ao passar por ele, pensou em conhecê-lo. O gato, ao ouvir o barulho da carruagem de Sua Majestade atravessar a ponte levadiça, correu e disse ao rei:

— Vossa Majestade é bem-vinda a este castelo de meu senhor, o Marquês de Carabás.

— O quê?! — exclamou o rei. — Até o castelo lhe pertence, Lorde Marquês?! Não pode haver nada mais belo do que este castelo e todas as imponentes construções ao redor dele. Permita-nos conhecê-lo, se for de seu agrado.

O marquês estendeu a mão à princesa e seguiu o rei, que foi o primeiro a entrar. Passaram por uma sala espaçosa e encontraram um esplendoroso banquete, que o ogro tinha preparado para os amigos que o visitariam naquele dia, mas que não ousaram entrar ao saber que o rei estava lá. Sua Majestade estava encantada com as boas qualidades do Marquês de Carabás, assim como sua filha, que estava perdidamente apaixonada por ele. Ao observar a propriedade que possuía, depois de beber cinco ou seis taças, disse o rei:

— Senhor Marquês, tornar-se meu genro só depende de você.

O marquês, fazendo reverências, aceitou a honra conferida a ele por Sua Majestade sem demora e casou-se com a princesa naquele mesmo dia.

O gato tornou-se um grande senhor e nunca mais correu atrás de camundongos, a não ser por diversão.

Felícia e o Vaso de Cravos

(Madame d'Aulnoy)

ERA UMA VEZ um pobre trabalhador que, achando não ter muito tempo de vida pela frente, quis dividir seus bens entre o filho e a filha, pois os amava profundamente. Chamando-os, disse:

— A mãe de vocês me deu, como dote, dois baús e uma cama de palha. Tenho também uma galinha, um vaso de cravos e um anel de prata, todos presentes de uma nobre dama que uma vez se hospedou em meu pobre casebre. Antes de partir, ela me disse: "Cuide bem de meus presentes, meu bom senhor. Não perca o anel e não se esqueça de aguar os cravos. Quanto à sua filha, prometo que será mais bela do que qualquer outra mulher já vista em sua vida. Dê a ela o nome de Felícia e, quando estiver crescida, entregue o anel e o vaso de cravos para que se console com a pobreza". Portanto, filha querida, fique com ambos; seu irmão ficará com o restante.

Os dois filhos pareceram bem satisfeitos. Quando o pai morreu, choraram por ele e dividiram os bens conforme desejado. Felícia acreditava que o irmão a amava, mas, assim que ela se sentou em um banco perto dele, ouviu-o dizer furiosamente:

— Fique com seu vaso de cravos e com seu anel, mas deixe minhas coisas em paz. Gosto de ordem em minha casa.

Felícia, que era muito amável, nada disse, apenas se levantou, chorando discretamente, enquanto Bruno, o irmão, sentou-se confortavelmente perto da lareira. Em seguida, chegada a hora do jantar, Bruno comeu um ovo delicioso e jogou a casca para Felícia, dizendo:

— Pronto, isso é tudo o que posso dar a você. Caso não goste, saia para caçar um sapo, há muitos deles no pântano vizinho.

Felícia não respondeu, mas chorou muito e foi para seu quarto. O quarto exalava o doce aroma dos cravos e ela se aproximou deles, dizendo com tristeza:

— Meus cravos lindos, são tão doces e tão belos! Vocês são o único consolo que me resta. Tenham certeza de que cuidarei de vocês e os regarei bem, jamais permitindo que qualquer mão cruel os arranques dos caules.

Ao se inclinar sobre eles, percebeu que estavam muito secos. Então, pegou o regador e correu sob a luz do luar até a fonte que ficava a certa distância dali. Ao chegar, sentou-se à margem para repousar, mas, assim que o fez, percebeu uma senhora altiva caminhando em sua direção, cercada por muitas criadas. Enquanto ela se apoiava no braço de uma dama de honra, outras seis carregavam a cauda do vestido.

Quando todas se aproximaram da fonte, armaram um dossel para ela. Debaixo dele, colocaram um sofá de tecido dourado e logo depois um delicioso jantar foi servido sobre uma mesa coberta de louças de ouro e de cristal. Enquanto isso, o vento nas árvores e a água que caía da fonte murmuravam a mais suave das músicas.

Felícia ficou escondida nas sombras. Estava tão espantada com aquilo que não ousou se mexer. Contudo, logo depois, a rainha disse:

— Acho que há uma pastora perto daquela árvore. Peça a ela que se aproxime.

Felícia deu um passo adiante e saudou a rainha timidamente, mas com tamanha graciosidade que todos ficaram surpresos.

— O que faz aqui, filhinha? — quis saber a rainha. — Não tem medo de ladrão?

— Ah, senhora! — respondeu Felícia. — Uma pastorinha pobre, que nada tem a perder, não teme ladrão nenhum.

— Não é muito rica, então? — perguntou a rainha com um sorriso no rosto.

— Sou tão pobre que um vaso de cravos e um anel de prata são tudo o que tenho no mundo.

— Mas não tem também um coração? — indagou a rainha. — O que diria se alguém tentasse roubá-lo?

— Não sei como é ter um coração roubado, senhora — respondeu ela —, mas sempre ouvi dizer que sem coração ninguém sobrevive e que, se o coração for ferido, seu dono morrerá. Apesar da minha pobreza, eu lamentaria muito não estar viva.

— Faz muito bem em cuidar de seu coração, pequenina — disse a rainha. — Mas, diga-me uma coisa, já jantou hoje?

— Não, senhora — respondeu Felícia. — Meu irmão comeu toda a comida disponível.

Então, a rainha ordenou que arrumassem um lugar à mesa para ela e encheu o prato de Felícia de coisas deliciosas. Porém, Felícia estava assustada demais para sentir fome.

— Gostaria de saber o que faz na fonte uma hora dessas — perguntou a rainha.

— Vim buscar um regador para dar água a meus cravos, madame — explicou Felícia, inclinando-se para pegar o regador a seu lado. A rainha ficou impressionada ao vê-lo. O objeto era de ouro, cravejado de diamantes enormes e resplandecentes; a água dentro dele exalava o perfume mais agradável do que a mais doce das rosas.

Felícia teve medo de pegá-lo, mas isso passou quando a rainha disse:

— É seu, Felícia; vá e regue seus cravos. Lembre-se de que a Rainha do Bosque é sua amiga.

A pastorinha jogou-se aos pés da rainha e agradeceu humildemente as palavras tão graciosas.

— Ah, senhora! — exclamou. — Suplico que fique só mais um instante, pois correrei para buscar meu vaso de cravos para dar à senhora... Eles não poderiam estar em mãos melhores.

— Vá, Felícia — disse a rainha, acariciando levemente a face da menina. — Esperarei aqui até retornar.

Assim, Felícia pegou o regador e correu até o seu quartinho. Mas, enquanto ela esteve fora, Bruno havia entrado ali e roubado o vaso de cravos, deixando um enorme repolho em seu lugar. Quando viu o maldito repolho, Felícia ficou um pouco aflita e não soube o que fazer. Por fim, retornou correndo até a fonte e, ajoelhando-se diante da rainha, disse:

— Senhora, meu irmão roubou meu vaso de cravos, e, por isso, nada tenho além de meu anel de prata. Mas imploro que o aceite como prova de minha gratidão.

— Se eu levar o seu anel, minha bela pastorinha, ficará sem nada. E o que fará, então?

— Ah, senhora! — respondeu Felícia, com simplicidade. — Tendo sua amizade, ficarei muito bem.

Então a rainha levou o anel consigo, colocou-o no dedo e subiu em sua carruagem, feita de coral e enfeitada com esmeraldas, puxada por seis cavalos brancos como leite. Felícia a observou até o serpentear da trilha da floresta ocultá-la da visão. Em seguida, retornou ao casebre, pensando em todas as coisas maravilhosas que haviam acontecido.

A primeira coisa que fez ao chegar a seu quarto foi lançar o repolho pela janela. Mas ficou muito surpresa ao ouvir uma estranha voz exclamar:

— Ah! Estou quase morto!

Felícia não sabia dizer de onde vinha a voz, pois os repolhos não são de falar.

Assim que amanheceu, a menina, muito triste por causa do vaso de cravos, saiu à procura dele, mas a primeira coisa que encontrou foi o maldito repolho. Empurrando-o com o pé, disse:

— O que está fazendo aqui? Como ousa ficar no lugar de meu vaso de cravos?

— Se não tivessem me trazido até aqui, tenha certeza de que não viria.

Ouvir o repolho falar a fez sentir um frio na espinha. Mas ele continuou:

— Se tiver a bondade de me plantar novamente ao lado de meus companheiros, imediatamente direi onde seus cravos estão: escondidos na cama de Bruno!

Felícia ficou desesperada ao ouvir aquilo, pois jamais saberia como resgatá-los. Ela replantou o repolho com delicadeza no local em que estava e, ao terminá-lo, viu a galinha do irmão. Ao pegá-la, exclamou:

— Venha aqui, sua criaturinha horrenda! Sofrerá por todas as maldades que meu irmão praticou contra mim.

— Ah, cara pastora — disse a galinha —, não me mate! Sou um pouco fofoqueira e posso dizer algumas coisas que a deixarão surpresa e a agradarão. Não pense que é filha do pobre coitado que a criou. Sua mãe foi a rainha, que tinha seis filhas e foi ameaçada pelo rei, que jurou cortar a cabeça dela se não lhe desse um filho para ser o herdeiro do reino. Quando deu à luz outra filhinha, a rainha ficou bastante amedrontada e concordou com a irmã, que era uma bela fada, em trocá-la pelo menininho que era filho dela. O rei, ao descobrir, ordenou que a rainha ficasse trancada em uma enorme torre e, depois que muitos dias se passaram sem que tivesse notícias da fada, ela arrumou uma escada de cordas e fugiu pela janela, levando a criança com ela. Andou sem destino, até quase morrer de frio e de cansaço, mas conseguiu chegar a esse casebre. Eu era a esposa do lavrador e uma boa ama, então, ela ficou aos meus cuidados e me contou toda a tristeza que tinha vivido, morrendo antes de conseguir dizer o que deveria acontecer com você. Como jamais consegui guardar segredo algum, revelei essa história aos meus vizinhos. Certo dia, uma bela dama veio até aqui e também contei a ela. Quando terminei, ela me tocou com a varinha que trazia na mão e transformou-me imediatamente em galinha, o que pôs fim à minha tagarelice. Fiquei arrasada, e meu marido, que não estava aqui quando tudo aconteceu, jamais soube do meu fim. Ele me procurou por toda parte e acabou acreditando que eu havia me afogado ou que tinha sido comida por animais selvagens na floresta. A mesma senhora esteve aqui novamente e ordenou que você deveria se chamar Felícia. Ela deixou tanto o anel quanto o vaso de cravos para que fossem entregues a você. Enquanto ela estava na casa, vinte e cinco guardas do rei vieram em seu encalço, com certeza para assassiná-la. Mas a senhora murmurou umas palavras e todos se transformaram em repolhos na mesma hora. Você atirou um deles pela janela ontem. Não sei como ele conseguiu falar... Até então, jamais ouvi algum deles dizer uma palavra sequer. Também não sei como eu mesma estou conseguindo falar nesse momento.

A princesa ficou perplexa com a história da galinha e disse com ternura:

— Sinto tanto, minha pobre ama; como gostaria que estivesse em meu poder restituir sua verdadeira forma. Mas não se desespere. Tendo ouvido o que me disse, sinto que algo ocorrerá em breve. Mas agora procurarei meus cravos, pois os amo mais que a qualquer outra coisa no mundo.

Bruno havia desaparecido floresta adentro, sem jamais suspeitar que Felícia poderia vasculhar seu quarto à procura dos cravos. Assim, ela se animou com a inesperada ausência e achou que conseguiria recuperá-los sem grandes problemas. No entanto, assim que entrou no quarto, Felícia encontrou um terrível exército de ratos vigiando a cama de palha. Quando tentou se aproximar da cama, eles se lançaram contra ela, mordendo-a e arranhando-a. Apavorada, a menina recuou aos berros:

— Ah, meus cravos queridos! Como conseguem ficar aqui em tão má companhia?

De repente, Felícia se lembrou do regador. Na expectativa de que tivesse algum poder mágico, correu para buscá-lo e fez respingar algumas gotas por cima da multidão de ratos ferozes. Rapidamente, não se via mais rabo nem bigode algum. Cada rato fugiu para seu buraco com a máxima velocidade que suas patas conseguiam atingir. Assim, a princesa pôde resgatar com segurança o vaso de cravos. Ela os encontrou quase mortos por falta d'água e logo despejou sobre eles o que restava no regador. Enquanto se inclinava sobre os cravos para sentir o delicioso aroma, uma voz mansa, que parecia farfalhar do meio das folhas, anunciou:

— Adorável Felícia, finalmente chegou o dia em que terei a alegria de contar a você como até as flores a amam e apreciam sua beleza.

A princesa, já bem surpresa pela estranheza de ouvir um repolho, uma galinha e um cravo falar, bem como pela terrível visão de um exército de ratos, de imediato ficou um tanto pálida e desmaiou.

Bruno chegou naquele momento. Ter trabalhado duramente no calor não havia melhorado seu estado de espírito e, quando viu que Felícia conseguiu encontrar seus cravos, ficou tão furioso que a arrastou até o jardim e trancou a porta atrás. O ar fresco logo fez a jovem abrir os lindos olhos e ver a Rainha do Bosque, encantadora como sempre.

— Seu irmão é ruim — disse ela. — Vi que ele a colocou para fora. Devo puni-lo por isso?

— Ah, de modo algum, senhora — respondeu Felícia. — Não estou brava com ele.

— Mas, se ele não fosse seu irmão, o que você diria? — questionou a rainha.

— Ah, mas creio que ele seja... — afirmou Felícia.

— Ora! — a rainha exclamou. — Não ficou sabendo que é uma princesa?

— Faz bem pouco que me falaram isso, senhora, mas como poderei acreditar se não há prova alguma?

— Ah, filhinha, a maneira como fala me convence que, apesar da humilde criação, você é mesmo uma princesa e posso impedir que seja maltratada novamente.

Ela foi interrompida pela chegada de um belíssimo rapaz, que trajava um sobretudo de veludo verde fechado com grampos de esmeraldas. Em sua cabeça havia uma coroa de cravos. Ele ficou de joelhos e beijou a mão da rainha.

— Ah! — exclamou ela. — Cravo meu, filho querido, que alegria o ver em sua forma natural, graças à ajuda de Felícia!

Ela o abraçou afetuosamente. Em seguida, virou-se para Felícia e declarou:

— Princesa encantada, sei tudo o que a galinha falou para você, mas não tinha como saber que os zéfiros, que receberam a tarefa de levar meu filho à torre em que a rainha, sua mãe, tão ansiosamente o aguardava, deixaram-no antes em um jardim de flores e saíram voando para dizer a ela. Por essa razão, uma fada com quem briguei o transformou em um cravo e não havia nada que eu pudesse fazer. Imagine como eu fiquei furiosa e quanto me empenhei para encontrar uma forma de desfazer essa maldade. No entanto, não encontrei saída. Tudo o que consegui foi levar o príncipe Cravo para o lugar em que estava sendo criada, na esperança de que, quando você crescesse, ele se apaixonasse por você e conseguisse recuperar a forma natural ao receber os seus cuidados. Agora fico muito feliz em ver que tudo acabou como eu esperava. Receber o anel de prata de você foi o sinal de que o feitiço estava quase chegando ao fim. A última chance de minha inimiga era conseguir assustá-la com seu exército de ratos. Mas ela fracassou. Portanto, minha querida Felícia, se agora desejar receber meu filho como esposo com esse anel de prata, sua felicidade futura será certa. Não é suficientemente belo e amável para querer se casar com ele?

— Senhora — respondeu Felícia, enrubescendo —, fico constrangida com sua bondade. Sei que é a irmã da minha mãe e que, graças à sua magia, os soldados que vieram me matar foram transformados em repolhos e minha ama, em galinha. Sei também que é uma honra enorme sugerir que me case com seu filho. Como poderei explicar a causa da minha hesitação? Sinto, pela primeira vez na vida, como me sentiria feliz por ser amada. Pode, mesmo, me dar o coração do príncipe?

— Ele já pertence a você, adorável princesa! — exclamou o príncipe, pegando na mão da donzela. — Não fosse o terrível feitiço que me mantinha em silêncio, há muito eu já teria declarado meu amor.

Aquilo deixou a princesa muito feliz. A rainha, que não suportava vê-la vestida como uma pobre pastorinha, tocou-a com a varinha e disse:

— Desejo que suas vestes estejam de acordo com sua posição e beleza.

Imediatamente, o vestido de algodão da princesa transformou-se em uma magnífica túnica de bordados prateados e de enfeites de almandina. O cabelo escuro e macio foi rodeado por uma coroa de diamantes e dela emergia um véu alvo. Com os olhos radiantes e a cor encantadora que estampava sua face, ficou tão bela que o príncipe quase não aguentava vê-la.

— Como é linda, Felícia! — exclamou. — Por favor, não me deixe em dúvida. Diga que se casará comigo.

— Ah! — interviu a rainha, sorrindo. — Creio que agora ela não recusará.

Naquele momento, Bruno, que retornava para o trabalho, saiu do casebre e, ao ver Felícia, pensou estar sonhando. Mas ela se dirigiu a ele com carinho e implorou à rainha que tivesse misericórdia.

— Ora! — exclamou a rainha. — Mesmo ele sendo sempre tão cruel com você?!

— Ah, senhora! Sinto-me tão feliz que gostaria que todos se sentissem assim também.

A rainha beijou-a e disse:

— Pois bem, para que você fique feliz, vejamos o que posso fazer por esse desagradável Bruno.

Então, com um aceno da varinha, transformou aquele pobre casebre em um palácio magnífico e cheio de tesouros; apenas os dois baús e a cama de palha continuaram como antes, pois representavam uma forma de lembrar a antiga pobreza. Em seguida, a rainha tocou o próprio Bruno e o transformou em uma pessoa afável, educada e grata. Bruno agradeceu a ela e à princesa milhares de vezes. Por fim, a rainha devolveu as formas naturais à galinha e aos repolhos, deixando-os todos muito alegres. O príncipe e a princesa se casaram o mais rápido possível e viveram felizes para sempre.

A Gata Branca

(Madame d'Aulnoy)

ERA UMA VEZ um rei que tinha três filhos, todos tão inteligentes e corajosos que ele começou a ter medo de que quisessem reinar sobre o império antes de sua morte. Embora sentisse que envelhecia, o rei não queria abdicar do trono enquanto ainda pudesse controlá-lo muito bem. Portanto, pensou que a melhor maneira de viver em paz seria iludir os filhos, fazendo-lhes promessas que sempre deixava de cumprir quando chegava o momento.

Assim, convocou todos eles e disse:

— Queridos filhos, creio que concordarão comigo que a minha idade avançada me impede de cuidar de meus assuntos de Estado com tanto cuidado como no passado. Começo a temer que isso possa afetar o bem-estar de meus súditos e gostaria que um de vocês me sucedesse no trono, mas, com retribuição por um presente como esse, é justo que façam algo por mim. Por enquanto, como penso em ir para o interior, creio que um belo cão, animado e fiel, seria companhia muito boa para mim. Assim, sem considerar a idade de vocês, prometo que aquele que me trouxer o cãozinho mais bonito será meu sucessor imediato.

Os três príncipes ficaram muito surpresos com o súbito apego do rei a um cãozinho, mas, como oferecia aos dois mais jovens uma chance de ser rei, o que não aconteceria de outra maneira, e, ainda, como o mais velho era cortês demais para apresentar qualquer objeção, aceitaram a missão com prazer. Despediram-se do rei, que deu presentes de prata e de pedras preciosas a todos, e marcaram um encontro na mesma hora, no mesmo lugar, dentro do prazo de um ano, para ver os cãezinhos que teriam trazido.

Depois disso, foram juntos a um castelo a cerca de uma légua da cidade, acompanhados de todos os amigos mais próximos, e ofereceram um grande banquete. Os três irmãos juraram que sempre seriam amigos, que compartilhariam qualquer coisa que a roda da fortuna lhes trouxesse e que não se separariam por inveja nem por ciúmes de qualquer tipo. Assim, partiram, combinando que se encontrariam no mesmo castelo na hora marcada para se apresentarem ao Rei. Cada um deles tomou um rumo. Os dois mais velhos viveram muitas aventuras; mas é sobre o mais novo que contarei a vocês. Era jovem, alegre, bonito e sabia tudo o que um príncipe deve saber. Quanto à sua valentia, pode-se afirmar, sem sombra de dúvida, que era infinita.

Quase não passava um dia sem comprar vários cães. Eram grandes e pequenos, galgos, mastins, spaniels e cachorrinhos de colo. Assim que comprava um animal bonito, tinha certeza de que veria um ainda mais bonito e, em seguida, livrava-se de todos os outros para comprar aquele, porque, por ser sozinho, era impossível levar trinta ou quarenta mil cães para lá e para cá. Viajou o dia inteiro sem saber para onde iria até que, por fim, quando caiu a noite, chegou a uma floresta grande e sombria. Não conhecia o caminho. Para piorar as coisas, começou a trovejar e caiu uma forte chuva. Entrou pela primeira clareira que conseguiu encontrar e, depois de caminhar por muito tempo, pensou ter visto uma luz débil, que lhe deu a esperança de estar se aproximando de alguma casinha em pudesse se abrigar para passar a noite. Por fim, guiado pela luz, chegou à porta do castelo mais grandioso que já tinha visto. A porta era de ouro, coberta com pedras preciosas vermelho-escuras e, do lado de fora, a intensa luz vermelha brilhante indicava o caminho pela floresta. As paredes eram da mais fina porcelana em tons bem suaves, e o príncipe percebeu que todas as histórias que já tinha lido haviam sido criadas a partir dali. Como estava completamente encharcado, e a chuva ainda caía torrencialmente, não conseguiria mais ficar olhando ao redor. Sendo assim, voltou para a porta dourada. A pata de um cervo estava pendurada em uma corrente de diamantes na porta e ficou imaginando quem poderia morar naquele castelo fascinante.

— Não creio que tenham medo de ladrões — murmurou para si próprio. — O que impede alguém de quebrar a corrente e arrancar as pedras preciosas vermelho-escuras para ficar rico pelo resto da vida?

Puxou a pata do cervo e o badalo de um sino de prata soou, fazendo com que a porta se abrisse, mas o príncipe não conseguia ver nada além de uma série de mãos pelo ar, cada uma delas segurando uma tocha. Ele ficou tão surpreso que se manteve bem quieto até se sentir empurrado para frente por outras mãos e, apesar de estar pouco à vontade, não conseguia deixar de seguir em frente. Com a mão na espada para estar preparado para o que pudesse acontecer, entrou em um salão pavimentado com lápis-lazúli enquanto duas vozes encantadoras cantavam:

> *As mãos que voam pelo ar*
> *Suas ordens cumprirão;*
> *Não há nada a temer além de um olhar*
> *Para fazer sumir o seu coração*

O príncipe não se sentiu em perigo ou ameaçado ao ser recebido daquela forma. Portanto, conduzido pelas mãos misteriosas, seguiu em direção a uma porta de coral, que se abriu sozinha e o levou a um vasto salão de madrepérola. Esse salão levou para uma série de outras salas que brilhavam com milhares de luzes, repletas de imagens tão bonitas e de coisas tão preciosas que o príncipe ficou embasbacado. Depois de passar por sessenta quartos, as mãos que o conduziam pararam e o príncipe ficou de frente para uma poltrona posicionada perto do canto da chaminé, que parecia muito confortável. Naquele mesmo instante, o fogo se acendeu sozinho e as mãos bonitas, macias e hábeis despiram as roupas molhadas e enlameadas do príncipe e o presentearam com roupas novas, feitas com os mais ricos materiais, todas bordadas a ouro e esmeraldas. Não conseguia parar de admirar tudo o que via e o jeito hábil com que as mãos cuidavam dele, embora às vezes aparecessem de forma tão súbita que o sobressaltavam.

Quando o príncipe ficou pronto, aparentou ser muito diferente do príncipe molhado e cansado de antes. As mãos o levaram até uma sala magnífica, cujas paredes estampavam pinturas das histórias do Gato de Botas e de vários outros gatos famosos. A mesa estava posta para a ceia com dois pratos de ouro, colheres e garfos de ouro, e o aparador estava cheio de iguarias e de copos de cristal enfeitados com pedras preciosas.

O príncipe se perguntava para quem poderia ser o segundo lugar, quando subitamente surgiu uma dúzia de gatos carregando violões e partituras de músicas. Eles se sentaram em um canto da sala e, sob a batuta de um gato que marcava o compasso com um rolo de papel, começaram a miar em todos os tons imagináveis e a tocar as cordas dos violões com suas garras, produzindo a música mais estranha já ouvida. O príncipe apressou-se a tapar os ouvidos, mas, mesmo assim, a visão daqueles músicos cômicos fez com que ele tivesse acessos de risos.

— Qual será a próxima coisa engraçada? — murmurou consigo mesmo e, instantaneamente, a porta se abriu e uma figura minúscula, coberta por longo véu negro, adentrou o salão. Foi conduzida por dois gatos que vestiam mantos pretos e traziam espadas. Atrás deles, seguia-se uma grande aglomeração de gatos, que carregavam gaiolas cheias de ratos e de camundongos.

O príncipe estava tão atônito que achava que devia estar sonhando, mas a pequena figura aproximou-se dele, jogando o véu para trás, e ele viu que era a gatinha branca mais adorável que se podia imaginar. Parecia muito jovem e muito triste, a voz era tão doce e suave que, quando ela falou com o príncipe, ele sentiu um aperto no coração.

— Filho do rei, seja bem-vindo; a Rainha dos Gatos tem prazer em recebê-lo.

— Senhora gata — respondeu o príncipe —, agradeço por me receber de forma tão agradável. Vejo que certamente não é uma gatinha comum. Na verdade, a maneira como fala e a magnificência de seu castelo deixam isso bem claro.

— Filho do rei — disse a gata branca —, peço que me poupe os elogios, pois não estou acostumada a eles. Desejo que a ceia seja servida e que os músicos fiquem em silêncio, pois o príncipe não compreende o que dizem.

Assim, as mãos misteriosas começaram a trazer a ceia, colocando dois pratos sobre a mesa, um cozido de pombos e o outro um fricassé de ratos gordos. O segundo prato causou no príncipe a sensação de que, de forma alguma, conseguiria desfrutar da ceia. A gata branca, ao perceber sua reação, garantiu que os pratos a ele destinados haviam sido preparados em uma cozinha à parte e que podia ter plena certeza de que não continham ratos nem camundongos. O príncipe teve tanta certeza de que ela não o enganaria que não hesitou mais em participar da ceia. Logo, então, notou que na patinha ao lado dele, a gata branca usava uma pulseira que continha um retrato e pediu licença para contemplá-lo. Surpreendentemente, descobriu que representava um jovem extremamente belo, que se parecia tanto com ele que poderia ser seu próprio retrato!

A gata branca suspirou enquanto ele olhava para o retrato e parecia mais triste do que nunca. O príncipe não ousou fazer nenhuma outra pergunta, com medo de entristecê-la ainda mais. Assim, começou a falar de outras coisas e descobriu que ela gostava de todos os assuntos que ele apreciava e parecia saber muito bem o que estava acontecendo no mundo. Depois da ceia, foram para outro aposento, que estava arrumado como um teatro, e os gatos atuavam e dançavam para diverti-los. Em seguida, a gata branca deu boa-noite e as mãos o conduziram a um local que não tinha visto antes, cheio de paredes decoradas com tapeçarias trabalhadas com asas de borboletas de todas as cores. Havia espelhos que iam do teto ao chão e uma caminha branca com cortinas de gaze presas com fitas. O príncipe deitou-se em silêncio, pois não sabia bem como iniciar uma conversa com as mãos que o serviam. Pela manhã, foi despertado por um barulho e uma confusão do lado de fora da janela. As mãos vieram rapidamente vesti-lo com uniformes de caça. Quando olhou para fora, todos os gatos estavam reunidos no pátio, alguns levando galgos e alguns tocando trompas, pois a gata branca estava saindo para caçar. As mãos levaram um cavalo de madeira até o príncipe e pareciam esperar que ele o montasse, o que o deixou indignado. No entanto, não adiantou nada ele se opor, pois logo foi parar no lombo do cavalo, que saiu com ele, empinando alegremente.

A própria gata branca montava um macaco, que chegou a subir até a altura dos ninhos de águias, pois ela ficou com muita vontade de ver os filhotinhos. Nunca houve um grupo de caça mais agradável e, quando retornaram para o castelo, o príncipe e a gata branca cearam juntos como antes. Quando terminaram, ela ofereceu uma taça de cristal que devia conter uma poção mágica, pois assim que terminou de beber, esqueceu-se de tudo, até do cachorrinho que estava procurando para o rei, e só pensava na felicidade de estar com a gata branca!

Assim, os dias foram passando. Havia todo tipo de diversão e o príncipe se esqueceu de tudo em relação ao compromisso. Não sabia sequer a qual país pertencia; mas a gata branca sabia quando ele deveria voltar, e um dia disse:

— Você sabe que tem apenas três dias para procurar o cachorrinho para o seu pai e que seus irmãos encontraram bichinhos adoráveis?

Subitamente, o príncipe recuperou a memória e gritou:

— O que fez comigo para eu esquecer algo tão importante? Toda a minha fortuna depende disso; e, mesmo que em tão pouco tempo conseguisse encontrar um cão que fosse bonito o bastante para conquistar um reino para mim, onde encontraria um cavalo que me levasse por todo o caminho em três dias?

Ele ficou muito zangado, mas a gata branca o tranquilizou:

— Filho do rei, não se preocupe. Sou sua amiga e facilitarei tudo para você. Ainda pode ficar aqui por um dia, pois o bom cavalo de pau pode levá-lo ao seu país em doze horas.

— Agradeço, bela gata — replicou o príncipe —, mas o que adianta voltar se não tiver um cão para levar para meu pai?

— Olhe — continuou a gata branca, segurando uma bolota —, há aqui dentro um cão mais belo do que na estrela Sirius da Constelação do Cão Maior!

— Ah, querida gata branca — reagiu o príncipe —, que crueldade sua rir de mim agora!

— Ouça — ela insistiu, levando a boleta à orelha.

De dentro da bolota ouviu-se claramente um ruído minúsculo de um cão: au-au.

O príncipe ficou admirado, pois um cão que coubesse dentro do fruto de um carvalho devia ser mesmo muito pequeno. Quis vê-lo, mas a gata branca disse que seria melhor não abrir a bolota até estar com o rei, pois o cão minúsculo sentiria frio na viagem. Ele agradeceu mil vezes e despediu-se com muita tristeza quando chegou a hora de partir.

— Os dias se passaram tão rapidamente com você... — comentou. — Como eu queria que pudesse vir comigo agora.

Mas a gata branca negou, balançando a cabeça, e sua resposta foi um profundo suspiro.

Por fim, o príncipe foi o primeiro a chegar ao castelo. Assim que os irmãos chegaram, ficaram surpresos e olharam fixamente para o cavalo de madeira, no pátio, que pulava como um cavalo de caça.

O príncipe os encontrou com alegria e seus irmãos começaram a contar todas as aventuras. No entanto, ele conseguiu esconder deles o que tinha feito e chegou a insinuar que um cão vira-lata, que tinha consigo, era o cachorro que estava levando para o rei. Os dois mais velhos não poderiam evitar a satisfação de pensar que seus cães certamente tinham mais chances.

Na manhã seguinte, partiram na mesma carruagem. Os irmãos mais velhos transportavam em cestas dois desses cães miúdos, tão frágeis que quase não se atreviam a tocá-los. O cão vira-lata, por sua vez, correu atrás da carruagem e ficou tão coberto de lama, que mal dava para ver como ele era. Ao chegarem ao palácio, todos se aglomeraram para dar as boas-vindas, assim que entraram no grande salão do rei. Quando os dois irmãos apresentaram seus cãezinhos, ninguém conseguia decidir qual dos dois era o mais bonito. Os príncipes já estavam combinando a partilha do reino em partes iguais quando o mais jovem deu um passo adiante, tirando do bolso a bolota que a gata branca tinha lhe dado. Ele a abriu rapidamente e, sobre uma almofada branca, eles viram um cachorro tão minúsculo que passaria com facilidade por dentro de um anel.

O príncipe o colocou no chão e ele se levantou imediatamente e começou a dançar. O rei não sabia o que dizer, pois era impossível que qualquer coisa pudesse ser mais bonita do que aquela pequena criatura. No entanto, como não tinha pressa de se afastar de sua coroa, avisou aos filhos que, por terem tido tanto sucesso na primeira vez, ele lhes pediria que fossem mais uma vez e procurassem por terra e mar um pedaço de musseline tão fino que poderia ser puxados pelo buraco de uma agulha. Os irmãos não estavam muito dispostos a partir de novo, mas os dois mais velhos aceitaram porque teriam mais uma oportunidade, e, assim, partiram. O mais jovem montou o cavalo de pau outra vez e cavalgou a toda a velocidade de volta para sua amada gata branca. Todas as portas do castelo estavam abertas e todas as janelas e a torre estavam iluminadas, fazendo o lugar parecer mais maravilhoso do que antes.

As mãos apressaram-se a recebê-lo e levaram o cavalo de pau para o estábulo, enquanto ele se apressava para encontrar a gata branca. Ela estava dormindo em uma cestinha sobre uma almofada de cetim branco, mas logo se levantou ao ouvir o príncipe e ficou muito feliz ao vê-lo outra vez.

— Como poderia esperar que fosse voltar para mim, filho do rei? — indagou surpresa.

Em seguida, ele a acariciou e afagou, contando sobre a viagem de sucesso e dizendo que havia voltado para pedir a ajuda dela, pois acreditava que era impossível encontrar o que o rei exigia. A gata branca parecia séria e disse que tinha que pensar no que deveria ser feito, mas sabia que, felizmente, havia alguns gatos no castelo que sabiam tecer muito bem. Se alguém pudesse fazer isso, seriam eles, e ela mesma lhes delegaria a tarefa.

Então, as mãos apareceram carregando tochas, levando o príncipe e a gata branca até uma longa galeria que dava para o rio. Através das janelas, assistiram a uma maravilhosa exibição de fogos de artifício de todos os tipos e depois cearam. O príncipe gostou mais das iguarias do que dos fogos de artifício, pois era muito tarde e estava com fome depois da longa viagem.

Assim, os dias se passaram rapidamente como antes. Era impossível sentir-se entediado com a gata branca, pois ela tinha muito talento para inventar novas diversões. Ela era mais inteligente do que os demais gatos. Mas, quando o príncipe perguntou o motivo de ela ser tão sábia, ela só respondeu:

— Filho do rei, não me pergunte nada. Pense o que quiser, não posso contar nada a você.

O príncipe estava tão feliz que não se preocupava com o tempo, mas logo a gata branca disse que o ano tinha acabado e que ele não precisava ficar ansioso por causa do pedaço de musseline, pois já tinha sido confeccionado com muito esmero.

— Dessa vez — disse a gata —, posso oferecer uma escolha apropriada.

Ao olhar para o pátio, o príncipe viu uma carruagem magnífica revestida de ouro reluzente, esmaltada em cores quentes, com milhares de dispositivos diferentes. Era puxada por doze cavalos brancos como a neve, arreados em fileiras de quatro; os arreios eram de veludo dourado, bordados com diamantes. Seguia-se uma centena de carruagens, cada uma delas puxada por oito cavalos, lotadas de oficiais com uniformes esplendorosos; mil guardas circundavam o cortejo.

— Vá! — determinou a gata branca. — Quando chegar com toda essa pompa na frente do rei, ele certamente não recusará a coroa que merece. Tome essa noz, mas não a abra antes de estar com ele. Nela, encontrará o pedaço de tecido que me pediu.

— Adorável branquinha — disse o príncipe —, como posso agradecer apropriadamente a bondade que você dispensa a mim? Basta dizer o que deseja e desistirei de uma vez por todas da ideia de ser rei e ficarei aqui com você para sempre.

— Filho do rei — respondeu —, sua demasiada preocupação com uma gatinha branca que não serve para nada além de pegar camundongos mostra a bondade do seu coração, mas não deve ficar.

Assim, o príncipe beijou a patinha dela e partiu. Vocês podem imaginar a rapidez com que ele viajou, quando conto que chegaram ao palácio do rei na metade do tempo gasto pelo cavalo de madeira para chegar lá. Dessa vez, o príncipe estava tão atrasado que não tentou encontrar os irmãos em seu castelo, por isso eles pensaram que ele pudesse não vir, ficando bem felizes com essa possibilidade. Assim, orgulhosamente exibiram as peças de musseline ao rei, com a sensação de sucesso certo.

De fato o material era muito fino e passaria pelo buraco de uma agulha muito grande. Mas o rei, muito feliz por criar uma dificuldade, mandou buscar uma agulha especial, guardada com as joias da coroa, com um buraco tão pequeno que todos viram imediatamente que era impossível a musseline passar por ele.

Os príncipes ficaram zangados e estavam começando a reclamar, dizendo que tudo não passava de um engodo, quando soaram as trombetas e entrou o príncipe mais jovem. O pai e os irmãos ficaram boquiabertos com sua magnificência e, depois que ele os saudou, tirou a noz do bolso e a abriu, com toda a expectativa de encontrar o pedaço de musseline, mas, em vez disso, havia somente uma avelã. Ele a abriu, lá estava o caroço de uma cereja. Todo mundo olhava e o rei caiu na gargalhada ao pensar em encontrar a peça de musseline em uma casca de noz.

O príncipe quebrou o caroço da cereja, mas todos riram quando perceberam que só continha a própria semente. Ele a abriu e encontrou um grão de trigo, dentro do qual havia uma minúscula semente de milhete. Depois disso, ele mesmo começou a desconfiar e murmurou baixinho:

— Gata branca, gata branca, será que está zombando de mim?

Logo depois, sentiu a garra afiada de um gato arranhar sua mão e, na esperança de que fosse um incentivo, abriu a semente de milhete. Tirou dela uma peça de musseline de quatrocentos e cinquenta metros de comprimento, tecida com as cores mais bonitas e as estampas mais maravilhosas. Quando trouxeram a agulha, o tecido atravessou o buraco seis vezes com a maior facilidade! O rei empalideceu e os outros príncipes ficaram em silêncio e tristes, pois ninguém poderia negar que aquela era a peça de musseline mais maravilhosa que existia no mundo.

Em seguida, o rei dirigiu-se aos filhos e disse, com um profundo suspiro:

— Nada poderia confortar-me mais em minha velhice do que perceber sua vontade em satisfazer meus desejos. Vão agora, mais uma vez, e aquele que ao cabo de um ano puder trazer a princesa mais bela, vai se casar com ela e, sem mais demora, receberá a coroa, pois meu sucessor com certeza deverá ser casado.

O príncipe julgava que havia conquistado o reino de forma justa por duas vezes. Mesmo assim, era educado demais para reclamar e simplesmente retornou à sua linda carruagem. Cercado pela escolta, voltou para a gata branca com mais rapidez do que tinha vindo. Dessa vez, ela estava esperando por ele com o caminho coberto de flores e com mil braseiros ardendo com fragrâncias de madeiras que perfumavam a ar. Sentada em uma galeria a fim de assistir à sua chegada, a gata branca o esperava.

— Bem, filho do rei — disse ela —, voltou novamente para cá e sem a coroa.

— Senhora — replicou ele —, graças à sua generosidade, ganhei a coroa duas vezes, mas o fato é que meu pai está tão relutante em afastar-se dela que não seria prazeroso assumi-la.

— Deixe para lá — ela respondeu —, competir e merecer a vitória também é bom. Como precisa levar uma linda princesa com você na próxima vez, procurarei uma para você. Enquanto isso, vamos nos divertir hoje. Organizei uma batalha entre meus gatos e os ratos do rio apenas para agradá-lo.

Assim, mais um ano se passou de forma ainda mais agradável do que os anteriores. Às vezes, o príncipe não conseguia evitar perguntar à gata branca como seria se ela pudesse contar tudo a ele.

— Talvez você seja uma fada — cogitou ele. — Ou será que algum mago a transformou em gata?

Mas ela só dava respostas evasivas. Os dias passam tão rapidamente quando se está muito feliz e o príncipe certamente teria se esquecido de sua hora de voltar, quando uma noite, sentados juntos, a gata branca explicou que, se ele queria levar uma linda princesa para casa com ele no dia seguinte, deveria estar preparado para fazer o que ela determinasse a ele.

— Pegue esta espada — ordenou ela — e corte minha cabeça!

— Eu?! — exclamou o príncipe. — Eu, cortar a sua cabeça! Branquinha querida, como poderia fazer isso?

— Imploro que faça o que determino, filho do rei — insistiu.

Lágrimas emergiram dos olhos do príncipe ao implorar que ela pedisse qualquer coisa, menos aquilo, que lhe delegasse qualquer tarefa como prova de sua devoção, mas que o poupasse da dor de matar sua querida gatinha branca. Mas nada que ele pudesse dizer alterava a decisão dela e, finalmente, pegou a espada e, com a mão trêmula, decepou desesperadamente a cabecinha branca. Imaginem a surpresa e o deleite quando, subitamente, surgiu diante dele uma linda princesa e, enquanto ainda estava mudo de espanto, a porta se abriu e entrou um cortejo considerável de cavalheiros e de damas, cada um deles carregando a pele de um gato! Com todos os sinais de alegria, apressaram-se em direção à princesa, beijando-lhe a mão e felicitando-a por voltar a ser mais uma vez restaurada à sua forma natural. Ela os recebeu com graça, mas, depois de alguns minutos, pediu que a deixassem sozinha com o príncipe e disse:

— Veja, príncipe, que tinha razão em imaginar que eu não fosse uma gata comum. Meu pai governou seis reinos. A rainha, minha mãe, a quem ele amava muito, tinha paixão por viajar e explorar e, quando eu tinha apenas algumas semanas de idade, recebeu a permissão dele para visitar certa montanha sobre a qual tinha ouvido muitos relatos maravilhosos. Ela partiu, levando vários de seus servidores com ela. No caminho, passaram perto de um velho castelo que pertencia às fadas. Ninguém havia jamais estado ali, mas diziam que estava cheio de coisas estupendas, e minha mãe se lembrava de ter ouvido que as fadas tinham, no jardim, frutos que não eram vistos nem experimentados em nenhum outro lugar. Ela desejou prová-los por conta própria e foi ao jardim. Ao chegar à porta, que reluzia com ouro e joias, ordenou aos servidores que batessem a aldrava com força, mas de nada adiantou; a impressão que se tinha era que todos os moradores do castelo estavam adormecidos ou mortos. Quanto mais difícil ficava obter o fruto, mais determinada a comê-lo ficava a rainha. Assim, ordenou que trouxessem escadas e que entrassem no jardim passando por cima do muro. Embora o muro não parecesse muito alto e amarrassem as escadas umas às outras para deixá-las bem compridas, era impossível chegar ao topo. A rainha estava em desespero, mas, como caía a noite, determinou que acampassem ali mesmo onde estavam e deitou-se sozinha, sentindo-se muito doente e decepcionada. No meio da noite, foi subitamente despertada e viu, para sua surpresa, sentada ao lado de sua cama, uma velha pequena e feia, que disse: "Devo dizer que consideramos um tanto quanto problemático da parte de Vossa Majestade a insistência em degustar nossos frutos, mas, para evitar aborrecimentos, minhas irmãs e eu consentiremos em dar à senhora tanto quanto conseguir carregar, com uma condição: que nos dê a sua filha pequena para que a criemos como nossa".

"Ah! Minha cara senhora — gritou a rainha —, não há nada mais que possa levar em troca da fruta? Posso dar meus reinos de boa vontade.

"Não — replicou a velha fada —, não aceitamos nada além de sua filhinha. Ela será intensamente feliz e nós lhe daremos tudo o que vale a pena ter em terras de encantamento, mas você não a verá novamente até que esteja casada."

"Apesar de ser uma condição difícil — respondeu a rainha —, concordo, pois certamente morrerei se não provar o fruto e, assim, perderei minha filhinha de qualquer maneira."

Dessa forma, a velha fada a levou para dentro do castelo e, apesar de ainda ser metade da noite, a rainha podia ver claramente que a construção era muito mais bonita do que haviam contado a ela.

— Pode acreditar com facilidade, príncipe — argumentou a gata branca —, quando digo que o castelo era esse em que estamos agora.

"Você colherá os frutos pessoalmente, rainha — indagou a velha fada —, ou devo mandá-los vir até você?"

"Peço que me permita vê-los ao ser chamados — exclamou a rainha. — Isso será uma novidade."

A velha fada assoviou duas vezes e, em seguida, gritou:

"Damascos, pêssegos, nectarinas, cerejas, ameixas, peras, melões, uvas, maçãs, laranjas, limões, groselhas, morangos, framboesas, venham!"

Em um instante, as frutas vieram caindo umas sobre as outras e mesmo assim não estavam cobertas de terra nem estragadas. A rainha as julgou tão gostosas quanto havia imaginado. Dava para ver que tinham crescido em árvores encantadas.

A fada velha deu a ela cestas de ouro para levar as frutas, e a quantidade era o que quatrocentas mulas conseguiam transportar. Em seguida, ela lembrou a rainha os termos do acordo e levou-a de volta para o acampamento. Na manhã seguinte, retornou para seu reino, mas não precisou chegar muito longe para começar a se arrepender do negócio que fizera. Quando o rei saiu para encontrá-la, ela parecia tão triste que ele imaginou que algo tivesse acontecido e perguntou qual era o problema. A princípio, a rainha ficou com medo de contar, mas, assim que chegou ao palácio, quando cinco anõezinhos assustadores foram enviados pelas fadas para me buscar, ela foi obrigada a confessar o que havia prometido. O rei ficou muito zangado e trancafiou a rainha e a mim em uma torre grande, vigiada com segurança, e botou os anõezinhos para fora do reino. Porém, as fadas enviaram um dragão imenso que comeu todas as pessoas que encontrou pela frente, queimando tudo com o bafo ao passar pelos campos; e, finalmente, depois de tentar em vão livrar-se daquele monstro, o rei, para salvar seus súditos, foi obrigado a aceitar que eu fosse entregue às fadas.

  Dessa vez, elas vieram me buscar pessoalmente, em uma carruagem de pérolas puxada por cavalos-marinhos, seguida pelo dragão, que era conduzido com correntes de diamantes. Meu berço foi colocado entre as fadas velhas, que me carregavam com carícias e, pelo ar, saímos rodopiando até uma torre que haviam erguido especificamente para mim. Lá, eu cresci cercada de tudo o que era belo e raro e aprendi tudo o que sempre se ensina a uma princesa, mas sem nenhum companheiro além de um papagaio e de um cãozinho falantes. Eu recebia a visita diária de uma das fadas velhas, que vinha montada no dragão. Um dia, porém, quando estava sentada à janela, vi um príncipe jovem e bonito, que parecia estar caçando na floresta que cercava minha prisão. Ele estava em pé, olhando para mim.

  Quando ele viu que eu o observava, saudou-me com grande deferência. Você imagina como fiquei feliz por ter alguém diferente com quem conversar e, apesar da altura da janela, nossa conversa se estendeu até o cair da noite, quando relutantemente meu príncipe se despediu. Depois desse dia, ele voltou muitas vezes e, por fim, aceitei casar-me com ele, mas a questão era como eu fugiria de minha torre. As fadas sempre me forneciam fibra de linho para fiar, e com muita dedicação fiz uma corda em quantidade suficiente para uma escada que chegaria ao pé da torre; mas, ai de mim! Quando meu príncipe estava me ajudando a descê-la, a fada velha mais feia e mais rabugenta chegou voando. Antes que tivesse tempo de se defender, meu infeliz amado foi engolido pelo dragão. Quanto a mim, as fadas, furiosas por verem desfeitos em seus planos, pois pretendiam que eu me casasse com o rei dos anões, o que, por fim, recusei incisivamente, transformaram-me em uma gata branca. Quando me trouxeram para cá, encontrei todos os cavalheiros e todas as damas da corte de meu pai esperando-me com o mesmo encantamento, e, por outro lado, as pessoas de condições sociais inferiores tinham se tornado invisíveis, a não ser pelas mãos.

  Enquanto faziam o encantamento, as fadas me contaram toda a minha história, pois, até então, eu acreditava inteiramente que era filha delas, e me avisaram que minha única chance de recuperar minha forma natural era conquistar o amor de um príncipe que se assemelhasse em todos os sentidos a meu infeliz amado.

  — E você conseguiu, princesa linda — interrompeu o príncipe.

  — Você é mesmo maravilhoso como ele — retomou a princesa —, na voz, na aparência, em tudo, e, se realmente me ama, todos os meus problemas chegarão ao fim.

— E os meus também — exclamou o príncipe, atirando-se a seus pés — se você aceitar se casar comigo.

— Eu te amo mais que a qualquer pessoa no mundo — revelou ela —, mas agora é hora de voltar para o seu pai e ouviremos o que ele tem a dizer sobre isso.

Assim, o príncipe estendeu a mão e a levou para fora, embarcaram juntos na carruagem. Ela era ainda mais esplêndida do que a anterior, e pode-se dizer o mesmo de todo o cortejo. Até as ferraduras dos cavalos eram de rubis com pregos de diamante, e suponho que aquela era a primeira vez que viam tal coisa.

Como a princesa era gentil, inteligente e bonita, a viagem foi maravilhosa na opinião do príncipe, pois tudo o que a princesa dizia parecia muito fascinante.

Quando se aproximaram do castelo em que os irmãos deveriam se encontrar, a princesa acomodou-se em uma cadeira carregada por quatro dos guardas. Era uma cadeira lapidada de um cristal magnífico, com cortinas de seda. Ela esticou a cortina em torno de si, de forma que não pudesse ser vista.

O príncipe viu os irmãos caminharem no pátio, cada um deles acompanhado de uma linda princesa, e eles vieram se encontrar com o mais novo, perguntando se também havia encontrado uma esposa. Ele respondeu que tinha encontrado algo muito mais raro — uma gata branca! Eles riram muito e quiseram saber se ele tinha medo de ser devorado por camundongos no palácio. Em seguida, partiram juntos para a cidade. Cada um dos dois casais de príncipe e princesa tomou uma carruagem majestosa; os cavalos iam com penachos de plumas nas cabeças e reluziam de ouro. Depois deles, vinha o príncipe mais novo e, por último, depois de todos, a cadeira de cristal, que todo mundo olhava com admiração e curiosidade. Quando os cortesãos os avistaram chegando, apressaram-se para contar ao rei.

— As moças são bonitas? — perguntou o rei ansiosamente.

Quando responderam que ninguém havia jamais visto antes princesas encantadoras como aquelas, ele ficou bastante irritado.

No entanto, recebeu-as com cortesia, apesar de decidir que era impossível escolher entre elas.

Em seguida, voltando-se para o filho caçula, indagou:

— Voltou sozinho, afinal?

— Vossa Majestade — replicou o príncipe —, na cadeira de cristal, há uma gatinha branca que tem patas macias e mia lindamente. Tenho certeza que o deixará encantado.

O rei sorriu e encaminhou-se para puxar as cortinas pessoalmente, mas a um toque da princesa, o cristal se estilhaçou em mil fragmentos. E lá estava ela em toda a sua beleza; os cabelos finos flutuavam sobre os ombros, coroados por flores, e o manto que caía suavemente era do mais puro branco. Ela saudou o rei elegantemente, enquanto um burburinho de admiração era ouvido por todos os lados.

— Senhor — enunciou —, não vim para privá-lo do trono que ocupa com dignidade. Eu já tenho seis reinos, permita-me doar um deles a Vossa Majestade e um a cada um de vossos filhos. Não peço nada além da sua amizade e o seu consentimento sobre o meu casamento com seu filho mais novo. Nós mesmos ainda teremos três reinos de sobra.

O rei e todos os cortesãos não conseguiam esconder a alegria e a surpresa, e o casamento de três príncipes foi celebrado imediatamente. As festividades duraram vários meses, e, então, cada rei e sua rainha partiram para seu próprio reino, e todos viveram felizes para sempre.

O Lírio d'água.
As fiandeiras de ouro

(Lang e (Friedrich Reinhold) Kreutzwald)

ERA UMA VEZ uma velha e três donzelas que viviam em uma grande floresta. As três moças eram bonitas, mas a mais nova era a mais bela de todas. A cabana em que moravam ficava bem escondida pelas árvores e ninguém via a beleza das moças a não ser, de dia, o sol e, à noite, a lua e o brilho das estrelas. Uma velha guardiã fazia as moças trabalharem sem parar, da manhã até a noite, fiando o linho de ouro. Quando um fuso se esvaziava, um novo era fornecido, e elas nunca tinham descanso. O fio tinha de ser fino e uniforme e, assim que ficava pronto, era trancado em uma câmara secreta pela velha, que duas ou três vezes no verão fazia uma viagem. Antes de partir, distribuía as tarefas para cada dia de sua ausência e sempre voltava à noite. As moças nunca viam o que ela trazia de volta consigo, e ela não dizia de onde vinha o linho de ouro nem para que seria utilizado.

Ao chegar o momento de a velha partir em uma dessas jornadas, ela deu a cada donzela trabalho para seis dias, com a advertência de sempre:

— Crianças, não deixem seus olhos vagar e, em hipótese alguma, falem com um homem, pois, se fizerem isso, o fio perderá o brilho e muitas desgraças acontecerão.

Riam dessa advertência sempre repetida e diziam umas às outras:

— Como nosso fio de ouro perderá o brilho? Como podemos falar com algum homem?

No terceiro dia depois da partida da velha, um jovem príncipe, ao sair para caçar pela floresta, distanciou-se dos companheiros e ficou completamente perdido. Cansado de procurar o caminho de volta, atirou-se debaixo de uma árvore, deixando seu cavalo pastar à vontade, e caindo no sono.

O sol já tinha levantado quando ele começou, mais uma vez, a tentar sair da floresta. Por fim, notou uma trilha estreita e a seguiu, impaciente, e descobriu que ela o levava a um casebre. As donzelas, sentadas à porta da cabana para tomar ar fresco, viram-no aproximar-se e as duas mais velhas se sobressaltaram, pois se lembraram do aviso da velha. No entanto, a mais nova disse:

— Nunca vi ninguém como ele, deixem-me dar uma olhada.

Imploraram para que ela entrasse, mas, ao ver que a irmã mais nova não cedia, a deixaram para lá. O príncipe, ao chegar, saudou com cortesia a donzela e disse que tinha se perdido na floresta, além de estar com fome e cansado. Ela deu comida para ele e ficou tão encantada com a conversa que se esqueceu da advertência da velha. Os companheiros do príncipe o procuraram por toda a parte, mas, como não o encontraram, mandaram dois mensageiros dar a notícia triste ao rei, que imediatamente enviou um regimento de cavalaria e um de infantaria para procurar seu filho.

Depois de três dias de busca, acharam a cabana. O príncipe ainda estava sentado à porta e estava tão feliz em companhia da donzela que nem sentiu o tempo passar. Antes de partir, ele prometeu retornar e levá-la à corte de seu pai, a fim de se casar com ela. Quando o príncipe partiu, ela se sentou na roca para compensar o tempo perdido, mas ficou arrasada ao descobrir que o fio tinha perdido todo o brilho. Seu coração batia acelerado e ela chorou copiosamente, pois se lembrou do aviso da velha e não sabia qual desgraça se abateria sobre ela.

A velha retornou à noite e soube pelo fio sem brilho o que tinha acontecido durante sua ausência. Ficou furiosa e avisou à donzela que seu comportamento traria a miséria para ela e para o príncipe. Ao pensar nisso, a moça não teve descanso. Por fim, quando não conseguiu mais suportar, decidiu buscar ajuda do príncipe.

Quando criança, a donzela aprendeu a entender a linguagem dos pássaros, e, naquele momento, aquilo ajudou muito, pois, ao ver um corvo emplumar-se em um galho de pinheiro, perguntou com suavidade:

— Querido pássaro, de todas as aves, é a mais sábia e a mais veloz. Pode me ajudar?

— Como poderei ajudá-la?

Ela respondeu:

— Voe até encontrar a cidade magnífica em que fica o palácio do rei; procure o filho dele e diga a ele que uma grande desgraça recaiu sobre mim.

Depois, contou ao corvo como o fio tinha perdido o brilho, como a velha havia ficado furiosa e que temia uma grande desgraça.

O corvo prometeu cumprir a ordem com lealdade e partiu abrindo as asas.

Naquele momento, a donzela foi para casa e trabalhou duro o dia todo, enrolando o fio que as irmãs mais velhas tinham fiado, pois a velha já não a deixava fiar. À noitinha, ouviu o *"crá, crá"* do corvo em um pinheiro e apressou-se, ansiosa, para ouvir a resposta.

Por sorte, o corvo encontrou, no jardim do palácio, o filho do mago dos ventos, que entendia a linguagem dos pássaros, e entregou a mensagem a ele. Quando o príncipe ouviu o que o rapaz tinha para dizer, ficou tão arrependido que foi se aconselhar com amigos sobre como libertar a donzela. Então, disse ao filho do mago:

— Peça ao corvo para voar rapidamente até a donzela para avisá-la para se aprontar na nona noite, pois então a buscarei e a trarei comigo.

O filho do mago dos ventos assim o fez, e o corvo voou tão rapidamente que chegou à cabana naquela mesma noite. A donzela agradeceu ao pássaro de todo o coração e foi para casa, sem dizer a ninguém o que tinha ouvido.

Conforme se aproximava a nona noite, a moça foi se sentindo mais infeliz, pois temia que alguma desgraça terrível surgisse e estragasse tudo. Na noite combinada, saiu de casa silenciosamente e aguardou, trêmula, um pouco afastada da cabana. Logo ouviu os passos abafados dos cavalos e, em seguida, surgiu uma tropa armada, liderada pelo príncipe, que, de forma prudente, havia marcado todas as árvores para saber que caminho seguir. Quando avistou a donzela, saltou do cavalo, colocou-a na sela e, então, montou atrás, dirigindo-se para o castelo. A lua estava tão brilhante que não tiveram dificuldades em ver as árvores marcadas.

Aos poucos, a alvorada foi abrindo o bico de todas as aves, e, se o príncipe soubesse o que elas diziam ou se a donzela as estivesse ouvindo, muitas tristezas teriam sido poupadas, mas só pensavam em si. Quando saíram da floresta, o sol já estava no alto dos céus.

Na manhã seguinte, quando a mais jovem das moças não apareceu para trabalhar, a velha perguntou onde ela estava. As irmãs fingiram não saber, mas a velha adivinhou rapidamente o que tinha acontecido e, como ela era, na verdade, uma bruxa má, decidiu punir os fugitivos. Assim, colheu nove tipos de erva-das--bruxas, colocou-os com um punhado de sal, que já tinha enfeitiçado antes, em um pano em forma de balão e o soltou aos ventos, dizendo:

Ventania! — mãe do vento!
Ajudai-me nesse momento:
A donzela aqui pecou
Foi-se embora e não pagou
Tire-a do seu amor
Para sempre! E como flor
Enterre-a nesse momento,
No grande rio lamacento!

Por volta do meio-dia, o príncipe e seus homens chegaram a um rio muito fundo, cruzado por uma ponte tão estreita que só dava para passar uma pessoa por vez. O cavalo em que estava o príncipe e a donzela tinha chegado ao meio da ponte quando o balão encantado passou voando em cima deles. O cavalo, com medo, empinou-se e, antes que pudessem detê-lo, a donzela foi lançada correnteza abaixo. O príncipe tentou saltar para buscá-la, mas seus homens o detiveram e, apesar de seus esforços, levaram-no para casa. Ele se trancafiou em uma câmara secreta por seis semanas, sem comer nem beber, tamanha era sua dor. Por fim, ficou tão doente que não tinham esperanças de que sobrevivesse. O rei, muito assustado, ordenou que todos os magos do reino fossem convocados. No entanto, nenhum conseguia curá-lo. Finalmente, o filho do mago dos ventos disse ao rei:

— Mande buscar o velho mago da Finlândia. Ele é o mais sábio de todos os magos de vosso reino juntos.

Um mensageiro foi enviado imediatamente à Finlândia e uma semana depois o velho mago chegou, trazido pelas asas do vento.

— Honrado rei — disse o mago —, o vento soprou essa doença em vosso filho, pois um balão encantado levou sua amada. É isso que o aflige. Permita que o vento sopre sobre ele a fim de afastar o pesar.

O rei, então, fez seu filho sair e ficar ao vento e, aos poucos, se recuperou e contou tudo ao pai.

— Esqueça essa donzela — pediu o rei — e fique noivo de outra.

Mas o príncipe disse que nunca mais poderia amar ninguém.

Um ano depois, o príncipe passou casualmente pela ponte em que sua amada tinha sido arrebatada. Ao relembrar a tragédia, chorou amargamente e teria dado tudo o que tinha para tê-la viva de novo. Em meio à dor, pensou ter ouvido uma voz cantar; olhou ao redor, mas não viu ninguém. Então, ouviu mais uma vez a voz que dizia:

> *Pobre de mim! Encantada*
> *E esquecida eternamente!*
> *Meu amor é tão ausente*
> *Desistiu da donzela amada!*

O príncipe ficou muito perturbado, saltou do cavalo e procurou em toda parte para ver se alguém estava escondido debaixo da ponte, mas não havia ninguém. Em seguida, um lírio d'água amarelo chamou a atenção dele, flutuando na superfície da água. Ele estava escondido embaixo das folhas largas; mas flores não cantam, e, surpreso, esperou, desejando ouvir mais. Mais uma vez, então, a voz cantou:

> *Pobre de mim! Encantada*
> *E esquecida eternamente!*
> *Meu amor é tão ausente*
> *Desistiu da donzela amada!*

De repente, o príncipe se lembrou das fiandeiras e pensou consigo: "Se eu for até lá, quem sabe elas não podem me explicar o que isso quer dizer?". Imediatamente, o príncipe cavalgou até a cabana e encontrou as duas donzelas na frente. Contou a elas o que tinha acontecido com a irmã um ano atrás e que tinha ouvido duas vezes a estranha canção, mas não conseguiu ver quem cantava. Elas disseram que o lírio d'água amarelo só poderia ser a irmã mais nova, que não estava morta, mas que tinha sido encantada pelo balão enfeitiçado. Antes de ir se deitar, a irmã mais velha fez um bolo de ervas mágicas e deu para o príncipe comer.

Durante a noite, ele sonhou que vivia na floresta e podia entender tudo o que os pássaros diziam uns aos outros. Na manhã seguinte, contou o sonho às donzelas e elas confirmaram que o bolo encantado tinha feito aquilo. Aconselharam o príncipe a ouvir bem os pássaros para ver o que eles lhe diriam e, quando recuperasse a noiva, suplicaram que retornasse e as livrasse daquele miserável cativeiro.

Ele prometeu e voltou para casa feliz. Enquanto cavalgava pela floresta, podia entender perfeitamente o que diziam todos os pássaros. Ouviu um tordo comentar com uma pega-rabuda:

— Como os homens são estúpidos! Não entendem as coisas mais simples. Já faz quase um ano que a donzela foi transformada em lírio d'água e, embora cante sua triste canção para quem quer que passe pela ponte, ninguém a ajuda. O antigo noivo passou por lá há uns poucos dias e ouviu a cantoria, mas ele não é mais esperto que os outros.

— Ele é culpado por todas as desgraças dela! — acrescentou a pega-rabuda.
— Se ele só prestar atenção às palavras dos homens, ela será uma flor para sempre. A moça só será libertada se o velho mago da Finlândia intervir.

Após ouvir isso, o príncipe perguntou-se como poderia levar a mensagem até a Finlândia. Ouviu uma andorinha dizer à outra:

— Vem, voe conosco para a Finlândia, podemos fazer nossos ninhos lá.

— Parem, queridas amigas! — gritou o príncipe. — Podem me fazer um favor?

Os pássaros concordaram, e ele disse:

— Enviem saudações minhas ao mago da Finlândia e perguntem a ele como posso recuperar a forma de uma donzela transformada em flor.

As andorinhas foram embora e o príncipe cavalgou em direção à ponte. Ali aguardou, esperando ouvir a canção. No entanto, não ouviu nada além da correnteza e o murmúrio do vento. Desapontado, partiu para casa.

Pouco tempo depois, o príncipe estava sentado no jardim, pensando que as andorinhas deviam ter esquecido de enviar a mensagem, quando viu uma águia voar bem acima dele. O pássaro desceu aos poucos, até que pousou em uma árvore próxima ao príncipe e disse:

— O mago da Finlândia o saúda e informa que, para libertar a donzela, deve agir da seguinte maneira: vá ao rio e cubra-se todo de lama; depois, diga: "De homem a caranguejo" e será transformado em um caranguejo. Mergulhe sem medo nas águas, nade o mais perto que puder das raízes do lírio d'água e as solte da lama e dos juncos. Feito isso, prenda vossas garras nas raízes e as traga à superfície. Deixe a água fluir por toda a flor e permitam-se ser levados pela corrente até chegar a uma tramazeira na margem esquerda do rio. Perto dela, há uma pedra grande. Pare na frente dela e diga: "De caranguejo a homem, de lírio d'água a donzela" e os dois voltarão às devidas formas.

Cheio de dúvida e de pavor, o príncipe esperou um tempo antes de ter coragem suficiente para resgatar a donzela. Então, uma gralha o indagou:

— Por que hesita? O velho mago não lhe quer mal, nem os pássaros o ludibriaram. Apresse-se e enxugue as lágrimas da sua donzela.

"Nada pior que a morte pode acontecer", pensou o príncipe, "e a morte é melhor que um pesar infinito". Assim, montou em seu cavalo e partiu para a ponte. Mais uma vez, ouviu o lamento do lírio d'água e não hesitou mais. Cobriu-se de lama e disse: "De homem a caranguejo" e atirou-se no rio. Por um momento, as águas sibilaram em seus ouvidos e depois tudo ficou silente. Nadou até a planta e começou a soltar as raízes, mas estavam tão presas na lama e nos juncos que perdeu muito tempo com aquilo. Então, agarrou as raízes e subiu até a superfície, deixando a água correr por entre a flor. A corrente os levou rio abaixo, mas não viu em lugar algum a tramazeira. Por fim, viu tal árvore e perto dela uma grande pedra. Parou e disse: "De caranguejo a homem, de lírio d'água a donzela" e, para sua alegria, ele era novamente um príncipe e a donzela estava a seu lado. Estava dez vezes mais bela que antes e trajava um magnífico manto amarelo-pálido, salpicado de joias. Agradeceu ao príncipe por tê-la libertado do poder da bruxa cruel e concordou em se casar com ele.

Entretanto, ao chegarem à ponte em que tinha deixado o cavalo, não o via em lugar algum, pois, embora o príncipe pensasse ter se transformado em caranguejo por umas poucas horas, na verdade, ficou mais de dez dias debaixo das águas. Enquanto pensavam em como poderiam chegar à corte de seu pai, viram uma carruagem maravilhosa, guiada por seis belos cavalos aparelhados, movendo-se ao longo do banco do rio e a usaram para chegar ao palácio. O rei e a rainha estavam na igreja, chorando pelo filho, a quem já tinham dado como morto. Qual não foi a alegria e o espanto quando o príncipe entrou, trazendo pela mão, uma bela donzela?! O casamento foi imediatamente celebrado e houve festejos por todo o reino durante seis semanas.

Algum tempo depois, o príncipe e a esposa estavam sentados no jardim quando uma gralha os repreendeu:

— Criaturas ingratas! Esqueceram as duas pobres donzelas que os ajudaram no momento de angústia? Deverão fiar o linho de ouro para sempre? A velha bruxa não tem misericórdia. As três donzelas são princesas que ela roubou quando ainda eram pequenas, juntamente com todos os utensílios de prata que transformou em linho dourado. Veneno é a punição mais adequada.

O príncipe envergonhou-se de ter esquecido a promessa e partiu imediatamente. Por sorte, chegou à cabana quando a velha estava fora. As donzelas tinham sonhado que o príncipe estava vindo e arrumaram-se para sair, mas antes fizeram um bolo envenenado e o deixaram em cima da mesa para que a velha o visse ao voltar. A velha logo viu o bolo e o achou tão tentador que, tomada pela gula, o comeu imediatamente e morreu. Na câmara secreta, encontraram cinquenta carregamentos de linho de ouro e muito mais se descobriu enterrado. A cabana foi demolida, e o príncipe, a noiva e as duas irmãs viveram felizes para sempre.

A Cabeça Terrível

(Lang)

ERA UMA VEZ um rei cujo único herdeiro era uma menina. O rei queria muito ter um filho ou ao menos um neto para que o sucedesse, mas ao consultar um profeta, ficou sabendo que o filho de sua filha o mataria. A notícia o deixou tão assustado que ele decidiu jamais permitir que a filha se casasse, pois achava melhor não ter um neto a ser morto por ele.

Assim, reuniu seus servos e ordenou que cavassem um grande buraco na terra; no qual construiu uma prisão de bronze. Então, quando estava concluída, aprisionou a própria filha. Nenhum homem jamais a viu e ela nunca sequer viu os campos ou o mar. A jovem via somente o céu e o sol, pois havia uma grande janela no teto da casa de bronze. Então, a princesa ficava sentada, olhando para o céu, assistindo as nuvens passar e perguntando-se se um dia conseguiria sair daquela prisão.

Uma vez, o céu se abriu sobre ela e uma grande chuva de ouro brilhante caiu pela janela do teto e, reluzindo, foi parar em seu quarto. Não muito tempo depois, a princesa teve um filho, um garotinho; quando o rei, seu pai, soube da notícia, ficou furioso, mas também com medo, pois agora tinha nascido a criança que seria responsável por sua morte. No entanto, covarde como era, não teve coragem de matar a princesa e seu bebê imediatamente. Colocou-os em uma grande arca de bronze e os lançou ao mar para que morressem afogados ou de fome, ou talvez para chegarem a um país em que estariam longe de seu caminho.

Assim, a princesa e o bebê flutuaram e boiaram na arca à deriva no mar, dia e noite, mas o bebê não temia as ondas nem o vento, pois não sabia que eles podiam machucá-lo. Assim, dormia profundamente. A princesa cantou uma canção, que dizia:

Filho, filho, como dormes!
Sua mãe tem pesadelos
Acordada, e são enormes;
Mas durma sem tê-los
Pelo mar enfezado
Que retumba, que ressoa,
E a canção da morte entoa,
Enquanto dorme encorujado
No paraíso improvisado
Desta arca tão temível;
Na noite escura e terrível,
O medo imenso, engasgado
Não ouça a mãe deprimida
Nem vês suave rolar
O sal das lágrimas caídas
Ao sal das águas do mar.

Enfim amanheceu e a grande arca foi levada pelas ondas à costa de uma ilha, onde aportou, com a princesa e o bebê, até que um homem daquela terra passou, viu-a e a arrastou até a praia; quando quebrou a tampa, viu que havia uma linda jovem e um garotinho. Então, levou-os para casa e foi muito gentil com eles. Cuidou do garoto até que fosse um jovem homem. Quando o rapaz conquistou pleno vigor, o rei daquele país apaixonou-se por sua mãe e quis se casar com ela, mas sabia que ela jamais se separaria do filho.

Elaborou, então, o seguinte plano para livrar-se do garoto: uma grande rainha, de uma terra não muito distante, ia se casar, e o rei disse que todos os seus súditos deveriam levar presentes. Ele preparou um grande banquete e convidou todos os súditos, e todos trouxeram presentes. Alguns trouxeram cálices de ouro, outros, colares de ouro e de âmbar, e outros ainda trouxeram lindos cavalos; mas o garoto nada tinha, embora fosse o filho de uma princesa, pois sua mãe nada tinha para dar a ele. Então, o restante da corte começou a rir dele, até que o rei disse:

— Se não tem nada para dar, ao menos poderia conseguir a Cabeça Terrível.

O garoto se encheu de orgulho e disse sem piscar:

— Juro que trarei a Cabeça Terrível, se ela puder ser trazida por um homem vivo. Porém, não sei de que cabeça está falando.

Contaram a ele que, em algum lugar, bem longe dali, viviam três irmãs apavorantes, ogras monstruosas, com asas de ouro e garras de metal, e serpentes cresciam em suas cabeças no lugar dos cabelos. As mulheres eram tão terríveis de olhar que quem quer que as visse se transformava em pedra na mesma hora. Duas delas não podiam ser mortas, mas a mais jovem, cuja face era linda, podia, e era essa a cabeça que o garoto tinha prometido trazer. Podem imaginar que não seria uma aventura fácil!

Quando ouviu tudo aquilo, talvez tenha se arrependido por ter jurado trazer a Cabeça Terrível, mas estava determinado a cumprir sua palavra. E assim deixou o banquete, onde todos bebiam e se divertiam, e caminhou sozinho pela praia ao anoitecer, no lugar em que a arca, com ele e sua mãe, tinha aportado.

Ali, desceu e sentou-se em uma rocha, olhando para o mar e imaginando como poderia começar a cumprir seu voto. Ao sentir um toque no ombro, virou-se e viu um jovem parecido com o filho de um rei, acompanhado de uma dama linda e alta, cujos olhos azuis brilhavam como estrelas. Eles eram mais altos que os homens mortais. O jovem tinha um cajado na mão com asas de ouro sobre ele e duas serpentes de ouro entrelaçadas em volta. Além disso, tinha asas no capacete e nas sandálias. Ele foi na direção do garoto e perguntou por que estava tão triste; o garoto respondeu que tinha jurado trazer a Cabeça Terrível, mas não sabia como começar a aventura.

Então, a bela dama se pronunciou, dizendo que "era um juramento tolo e precipitado, mas que deveria ser cumprido se um homem corajoso o tivesse feito". O garoto, por sua vez, respondeu que nada temia, se soubesse o caminho.

A dama disse que, para matar a mulher apavorante com asas de ouro e garras de metal, ele precisava de três coisas: primeiro, um Capacete da Escuridão, que o deixaria invisível quando o usasse; segundo, a Espada da Precisão, que cortaria o aço em um só golpe; e, por fim, as Sandálias da Agilidade, para poder voar pelos ares.

O garoto respondeu que não sabia onde procurar tais coisas e que, sem elas, poderia tentar e falhar. Então, o jovem homem, tirando as sandálias, disse:

— Primeiro, deve usar essas sandálias até conseguir pegar a Cabeça Terrível, depois terá que devolvê-las a mim. Com essas sandálias, voará rápido como um pássaro ou um pensamento, sobre terra e sobre as ondas do mar; por todo lugar que for, as sandálias saberão o caminho. Mas há caminhos que elas não conhecem, como as estradas além das fronteiras do mundo. Nessas estradas, você terá de viajar sozinho. Agora, em primeiro lugar, deverá ir ao encontro das Três Irmãs Cinzentas, que vivem muito longe, ao norte, e que são tão frias que têm apenas um olho e um dente entre as três. Você deve se aproximar delas e, quando uma passar o olho para a outra, deve pegá-lo e se recusar a dá-lo enquanto não tiverem contado o caminho até as Três Fadas do Jardim e não tiverem dado o Capacete da Escuridão e a Espada da Precisão a você, e se também não tiverem mostrado como voar para além desse mundo, para a terra da Cabeça Terrível.

E a bela dama disse:

— Vá de uma vez, e não volte para dizer adeus à sua mãe, pois essas coisas devem ser feitas rapidamente. As Sandálias da Agilidade o levarão à terra das Três Irmãs Cinzentas, pois elas sabem caminho.

O garoto agradeceu, ajustou as Sandálias da Agilidade e virou-se para despedir-se do jovem e da dama. Mas, vejam só, tinham desaparecido, e ele não sabia como nem pra onde! Então, saltou nos ares para experimentar as Sandálias da Agilidade e elas se mostraram mais ágeis que o vento, voando sobre o mar azul aquecido, pelas terras felizes do sul, pelos povos do norte que bebem leite de égua e vivem em grandes carroças, andando atrás de seus rebanhos.

Cruzando grandes rios, onde aves subiam e desciam diante dele, planícies e o Mar Gelado do Norte, ele foi, por campos de neve e por montanhas de gelo, ao lugar em que o mundo acaba, toda a água se congela e não há homens, animais, nem sequer grama verde. Ali, em uma caverna azul de gelo, ele encontrou as Três Irmãs Cinzentas, as mais antigas entre os seres vivos. O cabelo delas era branco como a neve, a carne apresentava um azul gelado e murmuravam e acenavam com a cabeça em um tipo de sonho; a respiração gelada pairava ao seu redor como uma nuvem.

A abertura da caverna no gelo era estreita, e não era fácil passar por ela sem tocar uma das irmãs cinzentas. Flutuando com as Sandálias da Agilidade, no entanto, o garoto conseguiu entrar secretamente e esperou até que uma das irmãs dissesse à outra, que estava com o olho:

— Irmã, o que vê? Vê os velhos tempos de volta?

— Não, irmã.

— Então dê-me o olho, pois talvez eu veja mais longe que você.

A primeira irmã passou o olho à segunda, mas, quando esta tateava à procura dele, o garoto o pegou de sua mão com destreza.

— Onde está o olho, irmã? — indagou a segunda irmã cinzenta.

— Você o pegou, irmã — disse a primeira.

— Perdeu o olho, irmã? Perdeu o olho? — quis saber a terceira irmã sombria. — Jamais o encontraremos novamente nem veremos os velhos tempos de volta?

Então o garoto saiu de fininho da caverna gelada e riu com desdém.

Quando as mulheres cinzentas ouviram aquela risada, começaram a chorar, pois agora sabiam que um estrangeiro o havia roubado e que elas não mais podiam ajudar umas às outras, e suas lágrimas congelavam-se à medida que caíam dos buracos onde não havia olhos e ressoavam no chão gelado da caverna. Em seguida, começaram a implorar ao garoto que lhes devolvesse o olho, mas ele não podia ajudá-las, lamentando-se por elas, que estavam tão deploráveis! Ele disse que jamais devolveria o olho enquanto não contassem o caminho até as Fadas do Jardim.

Elas entrelaçaram as mãos miseravelmente, pois adivinhavam o motivo de ele ter vindo: estava prestes a tentar vencer a Cabeça Terrível. As mulheres apavorantes eram parentes das Três Irmãs Cinzentas, e era difícil dizer ao garoto o caminho. Mas, enfim, disseram a ele que se mantivesse sempre ao sul, com a terra à sua esquerda e o mar à sua direita, até que chegasse à Ilha das Fadas do Jardim. Assim, ele devolveu o olho e elas voltaram a olhar mais uma vez para os velhos tempos. O garoto, entretanto, voou em direção ao sul entre o mar e a terra, mantendo a terra sempre à sua esquerda, até que avistou a linda ilha coroada com árvores floridas. Pousou ali e encontrou as Três Fadas do Jardim. Elas pareciam três lindas jovens, uma vestia-se de verde, a outra, de branco e a última, de vermelho; estavam dançando e cantando em volta de uma macieira com maçãs de ouro. A canção era assim:

CANÇÃO DAS FADAS DO OCIDENTE
Dancemos todas nós, tão amadas,
Em volta das maçãs encantadas,
E ao redor da macieira dourada.
Bailando afinal,
Iremos do início dos tempos
Até o final.
As flores na primavera nascerão,
No inverno, morrerão,
O vento soprará, atroz,
E os mares rugirão.
A débil presa se envolverá com a algoz,
Em um só coração.
E todas as canções virarão poeira
Logo calarão,
Antes que possa alguém da macieira
Lembrar o refrão.

Dancemos todas nós, tão queridas,
Em volta da árvore da vida.
Conosco tantas palavras proferidas,
giram o mundo e girando afinal,
Vem junto, do início dos tempos
Até o final.

As fadas, dançarinas solenes, eram muito diferentes das mulheres cinzentas. Eram agradáveis aos olhos do garoto e o trataram com muita gentileza. Perguntaram o motivo de as procurar e ele contou que tinha sido enviado para encontrar a Espada da Precisão e o Capacete da Escuridão. As fadas deram a ele o aparato: um alforje, um escudo e uma bainha para guardar a espada na cintura, que tinha uma lâmina de diamante, então puseram o capacete na cabeça dele. Também contaram que, apesar de serem fadas, nem mesmo elas conseguiam vê-lo agora. Cada uma delas o beijou e lhe desejou boa sorte. Ele partiu em seguida. Depois disso, elas recomeçaram o ritual eterno de dança em volta da árvore dourada, pois sua função era cuidar desta até que o novo tempo chegasse, ou até o fim do mundo.

Assim, o garoto colocou o capacete na cabeça e o escudo brilhante nos ombros, apertou o alforje em volta da cintura e voou para além do grande rio que serpenteia como uma cobra em volta do mundo inteiro.

Às margens daquele rio, encontrou as três mulheres terríveis adormecidas embaixo de um álamo, e as folhas mortas da árvore em volta delas. Suas asas douradas e as garras metálicas estavam cruzadas e duas delas dormiam com a cabeça medonha sob as asas, como pássaros. As serpentes em seus cabelos contorciam-se sob as penas de ouro. A mais jovem, contudo, dormia entre as duas irmãs e acomodava-se nas costas delas. O rosto belo e triste mirava o céu; embora dormisse, os olhos estavam bem abertos. Se tivesse olhado para ela, o garoto teria se transformado em pedra por terror e compaixão, pois ela era horrenda. No entanto, ele tinha elaborado um plano para matá-la sem olhar no rosto dela.

Assim que as três estavam a certa distância, pegou o escudo brilhante dos ombros e o empunhou como um espelho, de maneira que via as mulheres terríveis refletidas nele, mas não via a cabeça terrível propriamente dita. Foi, então, aproximando-se até que percebeu que a mais jovem estava ao alcance de um golpe de espada e imaginou onde deveria desferi-lo. Dessa forma, pegou a Espada da Precisão, golpeou apenas uma vez e a Cabeça Terrível foi decepada dos ombros da criatura. O sangue jorrou, atingindo-o como um soco. Ele jogou a Cabeça Terrível em seu alforje e fugiu sem olhar para trás. Naquela hora, as duas irmãs terríveis acordaram e subiram aos ares como grandes pássaros; apesar de não o verem por causa do Capacete da Escuridão, elas voaram atrás dele, seguindo-o pelo cheiro por entre as nuvens, como cães de caça na floresta. Chegaram tão perto que ele podia ouvir o farfalhar das asas de ouro e o murmúrio de uma para a outra durante a perseguição: "Aqui, aqui". "Não, ali, dessa vez ele escapou". Mas as Sandálias da Agilidade voavam rápido demais para elas e, finalmente, seus gritos e o barulho das asas ficaram para trás quando ele cruzou o grande rio que corre em volta do mundo.

Quando aquelas criaturas horríveis já estavam bem longe e o garoto estava à direita do rio, ele voou direto para leste, procurando encontrar sua terra. Mas, quando olhou para baixo, lá dos ares, viu uma cena muito estranha. Era uma linda moça, acorrentada na estaca que marcava a profundidade das águas na plataforma do oceano. A moça estava tão assustada, ou tão cansada, e tudo o que a impedia de cair era a corrente de ferro em volta de sua cintura, e ali ficou pendurada, como se estivesse morta. O garoto ficou com muita pena dela e voou para baixo, ficando ao seu lado. Quando ele falou, ela levantou a cabeça e olhou ao redor, mas só ficou mais assustada ainda ao ouvir a voz. Então, ele se lembrou que usava o Capacete da Escuridão e que ela podia somente ouvi-lo, mas não o ver. Quando tirou o capacete, o jovem mais lindo que ela viu em toda a vida apareceu em sua frente. Ele tinha cabelos louros e encaracolados, olhos azuis e um rosto sorridente. Ele também a considerou a garota mais linda do mundo. Então, com um golpe da Espada da Precisão, ele cortou a corrente de ferro que a prendia. Depois, perguntou a ela o que fazia ali e por que os homens a tinham tratado de maneira tão cruel. Ela contou que era filha do rei daquela terra e que estava amarrada ali para ser comida por um monstro que saía do mar para devorar uma garota todos os dias. Contudo, daquela vez, a sorte havia recaído sobre ela. Enquanto contava tudo ao rapaz, a cabeça comprida e brutal de uma criatura saiu das ondas e saltou na direção da garota. O monstro foi cruel e ávido, mas errou o alvo da primeira vez. Antes que o monstro pudesse se recompor para atacá-la novamente, o rapaz tirou a Cabeça Terrível do alforje e a levantou. Quando a besta saiu do mar novamente, os olhos viraram-se para a Cabeça e ela se transformou em pedra instantaneamente. A besta petrificada está lá na encosta do mar até hoje.

Depois disso, o rapaz e a garota foram ao palácio do rei. O pai dela e todos estavam chorando sua morte e mal acreditaram no que viam quando a viram voltar para casa sã e salva. O rei e a rainha ficaram encantados com o rapaz e não conseguiram conter a alegria quando viram que ele queria se casar com sua filha. Houve uma grandiosa celebração para festejar o casamento e, depois de passar algum tempo na corte, resolveram voltar para a terra do rapaz de navio. Como não podia levar a noiva pelos ares, deixou as Sandálias da Agilidade, o Capacete da Escuridão e a Espada da Precisão em um lugar distante, nas montanhas. Os artigos foram encontrados pelo homem e pela mulher que o orientaram à beira do mar e que tinham o ajudado a começar aquela jornada.

Em seguida, o garoto e sua noiva partiram em viagem para casa e desembarcaram no porto de sua terra natal. Assim que chegou, encontrou, no meio da rua, sua mãe, que fugia para se salvar de um rei perverso que desejava matá-la por ter descoberto que ela jamais se casaria com ele. Se antes ela considerava o rei malvado, imagina o que pensava depois de ter feito seu filho desaparecer de forma tão súbita. Obviamente que não sabia para onde seu filho tinha ido, mas acreditava que o rei o tinha assassinado secretamente. Naquele momento, ela tentava salvar a própria vida enquanto o rei perverso a perseguia com a espada em punho. Mas, vejam só! Ela correu para os braços do filho e ele só teve tempo de beijá-la e ficar na frente dela, quando o rei o golpeou com sua espada. O garoto defendeu-se com o escudo e gritou ao rei:

— Jurei trazer a Cabeça Terrível em meu alforje. Agora veja que cumpri a palavra!

Então, tirou a cabeça do alforje e, quando os olhos do rei caíram sobre ela, ele se transformou em pedra na mesma hora e permaneceu com sua espada em punho!

Agora todo o povo se alegrava porque o rei perverso já não governava. Pediram que o garoto fosse seu rei, mas ele se negou porque tinha de levar sua mãe à casa do pai dela. O povo, então, escolheu como rei o homem que tinha sido gentil com a mãe do garoto quando chegou à ilha na grande arca.

Em seguida, o garoto, sua mãe e sua mulher navegaram rumo à terra de sua mãe, local em que ele tinha sido expulso de maneira tão indelicada. Mas, no caminho, pararam na corte de um rei, que estava promovendo jogos e dando prêmios aos melhores corredores, pugilistas e arremessadores. O rapaz decidiu testar sua força com os demais e arremessou o disco muito longe, como nunca antes, o qual caiu na multidão, acertando um homem de tal maneira que ele morreu. Esse homem era o pai de sua mãe, que tinha fugido de seu reino por temer que seu neto o encontrasse e o matasse. Desse modo, ele foi destruído por sua própria covardia e, como que por acaso, a profecia se cumpriu. O garoto, a esposa e a mãe voltaram ao reino que pertencia a eles e tiveram uma vida longa e feliz depois de tantos infortúnios.

A história da bela Cachinhos Dourados

(Madame d'Aulnoy)

ERA UMA VEZ uma princesa que era a coisa mais linda de todo o mundo. Por ser tão bela e ter cabelos semelhantes ao mais fino ouro, uma vasta cabeleira que ondulava quase até o chão, era chamada de Cachinhos Dourados. Era sempre vista com uma coroa de flores e seus vestidos eram enfeitados por diamantes e pérolas. Todos que a viam se apaixonavam.

Um de seus vizinhos era um jovem rei que ainda não havia se casado. Muito rico e belo, quando soube tudo o que diziam sobre Cachinhos Dourados, ficou tão apaixonado que não conseguia mais comer nem beber, apesar de nunca a ter visto. Decidiu, portanto, enviar um embaixador para pedi-la em casamento e mandou construir para ele uma carruagem maravilhosa, dando-lhe mais de cem cavalos e cem criados. Ordenou-lhe que trouxesse a princesa de qualquer forma. Quando o embaixador partiu, só se falava sobre isso na corte. O rei tinha tanta certeza de que a princesa concordaria, que fez o povo fabricar vestidos belíssimos e móveis esplêndidos para que já estivessem prontos quando ela chegasse.

O embaixador aportou no palácio da princesa e entregou a breve mensagem a ela. Ninguém sabe se ela estava de mau humor naquele dia ou se o elogio não a agradou, pois tudo o que respondeu foi que era grata, mas não desejava se casar. O embaixador voltou muito triste, trazendo de volta todos os presentes do rei, pois a princesa foi tão educada que se achou incapaz de ficar com as pérolas e os diamantes após ter recusado o monarca. Ela aceitou apenas 25 alfinetes ingleses para não o deixar constrangido.

Quando o embaixador chegou à cidade, o rei o aguardava impacientemente. Todos ficaram surpresos por não o ver na companhia da princesa. O monarca chorou como um bebê e não havia quem conseguisse consolá-lo. Contudo, vivia na corte um jovem que era mais inteligente e belo que qualquer outro. Chamava-se Encantado, e todos o adoravam, menos alguns que sentiam inveja da admiração que o rei sentia por ele e por conhecer todos os segredos do Estado.

Um dia, Encantado conversou com algumas pessoas sobre o retorno do embaixador, elas diziam que sua ida até a princesa não teria sido nada boa. Impetuosamente, Encantado declarou:

— Se o rei tivesse me enviado à princesa Cachinhos Dourados, certamente ela teria retornado comigo.

Seus inimigos logo procuraram o rei e disseram:

— Vossa Majestade não vai acreditar no que Encantado teve a coragem de dizer. Falou a todos que se ele tivesse sido o enviado à princesa Cachinhos Dourados, certamente ela teria retornado em sua companhia. Creio que ele julga ser mais belo que Vossa Majestade, pois acredita que a princesa teria se apaixonado por ele e o teria acompanhado com prazer.

Ao ouvir isso, o rei ficou furioso.

— Ha, ha! Pois ele ri de minha infelicidade e se acha mais fascinante do que eu? Vá buscá-lo e tranque-o em minha grande torre para que morra de fome.

Os guardas do rei foram buscar Encantado, que nem lembrava mais da declaração impetuosa, e o levaram à prisão com grande crueldade. O pobre prisioneiro tinha apenas um pouco de palha para poder dormir. Além disso, não fosse um pequeno fio d'água que corria pela torre, teria morrido de sede.

Certo dia, desesperado, disse a si mesmo:

— Como posso ter ofendido o rei? Sou o mais fiel de seus súditos e nada fiz contra ele.

O rei estava passava pela torre naquele momento e reconheceu a voz de seu antigo favorito. Decidiu, então, parar para escutá-lo, apesar dos inimigos de Encantado, que tentavam persuadir o monarca a não querer mais nada com o traidor. O rei, porém, ordenou:

— Calem-se! Desejo ouvir o que ele tem para dizer.

Em seguida, abriu a porta da torre e chamou Encantado, que se aproximou com grande tristeza e beijou a mão do rei, a quem perguntou:

— O que fiz eu, Vossa Majestade, para merecer tratamento tão cruel?

— Zombou de mim e do meu embaixador. Disse ainda que, se eu o tivesse enviado em busca da princesa Cachinhos Dourados, ela certamente teria retornado com você.

— E é a pura verdade, majestade — disse Encantado. — Pois eu teria falado tão bem a seu respeito e teria exaltado tanto as suas qualidades, que a princesa o julgaria irresistível. Não consigo entender por que isso o deixou furioso.

A maneira como ele se expressou esclareceu que não havia motivo para ira e passou a olhar de forma sisuda para os cortesãos que haviam deturpado seu favorito. Então, levou Encantado com ele para o palácio e, após certificar-se de que havia tido um jantar delicioso, disse:

— Sabe que amo Cachinhos Dourados como nunca e a recusa dela não afeitou meus sentimentos. No entanto, não sei o que fazer para que ela mude de ideia. Gostaria de enviá-lo para ver se consegue convencê-la a se casar comigo.

Encantado respondeu que estava plenamente disposto a ir e que partiria no dia seguinte.

— Primeiro, espere até eu organizar um comboio magnífico.

No entanto, disse que só necessitava de um cavalo. O rei, fascinado por vê-lo disposto a partir tão prontamente, deu a ele algumas cartas que deveriam ser entregues à princesa e desejou-lhe sucesso.

Era segunda-feira de manhã quando Encantado partiu sozinho, nada levando consigo além da forma como convenceria Cachinhos Dourados a se casar com o rei. Havia um caderno em seu bolso e, sempre que pensava em algo que pudesse ser útil, descia do cavalo, sentava-se sob as árvores e anotava o pensamento no discurso que vinha preparando para princesa, a fim de não se esquecer.

Certo dia, partiu assim que o dia amanheceu e, enquanto cavalgava por um prado extenso, teve uma ideia excelente. Saltando de seu cavalo, sentou-se debaixo de um salgueiro ao lado de um riacho. Assim que anotou a ideia, ficou olhando em volta, feliz por estar em um lugar tão belo. Naquele momento, viu uma grande carpa dourada arfar na grama, exausta. Ao pular em busca de algumas moscas, ela se atirou na margem e estava quase morrendo. Encantado foi compassivo e, apesar de ser impossível não pensar em como ela daria um bom jantar, pegou-a com delicadeza e a colocou de volta na água. Assim que a Dama Carpa sentiu a frieza refrescante do líquido, mergulhou alegremente até o fundo do rio e, nadando de volta à margem de forma ousada, afirmou:

— Agradeço, Encantado, a bondade demonstrada. Salvou minha vida. Um dia, conseguirei retribuir.

Ao dizer isso, mergulhou novamente, deixando Encantado surpreso diante de tanta educação.

Em um outro dia, dando continuidade à viagem, ele encontrou um corvo em grande agonia. O pobre pássaro vinha sendo perseguido por uma águia, que certamente o teria devorado se Encantado não tivesse rapidamente encaixado uma flecha em seu arco, matando-a. O corvo subiu alegremente em uma árvore.

— Encantado — disse —, foi muito generoso ao socorrer um pobre corvo. Eu não sou ingrato e vou conseguir retribuir um dia.

Encantado achou o corvo muito gentil e seguiu seu caminho.

Antes do nascer do sol, ele foi parar no meio de um bosque cerrado e a escuridão o impedia de ver a trilha. Ali, ouviu uma coruja clamar desesperada.

— Escute! — disse — Uma coruja parece estar em grandes apuros. Decerto caiu em uma armadilha.

Começou então a procurá-la e descobriu uma enorme rede, estendida por alguns caçadores de pássaros na noite anterior.

— É uma pena que os homens não façam nada além de atormentar e perseguir pequenos seres que não lhes fazem mal algum! — disse ao pegar a faca para cortar os fios da rede.

Em seguida, a coruja se agitou na escuridão, retornando com uma batida de suas asas para dizer a Encantado:

— Não são necessárias muitas palavras para revelar quanto fez por mim. Haviam me capturado e os caçadores logo estariam aqui. Sem a sua ajuda, eu estaria morta. Sou muito grata e vou retribuir algum dia.

Essas três aventuras foram as únicas relevantes que ocorreram durante a viagem de Encantado, que se apressava ao máximo para chegar ao palácio da princesa Cachinhos Dourados.

Quando lá chegou, tudo o que viu pareceu agradável e magnífico aos seus olhos. Os diamantes abundantes como pedras, o ouro e a prata, os vestidos belíssimos, os doces e as coisas bonitas que estavam por toda parte o admiravam. Encantado pensou: "Se a princesa concordar em abandonar tudo isso para me acompanhar e se casar com o rei, ele poderá se considerar um homem de muita sorte!".

Em seguida, Encantado se arrumou, usando brocados ricos, cheios de plumas escarlates e brancas. Jogou nos ombros uma manta bordada com primor. Então, com a aparência mais jovial e mais graciosa possível, apresentou-se às portas do palácio, trazendo nos braços um belo cachorrinho comprado na viagem. Os guardas o saudaram respeitosamente e um mensageiro foi enviado à princesa, a fim de avisá-la da chegada de Encantado, que se apresentou como embaixador do reino vizinho.

— Encantado... — disse a princesa. — É um nome promissor. Tenho certeza de que se trata de uma pessoa que encanta todas as outras.

— Isso é bem verdade, princesa — declararam todas as criadas de uma vez. — Nós o vimos da janela da água-furtada quando fiávamos linho. Paramos de fazer tudo apenas para contemplá-lo até o perdermos de vista.

— Mas então é assim que se distraem? Observando estranhos pela janela? Trabalhem com rapidez, façam-me o vestido bordado de cetim azul e penteiem meus cabelos dourados. Desejo que alguém me faça uma grinalda de flores frescas e me dê meus sapatos de salto alto e meu leque. Arrumem alguém para varrer meu grande salão e meu trono, pois desejo que todos digam que sou mesmo a "bela Cachinhos Dourados".

Pode-se imaginar como todas as criadas da princesa se apressaram para arrumá-la e como, na agitação, foram dando cabeçadas umas nas outras e se atrapalhando, e a princesa começou a achar que elas jamais terminariam. Por fim, levaram-na pela galeria de espelhos para que se certificasse de que sua aparência estava impecável. Em seguida, enquanto as damas pegavam seus violões e começavam a cantar suavemente, a princesa subiu em seu trono de ouro, ébano e marfim. Encantado foi anunciado e ficou tão surpreso e admirado que não conseguiu emitir palavra alguma a princípio. Logo, porém, tomou coragem e fez o discurso. Ao final, implorou com coragem que a princesa lhe poupasse a frustração de retornar sem ela.

— Senhor Encantado — respondeu ela —, todas as razões elencadas são de fato muito boas e posso garantir que gostaria muito mais de conceder esse favor a você do que a qualquer outra pessoa. Contudo, creio que saiba que um mês atrás, enquanto caminhava às margens do rio com minhas damas, retirei minha luva e, ao fazê-lo, um anel que usava escorregou de meu dedo e rolou até a água. Como eu o valorizava mais que a meu próprio reino, pode imaginar como fiquei irritada ao perdê-lo, portanto, jurei apenas ouvir propostas daquele embaixador que conseguisse me trazer o anel. Bem, agora sabe o que lhe espera. Nem mesmo se ficasse aqui falando por quinze dias e quinze noites conseguiria me fazer mudar de ideia.

Encantado ficou muito surpreso com a resposta, mas fez uma mesura diante da princesa e implorou que aceitasse a manta bordada e o cachorrinho que havia trazido. Contudo, a princesa declarou que não desejava presente algum e que ele deveria se lembrar do que ela havia acabado de dizer. Encantado, ao voltar para o seu alojamento, foi para cama sem jantar e com seu cãozinho, que agora era chamado de Traquinas, que conseguiu comer e se aproximou para deitar ao lado dele. Encantado passou a noite inteira suspirando e reclamando.

— Como encontrarei um anel que caiu no rio há um mês? — perguntava-se — Tentar é inútil. A princesa deve ter-me pedido isso de propósito, sabendo tratar-se de coisa impossível.

Em seguida, suspirou novamente. Traquinas o ouviu e disse:

— Querido mestre, não se desespere, pois sua sorte pode mudar. É uma pessoa boa demais para ser infeliz. Vamos ao rio assim que amanhecer.

Encantado, no entanto, apenas deu dois tapinhas no cão e nada disse, adormecendo em seguida.

Assim que amanheceu, Traquinas começou a saltitar. Tendo conseguido despertar Encantado, partiram juntos jardim adentro até chegarem às margens do rio, onde caminharam para cima e para baixo. Encantado pensava com tristeza na possibilidade de retornar frustrado quando, subitamente, ouviu alguém o chamando:

— Encantado! Encantado!

Ele olhou ao redor e pensou que estivesse sonhando, pois não via ninguém. Portanto, continuou a caminhar, mas a voz o chamou novamente:

— Encantado! Encantado!

— Quem me chama?

Traquinas, que era muito pequeno e conseguia ver bem o que havia debaixo d'água, exclamou:

— Vejo que uma carpa dourada se aproxima.

Como esperado, realmente havia ali a tal carpa gigante, que disse a Encantado:

— Salvou minha vida no campo, à sombra do salgueiro, e prometi que retribuiria. Pegue isso. É o anel da princesa Cachinhos Dourados.

Encantado retirou o anel da boca da Dama Carpa e nem sabia como agradecê-la. Em seguida, foi com Traquinas para o palácio e alguém avisou à princesa que ele desejava vê-la.

— Ah, pobrezinho! — disse ela. — Deve ter vindo se despedir após perceber que é impossível fazer o que pedi.

Encantado então entrou e apresentou o anel a ela, dizendo:

— Princesa, fiz o que me pediu. Será que agora poderia aceitar se casar com meu senhor?

Quando viu o anel ser restituído, intacto, a princesa ficou tão impressionada que pensou estar sonhando.

— Encantado, creio que deva ser o predileto de alguma fada. Caso contrário, jamais teria encontrado o anel.

— Princesa — respondeu ele —, a única ajuda que tive foi a vontade de obedecer aos seus desejos.

— Por ser tão bondoso, talvez possa fazer por mim algo mais. E só me casarei se o fizer. Aqui perto, vive um príncipe cujo nome é Galifrão e ele quis se casar comigo uma vez. Quando o recusei, ele fez as ameaças mais terríveis e jurou que acabaria com a minha aldeia. O que eu poderia fazer? Não conseguiria me casar com um gigante pavoroso e alto como uma torre, um gigante que come gente da mesma forma que um macaco come castanhas e que fala tão alto que ensurdece quem o ouve. Ainda assim, ele não se cansa de me perseguir e de matar meus súditos. Assim, antes que eu possa considerar a sua proposta, deve matá-lo, trazendo a cabeça dele para mim.

Encantado ficou muito perturbado ao ouvir aquela ordem, mas respondeu:

— Perfeitamente, princesa. Lutarei contra Galifrão. Creio que me matará, mas morrerei em sua defesa.

Então, a princesa ficou assustada e disse tudo o que vinha em sua mente para impedir que Encantado enfrentasse o gigante. Mas nada adiantou, e ele partiu para se armar como possível. Em seguida, levando Traquinas junto, montou no cavalo e partiu para a aldeia de Galifrão. Todos os que encontrou disseram como o gigante era terrível e que ninguém ousava se aproximar dele. Assim, quanto mais Encantado os ouvia, mais assustado ficava. Traquinas tentou encorajá-lo dizendo:

— Enquanto estiver combatendo o gigante, meu querido mestre, morderei o calcanhar dele. Então, quando ele se inclinar para me olhar, poderá matá-lo.

Encantado reverenciou o plano do cãozinho, mas sabia que a ajuda não melhoraria muito as coisas. Por fim, ele se aproximou do castelo do gigante e viu, para sua surpresa, que os caminhos que levavam até lá estavam repletos de ossos. Então, em um piscar de olhos, viu Galifrão se aproximar. O gigante tinha a cabeça mais longa que a mais alta das árvores e, com uma voz terrível, entoava:

Tragam-me, pois, as crianças!
Meninas, meninos, o que forem,
E nem arrumem os cabelos:
Não quero saber de adereços!
Rapidamente vou devorá-los
E nada irá salvá-los.

Ouvindo isso, Encantado entoou o mais alto que podia:

Vem, vem lutar com o grande Encantado,
Que não se sente nenhum um pouco apavorado:
Não é alto como um estandarte,
Mas ao chão vai derrubar-te.

As rimas nem eram muito boas, mas ele foi tão rápido ao fazê-las que é um milagre não terem saído ainda piores. Ainda mais porque Encantado ficou o tempo todo apavorado. Quando Galifrão ouviu aquelas palavras, olhou ao redor e viu Encantado de pé, com uma espada na mão. Uma ira terrível se apossou dele, que tentou acertar o adversário com uma enorme clava de ferro que certamente o teria matado, caso o acertasse. Naquele mesmo instante, porém, um corvo subiu na cabeça do gigante e, batendo nela com o forte bico e golpeando com as enormes asas, deixou-o tão confuso e cego que todos os golpes desferidos só acertavam inofensivamente o ar. Precipitando-se com a afiada espada, Encantado desferiu então sobre ele tantas pancadas que o gigante caiu estatelado no chão. Em seguida, antes que o adversário pudesse perceber, conseguiu cortar sua cabeça. Naquele momento, o corvo disse de uma árvore vizinha:

— Veja que não esqueci o bem que me fez ao matar a águia. Creio que hoje cumpri a promessa de que o retribuiria.

— De fato, devo a você mais do que jamais deveu a mim — respondeu Encantado, que, em seguida, montou em seu cavalo e saiu a cavalgar com a cabeça de Galifrão nas mãos.

Quando entrou na cidade, o povo corria atrás dele exclamando:

— Vejam o valente Encantado que matou o gigante!

Os brados chegaram aos ouvidos da princesa, mas como ela temia escutar que Encantado tinha sido morto, não quis saber o que estava acontecendo. No entanto, ele logo chegou ao palácio trazendo consigo a cabeça do gigante, e ela continuava a ter receio mesmo sabendo que não havia como lhe fazer mal.

— Princesa, matei seu inimigo. Espero que agora concorde em se casar com meu rei.

— Ah, mas de forma alguma! — respondeu a princesa. — Não até que traga para mim um pouco da água da Caverna Sombria. Perto daqui, há uma caverna profunda, cuja entrada é vigiada por dois dragões com olhos flamejantes que não deixam ninguém passar. Ao entrar na caverna, encontrará um buraco imenso e deve descer por ele, mas estará cheio de sapos e de cobras. No fundo desse buraco, há outra caverna pequenina, na qual brota a Fonte da Saúde e da Beleza. É de um pouco dessa água que preciso. Tudo o que ela toca fica maravilhoso. O que é belo permanecerá para sempre belo, e o que é feio ficará adorável. Se for jovem, jamais envelhecerá; se for velho, irá se tornar jovem. Veja bem, Encantado, não poderia deixar meu reino sem levar um pouco dela comigo.

— Princesa, você jamais necessitará de tal água, mas eu sou um embaixador infeliz, cuja morte você deseja. Irei para onde me enviar, apesar de saber que jamais retornarei.

Como a princesa Cachinhos Dourados demonstrava que não mudaria de ideia dessa vez, ele partiu com seu cãozinho para a Caverna Sombria. Todos os que encontrava no caminho diziam:

— Que dó ver um jovem tão belo jogar a vida fora assim, com tanta imprudência! Ir à caverna sozinho... mesmo que estivesse em companhia de cem homens, não teria como vencer. Por que a princesa pede coisas impossíveis para ele?

Encantado não falava nada, mas estava muito triste. Ao se aproximar do topo de uma colina, parou para que o animal pudesse pastar. Ao mesmo tempo, Traquinas se divertia perseguindo moscas. Encantado sabia que não estava longe da Caverna Sombria e, ao olhar ao redor, percebeu uma rocha negra e repugnante. Saía uma fumaça grossa dela que logo deu lugar a um dos dragões, que cuspia fogo pelos olhos e pela boca. Seu corpo era amarelo e verde; as garras, escarlates; e a cauda, tão longa que se enroscava centenas de vezes. Traquinas sentiu tanto medo ao vê-lo que não soube onde se esconder. Encantado, determinado a pegar a água ou morrer, desembainhou a espada e, pegando o cantil de cristal que a bela Cachinhos Dourados tinha dado a ele, disse a Traquinas:

— Tenho certeza de que nunca retornarei dessa missão. Quando eu estiver morto, vá até a princesa e diga a ela que seu pedido me custou a vida. Em seguida, encontre meu rei e conte a ele todas as minhas aventuras.

Enquanto falava, ouviu uma voz que chamava:

— Encantado, Encantado!

— Quem me chama? — disse ele.

Em seguida, no alto de uma árvore oca, avistou uma coruja, que lhe disse:

— Salvou a minha vida quando estive presa naquela rede e agora posso retribuir. Dê-me o cantil, pois conheço todos os atalhos da Caverna Sombria e posso enchê-lo com a água da Fonte da Beleza.

Encantado entregou o cantil com muita alegria. A coruja voou e, sem que o dragão a percebesse, entrou na caverna, retornando pouco tempo depois com o recipiente cheio de água borbulhante. Encantado agradeceu de todo o coração e se apressou extasiado a voltar para a cidade.

Seguiu direto para o palácio e entregou o cantil à princesa, que não tinha mais objeção alguma a fazer. Ela agradeceu e ordenou que cuidassem dos preparativos para a sua partida e os dois foram embora logo depois. A princesa gostava tanto de estar com Encantado que falava para ele de vez em quando:

— Por que não ficamos onde estávamos? Eu o ordenaria rei e seríamos tão felizes!

Encantado, no entanto, nada mais lhe respondeu senão:

— Eu não seria capaz de fazer algo que irritasse o meu senhor, nem mesmo por um reino ou para agradá-la, embora eu a considere tão bela quanto o sol.

Por fim, os dois chegaram à grande cidade do rei, e ele veio ao encontro da princesa trazendo presentes magníficos. O casamento foi celebrado com grande alegria. Mas Cachinhos Dourados gostava tanto de Encantado que não conseguia ser feliz sem tê-lo por perto, e a todo momento o louvava.

— Se não fosse Encantado, eu jamais teria chegado aqui. Você deve muito a ele, pois ele fez coisas impossíveis e ainda me trouxe a água da Fonte da Beleza, assim, jamais envelhecerei. Na verdade, ficarei ainda mais bela a cada ano.

Desse modo, os inimigos de Encantado disseram ao rei:

— Estranho que não sinta ciúme. A rainha acredita que não há ninguém no mundo como Encantado. É como se ninguém que tivesse mandando pudesse ter feito o que ele fez!

— Agora que parei para pensar, é verdade mesmo — refletiu o rei. — Acorrentem-no pelos pés e pelas mãos e o prendam na torre.

Então, levaram Encantado, que acabou trancado no alto da torre somente por ter servido ao rei de forma tão fiel. Ali, só via o carcereiro, que diariamente trazia um pedaço de pão preto e uma jarra d'água para ele. O pequeno Traquinas, contudo, vinha consolá-lo, contando todas as notícias.

Quando a bela Cachinhos Dourados ficou sabendo o que havia acontecido, jogou-se aos pés do rei e implorou que libertasse Encantado. Quanto mais ela chorava, mais irado ele ficava e, por fim, a princesa percebeu, para sua grande tristeza, que seria inútil insistir.

O rei começou a achar que talvez não fosse belo o suficiente para agradar a princesa. Portanto, pensou em lavar o rosto com a água da Fonte da Beleza, cujo frasco estava em cima de uma prateleira, no quarto de Cachinhos Dourados. Ela colocou o cantil ali para que pudesse vê-lo com frequência.

Uma das damas da princesa, que perseguia uma aranha, derrubou o cantil da prateleira e o quebrou, derramando assim cada gota de água que havia nele. Sem saber o que fazer, varreu apressadamente os pedacinhos de cristal e lembrou-se de que, no aposento do rei, tinha um cantil do mesmo formato, também cheio de água borbulhante. Então, sem dizer uma palavra sequer, o pegou e o colocou na prateleira da rainha.

A água daquele frasco era utilizada no reino para livrar-se de pessoas inoportunas. Em vez de terem a cabeça cortada da maneira convencional, seus rostos eram banhados no líquido, o que as fazia adormecer instantaneamente e jamais voltar a acordar. Desse modo, quando o rei, pensando que aumentaria a própria beleza, tomou a água do cantil e a respingou no próprio rosto, pegou no sono e não pôde ser acordado por ninguém.

O pequeno Traquinas foi o primeiro a saber da novidade e correu para contá-la a Encantado, que o enviou até a princesa, a fim de implorar a ela que não se esquecesse daquele pobre prisioneiro. O palácio ficou na maior confusão por causa da morte do rei, mas o pequeno Traquinas conseguiu abrir caminho na multidão, ficou ao lado da princesa e disse a ela:

— Não se esqueça, madame, do pobre Encantado.

Naquele instante, a princesa se lembrou de tudo o que ele havia feito por ela e, sem dizer uma só palavra a ninguém, foi direto à torre, retirando com suas próprias mãos as correntes do prisioneiro. Em seguida, colocou uma coroa de ouro sobre a cabeça dele e o manto real em seus ombros, dizendo:

— Venha, meu fiel Encantado, hoje eu declaro que será rei e meu esposo.

Encantado, mais uma vez livre e feliz, jogou-se a seus pés e agradeceu as palavras carinhosas.

Todos ficaram contentes por ele ter se tornado rei. O casamento, celebrado logo depois, foi o mais belo que se pode imaginar, e o príncipe Encantado e a princesa Cachinhos Dourados viveram felizes para sempre.

A história de Whittington

(Lang)

DICK WHITTINGTON[1] era criança quando o pai e a mãe morreram. Era, de fato, tão pequeno que nem chegou a conhecê-los, nem sabia o lugar em que tinha nascido. Andava pelos campos como um animal sem rumo, até que encontrou um carroceiro que ia para Londres e permitiu que ele subisse na carroça durante o trajeto, sem pagar nada por sua passagem. Isso deixou o pequeno Whittington muito feliz, pois queria muito conhecer Londres. Era um desejo infeliz, já que tinha ouvido dizer que as ruas eram pavimentadas com ouro e ele queria tentar pegar um alqueire para si. Chegando lá, o pobre rapaz ficou muito decepcionado quando viu as ruas cobertas com terra em vez de ouro. Ele estava em um lugar estranho, sem amigos, sem comida e sem dinheiro.

Embora o carroceiro fosse tão caridoso que até permitiu que ele tivesse subido na carroça de graça, ignorou-o quando chegaram à cidade e, em pouco tempo, o pobre menino estava com tanto frio e fome que tudo o que desejava era estar em uma boa cozinha, ao lado de uma fogueira acolhedora.

Sentia-se tão angustiado que pedia a caridade de várias pessoas, e uma delas propôs que "ele fosse trabalhar para um velhaco ocioso".

— Farei isso — disse Whittington —, de todo o meu coração, trabalharei para o senhor se me permitir.

O homem, que achou a resposta tanto sagaz quanto impertinente (embora o pobre rapaz só pretendesse demonstrar a disposição para trabalhar), deu-lhe um golpe com um pedaço de pau e quebrou a cabeça dele com tamanha brutalidade.

Naquela situação, e desfalecendo por falta de comida, deitou-se à porta de um comerciante, sr. Fitzwarren, cuja cozinheira o viu, mas, como era uma mau-caráter de primeira, ordenou que fosse cuidar de sua vida ou ela o escaldaria. Naquele momento, o sr. Fitzwarren chegou da bolsa de valores e também repreendeu o pobre rapaz, mandando que fosse trabalhar. Whittington respondeu que ficaria feliz em trabalhar se alguém o empregasse, para que tivesse condições de conseguir algo para comer, pois não comia nada há três dias. Disse, ainda, que era um pobre rapaz do campo, que não conhecia ninguém e que ninguém o contrataria. Em seguida, fez um esforço para se levantar, mas estava muito debilitado e caiu novamente. Aquilo provocou muita compaixão no comerciante, que ordenou aos servos que o levassem e lhe dessem um pouco de carne e algo para beber. Disse, ainda, para deixá-lo ajudar a cozinheira a fazer qualquer trabalho sujo que tivesse para dar para ele.

As pessoas tendem a censurar aqueles que pedem caridade por não terem trabalho, mas não se preocupam em oferecer algo que eles possam fazer e não observam se conseguem fazê-lo.

Ma voltamos para Whittington, que poderia ter vivido feliz naquela digna família se não tivesse sido agredido pela cozinheira mal-humorada, que estava sempre assando e cozinhando. Para piorar, ela, quando tinha uma folga do espeto do assado, resolvia espancar o pobre Whittington. A srta. Alice, filha do patrão, ficou sabendo o que acontecia e se compadeceu do pobre rapaz, obrigando todos os criados a tratá-lo com gentileza.

Além do mau humor da cozinheira, Whittington tinha outra dificuldade a superar antes que pudesse ser feliz. Por ordem do patrão, havia uma cama de colchão de lã montada para ele em um sótão, mas ela estava cheia de ratos e camundongos e eles geralmente corriam pelo nariz do pobre rapaz e atrapalhavam seu sono.

Depois de algum tempo, um senhor veio à casa de seu patrão e deu um centavo a Whittington para que escovasse seus sapatos. Ele guardou a moeda no bolso, decidido a usá-la da melhor maneira possível. No dia seguinte, ao ver uma mulher na rua com uma gata debaixo do braço, correu para perguntar o preço do animal. A mulher, considerando que a gata era uma boa caçadora de ratos, pediu uma enorme quantia de dinheiro por ela, mas, ao ouvir de Whittington que tudo o que ele tinha nesse mundo era um tostão e que precisava desesperadamente de uma gata, ela entregou o animal a ele. Whittington escondeu a gata no sótão, por medo que fosse espancada por sua inimiga mortal, a cozinheira, e ali ela logo matou ou afugentou os ratos e os camundongos, de tal forma que o pobre rapaz agora conseguia dormir como pedra.

Logo depois, o comerciante, que tinha um navio pronto para zarpar, convocou os criados, como sempre fazia, para que cada um deles arriscasse a sorte enviando algumas mercadorias para venda; e tudo o que eles mandassem estaria livre de fretes e taxas alfandegárias, pois, pensava com justiça, que Deus Todo-Poderoso o abençoaria ainda mais por causa da disposição de deixar que os pobres participassem de sua fortuna. Todos os criados apareceram, exceto o pobre Whittington, que, por não ter dinheiro nem bens, não podia pensar em enviar nada para tentar a sorte; mas sua boa amiga, a srta. Alice, considerando que sua pobreza era o que o mantinha distante, ordenou que fosse convocado. Ela se ofereceu, então, para enviar algo em nome dele, mas o comerciante disse à filha que não faria isso, deveria ser algo de propriedade dele. O pobre Whittington declarou que não possuía nada além de uma gata que comprou por um centavo.

— Vá buscar sua gata, rapaz, e a coloque no navio — disse o comerciante.

Whittington trouxe a coitadinha e a entregou ao capitão, com lágrimas nos olhos, pois afirmava que agora voltaria a ser incomodado pelos ratos e pelos camundongos. Todos riram dele, menos Alice, que tinha pena do pobre rapaz e lhe deu dinheiro para comprar outro gato.

Enquanto a bichana vencia as ondas no mar, o pobre Whittington foi vencido em casa pela perversa cozinheira que lhe dava tarefas tão cruéis e zombava dele porque sua gata havia sido enviada ao mar. O pobre rapaz finalmente decidiu fugir daquele lugar. Arrumou seus poucos pertences e partiu bem cedo na manhã do dia de Todos os Santos.

Viajou até Holloway e lá se sentou em uma pedra para pensar sobre o caminho que deveria seguir; mas, enquanto refletia, os seis sinos da Igreja de St. Mary-le-Bow começaram a tocar; e ele achou que as badaladas falavam com ele da seguinte forma:

Whittington, volte para lá
E três vezes o Lorde Prefeito de Londres será

"Lorde prefeito de Londres!", pensou, "o que se tem de aguentar para ser lorde prefeito de Londres e andar em uma carruagem tão fina? Bem, vou voltar, e suportar todas as surras e maus-tratos de Cicely, mas não vou perder a oportunidade de ser prefeito!". Assim, foi para casa e alegremente entrou e cuidou de suas coisas até que a sra. Cicely aparecesse. Agora, acompanhemos a srta. Bichana à costa da África. As viagens no mar são perigosas, os ventos e as ondas são incertos. Tantos acidentes podem acontecer em um navio! O navio em que a gata estava ficou no mar por muito tempo e, finalmente, enfrentando ventos contrários, foi direcionado a um trecho do litoral de Barbary, local habitado por mouros, desconhecidos dos ingleses. Aquelas pessoas receberam os compatriotas com civilidade, portanto, o capitão, com o intuito de negociar com eles, mostrou a qualidade dos bens que tinha a bordo, enviando alguns deles ao rei do país, que, por ficar satisfeito, mandou buscar o capitão e o administrador do navio para irem a seu palácio, que ficava a cerca de um quilômetro e meio do mar. Ali, segundo o costume do país, foram acomodados em ricos tapetes, ornados com ouro e prata; e assim que o rei e a rainha se sentaram na extremidade superior da sala, o jantar foi servido com muitas iguarias. Contudo, antes de os pratos serem arrumados na mesa, um número assustador de ratos e de camundongos chegou de todos os cantos e, em um instante, devorou toda a carne. O administrador, embasbacado, virou-se para os nobres e perguntou se aquelas pestes eram nocivas.

— Ah, sim — responderam —, muito nocivas. O rei daria metade de seu tesouro para se livrar delas, pois essas pragas não só arruínam o jantar, como também o atacam em seus aposentos, e até na cama, por isso, por medo deles, é obrigado a ser vigiado enquanto dorme.

O administrador pulou de alegria; lembrou-se do pobre Whittington e de sua gata e relatou ao rei que tinha a bordo do navio uma criatura que ia acabar com todas aquelas pragas imediatamente. O coração do rei saltou tão alto com a alegria causada pela notícia que o turbante pulou da sua cabeça.

— Traga-me essa criatura! Essas pragas são terríveis e, se ela fizer o que diz, carregarei seu navio com ouro e joias em troca dela.

O administrador, que entendia bem de seu ofício, aproveitou a oportunidade para expor os méritos da Bichana. Explicou à Sua Majestade que não seria conveniente se separar dela, pois, quando ela deixasse o navio, os ratos e os camundongos poderiam destruir as mercadorias, mas, para atender a Sua Majestade, a buscaria.

— Apresse-se, apresse-se! — ordenou a rainha. — Estou impaciente para ver essa querida criatura.

O administrador foi enquanto providenciavam outro jantar. Ele voltou com a gata bem no momento em que os ratos e os camundongos devoravam novamente a nova refeição. Colocou a Bichana no chão na mesma hora, e ela exterminou grande número deles.

O rei ficou exultante ao ver seus antigos inimigos destruídos por uma criatura tão pequena. A rainha, profundamente satisfeita, quis que a gata fosse trazida para bem perto para que pudesse vê-la. Ao ouvir o pedido da rainha, o administrador chamou "Bichana, bichana, bichana!", e a gata veio até ele. Em seguida, ele a apresentou à rainha, que recuou, com medo de tocar em uma criatura que tinha causado tanta destruição entre os ratos e os camundongos. Contudo, quando o administrador acariciou a gata e chamou "Bichana, bichana!", a rainha também a tocou e gritou "*Bicana, Bicana*!", pois não entendia aquela língua estrangeira.

Em seguida, ele a colocou no colo da rainha, e ela ronronou e brincou com a mão de Sua Majestade, e depois cantou para si mesma uma canção de ninar.

O rei, tendo assistido às proezas da Bichana e tendo sido informado de que seus gatinhos povoariam o país inteiro, negociou com o capitão e com o administrador o valor da carga do navio todo. Em seguida, deu a eles uma quantia dez vezes maior que o montante total de todo o restante pela gata. Depois disso, despedindo-se de Suas Majestades e de outras grandes personagens da corte, ao sabor de bons ventos, velejaram para a Inglaterra.

Mal havia amanhecido e o sr. Fitzwarren já tinha se levantado para verificar a quantia de dinheiro e fechar as contas daquele dia. Quando acabou de entrar no escritório de contabilidade e de se sentar à mesa, alguém chegou e bateu na porta.

— Quem está aí? — indagou o Sr. Fitzwarren.

— Um amigo — respondeu a pessoa.

— Que amigo chegaria em um momento tão inadequado?

— Um verdadeiro amigo nunca é inadequado — retrucou. — Vim para trazer uma boa notícia sobre o seu navio Unicórnio.

O comerciante ficou tão alvoroçado que até se esqueceu que sofria de gota. Abriu a porta imediatamente, e quem o esperava eram o capitão e o administrador, com um estojo de joias e uma carta de embarque. O comerciante ergueu os olhos e agradeceu aos céus por ter lhe permitido uma viagem tão próspera. Depois disso, contaram para ele as aventuras da gata e mostraram o armário de joias que tinham trazido para o Sr. Whittington. Ao ouvir isso, exclamou com gravidade solene, mas não da forma mais poética:

Vá buscá-lo, diga a ele,
Sr. Whittington é o nome dele.

Não cabe a nós censurar esses versos. Não somos críticos, e sim historiadores. Para nós, é suficiente que sejam as palavras do sr. Fitzwarren. Mas, apesar de ser secundário ao nosso objetivo e talvez não estar em nosso alcance determinar se ele é ou não um bom poeta, em breve, convenceremos o leitor de que era um bom homem, o que é uma qualidade bem superior; pois, quando alguns presentes disseram a ele que aquele tesouro era demais para um menino tão pobre como Whittington, ele declarou:

— Deus me livre de privá-lo de um centavo; é direito dele e ele o terá até o último tostão.

Logo em seguida, ordenou que o sr. Whittington viesse à sua presença, que naquele momento estava limpando a cozinha e teria se desculpado quando chegou ao escritório de contabilidade, dizendo que havia varrido a sala e seus sapatos estavam sujos e cheios de pregos. No entanto, o comerciante o fez entrar e mandou buscar uma cadeira para ele. Naquele momento, acreditando que pretendiam zombar dele, como tinha acontecido tantas vezes na cozinha, suplicou a seu patrão que não caçoasse de um pobre coitado, que não desejava mal algum a ninguém e que, em vez disso, o deixasse ir cuidar de seus afazeres. O comerciante, tomando-o pela mão, declarou:

— Na verdade, Sr. Whittington, vim aqui para conversarmos seriamente, e mandei buscá-lo para cumprimentá-lo por seu enorme sucesso. A sua gata obteve mais dinheiro do que tudo o que tenho de valor no mundo e poderá desfrutá-lo durante muito tempo e ser feliz!

Por fim, tendo visto o tesouro e convencido por eles de que tudo aquilo lhe pertencia, caiu de joelhos e agradeceu ao Todo-Poderoso o cuidado providencial com uma criatura tão pobre e miserável. Logo depois, colocou o tesouro inteiro aos pés de seu patrão, que se recusou a ficar com qualquer parcela dele e, em vez disso, afirmou que se alegrava do fundo do coração com a prosperidade do rapaz e esperava que a riqueza conquistada fosse um conforto e o fizesse feliz. Ele, então, voltou-se para sua boa amiga, srta. Alice, que se recusou a ficar com qualquer quantia do tesouro. Ela disse que se alegrava do fundo do coração com o grande êxito do menino e desejou-lhe toda a felicidade imaginável. Em seguida, ele gratificou o capitão, o administrador e a tripulação do navio pelo zelo com que tinham tratado sua carga. Também distribuiu presentes a todos os criados da casa, sem esquecer nem mesmo do antigo desafeto, a cozinheira, embora ela quase não merecesse.

Após isso, o sr. Fitzwarren aconselhou o sr. Whittington a procurar as pessoas necessárias e vestir-se como um cavalheiro e ofereceu a sua casa como moradia até que ele pudesse providenciar uma casa melhor para si.

Depois de ter lavado o rosto, penteado os cabelos ondulados e se vestido com ricas vestes, o sr. Whittington transformou-se em um rapaz refinado; e, como a riqueza muito contribui para trazer confiança a um homem, em pouco tempo ele perdeu o comportamento tímido, que era causado principalmente por um estado de depressão de espírito, e logo se transformou em um companheiro alegre e bom. Assim, a srta. Alice, que antes se compadecia dele, agora se apaixonava.

Quando o pai dela percebeu que gostavam um do outro, sugeriu que se casassem. As duas partes aceitaram com alegria e o lorde prefeito, o Conselho Municipal, os xerifes, a Honorável Companhia de Livreiros, a Real Academia de Artes e vários comerciantes de prestígio participaram da cerimônia e foram recepcionados com elegância em um evento realizado.

A história ainda conta que viveram muito felizes, tiveram vários filhos e morreram com idade avançada. O sr. Whittington ocupou o cargo de xerife de Londres e por três vezes foi lorde prefeito. No último ano de sua gestão na prefeitura, ele recebeu o rei Henrique V e sua rainha depois da conquista da França, ocasião em que o rei, em consideração ao mérito de Whittington, declarou:

— Nunca um príncipe teve um súdito como esse.

Whittington respondeu:

— Nunca um súdito teve um rei como esse.

Sua Majestade, por reverência a seu bom caráter, conferiu-lhe a honra da cavalaria logo em seguida.

Durante muitos anos antes de sua morte, Richard sempre alimentou um grande número de cidadãos pobres, construiu uma igreja e uma escola para eles, com subsídios anuais para os alunos pobres e, perto desses edifícios, construiu um hospital. Também construiu o presídio de Newgate e fez fartas doações para o Hospital St. Bartholomew e outras instituições públicas de caridade.

O Carneiro Maravilhoso

(Madame d'Aulnoy)

ERA UMA VEZ, na época das fadas, um rei que tinha três filhas, todas jovens, inteligentes e belas. No entanto, a mais jovem das três, que se chamava Miranda, era a mais bela e a mais amada.

O rei, seu pai, deu a ela em um mês mais vestidos e mais joias do que tinha dado às outras filhas em um ano, mas a moça era tão generosa que partilhava tudo o que tinha com as irmãs, e todas eram felizes e carinhosas umas com as outras.

O rei tinha alguns vizinhos briguentos e, cansados de deixá-lo em paz, começaram uma guerra tão feroz contra ele que temeu ser vencido caso não se esforçasse para se defender. Dessa forma, reuniu um grande exército e passou a lutar contra eles, deixando as princesas com as governantas em um castelo em que as notícias da guerra chegavam todos os dias. Em algumas ocasiões, ficavam sabendo que o rei tinha capturado uma cidade ou ganhado uma batalha e, por fim, disseram que tinha derrotado completamente os inimigos, expulsado-os do reino e regressava ao castelo o mais rápido que podia para ver sua querida Mirandinha que tanto amava.

As três princesas usaram vestidos de cetim que mandaram fazer especialmente para a grande ocasião: um verde, outro azul e o terceiro branco. As joias eram das mesmas cores. A mais velha usava esmeraldas; a segunda, turquesas e a mais nova, diamantes. Arrumadas dessa forma, foram encontrar-se com o rei, cantando versos que elas mesmas tinham composto sobre as vitórias reais.

Quando o rei as viu tão belas e tão felizes, abraçou-as ternamente, mas deu mais beijos em Miranda do que em qualquer das duas outras filhas. Pouco tempo depois, foi servido um banquete esplêndido, e o rei e suas filhas sentaram-se à mesa. Como ele sempre acreditou haver um significado especial em todas as coisas, perguntou à mais velha:

— Diga-me, por que escolheu um vestido verde?

— Senhor, ao ouvir vossas vitórias, acreditei que o verde significaria a minha alegria e a esperança de seu breve retorno.

— É uma boa resposta! E você, minha filha, por que escolheu um vestido azul?

— Senhor, foi escolhido para demonstrar que esperávamos o seu sucesso o tempo todo e que o ver é tão agradável quanto observar o céu e as mais belas estrelas.

— Suas sábias respostas surpreendem-me. E você, Miranda, por que está toda vestida de branco?

— Porque, senhor, o branco me cai melhor que qualquer outra cor.

— O quê?! — exclamou o rei furioso. — Isso é tudo o que consegue pensar, frívola criança?

— Acreditei que ficaria satisfeito comigo, foi só isso.

O rei, que a amava, chegou a fingir que estava contente por ela não ter lhe dado logo de início todos os motivos.

— Agora, como jantei bem e ainda não é hora de dormir, digam-me, o que sonharam na noite passada?

A mais velha disse que tinha sonhado que o rei havia trazido um vestido de pedras preciosas e brocados de ouro mais brilhantes que o sol para ela. O sonho da segunda filha era que o rei lhe tinha trazido uma roca de fiar e um fuso para que ela tecesse algumas camisas para ele. Já a mais nova disse:

— Sonhei que minha segunda irmã estava prestes a se casar e que, no dia do casamento, Vossa Alteza, meu pai, segurava um vaso de ouro e dizia: "Vem, Miranda. Guardarei a água para que nela possa mergulhar as mãos".

O rei ficou realmente furioso ao ouvir tal sonho e franziu as sobrancelhas de forma horrível. Na verdade, ele fez uma careta para que todos soubessem como estava zangado. Levantou-se e foi dormir rapidamente para que pudesse esquecer o sonho de sua filha.

"Será que essa menina arrogante quer que eu seja seu escravo?", pensou. "Não me surpreende que ela tenha escolhido colocar o vestido branco de cetim sem ao menos pensar em mim. Não me acha digno de sua consideração, mas logo darei um fim às suas pretensões!" Saltou da cama furioso e, embora ainda nem tivesse amanhecido, mandou chamar o capitão da guarda real e disse:

— Ouviu o sonho da princesa Miranda? Creio que isso queira dizer coisas estranhas sobre mim, coisas que são contra mim. Portanto, ordeno que a leve para dentro da floresta e a mate. E, para ter certeza de que tenha feito, deve me trazer o coração e a língua da princesa. Se tentar me enganar, irei te condenar à morte!

O capitão da guarda ficou perplexo ao ouvir a ordem bárbara, mas não ousou contradizer o rei, por temer deixá-lo ainda mais irritado ou fazer com que mandasse outra pessoa. Assim, respondeu que pegaria a princesa e faria o que o rei tinha ordenado.

Ao chegar ao quarto da princesa, quase não o deixaram entrar de tão cedo que era, mas ele disse que tinha sido mandado pelo rei para buscar Miranda. Ela levantou-se rapidamente e saiu. Uma jovem negra chamada Patipata, seu macaco de estimação e um cachorrinho seguiram-na como parte da comitiva. O macaco se chamava Grabunjo e o cãozinho, Tintim. O capitão da guarda implorou a Miranda que descesse para o jardim onde o rei estava tomando uma fresca. Ao chegarem lá, fingiu procurar o rei, mas, como o rei não estava em lugar algum, disse:

— Não há dúvida de que Sua Majestade foi dar um passeio na floresta — e o capitão abriu a portinhola que dava para a floresta para que passassem.

O dia começava a raiar e a princesa, ao olhar para seu guia, viu que ele estava com os olhos marejados e parecia muito triste para falar.

— Qual o problema? — disse a princesa da forma mais gentil possível. — Parece estar tão infeliz!

— Ai de mim, princesa! Quem não estaria triste ao ser mandado fazer algo tão terrível? O rei me deu ordens para assassiná-la aqui e entregar seu coração e sua língua para ele. Se eu desobedecer, perderei minha vida!

A pobre princesa ficou apavorada, empalideceu e começou a chorar baixinho.

Ao voltar os belos olhos para o capitão da guarda, disse afetuosamente:

— Realmente tem coragem de me matar? Nunca fiz mal algum a você e sempre o recomendei ao rei. Se merecer a ira de meu pai, eu a sofrerei sem murmurar, mas, pobre de mim! Ele é injusto a agir assim, pois sempre o tratei com amor e com respeito.

— Não tenha medo, princesa. Preferiria morrer a causar algum mal a você, mas, mesmo que seja morto, você ainda correrá perigo. Temos que encontrar algum meio de fazer o rei acreditar que esteja morta.

— O que podemos fazer? — indagou Miranda. — Se não levar para o rei meu coração e minha língua, ele nunca acreditará em você.

A princesa e o capitão da guarda falavam com tanta seriedade que nem pensaram em Patipata, mas ela ouviu tudo o que disseram, chegou perto e jogou-se aos pés de Miranda.

— Senhora, ofereço minha vida a você. Deixe-me ser morta, pois ficarei muito feliz de morrer por uma ama tão boa.

— Ah, Patipata! — exclamou a princesa, beijando-a. — Jamais faria isso; sua vida é tão preciosa quanto a minha, especialmente após tamanha prova de afeição.

— Está certa, princesa — disse Grabunjo, dando um passo à frente —, por amar uma escrava tão fiel quanto Patipata. Ela tem mais utilidade do que eu. Ofereço minha língua e meu coração de boa vontade, sobretudo, porque gostaria de ganhar grande fama na terra dos duendes.

— Não, não, meu querido Grabunjo — respondeu Miranda —, não suporto a ideia de tirar sua vida!

— Como bom cãozinho que sou — latiu Tintim —, não posso pensar em deixar nenhum de vocês morrer pela ama. Se alguém tem de morrer por ela, serei eu.

Então, começou uma grande discussão entre Patipata, Grabunjo e Tintim. Chegaram a falar alto e, por fim, Grabunjo, que estava mais quieto que os outros, subiu até o topo da árvore mais próxima e se jogou ao chão de cabeça; e lá ficou, mortinho!

A princesa ficou muito triste, mas, como Grabunjo estava realmente morto, ela permitiu ao capitão que tirasse a língua. Mas que infelicidade! Era uma linguinha tão pequenina, pouco maior que o polegar da princesa. Decidiram, pesarosos, que não tinha serventia alguma. O rei não acreditaria naquilo nem por um instante sequer!

— Que tristeza! Meu macaquinho — lamentou a princesa —, eu o perdi e, mesmo assim, não estou melhor do que estava antes.

— A honra de salvar a sua vida será minha — interrompeu Patipata, e, antes que pudessem evitar, ela pegou uma faca e cortou fora a própria cabeça de uma vez.

No entanto, quando o Capitão da guarda foi tirar a língua dela, viu que era escura demais, e o rei não seria ludibriado dessa forma.

— Como sou azarada! — lamentou a pobre princesa. — Perdi tudo o que amava e nem por isso estou melhor.

— Se tivesse aceitado minha oferta — disse Tintim —, só teria a mim para lamentar e eu teria toda a sua gratidão.

Miranda beijou o cãozinho, chorando amargamente, até que, não conseguindo mais suportar, foi para dentro da floresta. Quando olhou para trás, o capitão da guarda já tinha ido embora e ela estava só, a não ser por Patipata, Grabunjo e Tintim, que jaziam no chão. Não poderia deixar aquele local até que os enterrasse em um belo túmulo, coberto de musgo, ao pé de uma árvore. Escreveu no tronco os nomes deles e uma explicação sobre todos terem morrido para salvar a vida dela. E então começou a pensar aonde poderia ir para se proteger, pois a floresta era muito próxima do castelo do pai, e ela poderia ser vista e reconhecida pela primeira pessoa que passasse. Além disso, a floresta estava cheia de leões e de lobos que poderiam devorar a princesinha, como fariam com uma galinha perdida.

Então, ela começou a andar o mais rápido que conseguia, mas a floresta era tão grande e o sol estava tão quente que Miranda quase morreu de calor, de medo e de cansaço. Para onde quer que olhasse, a floresta parecia não ter fim e ela estava tão apavorada que imaginava ouvir a voz do rei correndo atrás dela para matá-la o tempo todo. Podem imaginar como ela se sentia infeliz e como chorava ao prosseguir, sem saber que caminho seguir e sofrendo com os terríveis arranhões dos arbustos espinhosos que rasgavam sua bela túnica.

Por fim, ouviu o balido de um carneiro e disse a si mesma: "Certamente, por aqui há pastores com rebanhos que poderão me mostrar o caminho para algum vilarejo em que possa viver disfarçada de camponesa. Ai de mim! Nem sempre reis e príncipes são as pessoas mais felizes do mundo. Quem acreditaria que algum dia eu seria obrigada a fugir e me esconder porque o rei, sem nenhum motivo, desejaria me matar?".

Em seguida, rumou em direção ao lugar em que ouviu o balido, mas, para sua surpresa, em uma pequena e encantadora clareira, rodeada por árvores, viu um enorme carneiro. A lã era mais branca que a neve e seus chifres brilhavam como ouro. Levava no pescoço uma guirlanda de flores; nas pernas, fieiras de grandes pérolas e um colar de diamantes. Ele estava deitado em um canteiro de flores alaranjadas, debaixo de um dossel de pano dourado que o protegia do calor do sol. Quase uma centena de carneiros estava espalhada pelo local, mas os animais não pastavam na grama. Uns tomavam café, limonada ou bebidas borbulhantes; outros tomavam sorvete, comiam morangos com creme ou docinhos; já outros jogavam. Muitos usavam colares de joias, flores e fitas.

Miranda ficou paralisada, perplexa diante da cena imprevista e olhava ao redor em busca do pastor daquele rebanho surpreendente, quando o belo carneiro saltou em sua direção.

— Venha, adorável princesa, não tenha medo de animais tão gentis e pacíficos como nós.

— Que maravilha! — exclamou a princesa, recuando um pouco assustada. — Um carneiro falante.

— Seu macaco e seu cão falavam, senhora. Está mais admirada conosco do que com eles?

— Uma fada concedeu o dom da fala a eles. Então, já tinha me acostumado.

— Talvez a mesma coisa tenha acontecido conosco — explicou com um sorriso tímido. — Entretanto, princesa, o que a trouxe aqui?

— Uma série de desventuras, sr. carneiro. Sou a princesa mais infeliz do mundo, pois procuro abrigar-me da ira de meu pai.

— Venha comigo, senhorita — convidou o carneiro. — Ofereço um esconderijo que só você saberá onde fica.

— Não consigo segui-lo agora — respondeu Miranda. — Estou muito cansada para dar um passo sequer.

O carneiro de chifres dourados ordenou que fosse trazida uma carruagem e, logo em seguida, apareceram seis cabras presas a uma abóbora tão grande que dentro cabiam muito bem duas pessoas sentadas. O interior era inteiramente revestido com almofadas de veludo. A princesa entrou no veículo muito interessada no novo tipo de carruagem e o rei dos carneiros sentou-se ao seu lado. As cabras partiram em velocidade máxima e só pararam quando chegaram a uma caverna cuja entrada estava obstruída por uma pedra gigantesca. O rei tocou a pedra com a pata e ela caiu na mesma hora. Ele convidou a princesa a entrar sem medo.

Se ela não estivesse tão assustada com tudo o que tinha acontecido, nada a teria convencido a entrar naquela caverna horripilante, mas estava com tanto medo do que poderia acontecer com ela que, naquele momento, teria aceitado ser jogada até dentro de um poço. Assim, sem hesitação, seguiu o carneiro, que foi em frente. Desceram, desceram, desceram até ela pensar que tinham chegado ao outro lado do mundo. De fato, não sabia ao certo se ele a levava para o reino das fadas. Finalmente, diante dos olhos da princesa, uma campina enorme se apresentou, coberta de todas as espécies de flores cujo aroma parecia a melhor coisa que já sentira. Um rio largo, de água de flor de laranjeira, corria ao redor, e fontes de variados tipos de vinho jorravam por todas as direções, criando belas cascatas e riachos.

A campina estava coberta das árvores mais estranhas. Havia alamedas e perdizes, que tinham acabado de ser assadas, pendendo de cada um dos galhos ou, se o preferir, faisões, codornizes, perus ou coelhos. Era apenas mover a mão direita ou a esquerda para encontrá-las. Em alguns lugares, nuvens carregadas despejavam, por curto tempo, bolinhos de lagosta, salames, linguiças, tortas e todos os tipos de doces ou peças de ouro, prata, diamantes e pérolas. Aquele tipo raro de chuva e o encanto de todo aquele lugar indubitavelmente teriam atraído inúmeras pessoas caso o rei dos carneiros tivesse um temperamento mais sociável, mas, segundo dizem, ele era sério como um juiz.

Como Miranda chegou àquela terra adorável na melhor época do ano, o único palácio que viu foi uma longa fileira de laranjeiras, de jasmins, de madressilvas e de rosas-mosqueta cujos galhos entrelaçados, presos por uma gaze dourada e prateada, deixavam os cômodos com grandes espelhos, candelabros e graciosos quadros, ainda mais belos. O Carneiro Maravilhoso suplicou à princesa que se considerasse a rainha de tudo o que viu e garantiu que ele vivia triste e atribulado, mas ela tinha o poder de fazê-lo se esquecer de todas as mazelas.

— É tão bom e generoso, nobre Carneiro, e não sei como agradecê-lo; mas devo confessar que tudo o que vejo aqui parece tão extraordinário, que nem sei o que devo pensar.

Assim que falou, uma legião de fadas graciosas aproximou-se da princesa, ofertando-lhe cestas de âmbar cheias de frutas, mas, quando ela estendia as mãos na direção delas, afastavam-se suavemente, e a princesa nada podia sentir ao tentar tocá-las.

— Ah! — lamentou — O que podem ser? Com quem estou? — e começou a chorar.

Naquele instante, o Rei dos Carneiros virou-se para ela e ficou tão preocupado ao ver suas lágrimas que teria arrancado a própria lã.

— Qual é o problema, adorável princesa? — implorou — Alguém deixou de tratá-la com o devido respeito?

— Não, é que não estou acostumada a viver com seres encantados e carneiros falantes, e tudo aqui me assusta. Você foi muito gentil ao me trazer a esse lugar, mas ficaria muito mais agradecida se pudesse me levar de volta ao mundo.

— Não tema — disse o Carneiro Maravilhoso. — Peço que tenha paciência e ouça o relato sobre as minhas desgraças.

"No passado, fui rei, e meu reino era o mais fantástico do mundo. Os súditos me adoravam, os vizinhos me invejavam e me temiam. Eu era respeitado por todo o povo, e todos diziam que nenhum rei jamais mereceu tanto. Gostava muito de caçar e, um dia, ao correr atrás de um veado, deixei para trás meus criados. De súbito, vi o animal saltar em um pequeno lago e fiz com que o cavalo o seguisse; antes que pudéssemos dar muitos passos, senti um calor extraordinário em vez do frescor da água. O lago secou, e uma fenda enorme se abriu na minha frente, dela subiram línguas de fogo, e caí, sem ação, no fundo de um precipício. Considerei-me morto, mas dentro de pouco uma voz disse:

"— Príncipe ingrato, nem mesmo esse fogo é suficiente para inflamar seu coração gélido!

"— Quem pensa que é para se queixar da frieza de meu coração neste local lúgubre? — gritei.

"— Um ser infeliz que o amou desesperadamente — respondeu a voz.

Naquele mesmo instante, as chamas começaram a tremular e pararam de arder, e vi uma fada que conhecia desde pequeno, cuja feiura sempre me causou pavor. Apoiava-se no braço de uma jovem muito bela, que trazia nos pulsos algemas de ouro e que, evidentemente, era sua escrava.

"— Ragote — disse, pois esse era o nome da fada —, o que significa tudo isso? Foi você que me fez parar aqui?

"— E de quem é a culpa por não ter me compreendido até hoje? — indagou ela — Será que uma fada, tão poderosa quanto eu, precisa se rebaixar para explicar as próprias ações para alguém que acredita ser um grande rei, apesar de não ser melhor que uma formiga? Chame isso como quiser — disse impaciente.

"— Mas, afinal, o que quer? Minha coroa, minhas cidades ou meus tesouros?

"— Tesouros? — desdenhou a fada — Se quisesse, poderia transformar um de meus ajudantes de cozinha em alguém mais rico e poderoso do que você. Não quero seus tesouros, mas — acrescentou com brandura —, se me desse seu coração e se casasse comigo, daria a você vinte reinos além do que já tem e teria uma centena de castelos repletos de ouro e cinco mil deles cheios de prata; enfim, teria tudo o que me pedisse.

"— Sra. Ragote, quando alguém está no fundo de um fosso, e ali espera ser queimado vivo, é impossível pensar em responder a um pedido de casamento vindo de uma pessoa tão encantadora! Imploro que me liberte, e então espero responder de modo apropriado.

"— Ah! Se realmente me amasse, não importaria o local: uma caverna, uma floresta, uma toca de raposa, um deserto, seriam igualmente apropriados. Não pense que pode me enganar. Pensa que pode escapar, mas garanto que vai ficar aqui, e a primeira coisa que fará será cuidar dos meus carneiros. Eles são boa companhia e, assim como você, podem falar.

"Ao dizer isso, foi em frente, e me trouxe a esta campina que agora estamos e apresentou-me o seu rebanho, mas não dei muita atenção aos animais, nem a ela. Para dizer a verdade, estava tão perdidamente maravilhado com a bela escrava, que me esqueci de todo o resto. A cruel Ragote, ao perceber isso, olhou furiosa para a moça, e ela caiu sem vida no chão. Diante da visão terrível, peguei minha espada e fui para cima de Ragote. Certamente teria cortado a cabeça dela, se ela não me tivesse acorrentado com sua magia no local em que eu estava. Todas as tentativas de me movimentar eram inúteis e, por fim, quando me joguei ao chão em desespero, ela disse, com um sorriso desdenhoso:

"— Pretendo fazer com que sinta meu poder. No momento, parece um leão, mas desejo que seja um carneiro.

"Ao dizer isso, tocou-me com a varinha mágica e me transformei no que vê. Não perdi a capacidade de falar nem de perceber o infortúnio de minha atual condição.

"— Por cinco anos — disse ela — será um carneiro e senhor desta terra encantada, enquanto eu, impossibilitada de ver sua tão amada face, serei capaz de odiá-lo mais, como merece ser odiado.

"Assim que terminou de falar, desapareceu e, se não estivesse infeliz demais para me preocupar com o que quer que fosse, teria ficado satisfeito ao vê-la partir.

"Os carneiros falantes me receberam como a um rei e contaram que também eram príncipes infelizes que, de maneiras diferentes, haviam ofendido a bruxa vingativa, sendo acrescentados ao rebanho por determinada quantidade de anos; uns mais, outros menos. De tempos em tempos, de fato, um deles recuperava a forma original e voltava para seu lugar no mundo exterior; entretanto, os outros seres que viu, são os rivais ou inimigos de Ragote, aprisionados por cem anos ou mais, ainda que, ao final, acabem voltando ao mundo. A jovem escrava que falei é uma dessas criaturas. Tenho-a visto com frequência, o que me traz grande prazer.

"Ela nunca fala comigo e, se estou perto dela, sei que a verei apenas como a uma sombra, o que me contraria muito. No entanto, notei que um de meus companheiros de infortúnio também se encantou com esse mesmo espírito. Descobri que ele foi seu amante, mas a cruel Ragote os separou há muito tempo. Desde então, não me preocupo nem penso em nada além de como recuperar minha liberdade. Estive por diversas vezes na floresta e foi lá que a vi, adorável princesa, por vezes guiando sua carruagem, o que faz com toda a graça e todo a destreza do mundo; outras vezes, galopando nas caçadas, em um cavalo tão ativo que parecia que ninguém, a não ser você, poderia domá-lo, e outras ainda apostando corrida nos prados com as princesas da corte, correndo com tanta leveza, que sempre ganhava o prêmio. Ó princesa, eu a amei por tanto tempo, e como ainda ouso falar de amor?! Que esperança pode haver para um carneiro infeliz como eu?"

Miranda estava tão surpresa e confusa com tudo o que tinha ouvido que quase não sabia que resposta dar ao Rei dos Carneiros, mas conseguiu pensar em uma maneira de dizer que, certamente, não o deixava sem esperanças, e afirmou que não teria mais medo das sombras, pois agora sabia que um dia voltariam a viver.

— Pobre de mim! — continuou. — Queria que minha pobre Patipata, meu querido Grabunjo e o pequenino Tintim, que deram a vida por mim, tivessem a mesma sorte! Nada mais desejaria desse lugar!

Embora fosse prisioneiro, o Rei dos Carneiros ainda possuía alguns poderes e privilégios.

— Vá — disse ele ao estribeiro-mor —, procure as sombras da menina, do macaco e do cão: eles distrairão nossa princesa.

Um pouco depois, Miranda viu os três virem em sua direção, e a presença deles trouxe grande prazer, ainda que não chegassem perto o bastante para que ela pudesse tocá-los.

O Rei dos Carneiros era muito gentil e divertido e amava tanto Miranda que, finalmente, ela começou a amá-lo também. Um carneiro tão belo, tão educado e atencioso dificilmente não agradaria, ainda mais se a pessoa soubesse que se tratava de um rei de verdade e que seu estranho aprisionamento logo chegaria ao fim. Assim, os dias da princesa foram vividos com muita alegria enquanto esperava o tempo feliz que estava por vir. O Carneiro Maravilhoso, com a ajuda de todo o rebanho, organizou bailes, concertos e caçadas. Até as sombras compareceram, unindo-se às festividades, fazendo de conta que ainda estavam ali de verdade.

Em uma noite, quando os mensageiros chegaram (pois o rei mandava buscar notícias com toda cautela, e eles sempre traziam as melhores), anunciaram que a irmã da princesa Miranda se casaria com um grande príncipe e que nada poderia ser mais esplêndido que todas as preparações para o casamento.

— Ah! — exclamou a jovem princesa. — Que infelicidade deixar de ver tantas coisas belas! Estou aqui, aprisionada debaixo da terra, na companhia de carneiros e de sombras, enquanto minha irmã está prestes a ser enfeitada como uma rainha e cercada por todos os que a amam e a admiram; todos, menos eu, podem comparecer para desejar-lhe felicidades!

— Por que lamenta, princesa? — replicou o rei dos carneiros. — Quem disse que não pode ir ao casamento? Vá quando quiser; prometa-me apenas que voltará, pois a amo demais para viver sem você.

Miranda ficou muito agradecida e prometeu com sinceridade que nada no mundo a impediria de voltar. O rei convocou e colocou à disposição da princesa uma escolta digna de sua posição social; ela vestiu-se grandiosamente, não se esquecendo de nada que a pudesse deixar mais bela. A carruagem era de madrepérola, puxada por seis grifos pardos, trazidos do outro lado do mundo, escoltada por vários guardas em uniformes suntuosos, todos eles de ao menos dois metros e meio de altura, que tinham vindo de todas as partes para integrar a comitiva da princesa.

Miranda chegou ao castelo do pai justo na hora em que começava a cerimônia de casamento. Assim que entrou, todos foram tomados de surpresa por sua beleza e pelo luxo das joias. Ouviu exclamações de admiração de todos os lados. O rei, seu pai, olhava para ela com tanta atenção que ela teve medo de que a reconhecesse, mas ele estava tão certo de que a princesa estava morta, que a ideia de a ver ali nunca passou por sua cabeça.

O temor de não conseguir ir embora, contudo, fez com que ela deixasse o casamento antes que tivesse terminado. Saiu apressadamente, deixando para trás um porta-joias de coral cravejado de esmeraldas. Nele, lia-se em letras de diamante: "joias para a noiva", e, quando as pessoas o abriram, viram coisas belas que pareciam não ter fim. O rei, que esperava encontrar-se com a princesa desconhecida e descobrir quem era, ficou terrivelmente desapontado quando ela desapareceu de maneira tão repentina e deu ordens para que, se algum dia ela voltasse, as portas fossem fechadas para que ela não saísse com tanta facilidade. Ainda que a ausência de Miranda tivesse sido breve, para o Carneio Maravilhoso pareceu durar um século. Ele esperava a princesa perto de uma fonte, na parte mais densa da floresta, e o chão estava coberto de magníficos presentes que o carneiro tinha preparado para ela, como prova da alegria e da gratidão pelo retorno. Assim que a viu, correu para encontrá-la, pulando e saltando como um carneiro de verdade. Acariciou-a com ternura, lançando-se a seus pés e beijando-lhe as mãos. Contou como tinha ficado apreensivo com sua ausência e impaciente pelo retorno. A forma eloquente com a qual se expressava a fascinou. Um pouco depois, veio a notícia de que a segunda filha do rei estava prestes a se casar. Quando Miranda ouviu isso, implorou ao Rei dos Carneiros que permitisse que ela fosse ao casamento como antes. O pedido o deixou muito triste, como se certamente alguma desgraça fosse recair sobre ele, mas seu amor pela princesa era maior do que tudo, e ele não gostava de recusar um pedido dela.

— Quer me abandonar, princesa — disse ele —, esse é o meu azar... não a culpo. Concordo que vá, mas, acredite em mim, essa é a maior prova de amor que posso dar a você.

A princesa assegurou que só ficaria um pouco, como antes, e suplicou que não ficasse preocupado, pois ela ficaria igualmente triste caso algo a detivesse.

Assim, com a mesma comitiva, a princesa partiu e chegou ao palácio quando a cerimônia começava. Todos ficaram encantados ao vê-la; estava tão bela que pensaram que fosse alguma fada princesa, e os príncipes que lá estavam não tiravam os olhos dela. O rei era o mais feliz de todos por ela ter voltado e deu ordens para que todas as portas fossem fechadas e trancadas naquele minuto. Quando o casamento estava terminando, a princesa levantou-se rapidamente, esperando passar despercebida entre a multidão, mas, para enorme surpresa, encontrou todas as portas trancadas. Ficou mais tranquila quando o rei se aproximou e, com o maior respeito, pediu que não saísse tão cedo, e que ao menos o honrasse comparecendo ao banquete suntuoso que tinha preparado para os príncipes e as princesas. Ele a levou por um saguão magnífico, e toda a corte estava reunida. O próprio rei pegou uma vasilha dourada cheia de água e ofereceu à princesa para que pudesse mergulhar os belos dedos. Diante disso, a princesa não conseguiu mais se conter; jogou-se aos pés do rei e exclamou:

— Por fim, meus sonhos tornaram-se realidade: o senhor me ofereceu água para lavar as mãos no dia do casamento de minha irmã, e isso não o envergonhou.

O rei imediatamente a reconheceu. Na verdade, várias vezes ele já tinha pensado como ela se parecia com sua pobre Mirandinha.

— Ó minha querida filha — exclamou, beijando-a —, será que poderá se esquecer da minha crueldade? Mandei matá-la porque pensei que seu sonho era um presságio da perda de minha coroa. E agora que suas duas irmãs estão casadas e têm seus próprios reinos, o meu será seu — ao dizer isso, colocou a coroa na cabeça da princesa e bradou: — Vida longa à rainha Miranda!

E toda a corte gritou, em seguida:

— Vida longa à rainha Miranda!

A mais jovem das duas irmãs da rainha veio correndo, abraçou Miranda e a beijou milhares de vezes. Houve, então, muitas risadas, choros, conversas e beijos ao mesmo tempo. Miranda agradeceu ao pai e começou a perguntar por todos — em especial pelo capitão da guarda, a quem tanto devia, mas, para seu grande pesar, ouviu que ele estava morto. Pouco tempo depois, sentaram-se no banquete e o rei pediu a Miranda que contasse tudo o que tinha acontecido desde aquela manhã terrível em que ele tinha mandado o capitão da guarda buscá-la. Ela contou com tanto entusiasmo que todos os convidados a ouviram com ávido interesse. Enquanto ela se divertia com o rei e suas irmãs, o Carneiro Maravilhoso, contudo, esperava impaciente por seu retorno. Conforme o tempo foi passando e a princesa não aparecia, sua angústia tornou-se tão grande que ele já não a suportava.

— Ela não voltará mais — bramiu. — Ela não gosta dessa cara horrorosa de carneiro e, sem Miranda, o que resta para mim, vil criatura que sou! Ó Ragote cruel, minha punição está completa.

Por um bom tempo lamentou-se do destino infeliz e, então, vendo que escurecia e ainda não havia nenhum sinal da princesa, partiu o mais rápido que pôde em direção à cidade. Quando chegou ao palácio, perguntou por Miranda, mas àquela altura todos já tinham ouvido a história de suas aventuras e não queriam que ela retornasse ao Rei dos Carneiros, de modo que se recusaram veementemente a deixar que ele a visse. Implorou e pediu em vão que o deixassem entrar e, embora suas súplicas pudessem ter derretido corações de pedra, não comoveram os guardas do palácio. Por fim, de coração partido, ele caiu morto.

Enquanto isso, o rei, que não tinha a menor ideia do triste acontecimento que ocorria fora dos portões do palácio, propôs a Miranda que ela desfilasse em sua carruagem ao redor da cidade, que seria iluminada por milhares e milhares de tochas, colocadas nas janelas, nas sacadas e em todas as grandes praças. Mas, assim que seus olhos avistaram a entrada do palácio, viu seu querido e gentil carneiro, silente e imóvel, sobre a calçada. Saiu correndo do coche e correu ao encontro dele, chorando amargamente, pois percebeu que a promessa quebrada tinha custado a vida dele, e ficou desgostosa por tanto tempo que todos pensaram que ela também tivesse morrido.

Vejam que nem mesmo uma princesa é sempre feliz, especialmente se ela se esquecer de manter a palavra, e os maiores infortúnios muitas vezes acontecem justamente quando as pessoas acreditam ter conseguido tudo aquilo que seus corações almejam!

O Pequeno Polegar

(Charles Perrault)

ERA UMA VEZ um casal de lenhadores que tinha vários filhos, todos meninos. O mais velho tinha apenas dez anos e o mais novo, sete. Eram muito pobres, e os sete filhos os incomodavam imensamente, pois nenhum deles ganhava o próprio sustento. O que mais os preocupava era que o mais novo era muito miudinho e raramente dizia uma palavra, o que eles viam como estupidez, era sinal de bom senso, na verdade. Ele era muito pequeno e, quando nasceu, não era maior que um polegar, por isso o chamavam de O Pequeno Polegar.

A pobre criança levava a culpa de tudo de errado que acontecia na casa e, culpado ou não, estava sempre errado. Contudo, era o mais sagaz e de longe tinha mais sabedoria que todos os seus irmãos juntos; se, por um lado, falava pouco, por outro, ouvia e pensava muito.

Em certa ocasião, tiveram um ano muito ruim, e a onda de fome foi tão grande que o pobre casal resolveu livrar-se dos próprios filhos. Uma noite, quando todos os meninos estavam na cama, o lenhador, sentado em frente à lareira com a esposa disse, com o coração prestes a explodir de luto:

— Você claramente vê que não temos como sustentar nossos filhos e não posso vê-los morrer de fome diante de meus olhos. Estou decidido a perdê-los na floresta amanhã e isso é algo fácil de ser feito, pois, enquanto estiverem ocupados em amarrar os feixes de lenha, podemos correr e deixá-los por lá, sem que ninguém perceba.

— Ah! — gritou a esposa — Tem coragem de levar seus filhos com você com o propósito de perdê-los?

Em vão, o marido mostrou a extrema pobreza em que viviam. Ela não concordaria com aquela ideia; eram de fato pobres, mas era mãe deles. Tendo, todavia, considerado que seria um verdadeiro luto ver os filhos morrerem de fome, ela acabou concordando e foram para a cama às lágrimas.

O Pequeno Polegar ouviu cada palavra dita quando estava na cama, percebendo que os pais conversavam de forma inflamada. Levantou-se em silêncio e escondeu-se debaixo da banqueta do pai a fim de ouvir o que diziam, sem ser visto. Ele voltou para cama, mas sequer conseguiu cochilar o restante da noite, pensando no que faria. Levantou-se cedo pela manhã e foi até a margem do rio, encheu os bolsos de pequenas pedras e, então, voltou para casa.

Todos saíram, mas o Pequeno Polegar jamais contou a seus irmãos uma sílaba do que sabia. Foram a uma floresta muito densa, na qual não podiam ver uns aos outros a dez passos de distância. O lenhador começou a cortar a madeira, e as crianças, a reuni-las em feixes. O pai e a mãe, vendo-os ocupados com o trabalho, partiram insensivelmente, correndo deles de uma vez por um desvio que atravessava a mata.

Quando as crianças viram que tinham sido deixadas para trás, começaram a chorar o mais alto que conseguiam. O Pequeno Polegar deixou-as chorar, sabendo muito bem como voltar para casa, pois, conforme caminhavam, ele teve o cuidado de jogar pelo caminho as pedrinhas que trazia nos bolsos. Então, disse:

— Não temam, irmãos; nosso pai e nossa mãe nos deixaram aqui, mas os levarei de novo para casa, basta que me sigam.

Assim o fizeram, e ele os levou para casa pelo mesmo caminho em que tinham entrado na floresta. Não ousaram entrar em casa, mas se sentaram à porta, ouvindo o que o pai e a mãe diziam.

No momento exato em que o lenhador e sua esposa chegavam, o senhor daquelas terras enviou-lhes dez coroas, que há tempo lhes devia, pelas quais o casal de lenhadores já nem esperava. Isso lhes deu vida nova, pois os pobrezinhos estavam à beira da fome. O lenhador imediatamente mandou a esposa ao açougueiro. Como fazia tempo que tinham comido, ela comprou três vezes mais carne do que o necessário para duas pessoas. Quando acabaram de comer, a mulher disse:

— Pobres de nós! Onde estão nossos filhos agora? Eles teriam feito uma boa refeição com o que sobrou aqui; mas você, Guilherme, foi quem teve a ideia de abandoná-los. Eu te disse que haveríamos de arrepender-nos disso. O que devem estar fazendo na floresta uma hora dessas? Pobre de nós! Meu Deus, os lobos talvez já os devoraram. Você é muito desumano por abandonar seus filhos.

O lenhador acabou perdendo a paciência, pois ela repetiu mais de vinte vezes que eles tinham que se arrepender e que ela tinha razão em dizer aquilo. Ameaçou bater nela se não controlasse a língua. Não é que o lenhador não estivesse mais triste que a esposa, mas ela o provocava. Ele tinha a mesma opinião que muitos outros, que amam esposas que falam bem, mas acham importuno que sejam repetitivas. Ela se afogava em lágrimas, gritando:

— Meu Deus! Onde estão meus filhos agora, meus filhinhos?!

Ela falou tão alto que as crianças, que estavam no portão, começaram a gritar todas juntas:

— Estamos aqui! Estamos aqui!

Ela correu imediatamente para abrir a porta e, abraçando-os, disse:

— Estou feliz por vê-los, meus filhos queridos; estão famintos e cansados; e, meu Pedrinho, está horrível coberto de lama; entre e deixe-me limpá-lo.

Pedro era o filho mais velho, e ela o amava mais que aos outros, porque era ruivo como ela. Sentaram-se para jantar e comeram com tanto apetite que deixaram os pais satisfeitos. Contaram como tinham ficado com medo na floresta, quase sempre falando todos juntos. Estavam extremamente felizes por ver os filhos mais uma vez em casa e aquela alegria permaneceu enquanto as dez coroas duraram; mas, quando o dinheiro acabou, sentiram de novo o mesmo desassossego de antes e resolveram abandoná-los mais uma vez; e, para ter certeza de que dessa vez não voltariam, resolveram levá-los a uma distância maior que a anterior.

Eles não conseguiram falar disso secretamente, porque eram vigiados pelo Pequeno Polegar, que calculava como sair daquela dificuldade como da outra vez; mas, embora se levantasse muito cedo de manhã para buscar as pedras, ficou decepcionado, pois se deparou com a porta da casa trancada e ficou sem saber o que fazer. Quando, no café da manhã, o pai deu um pedaço de pão a cada um, o Pequeno Polegar imaginou que podia usá-lo em lugar das pedras, deixando pequenas bolinhas ao longo do caminho por onde passassem; e assim colocou o pão no bolso.

O pai e a mãe levaram-nos à parte mais densa e sombria da floresta e, furtivamente, pegaram um atalho e os deixaram lá. O Pequeno Polegar não ficou preocupado com aquilo, pois achava que podia de novo encontrar facilmente o caminho seguindo as bolinhas de pão espalhadas pelo trajeto. Ele ficou, no entanto, muito surpreso quando não conseguiu achar uma migalha sequer; os pássaros tinham comido tudo, cada pedacinho. Estavam todos muito aflitos, pois, quanto mais andavam, mais se distanciavam do caminho e ficavam cada vez mais desnorteados na floresta.

Caiu a noite e começou uma ventania que os deixou aterrorizados. Imaginavam ouvir de todos os lados o uivo de lobos que vinham para comê-los. Raramente ousavam falar ou mexer a cabeça. Depois, começou a chover forte, molhando-os até os ossos. Os pés escorregavam a cada passo que davam e caíam na lama, levantando-se imundos em seguida. As mãos estavam completamente paralisadas.

O Pequeno Polegar subiu em uma árvore para ver se conseguia descobrir alguma coisa; olhou para todas as direções e acabou vendo uma luz fraca, que parecia uma vela, mas estava muito longe da floresta. Desceu e, quando chegou ao chão, já não a via mais, o que o deixou angustiado. Entretanto, após caminhar algum tempo com os irmãos na direção em que tinha visto a luz, percebeu-a novamente à medida que saíam da floresta.

Chegaram à casa em que estava a vela, com muito medo, pois com frequência a perdiam de vista, o que acontecia sempre que passavam por um declive. Bateram à porta e uma mulher bondosa a abriu e perguntou o que queriam. O Pequeno Polegar contou que eram pobres crianças perdidas na floresta e que desejavam um abrigo, em nome de Deus. A mulher, vendo-os tão belos, começou a chorar e disse:

— Ai de mim, pobres crianças! Onde vieram parar! Sabem que esta casa pertence a um ogro cruel que come criancinhas?

— Ah, senhora! — exclamou o Pequeno Polegar, estremecendo com os demais irmãos. — O que devemos fazer? Certamente os lobos da floresta vão nos devorar hoje se não nos abrigar aqui. Assim, preferimos que o cavalheiro nos devore; talvez ele tenha piedade de nós, especialmente se suplicarmos a ele.

A mulher do ogro, que acreditou que poderia escondê-los do marido até a manhã, deixou-os entrar e levou-os para perto do fogo, a fim de que se aquecessem. Havia ali um carneiro inteiro no espeto, sendo assado para a ceia do ogro. Quando começaram a se aquecer, ouviram três ou quatro pancadas fortes na porta. Era o ogro que havia retornado para casa. Naquele momento, ela os escondeu embaixo da cama e foi abrir a porta. O ogro logo perguntou se o jantar estava pronto e se o vinho estava servido e, então, sentou-se à mesa. O carneiro estava cru e sangrento; mas ele preferia que fosse assim. Farejou à direita e à esquerda, e disse:

— Sinto cheiro de carne fresca.

— O que sente deve ser o novilho que acabei de abater e esfolar.

— Sinto cheiro de carne, repito — respondeu o ogro, olhando a mulher de canto de olho —, e há aqui alguma coisa que não entendo.

Conforme falava, levantou-se da mesa e foi em direção à cama.

— Ah! Ah! Agora vejo que tentou me enganar, desgraçada. Não sei por que não a como também; ainda bem que não passa de uma carniça velha. Aqui estão as minhas presas, que muito em breve servirão para entreter os meus três ogros amigos que farão uma visita em um dia ou dois.

Com isso, arrastou as crianças de debaixo da cama, um por um. Os pobrezinhos caíram de joelhos e imploraram seu perdão; mas estavam lidando com um dos ogros mais cruéis do mundo, que, longe de ter piedade deles, já os tinha devorado com os olhos e contado à esposa que seria delicioso comê-los com um molho picante. Tomou um facão e, aproximando-o das pobres criancinhas, amolou-o em uma grande pedra de afiação que tinha na mão esquerda. Ele já estava segurando uma das crianças, quando sua esposa sugeriu:

— Por que precisa fazer isso agora? Não há tempo suficiente amanhã?

— Feche essa matraca — disse o ogro. — Eles comerão os mais macios.

— Mas já há tanta carne pronta... — respondeu a mulher. — Não tem necessidade; aqui estão um bezerro, dois carneiros e metade de um porco.

— É verdade — disse o ogro. — Dê comida a eles para que não percam a força e coloque-os na cama.

A mulher ficou muito feliz com isso e deu-lhes uma boa refeição. No entanto, estavam com tanto medo que mal conseguiram comer. Quanto ao ogro, ele se sentou de novo para beber, muito contente por ter conseguido uma forma de agradar seus amigos. Bebeu uma dúzia de copos a mais que de costume, os quais subiram à cabeça e o obrigaram a ir para a cama.

O ogro tinha sete filhas, todas crianças, e as pequenas ogras tinham uma aparência muito delicada, porque costumavam comer carne fresca como o pai. Tinham olhinhos acinzentados, bem redondos, nariz encurvado e dentes compridos e afiados, que ficavam a uma boa distância um do outro. Elas ainda não eram perigosas, mas tudo indicava que se tornariam, pois já tinham mordido criancinhas, a ponto de poder chupar seu sangue.

Elas tinham sido colocadas para dormir cedo, cada uma com uma coroa de ouro na cabeça. Havia no mesmo cômodo uma cama do mesmo tamanho, e foi naquela cama que a mulher do ogro colocou os sete meninos, antes de ir deitar-se com o marido.

O Pequeno Polegar, que viu que as filhas do ogro tinham coroas de ouro na cabeça, temendo que o ogro se arrependesse de não os ter matado, levantou-se por volta da meia-noite e, pegando o gorro dos irmãos e também o próprio, foi sorrateiramente colocá-los na cabeça das sete ogrinhas, depois de haver tirado as coroas de ouro, que colocou na própria cabeça e na cabeça de seus irmãos, para que o ogro achasse que eles eram suas filhas, e suas filhas eram os garotinhos que queria comer.

Tudo aconteceu como o Polegar havia previsto. O ogro acordou por volta da meia-noite e, lamentando ter adiado até a manhã seguinte o que tinha que ter feito à noite, apressadamente pulou da cama e pegou o facão.

— Vejamos como nossos malandrinhos estão. Vou resolver isso de uma vez.

Ele subiu, tateando o caminho até o quarto das filhas, e chegou à cama onde estavam os garotinhos, que dormiam profundamente, com exceção do Pequeno Polegar, que estava morrendo de medo quando sentiu o ogro tocar sua cabeça, como fizera com os irmãos. Sentindo as coroas de ouro, o ogro disse:

— Quase fiz delas uma bela obra-prima. Acho que bebi demais na noite passada.

Dirigiu-se, então, à cama em que estavam as filhas e, ao encontrar os gorros dos meninos, disse:

— Ah, meu jovenzinhos, estão aí? Façamos o que tem de ser feito.

E, assim que falou, sem hesitar, cortou a garganta de suas sete filhas.

Satisfeito com o que havia feito, voltou para a cama com a esposa. Assim que ouviu o ronco do ogro, o Pequeno Polegar acordou os irmãos e ordenou que se vestissem imediatamente e o seguissem. Saíram furtivamente para o jardim e pularam o muro. Continuaram a correr a noite toda, tremendo o tempo todo, sem saber que caminho tomar.

Quando acordou, o ogro disse à mulher:

— Suba e prepare aqueles traquinas que estavam aqui na noite passada.

A esposa ficou muito surpresa com a gentileza do marido, sem nem sonhar como deveria prepará-los; pensando que ele a tinha mandado até lá para vesti-los. Quando ela subiu, ficou aturdida ao ver suas sete filhas mortas, ensopadas de sangue. Ela desmaiou, pois essa é a primeira reação de quase todas as mulheres em casos como esse. O ogro, temendo que a esposa demorasse demais para fazer o que ele tinha pedido, também subiu para ajudá-la. E, ao ver o espetáculo aterrador, não ficou menos chocado que a esposa.

— Ah! O que eu fiz?! — exclamou — Aqueles miseráveis vão pagar por isso, e já!

Jogou um jarro de água no rosto da mulher e, ao trazê-la a si, disse:

— Dê-me rápido minhas botas de sete léguas, pois tenho que ir atrás deles.

Ele saiu e, tendo percorrido uma imensa área, de um lado e de outro, chegou à estrada em que estavam as crianças, a não mais que cem passos da casa de seus pais. Eles espiavam o ogro, que ia de montanha em montanha em um passo, e cruzava rios com a mesma facilidade com que atravessava as valetas mais estreitas. O Pequeno Polegar, vendo uma rocha oca perto do local em que estavam, escondeu seus irmãos e ali também se apertou, sempre imaginando onde o ogro poderia estar.

O ogro, muito cansado da jornada longa e infrutífera (pois aquelas botas de sete léguas cansavam muito a quem as usava), resolveu descansar e, por acaso, sentou-se sobre a pedra em que os garotinhos estavam escondidos. Como era impossível estar mais exausto do que estava, caiu no sono e, depois de descansar um pouco, começou a roncar de maneira tão assustadora que as pobres crianças não tinham menos medo dele agora do que quando havia empunhado o facão e estivera prestes a cortar suas gargantas.

O Pequeno Polegar não estava com tanto medo como seus irmãos e disse que deveriam correr imediatamente para casa, enquanto o ogro dormia profundamente, e que não deveriam se preocupar com ele. Eles seguiram o conselho e logo foram para casa. O Pequeno Polegar aproximou-se do ogro, tirou as botas com cuidado e calçou-as. As botas eram largas e compridas, mas, como eram mágicas, tinham a capacidade de se tornar pequenas e justas, de acordo com os pés daqueles que as calçavam; assim, ajustaram-se a seus pés e a suas pernas muito bem, como se tivessem sido feitas sob medida. Ele foi imediatamente à casa do ogro e viu sua esposa chorar amargamente a perda das filhas, assassinadas pelo marido.

— Seu marido — disse o Pequeno Polegar — corre grande perigo, pois foi pego por um bando de ladrões que juraram matá-lo se não desse todo o seu ouro e toda a sua prata a eles. No exato momento em que pressionavam as adagas em sua garanta, viu-me e implorou que viesse e lhe dissesse o que está acontecendo, disse para me dar tudo o que for de valor, não guarde coisa alguma; do contrário, eles o matarão sem piedade. Como o caso era muito urgente, pediu-me que fizesse uso de suas botas, pois elas poderiam tornar-me mais rápido e mostrar que não a estou enganando.

A mulher, triste e assustada, deu a ele tudo que tinha, pois o ogro era um marido muito bom, embora costumasse comer criancinhas. O Pequeno Polegar, tendo pegado todo o dinheiro do ogro, foi para a casa de seu pai e foi recebido com grande alegria.

Há muita gente que não concorda com esse final e alega que o Pequeno Polegar nunca roubou o ogro e que, na verdade, só pensou, com justiça e com a consciência tranquila, que podia tirar as botas de sete léguas dele porque o ogro não teria outro uso para elas senão correr atrás de criancinhas. Essas pessoas afirmam que têm absoluta certeza disso, mais ainda porque comeram e beberam na casa do lenhador. Garantem que, quando tirou as botas do ogro, o Pequeno Polegar foi até a corte, onde foi informado que estavam muito preocupados com certo exército que ficava a duzentas léguas dali e com o sucesso de uma batalha. Dizem que ele foi até o rei e propôs a ele que, se ele o desejasse, traria as notícias do exército antes do anoitecer.

    O rei prometeu grande quantia de dinheiro a ele se assim fizesse. O Pequeno Polegar era tão bom quanto disse e voltou na mesma noite com as notícias. A primeira expedição o deixou famoso e ele conquistou tudo o que desejava, pois o rei pagava muito bem para levar suas ordens ao exército. Depois de ter trabalhado como mensageiro por algum tempo, e de, assim, ter conseguido acumular grande riqueza, ele foi para a casa de seu pai, e a alegria de todos com seu retorno era inenarrável. Deu uma vida tranquila a toda a família, comprou terras para o pai e os irmãos se estabeleceram muito bem no mundo, e, enquanto isso, conquistou à amizade de muitos povos nobres.

Ali Babá e os os Quarenta Ladrões

(de *As mil e uma noites*)

EM UMA CIDADE da Pérsia, moravam dois irmãos, um chamado Cassim, e o outro, Ali Babá. Cassim era casado com uma mulher rica e vivia em abundância, enquanto Ali Babá tinha que sustentar a esposa e os filhos cortando madeira em uma floresta próxima para vender na cidade. Um dia, quando Ali Babá estava na floresta, viu uma tropa de homens a cavalo, envolta em uma nuvem de poeira, vir em sua direção. Ele ficou com medo que fossem ladrões e subiu em uma árvore em busca de segurança. Quando chegaram até ali e desmontaram, contou quarenta homens ao todo. Eles tiraram as rédeas dos cavalos e os amarraram a árvores. O melhor homem entre eles, que Ali Babá pensou ser o capitão, afastou-se um pouco entre alguns arbustos, e disse: "Abre-te, sésamo", de forma tão clara que Ali Babá ouviu. Uma porta se abriu nas rochas e a tropa entrou. Ali Babá os seguiu e a porta novamente se fechou sozinha. Ficaram algum tempo lá dentro, e Ali Babá, temendo que pudessem sair para pegá-lo, viu-se obrigado a sentar-se pacientemente na árvore. Finalmente a porta se abriu de novo e os quarenta ladrões saíram. Como o capitão foi o último a entrar, foi também o primeiro a sair, e fez com que todos passassem por ele. Em seguida, fechou a porta, dizendo: "Fecha-te, Sésamo". Cada um dos homens selou e montou seu cavalo. O capitão pôs-se à frente, e voltaram assim como vieram.

Logo depois, Ali Babá desceu da árvore, foi até a porta escondida entre os arbustos e falou: "Abre-te sésamo", e a porta se abriu. Ali Babá, que esperava encontrar um lugar sombrio e lúgubre, ficou muito surpreso ao encontrar um espaço grande e bem iluminado, escavado pela mão do homem, abobadado, iluminado pela luz que vinha de uma abertura no teto. Viu ricos fardos de mercadorias: seda, tecido brocado, empilhados todos juntos, ouro e prata aos montões, e dinheiro em bolsas de couro. Entrou, e a porta fechou-se atrás dele. Não se incomodou com a prata, mas trouxe tantos sacos de ouro quantos achava que seus jumentos, que pastavam lá fora, conseguiriam carregar. Carregou-os com os sacos e escondeu tudo com feixes. Ao dizer as palavras: "Fecha-te, sésamo!"[2], ele fechou a porta e foi para casa.

Em seguida, levou os jumentos para o pátio, fechou os portões, levou os sacos de dinheiro até a mulher e os esvaziou diante de seus olhos. Pediu que guardasse segredo e disse que ia enterrar o ouro.

— Deixe-me primeiro medi-lo — ponderou a esposa. — Vou pedir a alguém um medidor enquanto cava o buraco.

Assim, ela correu até a mulher de Cassim e pegou emprestado um medidor. Conhecendo a pobreza de Ali Babá, a cunhada ficou curiosa para saber que tipo de grão a esposa dele queria medir e artisticamente colocou um pouco de sebo no fundo da medida. A esposa de Ali Babá foi para casa e colocou o medidor sobre a pilha de ouro, encheu-o e esvaziou-o muitas vezes, para sua grande alegria. Depois disso, levou-o de volta para sua cunhada, sem notar que estava colado a ele um pedaço de ouro que a mulher de Cassim percebeu assim que ela deu as costas. Ficou extremamente curiosa, e contou a Cassim quando ele chegou em casa:

— Cassim, seu irmão é mais rico que você. Ele não conta dinheiro, ele o mede.

Cassim pediu que ela explicasse aquele enigma e ela o fez, mostrando-lhe a peça de dinheiro e contando como havia encontrado. Cassim ficou com tanta inveja que não conseguia dormir e foi até o irmão pela manhã antes do nascer do sol.

— Ali Babá — disse, mostrando-lhe a peça de ouro —, finge que é pobre, mas mede ouro.

Com isso, Ali Babá percebeu que, graças à tolice da esposa, Cassim e a mulher sabiam de seu segredo. Assim, confessou tudo e ofereceu uma parte a Cassim.

— Claro que aceito, mas preciso saber onde encontrar o tesouro, senão descobrirei e você perderá tudo.

Ali Babá, mais por bondade que por medo, contou da caverna e das palavras adequadas para entrar no local dos tesouros. Cassim foi embora com a intenção de chegar antes que Ali Babá ao lugar e ficar com tudo para si. Levantou-se

---

2. Sésamo é um tipo de grão.

cedo na manhã seguinte e partiu com dez mulas carregadas com grandes baús. Logo encontrou a porta na rocha. Disse: "Abre-te, sésamo!", e a porta abriu-se e fechou-se atrás dele. Seus olhos poderiam ter festejado durante o dia todo com a visão dos tesouros, mas ele logo se apressou em coletar tudo que conseguisse. No entanto, quando estava pronto para sair, não conseguia se lembrar das palavras que precisava dizer, pois seus pensamentos estavam perdidos em suas grandes riquezas. Em vez de "Abra-te Sésamo", disse: "Abra-te, cevada!" e a porta continuou fechada. Tentou vários tipos diferentes de grãos, todos, exceto a palavra certa, e a porta continuava fechada. Ficou muito assustado não só com o perigo que corria, mas também com o fato de ter esquecido a palavra, como se jamais a tivesse ouvido.

 Aproximadamente ao meio-dia, os ladrões voltaram à caverna e viram as mulas de Cassim vagar pelo lugar com grandes baús nos lombos. Aquilo os alarmou, sacaram os sabres e foram até a porta, que se abriu com as palavras do capitão: "Abre-te, sésamo". Cassim, que tinha ouvido o galope dos cavalos, resolveu vender caro a vida; quando a porta se abriu, saltou e jogou o capitão ao chão. No entanto, o esforço foi em vão, pois os ladrões logo o mataram com golpes de sabres. Ao entrarem na caverna, eles viram todos os sacos prontos e não conseguiam imaginar como é que alguém tinha entrado sem saber o segredo. Esquartejaram o corpo de Cassim e pregaram os quatro pedaços dentro da caverna, para assustar qualquer pessoa que se aventurasse a entrar, e partiram em busca de mais tesouros.

 Assim que caiu a noite, a mulher de Cassim ficou muito inquieta com o sumiço do marido. Ela, então, resolveu correr até o cunhado e contou onde Cassim tinha ido. Ali Babá fez tudo o que pôde para confortá-la e partiu para a floresta em busca do irmão. A primeira coisa que viu ao entrar na caverna foi o corpo de Cassim. Horrorizado, colocou-o em um de seus burros, sacos de ouro sobre os outros dois e, cobrindo tudo com alguns feixes, voltou para casa. Levou os dois burros carregados de ouro para ao próprio pátio e o outro para a casa do irmão. A porta foi aberta pela escrava Morgiana, que ele conhecia e sabia que era corajosa e astuta. Descarregando o jumento, orientou-a:

— Esse é o corpo de teu senhor, que foi assassinado, mas devemos enterrá-lo como se tivesse morrido em sua cama. Voltarei a falar com você, mas agora diga à sua senhora que cheguei.

 Ao saber do destino do marido, a esposa de Cassim lamentou e chorou, mas Ali Babá propôs levá-la para viver com ele e sua mulher se ela prometesse seguir seus conselhos e deixar tudo para Morgiana. Ela concordou, enxugando as lágrimas. Enquanto isso, Morgiana procurou um farmacêutico e pediu-lhe umas pastilhas:

— Meu pobre senhor não consegue comer nem falar, e ninguém sabe qual é o mal que o aflige.

Levou as pastilhas para casa e no dia seguinte voltou chorando, pedindo uma essência que só era ministrada em moribundos. Assim, à noite, ninguém ficou surpreso ao ouvir os miseráveis guinchos e gritos da mulher de Cassim e de Morgiana, contando a todos que Cassim estava morto.

No dia seguinte, Morgiana foi a um velho sapateiro que abria cedo a tenda perto dos portões da cidade, pôs um pedaço de ouro em sua mão e ordenou que a seguisse com sua agulha e linha. Tendo vendado os olhos dele com um lenço, ela o conduziu ao quarto em que jazia o corpo, retirou a faixa que o cobria e ordenou que costurasse as partes. Depois disso, vendou os olhos dele novamente e o levou para casa. Em seguida, sepultaram Cassim, e Morgiana, sua escrava, o seguiu até o túmulo, chorando e arrancando os cabelos, enquanto a mulher de Cassim ficava em casa, dando gritos de lamentação. No dia seguinte, ela foi viver com Ali Babá, que deu a loja de Cassim a seu filho mais velho.

Ao retornar à caverna, os quarenta ladrões ficaram atônitos ao descobrir que o corpo de Cassim tinha sumido, bem como alguns de seus sacos de dinheiro.

— Com certeza fomos descobertos — concluiu o capitão. — Estaremos perdidos se não conseguirmos descobrir quem sabe nosso segredo. Dois homens devem tê-lo descoberto. Matamos um, agora temos que encontrar o outro. Dessa forma, o mais ousado e ardiloso entre vocês deve ir à cidade vestido como viajante para descobrir quem matamos e verificar se os homens comentam as estranhas circunstâncias de sua morte. Se esse mensageiro fracassar, deve perder a vida para que não sejamos traídos.

Um dos ladrões se apresentou e ofereceu para a tarefa. Depois que os outros o aplaudiram vivamente pela coragem, ele se disfarçou e entrou na cidade ao amanhecer, exatamente ao lado da tenda de Babá Mustafá. O ladrão o cumprimentou e lhe desejou bom-dia, dizendo:

— Homem honesto, como é que consegue enxergar para costurar na sua idade?

— Sou velho, mas tenho muito bons olhos. Vai acreditar em mim quando eu contar que costurei as partes de um defunto em um lugar onde havia menos luz do que há agora.

O assaltante ficou radiante com a boa sorte e, dando-lhe um pedaço de ouro, quis que ele mostrasse a casa em que ele havia costurado o defunto. A princípio, Mustafá recusou-se a fazê-lo, argumentando que seus olhos tinham sido vendados, mas, quando o ladrão lhe deu outra peça de ouro, ele começou a pensar que poderia se lembrar das voltas que tinha percorrido se tivesse os olhos vendados como antes. E ele foi bem-sucedido; o ladrão em parte o conduziu, e em parte foi guiado por ele até estarem bem diante da casa de Cassim, cuja porta o ladrão marcou com uma pedra de giz. Em seguida, bem satisfeito, despediu-se de Babá Mustafá e voltou para a floresta.

Depois de algum tempo, ao sair, Morgiana viu a marca que o ladrão havia feito e rapidamente suspeitou que algum mal se aproximava. Apanhando uma pedra de giz, marcou duas ou três portas em cada lado, sem dizer qualquer palavra a seu senhor ou senhora. Enquanto isso, o ladrão contou sua descoberta aos companheiros. O capitão agradeceu e pediu que mostrasse a casa que havia marcado.

Porém, quando chegaram ali, viram que cinco ou seis das casas estavam marcadas com riscos da mesma maneira. O guia ficou tão confuso que não sabia o que inventar como resposta. Quando voltaram, foi imediatamente decapitado por ter fracassado. Outro assaltante foi enviado e, tendo conquistado Babá Mustafá, marcou a casa com giz vermelho; mas Morgiana mais uma vez o superou em inteligência, e o segundo mensageiro também foi executado. O capitão então resolveu ir ele mesmo, mas, mais esperto que os outros, não marcou a casa, e sim a examinou de forma detalhada para não se esquecer dela. Voltou e ordenou a seus homens que fossem às aldeias vizinhas e comprassem dezenove mulas e trinta e oito recipientes de couro, todos vazios, exceto um, que deveria estar cheio de óleo. Em cada um dos recipientes, o capitão colocou um de seus homens, armado até os dentes, e cobriu com óleo tirado do vaso cheio a parte externa dos recipientes. Em seguida, as dezenove mulas foram carregadas com trinta e sete ladrões dentro dos recipientes e com o vaso de azeite, chegando à cidade no cair da noite. O capitão parou suas mulas na frente da casa de Ali Babá, e dirigiu-se a ele, que estava sentado do lado de fora para aproveitar o frescor da noite:

— Trouxe de longe um pouco de óleo para vender no mercado amanhã, mas agora está tão tarde que não sei onde passar a noite, a menos que faça a gentileza de me acolher.

Embora Ali Babá tivesse visto o capitão dos ladrões na floresta, não o reconheceu com o disfarce de mercador de óleo. Recebeu-o com cortesia e deu-lhe as boas-vindas, abriu os portões para as mulas entrarem e foi até Morgiana para mandar preparar uma cama e um jantar para o hóspede. Levou o desconhecido ao salão e, depois de terem ceado, voltou a falar com Morgiana na cozinha, enquanto o capitão se encaminhou ao pátio com a desculpa de cuidar das mulas; mas, na verdade, pretendia dar instruções a seus homens quanto ao que fazer. Passando do primeiro vaso ao último, sussurrava a cada um deles:

— Assim que eu jogar algumas pedras da janela do quarto em que vou me deitar, rasgue o frasco com sua faca e saia, e estarei com você em seguida.

Retornou a casa, e Morgiana o levou aos aposentos. Depois disso, instruiu Abdala, seu companheiro escravo, a acender o fogo da panela para fazer um caldo para o senhor, que já tinha ido para a cama. Enquanto isso, a lâmpada se apagou, e não tinha mais óleo em casa.

— Não fique constrangida — aconselhou Abdala. — Vá até o pátio e pegue um pouco de um daqueles vasos.

Morgiana agradeceu a sugestão, pegou o pote de óleo e dirigiu-se ao pátio. Quando chegou ao primeiro vaso, o ladrão dentro dele perguntou em tom baixo:

— Está na hora?

Ao encontrar um homem no vaso em vez do óleo que queria, qualquer outro escravo que não fosse Morgiana teria gritado e feito barulho, mas, ciente do perigo que corria seu senhor, planejou uma estratégia e respondeu calmamente:

— Ainda não, mas daqui a pouco.

Aproximou-se de todos os vasos, dando a mesma resposta, até que chegou ao vaso cheio de óleo. Ela percebeu, então, que seu senhor, acreditando que acolhia um mercador de óleo, tinha deixado que trinta e oito ladrões entrassem em sua casa. Encheu o pote de óleo, voltou à cozinha e, após acender o lampião, foi mais uma vez até o vaso de óleo e encheu um caldeirão com o líquido. Quando o tacho fervia, ela foi e jogou óleo suficiente em cada vaso para sufocar e matar o ladrão lá dentro. Quando a corajosa ação estava terminada, ela voltou à cozinha, apagou o fogo e o lampião e ficou esperando para ver o que aconteceria.

Quinze minutos depois, o capitão dos ladrões acordou, levantou-se e abriu a janela. Tudo parecia quieto e, assim, ele jogou algumas pedrinhas, que bateram nos vasos. Apurou os ouvidos e, como nenhum de seus homens pareceu se mexer, ficou perturbado, descendo para o pátio. Ao chegar ao primeiro vaso, indagou: "Está dormindo?". E sentiu cheiro de óleo quente fervido. Percebeu imediatamente que sua estratégia para assassinar Ali Babá e sua família havia sido descoberta. Constatou que toda a quadrilha estava morta e, notando que estava faltando o óleo do último vaso, descobriu como haviam morrido. Em seguida, forçou a fechadura de uma porta que dava para um jardim e, escalando vários muros, conseguiu fugir. Morgiana ouviu e viu tudo aquilo, ficou feliz com o sucesso, foi para a cama e adormeceu.

Ao amanhecer, Ali Babá levantou-se e, vendo os vasos de óleo ainda lá, perguntou o motivo de o comerciante ainda não ter partido com as mulas. Morgiana pediu que examinasse o primeiro frasco e visse se havia algum óleo ali dentro. Ao ver um homem, ele recuou aterrorizado.

— Não tenham medo — explicou Morgiana. — O homem não pode fazer mal ao senhor, pois está morto.

Quando se recuperou um pouco do espanto, Ali Babá perguntou o que tinha acontecido com o mercador.

— Mercador! — exclamou. — Ele é tão mercador quanto eu!

E contou toda a história, assegurando que era um plano dos ladrões da floresta, que apenas três haviam escapado e que as marcas de giz branco e vermelho tinham alguma relação com aquilo. Ali Babá imediatamente concedeu liberdade a Morgiana, afirmando que lhe devia a vida. Depois disso, enterraram os corpos no jardim de Ali Babá e as mulas foram vendidas no mercado por seus escravos.

O capitão voltou à caverna solitária, que parecia tenebrosa sem seus companheiros perdidos, e tomou a firme resolução de vingá-los, matando Ali Babá. Vestiu-se com cuidado e entrou na cidade, hospedando-se em uma estalagem. No percurso de numerosas viagens até a floresta, trouxe muito material de valor e muito linho fino e montou uma loja em frente ao estabelecimento do filho de Ali Babá. Deu a si próprio o nome de Cogia Hassan e, como era cortês e bem-vestido, logo travou amizade com o filho de Ali Babá, depois com o próprio Ali Babá, a quem sempre convidava para jantar. Com o desejo de retribuir sua gentileza, Ali Babá convidou-o a sua casa e o recebeu com sorrisos, agradecendo a amabilidade em relação a seu filho. Quando o mercador estava prestes a sair, Ali Babá o parou, dizendo:

— Aonde vai, senhor, com tanta pressa? Não ficará para jantar comigo?

O comerciante se recusou, dizendo que tinha um motivo; e, quando Ali Babá perguntou qual era esse motivo, ele respondeu:

— Senhor, é que não posso comer alimentos que contenham um traço de sal sequer.

— Se for só isso — respondeu Ali Babá —, deixe-me informar que não haverá sal na carne nem no pão que comeremos hoje à noite.

Saiu para dar essas instruções a Morgiana, que ficou muito surpresa.

— Quem é esse homem — indagou ela — que não come sal na carne?

— É um homem honesto, Morgiana — respondeu seu senhor —, portanto, faça como peço.

Mas ela não conseguia resistir ao desejo de ver o homem desconhecido, assim, ajudou Abdala a levar os pratos e, em um momento, viu que Cogia Hassan era o capitão ladrão e que levava um punhal sob as vestes.

— Não me surpreende — murmurou para si própria — que esse homem vil, com a intenção de matar meu senhor, coma sem sal, mas vou atrapalhar seus planos.

Ela enviou a ceia por Abdala, enquanto se preparava para uma das ações mais ousadas já arquitetadas. Quando a sobremesa havia sido servida, Cogia Hassan ficou a sós com Ali Babá e seu filho, a quem pretendia embebedar e depois assassinar. Enquanto isso, Morgiana colocou na cabeça um enfeite semelhante ao de uma dançarina e apertou um cinto em volta da cintura e de lá pendia uma adaga de punho de prata, e disse a Abdala:

— Traga seu tambor, e vamos divertir o mestre e seu convidado.

Abdala levou o instrumento e foi tocando na frente de Morgiana até chegarem à porta. Lá, Abdala parou de tocar e Morgiana se curvou em uma mesura.

— Entre, Morgiana — convidou Ali Babá —, e mostre a Cogia Hassan o que sabe fazer — e, virando-se para Cogia Hassan, comentou: — Ela é minha escrava e minha governanta.

Cogia Hassan não ficou nada satisfeito, pois temia que sua chance de matar Ali Babá tivesse sido perdida naquele momento, mas fingiu grande interesse em ver Morgiana. Abdala começou a tocar, e Morgiana, a dançar. Depois de ter apresentado várias danças, sacou a adaga e fez passes com a arma, por vezes apontando-a para o próprio peito, às vezes ao peito de seu senhor, como se fossem movimentos da dança. Subitamente, sem fôlego, ela arrebatou o tambor de Abdala com a mão esquerda e, segurando o punhal na mão direita, estendeu o tambor até o senhor. Ali Babá e seu filho depositaram nele uma peça de ouro, e Cogia Hassan, vendo que ela vinha em sua direção, puxou a bolsa para sacar dali um presente, mas, enquanto metia a mão na bolsa, Morgiana enterrou o punhal em seu coração.

— Mulher infeliz! — gritaram Ali Babá e o filho — O que fez para nos arruinar?

— Foi para resguardá-los, senhor, não para os arruinar — replicou Morgiana. — Vejam! — exclamou, abrindo a peça falsa das vestes do mercador e apontando para o punhal. — Vejam o inimigo que acolheram! Lembrem-se, ele não comeria sal com vocês, e que mais precisariam para entender? Olhem para ele! É não somente o falso mercador de óleo, mas também o capitão dos quarenta ladrões.

Ali Babá ficou tão grato a Morgiana por salvar sua vida que propôs que ela se casasse com seu filho, que consentiu prontamente e, após alguns dias foi celebrado o casamento com muito esplendor.

No fim de um ano, sem notícias dos dois ladrões restantes, Ali Babá presumiu que estivessem mortos e partiu para a caverna. A porta se abriu quando proferiu as palavras: "Abre-te, sésamo!". Ele entrou e viu que ninguém tinha estado lá desde que o capitão havia partido. Levou todo o ouro que conseguiu transportar e retornou à cidade. Contou a seu filho o segredo da caverna, e seu filho, por sua vez, passou a seus filhos, e os netos de Ali Babá foram ricos até o fim de suas vidas.

João e Maria

(Irmãos Grimm)

ERA UMA VEZ um pobre lenhador, sua mulher e dois filhos, que moravam perto de uma grande floresta. O menino chamava-se João e a menina, Maria. Eles mal tinham o suficiente para viver, e uma vez, quando houve uma grande crise de fome na região, não conseguiam sequer o pão de cada dia. Uma noite, enquanto se revirava na cama, cheio de preocupações, o lenhador suspirou e queixou-se com a esposa:

— O que vai ser de nós? Como vamos sustentar nossos pobres filhos agora que não temos mais nada?

— Vou dizer uma coisa, marido — respondeu a mulher. — Amanhã cedo, vamos levar as crianças para a parte mais densa do bosque; ali, vamos acender uma fogueira e dar um pouco de pão a cada um deles. Depois, vamos continuar com nosso trabalho e deixá-los sozinhos. Não conseguirão encontrar o caminho de casa, assim, vamos nos livrar deles.

— Não, mulher — retrucou o marido —, não farei isso. Como poderia encontrar forças em meu coração para deixar meus filhos sozinhos no bosque? As feras logo chegariam e os estraçalhariam.

— Ah, como é tolo! — argumentou ela. — Então devemos, nós quatro, morrer de fome, e pode muito bem ir em frente e fechar as tampas de nossos caixões — e ela não o deixou em paz até que ele concordasse.

— Mas não posso deixar de sentir pena das pobres crianças — acrescentou o marido.

As crianças também não tinham conseguido dormir por causa da fome e tinham ouvido o que a madrasta tinha dito ao pai. Maria chorou profundamente e afirmou a João:

— Agora tudo depende de nós.

— Não, não, Maria — replicou João —, não se preocupe. Conseguirei encontrar uma maneira de escapar. Não tenha medo.

Quando os velhos adormeceram, o menino se levantou, vestiu o casaquinho, abriu a porta de trás e saiu furtivo. A lua brilhava claramente e as pedrinhas, que ficavam na frente da casa reluziam como peças de prata. João abaixou-se e encheu o bolso com o maior número delas que conseguiu encontrar. Em seguida, voltou e consolou Maria:

— Fique tranquila, minha querida irmãzinha, vá dormir. Deus não nos abandonará — e deitou-se na cama novamente.

Ao raiar do dia, ainda antes do nascer do sol, a mulher entrou e acordou as duas crianças:

— Levantem, preguiçosos, nós todos vamos à floresta para buscar madeira.

Ela deu a cada um deles um pedaço de pão e avisou:

— Aqui está o almoço de vocês, mas não devem comê-lo antes da hora, pois não terão nada além disso.

Maria guardou os pães debaixo do avental, porque João guardava as pedras no bolso. Em seguida, todos partiram juntos em direção à floresta. Depois de terem caminhado um pouco, João parou e olhou de volta para casa, e repetiu o movimento várias vezes. O pai o observava e perguntou:

— João, o que está olhando lá, e por que sempre fica para trás? Tome cuidado e não escorregue.

— Ah, pai — respondeu João. — Estou contemplando meu gatinho branco, que está sentado no telhado, dando-me adeus.

A mulher exclamou:

— Como é burro! Aquele não é seu gatinho, é o sol da manhã brilhando sobre a chaminé!

Mas João não tinha olhado para trás para ver seu gatinho. Em vez disso, ia deixando cair do bolso, pelo caminho, uma a uma de suas pedrinhas. Quando chegaram ao coração da floresta, o pai disse:

— Agora, crianças, vão buscar um monte de madeira e acendam uma fogueira para que não sintam frio.

João e Maria empilharam mato até fazerem uma pilha quase do tamanho de uma pequena colina. O mato foi incendiado e, quando as chamas saltaram altas, a mulher avisou:

— Agora deitem perto do fogo, crianças, e descansem. Vamos entrar na floresta para cortar madeira. Quando terminarmos, voltaremos para pegá-los.

João e Maria sentaram-se ao lado da fogueira e, ao meio-dia, comeram seus pedacinhos de pão. Ouviam os golpes de machado, portanto, pensavam que o pai estivesse muito perto. No entanto, não era barulho de golpes de machado, mas, sim, um galho que ele tinha amarrado a uma árvore morta que balançava, soprado pelo vento. Depois de terem ficado sentados por um longo tempo, os olhos fecharam de fadiga e adormeceram. Finalmente, quando acordaram, estava escuro como breu. Maria começou a chorar e se queixou:

— Será que um dia conseguiremos sair do bosque?

Mas João a consolou:

— Espere até que a lua esteja alta no céu e depois encontraremos nosso rumo, tenho certeza.

Quando a lua cheia subiu ao céu, pegou a irmã pela mão e seguiu a trilha de pedrinhas, que brilhavam como novas moedas de três vinténs e indicavam o caminho. Caminharam durante a noite e, ao amanhecer, chegaram à casa do pai novamente. Bateram à porta e, quando a mulher a abriu, praguejou:

— São crianças desobedientes, dormiram tanto tempo no bosque que pensei que nunca voltariam.

Mas o pai ficou muito feliz, pois sua consciência o censurava por ter deixado os filhos sozinhos para trás. Não se passou muito tempo, aconteceu novamente uma grande crise de escassez na terra e as crianças ouviram a madrasta falar a seu pai na cama uma noite:

— Mais uma vez toda a comida acabou. Tudo o que temos em casa é metade de um pão e, quando acabar, será o nosso fim. Temos que nos livrar das crianças. Dessa vez, vamos levá-las para mais longe no bosque, para que não consigam encontrar novamente o caminho de saída. Não há outro meio de nos salvarmos.

O coração do homem bateu forte no peito, e pensou: "Com certeza seria melhor compartilhar com os filhos o último pedaço!". No entanto, a mulher não quis ouvir seus argumentos e tudo o que fez foi o repreender e censurar. Se um homem cede e é vencido por alguém por ter desistido na primeira vez, será forçado a fazê-lo uma segunda vez.

Mas as crianças estavam acordadas e ouviram a conversa. Enquanto os velhos dormiam, João se levantou e quis sair para pegar pedrinhas novamente, como tinha feito na primeira vez, mas a mulher tinha colocado barras na porta e João não conseguiu sair. Ainda assim, consolou a irmãzinha e explicou:

— Não chore, Maria, e durma em paz, pois Deus com certeza vai nos ajudar.

Logo que amanheceu, a mulher fez as crianças se levantarem. Receberam suas porções de pão, embora os pedaços dessa vez fossem ainda menores do que da última. No caminho para o bosque, João esmigalhou o pão no bolso e, em intervalos de alguns minutos, ele parava e deixava uma migalha cair no chão.

— João, o que o faz parar para ficar olhando em volta? — perguntou o pai.

— Eu estou olhando para trás, para minha pombinha, que está sentada no telhado, dando-me adeus — respondeu João.

— Tolo! — exclamou a madrasta. — Aquilo não é seu pombo. É o sol da manhã brilhando na chaminé.

Porém, João, aos poucos, jogou todas as migalhas no caminho. A mulher levou as crianças ainda mais para dentro na floresta, para mais longe do que jamais havido chegado antes na vida. Em seguida, uma grande fogueira foi acesa e ela explicou:

— Sentem-se aí, crianças, e, se estiverem cansadas, podem dormir um pouco. Vamos para a floresta para cortar madeira e à noite, quando terminarmos, voltaremos para buscá-los.

Ao meio-dia, Maria dividiu o pão com João, pois ele havia espalhado seu pedaço ao longo de todo o caminho. Em seguida, adormeceram e a noite chegou, mas ninguém foi buscar as pobres crianças. Não despertaram até que estivesse tudo escuro como breu, e João consolou a irmã, afirmando:

— Basta esperar, Maria, até que a lua nasça e então veremos as migalhas de pão que espalhei ao longo do caminho. Elas nos mostrarão o trajeto de volta para casa.

Quando a lua surgiu, levantaram-se, mas não encontraram migalhas, pois os milhares de pássaros que sobrevoam os bosques e os campos tinham comido todas elas.

— Não se preocupe — disse João a Maria. — Vamos encontrar uma maneira de sair — mas não encontraram.

Vagaram pela mata durante a noite toda e, no dia seguinte, da manhã até a noite, mas não conseguiram encontrar um caminho que os levasse para fora do bosque. Além disso, estavam com muita fome, pois não tinham comido nada além de umas frutinhas que encontraram, crescendo no solo. Por fim, estavam tão cansados, que as pernas se recusavam a levá-los mais adiante. Por isso, deitaram-se debaixo de uma árvore e adormeceram.

Na terceira manhã depois de terem deixado a casa do pai, puseram-se a caminho outra vez em sua aventura errante, mas adentravam o bosque cada vez mais, e agora sentiam que, se um socorro não chegasse em breve, pereceriam. Ao meio-dia, avistaram um belo passarinho em um galho, branco como a neve, cantando tão docemente, que eles ficaram imóveis para ouvi-lo. Quando a melodia terminou, ele bateu as asas e voou na frente deles. Seguiram-no e chegaram a uma casinha. O passarinho ficou no telhado e, quando se aproximaram bem, viram que a casa era feita de pão e coberta com telhado de bolos; a janela era feita de açúcar transparente.

— Agora — disse João —, vamos comer até estufar. Vou comer um pouco do telhado e você, Maria, coma um pouco da janela, que está uma delícia, cheia de doces.

João estendeu a mão e quebrou um pedaço do telhado para ver que gosto tinha e Maria foi até a janela e começou a mordiscá-la. Naquele momento, uma voz estridente gritou lá de dentro da sala:

Rói, rói, rói e vai roendo,
O ratinho ou a ratinha;
Quem rói a minha casinha?

As crianças responderam:
Dos Céus é majestade,
Ó selvagem tempestade!

Continuaram a comer, sem sair dali. João, que gostou imensamente do telhado, arrancou um grande pedaço, enquanto Maria pegava uma almofada de janela redonda e sentava-se de forma confortável para saboreá-la. De repente, a porta se abriu e uma senhora idosa, apoiada em um cajado, saiu manquitolando. João e Maria ficaram tão aterrorizados que deixaram cair os bocados que tinham nas mãos. Mas a velha balançou a cabeça e disse:

— Ah! Ah! São vocês, crianças queridas. Quem os trouxe até aqui? Basta que entrem e fiquem comigo que nenhum mal os atingirá.

Ela pegou pela mão os dois, deixou-os entrar em sua casa e serviu para eles um jantar suntuoso com leite, panquecas confeitadas, maçãs e nozes. Depois de terem terminado, duas belas caminhas brancas foram preparadas para eles e, quando João e Maria se deitaram ali, sentiram-se como se tivessem chegado ao paraíso.

A velha passava a impressão de ser muito simpática, mas, na verdade, era uma velha bruxa que tinha emboscado as crianças. Ela só havia construído a casinha de pão com o intuito de iludi-las. Quando alguém caía em seu poder, ela o matava, preparava e comia, para isso, organizava um dia de festa a rigor para a ocasião. As bruxas têm olhos vermelhos e não conseguem ver de longe, mas, como as feras, têm olfato apurado e sabem quando os seres humanos passam perto. Quando João e Maria caíram em suas garras, ela deu uma risada malvada e afirmou em tom zombeteiro:

— Agora estão em meu poder, não escaparão.

No início da manhã, antes que as crianças acordassem, ela se levantou e, ao ver os dois dormindo tão em paz, com as bochechas rosadas e gordinhas, murmurou com seus botões:

— Isso vai ser uma gostosura.

Em seguida, pegou João com a mão ossuda e o levou até um pequeno estábulo, trancando-o lá dentro com uma barra na porta. Ele podia gritar tanto quanto quisesse que não adiantaria nada. Depois disso, foi até Maria e a sacudiu até que acordasse, gritando:

— Levante-se, preguiçosa, vá buscar água e cozinhe algo para seu irmão. Quando ele estiver gordinho, vou devorá-lo.

Maria começou a derramar lágrimas amargas, mas não adiantou nada; ela tinha de fazer o que a bruxa malvada havia ordenado. Assim, foi preparada a melhor comida para o pobre João, mas Maria não recebeu nada, exceto carapaças de caranguejo. Todas as manhãs, a velha ia mancando até o estábulo e gritava:

— João, coloque o dedo para fora para eu ver se está engordando.

Mas João sempre estendia um osso, e a velha senhora, cujos olhos eram fracos, não conseguia ver e sempre achava que era o dedo de João. Ela perguntava-se o motivo de ele não engordar. Quando quatro semanas haviam se passado e João ainda continuava magro, ela perdeu a paciência e decidiu não esperar mais tempo.

— Olá, Maria — chamou. — Apresse-se e pegue um pouco de água. João pode estar gordo ou magro, vou o matar e cozinhar amanhã.

Ah! Como soluçava a pobre irmãzinha ao carregar a água e como rolavam as lágrimas pelo seu rosto!

— Misericordioso céu, ajude-nos agora! — lamentou. — Se pelo menos as feras do bosque nos tivessem devorado, teríamos morrido juntos.

— Cale a boca — vociferou a velha megera. — Isso não a ajudará.

Pela manhã, bem cedo, Maria teve de sair, pendurar a chaleira cheia de água e acender o fogo.

— Primeiro, vamos assá-lo — informou a velha. — Já aqueci o forno e misturei a massa.

Empurrou Maria até o forno e dele já flamejavam as labaredas.

— Rasteje aí dentro — determinou a bruxa — e verifique se o forno está bem aquecido para que possamos enfiar o pão.

Ao colocar Maria no forno, ela pretendia fechá-lo para assar a menina; assim poderia devorá-la também. Mas Maria percebeu a intenção, e retrucou:

— Não sei o que devo fazer, como faço para entrar?

— Imbecil! — xingou a megera. — A abertura é grande o bastante, veja, eu mesma consigo entrar — disse, arrastando-se em direção ao forno e enfiando a cabeça ali.

Maria, então, deu um empurrão que a jogou direto lá dentro, fechou a tampa de ferro e arrancou o ferrolho. Deus misericordioso! O jeito como ela gritou foi apavorante; mas Maria fugiu e a velha desgraçada ali ficou para perecer de forma infame.

Maria correu direto para João, abriu a porta do pequeno estábulo e gritou:

— João, estamos livres! A velha bruxa está morta.

João saltou para fora como um pássaro quando se abre a porta da gaiola. Como celebraram, abraçaram-se, pularam de alegria e beijaram um ao outro! Como não tinham mais nenhum motivo para ter medo, entraram na casa da velha megera, onde encontraram caixas com pérolas e pedras preciosas em todos os cantos da sala.

— Essas são ainda melhores do que as pedrinhas — comentou João, abarrotando os bolsos com elas.

Maria disse:

— Eu também vou levar algo para casa — e encheu o avental.

— Mas, agora — argumentou João —, vamos partir e ficar bem longe do bosque da bruxa.

Depois de terem perambulado durante algumas horas, chegaram a um grande lago.

— Não conseguiremos atravessar a água aqui — constatou João. — Não vejo nenhum tipo de ponte.

— É verdade, e também não há barcas para a travessia — replicou Maria —, mas olhe, lá está nadando um pato branco; se eu pedir, ele nos ajudará a cruzar o lago — e gritou:

Duas crianças, pato,
Perdidas no mato,
E não sabem para casa voltar;
Leva-nos ao outro lado
Poupe-nos desse fardo
Que é tão pesado, quá, quá, quá!

O pato nadou na direção deles, João subiu nas costas dele e mandou a irmã sentar-se a seu lado.

— Não — replicou Maria —, somos uma carga muito pesada para o pato. Ele levará um de cada vez.

A boa ave assim fez e, quando chegaram em segurança ao outro lado, seguiram caminho durante certo tempo, passaram cada vez mais a reconhecer o bosque e finalmente viram a casa do pai ao longe. Puseram-se, então, a correr. Ao chegarem ao quarto, pularam no pescoço do pai. O homem não tinha tido um minuto de paz desde que os deixou no bosque, mas a mulher tinha morrido. Maria sacudiu o avental para que as pérolas e as pedras preciosas rolassem pelo quarto e João tirou todas as outras de dentro do bolso. Assim, todos os problemas terminaram e eles viveram felizes para sempre.

E acabou a história, morreu Vitória, entrou por uma porta e saiu pela outra; quem quiser que conte outra!

Branca de Neve e Rosa Vermelha

(Irmãos Grimm)

ERA UMA VEZ uma pobre viúva que vivia em uma cabana muito pequenina. No jardim, na frente da cabana, ela cultivava duas roseiras: uma de rosas brancas e a outra de rosas vermelhas. A viúva tinha duas filhas parecidas com as roseiras, uma chamava-se Branca de Neve e a outra, Rosa Vermelha. Eram as crianças mais dóceis e obedientes que havia no mundo, sempre trabalhadoras e bem-dispostas. Branca de Neve era um pouco mais calada e mais meiga que a irmã. Rosa Vermelha gostava de correr pelos prados e campinas, colher flores e apanhar borboletas, enquanto Branca de Neve ficava em casa com a mãe, ajudando-a nos afazeres domésticos ou lendo para ela em voz alta quando não tinha trabalho para fazer.

As duas meninas amavam-se tão ternamente, que, ao sair juntas, sempre andavam de mãos dadas; e Branca de Neve dizia:

— Nunca nos separaremos!

Rosa Vermelha respondia:

— Não, nunca, enquanto vivermos.

E a mãe acrescentava:

— E o que uma conseguir, partilhará com a outra.

Muitas vezes, caminhavam pelo bosque, colhendo amoras e framboesas, e nenhum animal lhes fazia mal. Pelo contrário, todos se aproximavam confiantes das jovens. As lebres comiam folhas de repolho de suas mãos, os veados pastavam ao lado delas ou saltavam alegremente ao seu redor e os passarinhos permaneciam empoleirados nos galhos, cantando para elas com todas as forças. Mal algum acontecia a elas. Caso se demorassem no bosque e a noite as surpreendesse, deitavam-se na relva e dormiam até a manhã; a mãe sabia que estavam seguras e, por isso, nunca se inquietava.

Certa vez, ao passarem a noite toda no bosque, foram acordadas pelo sol da manhã e perceberam uma linda criança, em vestes alvas resplandecentes, sentada perto do lugar de repouso. A criança se levantou, lançou um olhar bondoso para ambas, mas nada disse, e desapareceu no bosque.

Olhando ao redor, viram que tinham dormido à beira de um precipício e que, certamente, nele teriam caído se houvessem dado mais alguns passos na escuridão. Quando contaram à mãe a aventura, ela lhes explicou que, provavelmente, as meninas viram o anjo da guarda que vigia as crianças boas.

Branca de Neve e Rosa Vermelha mantinham a cabana da mãe tão limpinha e arrumada que dava gosto vê-la. No verão, Rosa Vermelha cuidava da casa e todas as manhãs, antes que a mãe acordasse, colocava um lindo ramalhete de flores de cada uma das roseiras perto da cama. No inverno, era Branca de Neve que acendia o fogo e pendurava o caldeirão de bronze, tão cuidadosamente areado que brilhava como ouro. À noite, quando os flocos de neve caíam, a mãe dizia:

— Branca de Neve, feche as persianas.

Então, sentavam-se em volta da lareira, enquanto a mãe colocava os óculos e lia, em voz alta, um livro. As duas meninas, sentadas, fiavam. Ao lado delas, no chão, deitava-se um cordeirinho e, atrás delas, empoleirada, uma pombinha branca, com a cabeça enfiada entre as asas.

Numa noite, quando estavam confortavelmente sentadas dessa maneira, alguém bateu à porta como se desejasse entrar. A mãe ordenou:

— Rosa Vermelha, vá depressa abrir a porta; deve ser algum viajante buscando abrigo.

Rosa Vermelha apressou-se para destrancar a porta, pensando que veria um pobre homem na escuridão; mas não foi isso que aconteceu. Era um urso, que meteu a enorme cabeça preta pela fresta da porta. A jovem soltou um grito e recuou aterrorizada, o carneiro começou a balir, a pomba a voar, e Branca de Neve correu para se esconder atrás da cama da mãe. O urso, no entanto, começou a falar:

— Não tenham medo; não farei mal algum. Estou com muito frio e peço apenas que me deixem entrar para me aquecer um pouco.

— Meu pobre urso — disse a mãe —, deite-se perto do fogo, mas tome cuidado para não queimar os pelos.

Depois, chamou:

— Branca de Neve e Rosa Vermelha, saiam daí; o urso não fará mal a vocês. Ele é uma criatura boa e honesta.

As duas saíram de seus esconderijos e, aos poucos, o carneiro e a pomba se aproximaram, esquecendo-se do medo. O urso pediu às meninas que sacudissem a neve de seu pelo, elas pegaram uma escova e limparam o pelo até ficar seco. Então, o animal estendeu-se diante do fogo, roncando satisfeito e confortável. Não demorou muito até que as crianças ficassem bem à vontade com o urso e começassem a brincar com o indefeso hóspede. Puxavam o pelo dele com as mãos, subiam nas costas dele e rolavam com ele para cá e para lá, ou então batiam nele com uma vara de nogueira. Se grunhisse, elas caíam na risada. O urso submetia-se a tudo com a maior boa vontade possível. Somente quando elas se excederam, ele gritou:

— Ó, meninas, poupem-me! Rosa Vermelha e Branca de Neve, não percebem que castigam seu pretendente?

Quando chegou a hora de dormir e as meninas foram para a cama, a mãe disse ao urso:

— Pode deitar perto da lareira com a graça de Deus. Ficará protegido do frio e da chuva.

Assim que o dia raiou, as meninas o deixaram sair e o urso foi trotando sobre a neve rumo ao bosque. Daquele dia em diante, o urso voltou todas as noites, na mesma hora, para estender-se diante do fogo e para que as meninas pregassem nele as peças que desejassem. Elas se acostumaram tanto com o urso que a porta nunca era fechada antes que o negro companheiro aparecesse.

Quando veio a primavera e tudo lá fora se cobriu de verde, o urso disse, certa manhã, à Branca de Neve:

— Agora tenho que ir embora e não voltarei durante todo o verão.

— Aonde vai, querido urso? — perguntou Branca de Neve.

— Devo ficar no bosque e proteger meu tesouro dos anões malvados. No inverno, quando o solo está congelado, eles são obrigados a permanecer debaixo da terra, pois não conseguem sair; mas, agora que o sol derreteu a neve e aqueceu o solo, eles saem para espiar e roubar tudo o que podem; uma vez em suas mãos e dentro das cavernas, dificilmente alguma coisa volta à luz do dia.

Branca de Neve ficou triste com a partida do amigo. Quando abriu a porta, o urso, ao passar, prendeu um pedacinho de seu pelo na aldrava e Branca de Neve achou ter visto um brilho de ouro sob o pelo do animal. O urso partiu rapidamente e logo desapareceu atrás das árvores.

Algum tempo depois, a mãe mandou as meninas ao bosque para pegar lenha. Nas andanças, chegaram a uma grande árvore caída no chão e, no tronco, entre a relva, notaram que alguma coisa se agitava, pulando para cima e para baixo, mas não puderam distinguir o que era. Quando se aproximaram, viram que era um anão de rosto enrugado e com uma barba de um metro de comprimento. A ponta da barba estava presa em uma rachadura da árvore e o homenzinho saltava como um cão acorrentado e parecia não saber se soltar. Fitou as meninas com os olhos vermelhos como brasa e gritou:

— O que estão esperando paradas aí? Não podem me ajudar?

— O que está fazendo aí, homenzinho? — perguntou Rosa Vermelha.

— Bisbilhoteira idiota! — xingou o anão — Quis partir essa árvore para ter lenha miúda para nossa cozinha; as toras grandes só servem para fazer fogo para gente rude e glutona como você, pois queima a pouca comida que cozinhamos! Já tinha fincado a cunha no tronco com sucesso, e tudo ia muito bem, mas a maldita madeira estava tão escorregadia que, quando menos esperava, a cunha saltou e a árvore se fechou tão depressa que não tive tempo de retirar minha linda barba branca. Aqui estou eu, preso, e não consigo sair daqui. Vejam como riem essas meninas bobalhonas, caras de pamonha! Uh! Como são feias!

As meninas fizeram tudo o que puderam, mas não conseguiram desprender a barba, pois estava muito presa na rachadura.

— Vou correr e chamar alguém — disse Rosa Vermelha.

— Imbecis! Cabeças de bagre! — protestou o anão irritado — De que adianta chamar mais alguém? Duas já são demais para mim! Não há nenhuma ideia melhor?

— Não seja tão impaciente — disse Branca de Neve. — Vou dar um jeito nisso.

A menina tirou do bolso uma tesoura e cortou a ponta da barba. Assim que o anão ficou livre, agarrou um saco cheio de ouro que estava escondido entre as raízes da árvore, levantou-o e resmungou em voz alta:

— Grosseironas miseráveis! Eu as amaldiçoo por cortar a ponta de minha magnífica barba!

Com tais palavras, levou o saco de ouro nas costas e desapareceu sem mais olhar para as meninas. Pouco depois, Branca de Neve e Rosa Vermelha resolveram pescar. Ao chegarem perto do rio, viram algo que parecia um enorme gafanhoto pulando em direção à água, como se fosse saltar no rio. Foram até lá e reconheceram o velho amigo, o anão.

— Para onde vai? — perguntou Rosa Vermelha — Por certo, não quer que eu o jogue na água.

— Não sou tão tolo! — esbravejou o anão. — Não vê que esse maldito peixe quer me arrastar?!

O homenzinho estava sentado à beira do rio, pescando, quando, desgraçadamente, o vento prendeu a barba na linha e, justo quando um grande peixe mordeu a isca, a débil criatura não tinha forças para puxá-lo para fora da água. Era um peixe forte, de barbatana dorsal, e puxava o anão para dentro do rio. O infeliz agarrava-se com todas as forças aos juncos e à grama, mas em vão. Era obrigado a seguir todos os movimentos do peixe e corria grande risco de ser arrastado para dentro da água.

As meninas chegaram no momento exato. Seguraram-no com força e fizeram de tudo para desembaraçar a barba da linha; mas nada adiantou, a barba e a linha eram uma grande confusão. Só restava recorrer de novo à tesoura e cortar a barba, sacrificando outro pedaço. Quando o anão percebeu o que elas tinham acabado de fazer, gritou, zangado:

— Isso é modo de desfigurar o rosto de uma pessoa, patas-chocas? Já não bastava o que me cortaram da barba antes, agora me cortam a parte mais bela! Não posso apresentar-me a meu povo assim! Vão para o inferno!

Em seguida, agarrou um saco de pérolas que estava entre os juncos e, sem dizer nem mais uma palavra, arrastou-o consigo, desaparecendo atrás de uma pedra.

Pouco tempo depois, a mãe mandou as duas meninas à cidade para comprar agulhas, linha, rendas e fitas. A estrada passava por um terreno coberto de urzes, com grandes pedregulhos espalhados por toda a parte. Enquanto caminhavam, viram um pássaro grande pairando no ar, descrevendo círculos ao redor delas, sempre descendo, até que pousou em uma rocha não muito distante.

No mesmo momento, ouviram um grito agudo, angustiante. Apressaram-se e viram, com horror, que a águia tinha agarrado seu velho conhecido, o anão, e estava prestes a carregá-lo pelos ares. As meninas, compassivas, agarraram com firmeza o homenzinho e lutaram bravamente com a ave por tanto tempo que a águia, por fim, acabou largando a presa. Quando o anão se recuperou do susto, gritou com elas com sua voz esganiçada:

— Não podiam me tratar com mais cuidado? Reduziram meu pobre casaco a farrapos! Gurias imprestáveis e desastradas!

A essa altura, passou a mão em um saco de pedras preciosas e desapareceu no meio das pedras de sua caverna. As meninas estavam habituadas à ingratidão do anão e seguiram seu caminho até a cidade para fazer as compras.

Ao voltarem, quando passavam novamente pelo urzal, surpreenderam o anão, que tinha jogado o saco de pedras preciosas em uma clareira, pois não pensou que alguém pudesse passar por ali tão tarde. Os raios de sol do crepúsculo incidiam sobre as pedras brilhantes, fazendo-as resplandecer e faiscar de forma tão maravilhosa que as meninas pararam para admirá-las.

— O que fazem aí, boquiabertas? — berrou o anão; o rosto acinzentado estava vermelho de raiva.

Estava disposto a continuar com os xingamentos, quando um rosnar súbito foi ouvido e um urso negro saiu do bosque.

O anão pulou, quase morto de medo, mas não teve tempo de chegar a um esconderijo, pois o urso já estava muito próximo. Então, gritou, aterrorizado:

— Querido senhor urso, poupe-me! Darei todo o meu tesouro a você! Veja que lindas pedras, deixe-me viver! Que prazer teria em matar um miserável como eu? Nem me sentiria sob vossos dentes. Pegue essas duas meninas perversas, serão tenros bocados, gordinhas como codornizes; devore-as, em nome de Deus!

O urso, contudo, não deu a menor atenção às palavras do anão; deu à maligna criatura uma forte patada e ela nunca mais se moveu.

As meninas tinham corrido, mas o urso as chamou:

— Branca de Neve, Rosa Vermelha, não tenham medo! Esperem por mim, irei com vocês!

As irmãs reconheceram a voz do urso e pararam. Quando o urso as alcançou, subitamente sua pele caiu e surgiu, ao lado delas, um belo rapaz, todo vestido de ouro.

— Sou filho de um rei e fui enfeitiçado por aquele anão pérfido que roubou meu tesouro e me condenou a vagar pelo bosque como um urso selvagem até que sua morte me libertasse. Agora, ele recebeu o castigo merecido.

Branca de Neve casou-se com o príncipe e Rosa Vermelha, com o irmão dele. Partilharam entre si os tesouros que o anão acumulou na caverna. A velha mãe viveu em paz por muitos anos com suas filhas; levou consigo as duas roseiras e as plantou na frente da janela de seus aposentos. Todos os anos, as roseiras continuaram a dar as mais lindas rosas vermelhas e brancas.

A Garota dos Gansos

(Irmãos Grimm)

ERA UMA VEZ uma velha rainha, viúva há muitos anos, que tinha uma filha. Quando cresceu, a princesa foi prometida a um príncipe que vivia em uma terra distante. Com a aproximação do casamento e da partida para um reino estrangeiro, a velha mãe deu-lhe uma bagagem muito valiosa, com muitos adornos, ouro e prata, bijuterias e quinquilharias. Tudo o que pertencia ao enxoval da noiva, pois amava a filha com muita ternura. Ela também lhe deu uma dama de companhia, que a acompanharia e conduziria ao noivo, e providenciou a cada uma delas um cavalo para a viagem. O cavalo da princesa chamava-se Falada, porque podia falar.

Quando chegou a hora da partida, a velha mãe foi ao quarto da filha e com um punhal cortou os dedos até sangrar; então, pôs um lenço sob eles, deixou que nele caíssem três gotas de sangue, deu o lenço à filha e disse:

— Querida, cuide bem desse lenço. Ele pode ser útil na viagem.

Deram um triste abraço de despedida e a princesa enfiou o lenço no vestido, montou no cavalo e partiu na jornada ao reino de seu noivo. Depois de terem cavalgado por cerca de uma hora, a princesa começou a sentir sede e disse à dama de companhia:

— Por favor, desça e traga-me em meu copo de ouro um pouco de água do rio.

— Se está com sede, apeia o cavalo, desça até a água e beba. Não serei mais sua criada.

A princesa estava com tanta sede que desceu, abaixou-se no rio e bebeu, pois não teve permissão para usar o copo de ouro. Enquanto bebia, murmurou:

— Ó céus, o que farei?

E as três gotas de sangue responderam:

Ai, se sua mãe soubesse! O que será que faria,
Se a visse assim tão triste, certamente morreria.

A princesa era tranquila e nada disse a respeito do comportamento hostil da criada, em silêncio, montou novamente no cavalo. Cavalgaram muitas milhas, mas o dia estava quente e os raios de sol fustigavam-nas, de modo que a princesa logo foi vencida pela sede de novo. Enquanto passavam por um riacho, ela chamou uma vez mais sua criada:

— Por favor, desça e traga-me pouco de água em meu copo dourado — pois ela já tinha se esquecido das palavras rudes da criada, que, no entanto, respondeu de maneira ainda mais arrogante que da outra vez:

— Se quiser água, apeia e busque-a. Não serei sua serva.

Então, a princesa foi compelida pela sede a descer e, agachando-se sobre as águas correntes, chorou e disse:

— Ó céus, o que farei?

E as três gotas responderam:

Ai, se sua mãe soubesse! O que será que faria,
Se a visse assim tão triste, certamente morreria.

Enquanto bebia reclinada sobre as águas, o lenço com as três gotas de sangue caiu de seu peito e correu rio abaixo, e ela, em sua angústia, nem percebeu a perda. Mas a criada viu tudo com prazer, pois sabia que isso lhe daria poderes sobre a noiva, uma vez que, ao perder as gotas de sangue, a princesa ficara fraca e impotente. Quando quis montar novamente em seu cavalo Falada, a criada gritou:

— Eu montarei Falada e você montará o meu animal — e a isso ela também teve de submeter-se.

Em seguida, a criada ordenou rispidamente que tirasse os trajes reais e vestisse roupas comuns e, por fim, a fez jurar pelos céus que não diria uma palavra sobre o assunto quando chegassem ao palácio. Se não fizesse aquele juramento, seria morta imediatamente. Mas Falada tudo observava e tudo guardava no coração.

A criada montou em Falada e a noiva verdadeira no pior cavalo, assim, seguiram viagem até chegar ao pátio do palácio. Houve grande alegria na chegada e o príncipe correu para recebê-las, tomando a criada por sua noiva, ajudou-a a apear do cavalo e conduziu-a ao salão real. Enquanto isso, a verdadeira princesa foi deixada para trás, no pátio. O velho rei, que estava olhando pela janela, contemplou-a naquela situação e ficou impressionado com a docilidade, a beleza e a gentileza da moça. Ele foi ao salão real e perguntou à noiva quem a tinha trazido e deixado lá embaixo, no pátio.

— Ah! — respondeu a falsa noiva. — Trouxe-a comigo para me fazer companhia na viagem; dê à jovem algo para fazer, para que não fique ociosa.

O rei, no entanto, não tinha nenhum trabalho para ela e não conseguiu pensar em nada. Então disse:

— Há um rapaz que cuida dos gansos, ela poderia ajudá-lo.

O nome do jovem era Curdken e a verdadeira noiva tornou-se assistente dele no cuidado dos gansos. Pouco depois disso, a falsa noiva disse ao príncipe:

— Querido, quero pedir um favor.

— Eu o farei — respondeu ele.

— Ordene que um carrasco corte a cabeça do cavalo com que vim até aqui, pois ele se comportou muito mal durante a viagem.

Mas a verdade era que ela temia que o cavalo contasse como a princesa tinha sido tratada. Seu desejo foi atendido, o fiel Falada foi condenado à morte. Quando a notícia chegou aos ouvidos da princesa verdadeira, ela foi ao carrasco e secretamente prometeu uma peça de ouro se ele fizesse algo por ela. Havia, na cidade, um grande portão escuro, pelo qual ela tinha de passar de manhã e à noite com os gansos.

— O senhor poderia gentilmente pendurar a cabeça de Falada ali, para que eu possa o ver mais uma vez?

O carrasco disse que faria como ela desejava, decepou a cabeça e pregou-a firmemente no portão.

Na manhã seguinte, quando ela e Curdken levavam os gansos pelo portão, ela disse ao passar por ele:

Ah, Falada! Você está aí,
Preso nessa cancela!

E a cabeça respondeu:

Passe, linda dama.
Ai, se sua mãe soubesse! O que será que faria,
Se a visse assim tão triste, certamente morreria.

Então, ela deixou a torre e levou os gansos até um campo. Quando chegaram à área em que os gansos se alimentavam, ela se sentou e soltou os cabelos, que pareciam de ouro puro. Curdken amou vê-los brilhar ao sol e quis muito arrancar um tufo. Nesse momento, disse:

Brisa, brisa, sopre agora
E leve o chapéu embora,
Procure-o em toda parte,
E nenhum bosque descarte,
Até que a trança de ouro
Seja sinal de bom agouro,
E que presa fique boa,
na minha real coroa.

Então, uma rajada de vento levou o chapéu de Curdken, que teve de correr atrás dele por montanhas e vales. Quando voltou da busca, a menina tinha terminado de pentear e cachear os cabelos, e ele perdeu a chance de conseguir um tufo de cabelo dela. Curdken ficou muito bravo, mas não falou nada. Assim, pastorearam os gansos até o fim da tarde e os levaram para casa.

Na manhã seguinte, quando passavam pelo portão, a menina disse:

Ah, Falada! Você está aí,
Preso nessa cancela!

E a cabeça respondeu:

Passe, linda dama.
Ai, se sua mãe soubesse! O que será que faria,
Se a visse assim tão triste, certamente morreria.

Depois disso, ela seguiu seu caminho até chegar à área comum, onde se sentou e começou a pentear os cabelos; então, Curdken correu até ela e tentou pegar um tufo de cabelos de sua cabeça, mas ela gritou imediatamente:

> *Brisa, brisa, sopre agora*
> *E leve o chapéu embora,*
> *Procure-o em toda parte,*
> *E nenhum bosque descarte,*
> *Até que a trança de ouro*
> *Seja sinal de bom agouro,*
> *E que presa fique boa,*
> *na minha real coroa.*

Assim, uma lufada de vento soprou o chapéu de Curdken para bem longe, e ele teve que correr atrás. Quando voltou, ela já tinha terminado de arrumar os cabelos dourados, e ele não conseguiu pegar nem um fio de cabelo. Os dois ficaram cuidando dos gansos até escurecer.

Mas, naquela noite, quando voltaram para casa, Curdken encontrou-se com o velho rei, e disse:

— Recuso-me a pastorear os gansos com aquela garota.

— Por quê? — perguntou o rei.

— Porque ela não faz nada e me amola o dia todo — respondeu Curdken e contou todas as maldades dela. Por fim, disse: — Toda manhã, quando passamos com o rebanho pelo portão escuro, ela diz a uma cabeça de cavalo pendurada na parede:

> *Ah, Falada! Você está aí,*
> *Preso nessa cancela!*

E a cabeça responde:

> *Passe, linda dama.*
> *Ai, se sua mãe soubesse! O que será que faria,*
> *Se a visse assim tão triste, certamente morreria.*

Curdken continuou a contar o que tinha acontecido na área comum em que os gansos eram alimentados e que ele sempre tinha de ir atrás de seu chapéu.

O velho rei sugeriu que fosse para casa e levasse o rebanho normalmente no dia seguinte. Quando a manhã chegou, o próprio rei se escondeu atrás do portão escuro e ouviu como a garota dos gansos cumprimentou Falada. Então, ele a seguiu pelo campo e escondeu-se atrás de um arbusto na área comum. Logo viu com seus próprios olhos que o guardador e a garota dos gansos cuidavam dos animais e que, depois de um tempo, a criada se sentava, soltava os cabelos, que brilhavam como ouro, e repetia:

> *Brisa, brisa, sopre agora*
> *E leve o chapéu embora,*
> *Procure-o em toda parte,*
> *E nenhum bosque descarte,*
> *Até que a trança de ouro*
> *Seja sinal de bom agouro,*
> *E que presa fique boa,*
> *na minha real coroa.*

Então, veio a rajada de vento e arrastou para longe o chapéu de Curdken, que teve de percorrer montanhas e vales atrás. A garota, enquanto isso, calmamente penteava e trançava os cabelos. O velho rei observou tudo aquilo e voltou ao palácio sem ser notado. À noite, quando a garota dos gansos voltou para casa, ele a chamou de lado e perguntou o motivo de se comportar daquela maneira.

— Não posso contar ao senhor; como posso confidenciar a alguém meus infortúnios? Jurei pelos céus nunca os contar, do contrário isso me custaria a vida.

O velho rei suplicou que contasse tudo e não a deixou em paz, mas não havia nada que pudesse extrair dela. Enfim, ele disse:

— Bem, se não quer contar para mim, conte seus infortúnios àquele fogão de ferro — e saiu.

Ela, então, engatinhou até o fogão e começou a chorar, soluçando, e abriu seu coração:

— Aqui estou eu, abandonada por todo mundo, eu, que sou a filha de um rei, depois que uma criada falsa me forçou a tirar as roupas e tomou meu lugar com meu noivo, enquanto tenho que cumprir as tarefas de cuidar dos gansos.

> *Ai, se minha mãe soubesse! O que será que faria,*
> *Se me visse assim tão triste, certamente morreria.*

Mas o velho rei ficou do lado de fora, perto da chaminé do fogão, ouvindo as palavras dela. Ele entrou na sala novamente e, pedindo que deixasse o fogão, ordenou que fossem colocadas sobre ela as vestes reais, nas quais a princesa ficou adorável. Ele convocou seu filho e revelou que ele se tinha casado com uma noiva falsa, que não era ninguém além de uma dama de companhia, enquanto a noiva verdadeira, que agora cuidava dos gansos, estava ali ao seu lado. O jovem rei ficou feliz de coração quando viu sua beleza e bondade, preparou-se um grande banquete, para o qual todos foram convidados. O noivo sentou-se à cabeceira da mesa, a princesa de um lado e a dama de companhia do outro; mas ela estava tão deslumbrada, que não reconheceu a princesa em seus trajes reluzentes. Agora, quando já tinham comido e bebido, e estavam alegres, o velho rei pediu à dama de companhia que resolvesse um espinhoso problema para ele.

— O que deveria ser feito a alguém que enganou a todos? — e continuou a contar a história inteira, com a seguinte conclusão: — A que sentença ela deveria ser condenada?

Então a falsa noiva respondeu:

— Ela merece ser colocada nua dentro de um barril cheio de pregos afiados, que deve ser arrastado por dois cavalos brancos rua acima e rua abaixo, até que esteja morta.

— Essa pessoa é você — disse o rei —, e a sua sentença recairá sobre ti.

Quando a sentença fora decretada, o jovem rei se casou com sua verdadeira noiva, e o seu reinado foi de paz e de alegria.

Sapos e Diamantes

(Charles Perrault)

ERA UMA VEZ uma viúva que tinha duas filhas. A mais velha parecia-se tanto com ela e tinha o mesmo tipo de humor que qualquer pessoa que olhasse para a filha, via a mãe. As duas eram tão desagradáveis e tão orgulhosas que era impossível conviver com elas.

Já a mais jovem, que era a própria imagem do pai em cordialidade e doçura de temperamento, era, além disso, uma das moças mais bonitas já vistas. Como as pessoas naturalmente amam o que lhes é semelhante, a mãe não só era louca pela filha mais velha, como tinha uma aversão horrível pela mais nova e, ainda, a obrigava a comer na cozinha e a trabalhar sem parar.

Entre outras coisas, a pobre menina era obrigada tirar água a mais de uma milha e meia de distância da casa duas vezes por dia, e a trazer para casa um jarro cheio. Um dia, quando estava na fonte, aproximou-se dela uma mulher pobre e implorou por um pouco de água.

— Ah, sim, de todo o coração, boa senhora — respondeu a moça bonita, lavando imediatamente o jarro, pegou um pouco da água do ponto mais limpo da fonte e deu à senhora, segurando o jarro durante todo o tempo para que ela pudesse beber com mais facilidade.

A pobre mulher, após saciar a sede, dirigiu a ela as seguintes palavras:

— É tão bonita, minha querida, tão boa e tão educada que não posso deixar de dar um presente para você.

Tratava-se de uma fada, que tinha assumido a forma de uma mulher pobre do interior a fim de ver até onde iriam a civilidade e as boas maneiras da bela moça.

— Vou dar um presente a você — continuou a fada —, a cada palavra proferida, sairá de sua boca uma flor ou uma joia.

Quando a bela moça chegou em casa, a mãe a repreendeu por ter ficado tanto tempo na fonte.

— Imploro seu perdão, mamãe — pediu a pobre moça —, por não ter me apressado mais.

Assim que falou, saíram de sua boca duas rosas, duas pérolas e dois diamantes.

— O que é isso que eu vejo? — indagou a mãe admirada. — Creio que vejo pérolas e diamantes saírem da boca da menina! Como aconteceu isso, filha?

Aquela era a primeira vez que ela a chamava de filha.

A infeliz criatura contou toda a história com franqueza, não sem deixar cair um número incontável de diamantes.

— Com toda a justiça — exclamou a mãe —, tenho de enviar minha filha até lá. Vem cá, Fanny; veja o que sai da boca de sua irmã quando ela fala. Não ficaria feliz, minha querida, se também recebesse o mesmo dom? Não precisa fazer nada além de tirar água da fonte e, quando uma mulher pobre pedir que a deixe beber, dê a ela a água, de forma muito cortês.

— Seria uma excelente visão, de fato — disse a garota mal-educada —, observar-me buscar água.

— Precisa ir, malcriada! — repreendeu a mãe. — Nesse exato minuto.

Assim, lá foi ela resmungando o caminho todo, levando consigo a melhor caneca de prata da casa.

Mal chegou à fonte, viu sair do bosque uma mulher vestida de forma esplêndida, que veio até ela e pediu água para beber. Era, saibam, a mesma fada que apareceu à sua irmã, mas agora tinha tomado ares de princesa e estava vestida como tal para ver até onde iria a indelicadeza daquela moça.

— E eu vim até aqui — reclamou em tom atrevido e insolente — para servir água a você, diga-me? Suponho que a caneca de prata foi trazida apenas para Vossa Senhoria, não é mesmo? No entanto, se quiser, pode beber.

— Não está além nem acima das boas maneiras — replicou a fada sem perder a linha. — Então, como é tão grosseira, dou-lhe como presente que a cada palavra que proferir sairá de sua boca uma cobra ou um sapo.

Então, assim que a mãe a viu chegar, exclamou:

— Bem, filha?

— Bem, mãe? — retrucou a garota atrevida, lançando da boca duas víboras e dois sapos.

— Ah! Misericórdia! — bradou a mãe. — O que é isso que vejo? Ah! Aquela canalha de sua irmã que causou tudo isso; mas ela pagará — disse, e saiu correndo na mesma hora para surrá-la.

A pobre menina fugiu para longe e foi se esconder na floresta, não muito longe dali. O filho do rei retornava da caça naquele momento e a encontrou, vendo-a tão bonita, perguntou o que fazia lá sozinha e por que estava chorando.

— Ai de mim! Senhor, minha mãe me colocou para fora de casa.

O filho do rei, que viu cinco ou seis pérolas e outros tantos diamantes sair pela boca da donzela, quis que ela contasse como aquilo havia sucedido. Então, contou toda a história a ele e, assim, o filho do rei se apaixonou por ela, considerando que tal dom valia mais do que qualquer dote, conduziu-a até o palácio do rei, seu pai, e lá se casou com ela.

Quanto à irmã, fez-se tão odiada que a própria mãe a recusou; e, tendo perambulado um bom tempo sem encontrar alguém que a acolhesse, a pobre coitada foi para um recanto do bosque e morreu por lá.

O Príncipe Querido

(Cabinet des Fées)

E RA UMA VEZ um rei muito justo e amável, conhecido por seus súditos como o "Bom Rei." Um dia, enquanto ele estava fora caçando, um coelhinho branco, perseguido por seus cães, pulou em seus braços em busca de abrigo. O rei acariciou-o docemente e prometeu:

— Bem, coelhinho, como veio a mim em busca de proteção, cuidarei de você para que ninguém o machuque.

Levou-o para casa, para seu palácio, e o acomodou em uma casinha, com todos os tipos de comida apetitosa para se alimentar.

Naquela noite, quando estava sozinho em seu quarto, de repente apareceu diante dele uma bela senhora. Seu longo vestido era branco como a neve e ela tinha uma coroa de rosas brancas sobre a cabeça. O Bom Rei ficou extremamente surpreso ao vê-la, pois sabia que a porta havia sido bem trancada, e não conseguia entender como ela tinha conseguido entrar. Porém ela relatou:

— Sou a Fada Verdade. Estava passando pelo bosque enquanto caçava e quis saber se é de fato bondoso como as pessoas afirmam, portanto, tomei a forma de um coelhinho e corri para os seus braços procurando abrigo, pois sei que aqueles que são misericordiosos com os animais serão ainda mais gentis com seus semelhantes. Se tivesse se recusado a me ajudar, teria certeza de que é mau. Agradeço a bondade que demonstrou comigo, que fez de mim sua eterna amiga. Basta que me peça o que quiser e prometo que darei a você.

— Senhora — replicou o Bom Rei —, já que é uma fada, sem dúvida conhece todos os meus desejos. Tenho só um filho, a quem amo de verdade, por isso o chamo de Príncipe Querido. Se é mesmo generosa o bastante para querer conceder-me um favor, imploro que fique amiga dele.

— De todo o meu coração — respondeu a fada. — Posso fazer de seu filho o príncipe mais bonito do mundo, ou o mais rico, ou o mais poderoso; escolha o que quiser para ele.

— Não almejo nenhuma dessas coisas para meu filho — respondeu o Bom Rei —, mas, se fizer dele o melhor dos príncipes, certamente serei grato. De que serviria fazê-lo rico, ou bonito, ou dono de todos os reinos do mundo, se fosse mau? Sabe muito bem que ainda assim seria infeliz. Só um homem bom pode realmente viver contente.

— Tem razão — respondeu a Fada —, mas não tenho poderes para fazer do Príncipe Querido um homem bom, a menos que ele me ajude; ele mesmo deve tentar com afinco tornar-se bom. Só posso prometer dar bons conselhos a ele, repreendê-lo por seus defeitos e castigá-lo se ele não se corrigir e não punir a si próprio.

O Bom Rei ficou bastante satisfeito com a promessa e, logo depois da conversa, veio a falecer.

O Príncipe Querido ficou muito triste, pois amava seu pai do fundo do coração, e teria cedido todos os seus reinos e todos os seus tesouros de ouro e prata se, em troca, pudesse ter mantido o Bom Rei com ele.

Passados dois dias, quando o príncipe tinha ido dormir, a Fada surgiu subitamente e avisou:

— Prometi a seu pai que seria sua amiga e, para manter minha palavra, trago um presente para você — ao mesmo tempo que proferiu tais palavras, colocou no dedo dele um anelzinho de ouro — Tome muito cuidado com esta joia — recomendou ela. — É mais preciosa que diamantes. Toda vez que cometer uma má ação, o anel picará seu dedo, mas se, apesar da espetadela, insistir em seguir o mau caminho, perderá minha amizade e me tornarei sua inimiga.

Em seguida, a Fada desapareceu, deixando o Príncipe Querido muito assustado.

Durante algum tempo, ele se comportou muito bem, o anel nunca o picou, o que o deixou tão contente que seus súditos o chamavam Príncipe Querido, o Afortunado.

Um dia, porém, ele saiu para caçar, mas não conseguiu nenhuma presa e ficou de muito mau humor. Enquanto cavalgava, achou que o anel estava apertando seu dedo, mas, como não o picou, não deu atenção. Quando chegou em casa e foi para seus próprios aposentos, a cadelinha Bibi correu para encontrá-lo, saltitando feliz em torno dele.

— Saia daqui! — vociferou o príncipe de forma ríspida. — Não a quero aqui, está no meu caminho.

A pobre cadelinha, que não entendeu coisa nenhuma, puxou o casaco para fazê-lo, pelo menos, olhar para ela, e aquilo provocou tamanha fúria no Príncipe Querido que ele deu um chute bem violento nela. No mesmo momento, o anel o picou bruscamente, como se fosse um alfinete. Ele ficou muito surpreso e sentou-se em um canto do quarto, sentindo muita vergonha de si mesmo. "Creio que a Fada esteja rindo de mim", pensou. "Certamente não posso ter causado nenhum grande mal simplesmente por chutar um animal irritante! De que serve eu ser governante de um grande reino se não tiver permissão sequer para bater em meu próprio cão?"

— Não estou zombando de você — manifestou-se uma voz, respondendo aos pensamentos do Príncipe Querido. — Três faltas foram cometidas. Na primeira de todas, estava de mau humor porque não podia ter o que queria, e pensou que todos os homens e todos os animais tivessem sido criados apenas para causar prazer a você. Em seguida, ficou realmente com raiva, o que é, de fato, muito impertinente e, por fim, foi cruel com um pobre animalzinho que não fez absolutamente nada para merecer ser maltratado. Sei que é muito superior a uma cadelinha, mas, se fosse certo e permitido que gente muito acima maltratasse todos os que considera inferiores, eu poderia, nesse momento, espancá-lo ou matá-lo, pois uma fada é superior a um homem. A vantagem de ser dono de um grande império não é ser capaz de fazer o mal que se deseja, mas, sim, fazer todo o bem que puder.

O príncipe percebeu que tinha sido malvado e prometeu tentar melhorar no futuro, mas não cumpriu a palavra. A questão era que tinha sido criado por uma ama tola, que o tinha mimado demais quando era pequeno. Se quisesse qualquer coisa, bastava que chorasse e batesse os pés, e ela dava o que ele pedisse. Assim, transformou-se em uma pessoa teimosa. A ama também repetia de manhã e à noite que, um dia, ele seria rei, e que os reis eram muito felizes porque todo o mundo era obrigado a os obedecer e respeitar, e ninguém conseguiria impedi-los de agir exatamente como quisessem.

Quando o príncipe atingiu idade suficiente para entender, logo aprendeu que não poderia haver nada pior do que ser orgulhoso, obstinado e vaidoso. De fato, ele tentou se curar desses defeitos, mas, àquela altura dos acontecimentos, todos os seus defeitos haviam se transformado em hábitos; e é muito difícil livrar-se de um mau hábito. Não que fosse uma pessoa de má índole; ele realmente ficava triste quando se comportava mal e afirmava:

— Fico muito infeliz por ter que lutar contra a minha raiva e contra o meu orgulho todos os dias. Se tivesse sido punido por eles quando era pequeno, não sofreria tanto por causa dos meus defeitos agora.

O anel o espetava muitas vezes e, às vezes, ele interrompia o que estava fazendo no mesmo instante; mas, outras vezes, não o atendia. Estranhamente, o anel dava-lhe apenas uma ligeira espetada por uma falha insignificante, mas, quando agia como um verdadeiro malvado, de fato fazia sangrar seu dedo. Por fim, cansou-se de ser constantemente advertido e desejou poder fazer o que quisesse. Então, atirou o anel para longe e julgou-se o mais feliz dos homens por se livrar das espetadas vexatórias. Passou a fazer qualquer tolice que visse à mente até tornar-se bem perverso, a ponto de ninguém mais gostar dele.

Um dia, enquanto perambulava, o príncipe viu uma jovem tão linda que decidiu imediatamente se casar com ela. O nome dela era Célia, e sua bondade era tão grande quanto sua beleza.

O Príncipe Querido imaginou que Célia ficaria feliz se ele propusesse transformá-la em uma grande rainha, mas, destemida, respondeu:

— Alteza, sou apenas uma pastora e uma moça pobre. Apesar disso, não me casarei com você.

— Não gosta de mim? — inquiriu o príncipe, que ficou muito irritado com a resposta.

— Não, meu príncipe — respondeu Célia —, não posso deixar de achá-lo muito bonito, mas de que me serviriam as riquezas, todos os vestidos luxuosos e todas as magníficas carruagens que me daria se as más ações que eu veria praticar todos os dias me fariam o odiar e desprezar?

O príncipe ficou muito zangado com as palavras dela e ordenou a seus oficiais que a aprisionassem e a levassem para seu palácio. Durante o dia inteiro, a lembrança das palavras dela o irritava, mas, como ele a amava, não conseguia decidir se a puniria.

Um dos companheiros preferidos do príncipe era seu irmão adotivo e o príncipe confiava nele completamente; mas ele, definitivamente, não era um homem bondoso. Dava ao Príncipe Querido muitos maus conselhos e o incentivava a agir com todo o seu estilo torpe. Quando viu o príncipe abatido, perguntou qual era o problema e, ao ouvir a explicação de que não conseguia suportar a má opinião que Célia tinha a seu respeito e de que estava decidido a ser um homem melhor a fim de agradá-la, seu conselheiro do mal argumentava:

— É muita bondade sua se incomodar com essa mocinha; se eu estivesse em seu lugar, logo a obrigaria a me obedecer. Lembre-se de que é um rei e que seria ridículo tentar agradar a uma pastora que deveria ficar, no mínimo, muito feliz em ser uma de suas escravas. Mantenha-a na prisão e dê a ela apenas pão e água por um tempo. Depois, se ela ainda insistir em dizer que não vai se casar com você, mandem decapitá-la para ensinar às outras pessoas que devem obedecê-lo. Se não puder fazer uma garota como essa obedecer aos seus desejos, seus súditos logo esquecerão que só estão neste mundo para nosso prazer.

— No entanto — disse o Príncipe Querido —, não seria uma vergonha se eu condenasse à morte uma moça inocente? Célia não fez nada que merecesse punição.

— Se as pessoas não fizerem o que você mandar, devem sofrer por isso — argumentou o irmão de criação —, mas, por mais justo que seja, é melhor ser acusado disso por seus súditos do que saberem que podem o insultar e contrariar quantas vezes quiserem.

Dizendo isso, estava tocando em um ponto fraco da personalidade do irmão. Como consequência, o medo que o príncipe sentia de perder parte de seu poder o fez abandonar a primeira ideia de tentar ser bom e resolveu tentar assustar a pastora para que ela aceitasse desposá-lo.

O irmão adotivo, que pretendia que ele mantivesse tal resolução, convidou três jovens cortesãos tão maus quanto ele para jantar com o príncipe. Eles o convenceram a beber muito vinho e insistiram em incitar a ira contra Célia, dizendo que ela havia rido de seu amor por ela, até que, finalmente, dominado pela extrema fúria, correu para encontrá-la, declarando que, se ela ainda se recusasse a desposá-lo, seria vendida como escrava já no dia seguinte.

Porém, ao chegar à cela em que Célia havia sido confinada, ficou muito surpreso ao descobrir que ela não estava ali, embora ele guardasse a chave no próprio bolso o tempo todo. A ira foi terrível e jurou vingança contra aquele que a tivesse ajudado a fugir. Ao ouvirem o relato do príncipe, os amigos malvados resolveram canalizar a raiva em um velho nobre que tinha sido seu tutor no passado; e que ainda, às vezes, se atrevia a censurar o príncipe em razão de suas falhas, pois o amava como se fosse seu próprio filho.

No início, o Príncipe Querido o agradecia, mas, depois de algum tempo, ficou impaciente e passou a achar que detectar falhas era o único gosto que motivava o velho tutor a culpá-lo, já que todo mundo o elogiava e lisonjeava. Assim, ordenou que ele se afastasse da corte, embora, de tempos em tempos, ainda se referisse a ele como um homem digno, a quem respeitava, mesmo que já não o amasse. Seus amigos indignos temiam que ele pudesse algum dia ter a ideia de reconvocar o antigo tutor, portanto, julgaram que aquele seria o momento de ver o homem banido para sempre.

Relataram ao príncipe que Suliman, o tutor, gabava-se de ter ajudado Célia a escapar e subornaram três homens para dizer que o próprio Suliman havia contado a eles. O príncipe, irado, enviou o irmão adotivo com um pelotão de soldados para trazer o tutor diante dele, acorrentado como um criminoso. Depois de dar essa ordem, dirigiu-se aos próprios aposentos, mas, assim que chegou lá, houve um estrondo de trovão que fez o chão tremer e a Fada Verdade surgiu subitamente na frente dele.

— Prometi a seu pai — afirmou de forma enérgica — que daria bons conselhos a você e o puniria caso se recusasse a aceitá-los. Desprezou minha recomendação e seguiu o próprio caminho do mal até que fosse considerado homem só na aparência, pois, na realidade, é um monstro, o horror de todos que o conhecem. É a hora em que devo cumprir minha promessa e dar início à sua punição. Eu o condeno a tomar forma semelhante à dos animais cujo comportamento tem imitado. Você transformou a si mesmo em um leão pela ira e em um lobo pela ganância. Como uma serpente, virou-se de forma ingrata contra aquele que foi, para você, um segundo pai e sua grosseria o transformou em um touro. Portanto, em sua nova forma, terá a aparência de todos esses animais.

Mal a Fada havia acabado de falar e o Príncipe Querido percebeu, para seu horror, que suas palavras foram obedecidas. Ele tinha cabeça de leão, chifres de touro, pés de lobo e corpo de cobra. Naquele mesmo instante, viu que estava em uma enorme floresta, ao lado de um lago claro. Nas águas, ele podia ver com clareza a criatura horrível em que se havia se transformado. Uma voz disse a ele:

— Observe atentamente no que a sua maldade o transformou. Acredite em mim, sua alma é mil vezes mais hedionda que seu corpo.

O Príncipe Querido reconheceu a voz da Fada Verdade e ficou cheio de fúria para a pegar e devorar, e teria feito isso se conseguisse, mas não viu ninguém, e a mesma voz prosseguiu:

— Estou zombando da sua impotência e da sua raiva e pretendo punir seu orgulho, deixando que caia nas mãos de seus próprios súditos.

O príncipe começou a pensar que a melhor coisa que restava fazer seria ficar tão longe do lago quanto pudesse. Ao menos assim, ele não ficaria permanentemente exposto à terrível feiura. Então, correu em direção ao bosque, mas, antes de ter percorrido alguns metros, caiu em um poço fundo, que era usado como armadilha para capturar ursos. Os caçadores, que estavam escondidos em uma árvore, desceram de uma vez e prenderam-no com várias correntes, levando-o até a cidade mais importante de seu próprio reino.

No trajeto, em vez de reconhecer que as próprias falhas haviam causado aquela punição a ele, acusou a Fada de ser a causa de tudo e mordia com fúria para arrebentar as correntes.

Ao se aproximarem da cidade, viu que estavam em festa, e, quando os caçadores perguntaram o que havia acontecido, disseram que o príncipe, cujo único prazer era atormentar seu povo, havia sido encontrado morto em seus aposentos por um raio, uma vez que acreditavam que era o que tinha acontecido. Quatro de seus cortesãos, aqueles que o tinham encorajado em suas maldades, haviam tentado tomar o reino e dividi-lo entre si, mas o povo, que sabia que eram seus maus conselhos a razão para a enorme mudança do príncipe, decapitou-os e ofereceu a coroa a Suliman, que o príncipe tinha colocado na prisão. O nobre lorde tinha acabado de ser coroado e a libertação do reino era a razão de tanta alegria.

— Ele é um homem bom e justo. Vamos mais uma vez desfrutar de paz e de prosperidade — comentavam.

O Príncipe Querido rugiu de cólera ao ouvir aquilo; mas foi ainda pior para ele quando chegou à grande praça em frente ao próprio palácio. Viu Suliman sentado sobre um trono magnífico, e toda as pessoas se aglomeravam ao redor dele, desejando que tivesse vida longa e que pudesse desfazer todo o mal causado por seu antecessor.

Em seguida, Suliman fez um sinal com a mão, pedindo às pessoas que ficassem em silêncio, e discursou:

— Aceito a coroa que me oferecem, mas apenas para que eu possa mantê-la para o Príncipe Querido, que não está morto, como supõem. A Fada garantiu que ainda há esperança de que possam um dia vê-lo outra vez, bom e virtuoso como era quando chegou ao trono pela primeira vez. Coitado! Ele foi iludido por bajuladores. Eu conhecia o coração dele e tenho certeza de que, se não fosse pela má influência daqueles que estavam perto dele, teria sido um bom rei e um pai para seu povo. Podemos odiar os defeitos dele, mas tenhamos piedade e mantenhamos a esperança de que ele se regenere. Quanto a mim, de bom grado morreria se isso pudesse trazer de volta o nosso príncipe para reinar mais uma vez com justiça e dignidade.

Aquelas palavras chegaram ao coração do Príncipe Querido. Ele percebeu o verdadeiro afeto e fidelidade do antigo tutor e, pela primeira vez, censurou-se por todas as suas maldades. No mesmo instante, sentiu que toda a sua ira se esvaia e começou rapidamente a pensar em sua vida passada e admitir que sua punição não tinha sido tão rigorosa quanto merecia. Parou de bater nas barras de ferro da jaula em que estava confinado e tornou-se gentil como um cordeiro.

Os caçadores que o capturaram levaram-no a um grande jardim zoológico e lá ele ficou acorrentado no meio todos os outros animais selvagens. Ele decidiu demonstrar que lamentava o péssimo comportamento no passado, sendo gentil e obediente ao homem que tinha de cuidar dele. Infelizmente, o homem era muito ríspido e cruel e, embora o pobre monstro fosse bastante tranquilo, muitas vezes, quando seu cuidador estava de mau humor, espancava-o sem razão. Um dia, quando o guarda estava dormindo, um tigre quebrou a corrente e voou para cima dele para devorá-lo. O Príncipe Querido, que percebeu o que estava acontecendo, a princípio se sentiu bem contente por pensar que se veria livre de seu carrasco, mas logo pensou melhor e desejou que estivesse livre.

— Eu retribuiria o mal com o bem — disse a si mesmo — e salvaria a vida do homem infeliz.

Assim que imaginou seu desejo, a jaula de ferro se abriu, e ele correu para o lado do guarda, que estava acordado, defendendo-o do tigre. Quando o homem viu que o monstro havia saído, deu-se por perdido, mas o medo logo se transformou em alegria, pois o monstro atirou-se em cima tigre e o matou. Em seguida, agachou-se aos pés do guarda que havia salvado.

Cheio de gratidão, o guarda abaixou-se para acariciar a estranha criatura que havia prestado um serviço tão valoroso a ele, mas, de repente, uma voz sussurrou em seu ouvido:

— Uma boa ação não deve nunca ficar sem recompensa.

Naquele mesmo instante, o monstro desapareceu, e ele viu a seus pés apenas um belo cãozinho! O Príncipe Querido, encantado com a transformação, deu cambalhotas ao redor do guarda, expressando a alegria de todas as formas que podia, e o homem, erguendo-o em seus braços, levou-o ao rei, a quem ele contou toda a história.

A rainha disse que gostaria de ficar com aquele maravilhoso cachorrinho, e o príncipe teria ficado muito feliz em sua nova casa, se pudesse ter varrido de sua lembrança que, na verdade, ele era um homem e rei. A rainha o acariciava e cuidava dele, mas temia tanto que ele engordasse demais que consultou o médico da corte, que determinou que ele deveria se alimentar exclusivamente de pão, mas, mesmo assim, deveria ser alimentado com cautela. Assim, o pobre Príncipe Querido sentia uma fome terrível durante o dia inteiro, mas suportava a privação com muita paciência.

Um dia, quando lhe deram seu pãozinho no café da manhã, ele achou que gostaria de comê-lo lá fora, no jardim. Abocanhou-o e afastou-se, indo em direção a um riacho que conhecia, bem distante do palácio. Ficou surpreso, no entanto, ao descobrir que o riacho tinha sumido, em seu lugar havia uma casa grande, que parecia ser construída de ouro e pedras preciosas. Várias pessoas, muito bem-vestidas, entravam na casa, e dava para ouvir os sons de música, de dança e de festa sair pelas janelas.

Mas o que parecia muito estranho era que as pessoas que saíam da casa eram pálidas e magras, usavam roupas rasgadas, cobertas de farrapos. Algumas caíam mortas à medida que saíam antes de ter tempo de se afastar; outras se arrastavam até mais longe com grande dificuldade; outras ainda caíam ao chão, desmaiando de fome, e imploravam um pedaço de pão àqueles que entravam na casa, mas eles sequer dirigiam o olhar para as pobres criaturas.

O Príncipe Querido encaminhou-se até uma jovem que tentava comer algumas folhas de grama; ela estava muito faminta. Compassivo, ele pensou: "Estou com muita fome, mas não vou perecer de inanição antes de receber meu jantar; se eu ceder minha ração do café da manhã a essa pobre criatura, talvez possa salvar a vida dela".

Assim, ele colocou o pedaço de pão na mão da menina e viu-a comê-lo com gosto. A moça logo pareceu estar bem novamente, e o príncipe, muito feliz por ter conseguido ajudá-la, estava pensando em voltar para casa quando ouviu um grande clamor e, ao voltar-se, viu Célia, que estava sendo carregada para a casa grande contra sua vontade.

Pela primeira vez, o príncipe lamentou que já não fosse o monstro, pois assim teria conseguido resgatar Célia; agora, a única coisa que podia fazer era latir debilmente para as pessoas que a levavam e tentar segui-las, mas elas o perseguiram e o chutaram para longe.

Ele estava determinado a não sair do lugar até que soubesse o que tinha acontecido com Célia e culpava-se pelo destino dela.

— Ai de mim! — lamentou. — Estou furioso com as pessoas que estão levando Célia, mas não foi isso exatamente o que eu mesmo fiz? Se eu não tivesse sido impedido, não pretendia ser ainda mais cruel com ela?

Naquele momento, um ruído acima de sua cabeça interrompeu seus pensamentos. Alguém abria uma janela, e ele viu com alegria que era a própria Célia, jogando para fora um prato com uma comida que parecia deliciosa, em seguida, a janela se fechou novamente. O Príncipe Querido, que não havia comido nada durante o dia inteiro, achou que poderia muito bem aproveitar a oportunidade de engolir algo. Correu para começar, mas a jovem, a quem tinha dado seu pão, lançou um grito de terror e o tomou nos braços, exclamando:

— Não a toque, meu pobre cãozinho, aquele é o palácio do prazer, tudo o que vem de lá é envenenado!

No mesmo instante, uma voz disse:

— Veja como uma boa ação sempre traz recompensa.

O príncipe foi transformado em um belo pombo branco. Lembrou-se de que branco era a cor favorita da Fada Verdade e começou a ter esperança de que pudesse finalmente reconquistar o favor. Mas, naquele exato instante, a primeira preocupação era Célia, então voou ao redor da casa até ver uma janela aberta, mas procurou por todos os cômodos sem sucesso. Não encontrou vestígio de Célia, e o Príncipe, em desespero, decidiu buscá-la pelo mundo inteiro até que a encontrasse. Voou sem parar durante vários dias até que alcançou um grande deserto e viu uma caverna; para sua alegria, lá estava Célia, compartilhando o café da manhã simples de um velho ermitão.

Exultante por tê-la encontrado, o Príncipe Querido empoleirou-se em seu ombro, tentando expressar com afagos como estava feliz ao vê-la novamente, e Célia, surpresa e encantada com a mansidão do belo pombo branco, acariciou-o suavemente, exclamando, ainda que jamais imaginasse que o pássaro a compreendesse:

— Aceito-o como um presente a mim e sempre o amarei.

— Tome cuidado com o que diz, Célia — aconselhou o velho ermitão —, está preparada para cumprir essa promessa?

— Na verdade, espero que sim, minha doce pastora — exclamou o príncipe, restaurado à forma natural. — Prometeu amar-me sempre, confirme o que disse ou terei que pedir à Fada que me devolva a forma de pombo que tanto a agradou.

— Não tenha medo que ela mude de ideia — interveio a Fada, jogando fora o manto de ermitão com o qual havia se disfarçado para surgir na frente deles. — Célia o amou desde que o viu pela primeira vez, só que isso ela não admitiria se continuasse tão obstinado e tão desobediente. Agora que se arrependeu e quis ser bom, merece ser feliz e, assim, ela pode amá-lo o quanto quiser.

Célia e o Príncipe Querido atiraram-se aos pés da Fada, e o príncipe nunca se cansava de agradecer a bondade dela. Célia ficou encantada ao ouvir como ele estava arrependido de todas as loucuras e erros do passado e prometeu amá-lo enquanto vivesse.

— Levantem-se, meus filhos — exortou a Fada —, e os transportarei até o palácio, e o Príncipe Querido receberá de volta a coroa que perdeu por causa do mau comportamento.

Enquanto a Fada falava, chegaram ao salão de Suliman, e a alegria do príncipe foi grande ao ver seu querido mestre mais uma vez. Suliman exultou ao entregar o trono ao príncipe e continuou sendo o mais fiel entre seus súditos.

Célia e o Príncipe Querido reinaram por muitos anos, mas ele estava tão decidido a governar com dignidade e cumprir seu dever que seu anel, que voltou a usar, não pinicou seu dedo com força uma única vez sequer.

O Barba Azul

(Charles Perrault)

ERA UMA VEZ um homem que tinha belas casas, tanto na cidade como no campo, muitas baixelas de ouro e prata, móveis cheios de enfeites e carruagens totalmente revestidas de ouro. No entanto, o homem tinha a infelicidade de ter uma barba azul, que o tornava tão pavorosamente feio que todas as mulheres e donzelas corriam dele.

Uma de suas vizinhas, uma senhora de muitas qualidades, tinha duas filhas que eram belíssimas. Ele desejava uma das moças em casamento e deixou a senhora escolher qual filha que se casaria com ele. Nenhuma das duas o queria e alternavam-se, empurrando-o de uma para outra, incapazes de suportar a ideia de casar com um homem de barba azul, que, além disso, causava desgosto e aversão nas moças por já ter sido casado com várias mulheres e ninguém jamais ter sabido qual tinha sido o destino delas.

Barba Azul, para conquistar a afeição das damas, levou-as, junto com a mãe, três ou quatro outras senhoras amigas e outros jovens da vizinhança, para uma de suas casas de campo, onde ficaram uma semana inteira.

Tudo o que viram foram jogos agradáveis, caçadas, pescarias, bailes, alegria e festejos.

Ninguém dormia e todos passavam a noite inteira reunidos e brincando. Resumindo, tudo deu tão certo que a filha caçula começou a acreditar que o dono da casa não tinha uma barba tão azul assim e era um cavalheiro muito gentil.

Assim que voltaram para casa, casaram-se. Um mês depois, Barba Azul disse à mulher que tinha de ir à cidade em uma viagem de ao menos seis semanas para assuntos de grande relevância, desejando que ela se divertisse em sua ausência e, se desejasse, poderia levar os amigos e conhecidos para o campo, hospedando-se com eles como desejasse.

— Aqui estão as chaves dos dois armários grandes em que guardo a melhor mobília. Essas são as das baixelas de ouro e de prata, que não são de uso diário; essas abrem os cofres em que guardo meu dinheiro, ouro e prata. Essas são dos baús de joias; e essa é a chave-mestra para todos os meus aposentos. Essa pequenina aqui, contudo, é a chave do escritório ao final do grande corredor no pavimento térreo. Abra tudo; entre em todos e em cada um deles, menos no escritório. Eu a proíbo terminantemente e, se o abrir, não espere de mim nada além de raiva e ressentimento.

Ela prometeu obedecer às ordens dele com toda atenção. Após abraçá-la, Barba Azul entrou no coche e seguiu viagem.

Os vizinhos e os bons amigos não esperaram a recém-casada mandá-los buscar, tamanha era a impaciência em ver toda a rica mobília da casa que não ousavam visitar enquanto o marido lá estava por causa da barba azul que os atemorizava. Percorreram todos os cômodos, gabinetes e armários, todos tão refinados e suntuosos que um parecia melhor que o outro. Depois, entraram nos dois grandes aposentos em que estava a mobília mais requintada; não se cansavam de admirar a quantidade e a beleza das tapeçarias, das camas, dos sofás, dos armários, das estantes, das mesas, dos espelhos, em que a pessoa podia se ver dos pés à cabeça, alguns com moldura de cristal, outros com moldura de prata, com enfeites ou sem, da melhor e mais magnífica qualidade jamais vista.

Não cansaram de exaltar e de invejar a felicidade da amiga, que não se divertiu nem um pouco olhando todas as riquezas, porque a impaciência a levou a sair de lá e abrir o escritório no piso térreo. Afligia-se de curiosidade que, sem levar em conta que seria muito descortês deixá-los a sós, desceu a escadinha dos fundos com tanta pressa que pareceu duas ou três vezes que quebraria o pescoço.

Ao chegar à porta do escritório, parou um pouco para pensar nas ordens do marido e ponderar que infelicidade poderia atingi-la, caso fosse desobediente. Mas a tentação era forte demais e ela não conseguiu superar. Então, pegou a pequena chave e abriu a porta, estava tão trêmula e, no começo, não conseguiu ver nada claramente, porque as janelas estavam fechadas. Após um instante, começou a perceber que o chão estava todo coberto de sangue coagulado, e ali jaziam os corpos de várias mulheres mortas, alinhados contra as paredes. Aquelas eram todas as mulheres com que Barba Azul havia se casado para depois assassinar, uma após a outra. Ela pensou que morreria de medo, e a chave, que retirou da fechadura, caiu da sua mão.

Assim que a sensação de surpresa passou, pegou a chave, trancou a porta e subiu ao quarto para recompor-se, mas não conseguia, pois estava aterrorizada. Após notar que a chave do escritório estava manchada de sangue, tentou duas ou três vezes limpá-la, mas o sangue não saiu; tentou lavar e até esfregar sabão e areia; mas o sangue permanecia, já que a chave era enfeitiçada e jamais permitiria ser limpa. Quando o sangue saía de um lado, aparecia novamente do outro.

Barba Azul voltou de viagem naquela mesma noite e disse que, na estrada, recebeu cartas que o informavam sobre um assunto que tinha ido tratar e que tinha sido resolvido em seu benefício. A mulher fez tudo o que pôde para convencê-lo de que estava extremamente feliz pelo pronto retorno.

Na manhã seguinte, pediu as chaves, e ela entregou todas ao marido com a mão tão trêmula que ele rapidamente adivinhou o que tinha acontecido.

— Veja só! — exclamou. — Não é que a chave de meu escritório não está entre as outras?

— Certamente a deixei em cima da mesa — disse a mulher.

— Então, entregue-a para mim rapidamente — disse Barba Azul.

Depois de várias idas e vindas, a mulher foi forçada a entregar a chave. Barba Azul, estudando-a com atenção, indagou:

— Como esse sangue apareceu na chave?

— Não sei — respondeu a pobre mulher, mais pálida que a morte.

— Não sabe? — perguntou o Barba Azul. — Eu sei muito bem. Decidiu ir ao escritório, não foi? Pois muito bem, minha senhora; é para lá que deve ir e assumir o seu lugar entre as damas que viu.

Dessa forma, a mulher jogou-se aos pés do marido e implorou seu perdão com todos os sinais de arrependimento verdadeiro, prometendo nunca mais desobedecer. Ela teria derretido uma pedra de tão bela e arrependida, mas Barba Azul tinha o coração mais duro que qualquer pedra!

— Deve morrer, senhora — afirmou —, imediatamente.

— Já que devo morrer — respondeu a mulher, olhando para ele com os olhos marejados —, conceda-me um instante para dizer as minhas preces.

— Concedo meio quarto de hora, nem um momento mais.

Quando estava só, chamou a irmã e disse:

— Anne, minha irmã, suba, imploro a você, no alto da torre e veja se meus irmãos estão chegando. Prometeram que viriam hoje e, quando os avistar, faça sinal para que venham depressa.

A irmã Anne subiu no alto da torre e a pobre esposa aflita gritava para ela de vez em quando:

— Anne, minha irmã Anne, vê alguém a caminho?

E a irmã Anne disse:

— Nada além do sol que faz ver a poeira fina e a grama verde na campina.

Enquanto isso, Barba Azul, trazendo uma grande espada nas mãos, gritou o mais alto que pôde para a esposa:

— Desça agora ou vou buscá-la!

— Mais um momento, por favor! — pediu a mulher e, então, rogou suavemente: — Anne, minha irmã Anne, vê alguém a caminho?

E a irmã Anne respondeu:

— Nada senão o sol que faz ver a poeira fina e a grama verde na campina.

— Desça rápido — bradou Barba Azul — ou vou buscá-la!

— Já vou — respondeu a mulher; logo depois, implorou à irmã: — Anne, minha irmã Anne, vê alguém a caminho?

— Vejo — respondeu a irmã Anne —, uma grande poeirada que vem para as bandas de cá.

— São meus irmãos?

— Ai! Não, querida irmã, vejo um rebanho de ovelhas.

— Não vai descer? — berrou Barba Azul.

— Mais um momentinho — pediu a mulher e, então, suplicou: — Anne, minha irmã Anne, não vê ninguém a caminho?

— Vejo — disse ela —, dois cavalheiros, mas ainda estão bem longe.

— Deus seja louvado! — respondeu a pobre mulher alegremente. — São meus irmãos; farei um sinal para que se apressem.

A essa altura, Barba Azul esbravejou tão alto que sacudiu a casa. A mulher, atormentada, desceu e jogou-se a seus pés, banhada de lágrimas, com o cabelo desalinhado.

— Isso não importa — afirmou Barba Azul. — Você tem que morrer.

Então, agarrou os cabelos dela com uma das mãos e ergueu a espada com a outra, pois arrancaria sua cabeça.

A pobre moça virou-se para ele e, com um olhar moribundo, pediu que permitisse que ela se recolhesse por um breve momento.

— Não, não — disse ele —, recomende-se a Deus.

E estava prestes a golpeá-la...

Naquele exato momento, ouviu-se uma batida tão forte no portão que Barba Azul de súbito parou. O portão foi aberto e logo entraram dois cavaleiros, que, empunhando espadas, correram na direção de Barba Azul. Sabia que eram os irmãos da mulher. Um era soldado de cavalaria e o outro, mosqueteiro, e ele então fugiu imediatamente para se salvar; mas os dois irmãos o seguiram tão rápido, que o capturaram antes que pudesse pôr os pés para fora do pátio. Cravaram as espadas no corpo dele e o deixaram morto. A pobre mulher estava quase tão morta quanto o marido e não tinha forças para se levantar e saudar os irmãos.

    Barba Azul não tinha herdeiros, portanto, sua mulher se tornou a proprietária de todos os bens. Utilizou-os, em parte, para casar sua irmã, Anne, com um jovem fidalgo que a amava há muito tempo; outra parte usou para comprar patentes de capitão para os dois irmãos; e o restante, para casar-se com um cavalheiro muito distinto que a fez se esquecer dos maus momentos vividos com o Barba Azul.

João Fiel

(Irmãos Grimm)

ERA UMA VEZ um velho rei muito doente, ele pensou: "Há grandes chances que eu esteja em meu leito de morte". Então, disse:

— Tragam João Fiel até mim.

João Fiel era seu servo favorito e foi chamado por toda a vida porque o servia com toda a fidelidade. Quando ele se aproximou da cama, o rei disse:

— João, meu servo mais fiel, sinto que meu fim está próximo e poderia encará-lo sem preocupação, não fosse por meu filho. Ele ainda é jovem demais para decidir tudo sozinho, a menos que me prometa orientá-lo em tudo que for capaz e ser como um pai para ele, não poderei fechar os olhos em paz.

Então, João Fiel respondeu:

— Nunca o abandonarei e o servirei fielmente, ainda que isso me custe a vida.

Respondeu o rei:

— Agora posso morrer aliviado e em paz. Depois da minha morte, mostre a ele todo o castelo, todos os aposentos, cômodos e câmaras e todos os tesouros que habitam nele; mas não mostre o último aposento no corredor longo, onde está escondido o quadro da Princesa do Telhado Dourado. Quando contemplar aquele retrato, irá se apaixonar perdidamente por ela, cairá desfalecido e encontrará muitos perigos; proteja-o para que isso não aconteça.

Quando João Fiel mais uma vez deu sua mão ao rei, o velho ficou em silêncio, repousou a cabeça no travesseiro e morreu.

Depois que o velho rei foi conduzido ao túmulo, João Fiel contou ao jovem rei o que havia prometido a seu pai no leito de morte e acrescentou:

— Certamente cumprirei minha palavra e serei fiel a você como fui a seu pai, ainda que isso me custe a vida.

Passado o tempo do luto, João Fiel disse:

— Chegou a hora de conhecer a sua herança. Apresentarei a você o castelo que herdou.

Assim, apresentou-lhe tudo e permitiu que visse todos os luxuosos e esplêndidos aposentos. Somente o quarto em que estava o quadro não foi aberto. O quadro, no entanto, estava posicionado de tal maneira que, se a porta fosse aberta, qualquer pessoa se depararia com ele. Tinha sido pintado com tanta beleza que imaginavam que fosse vivo e se mexesse e era a coisa mais linda e amável do mundo. O rei, todavia, percebeu que João Fiel sempre esquecia uma porta e disse:

— Por que nunca abre essa porta para mim?

— Há algo lá dentro que o assustaria — respondeu João.

Mas o rei replicou:

— Vi todo o castelo, descobrirei o que há ali — e com essas palavras se aproximou da porta e tentou abri-la à força.

João Fiel afastou-o e disse:

— Prometi a seu pai antes de sua morte que jamais veria o que há neste aposento. Isso pode trazer grande aflição a você e a mim.

— Ah, não! — respondeu o rei. — Se eu não entrar, certamente será a minha destruição; não terei paz noite e dia até que tenha visto o que há nesse aposento com meus próprios olhos. Não sairei daqui até que abra a porta.

Então João Fiel viu que não havia como sair daquela situação e com muito pesar, suspirando, pegou a chave do grande molho. Quando abriu a porta, ele entrou primeiro e pensou em cobrir a imagem para que o rei não a percebesse. Mas foi em vão. O rei ficou na ponta dos pés e olhou por cima dos ombros de João. Quando viu o quadro da mulher, tão lindo e enfeitado com ouro e pedras preciosas, caiu desmaiado no chão. João Fiel o levantou e o levou até a cama e pensou pesaroso: "A maldição caiu sobre nós! Céus! Qual será o fim disso tudo?". Então, despejou vinho em sua garganta até o rei recobrar os sentidos. As primeiras palavras foram:

— Ah! Quem é a belíssima retratada naquele lindo quadro?

— É a Princesa do Telhado Dourado — respondeu João Fiel.

O rei disse:

— Meu amor por ela é tão grande e, mesmo que todas as folhas das árvores tivessem língua, seria impossível expressá-lo. Minha vida depende de conquistá-la. Você é meu fiel João e deve me proteger.

O servo fiel pensou por muito tempo sobre como começariam a tratar da questão, pois sabia que era difícil chegar à presença da princesa. Enfim, elaborou um plano e disse ao rei:

— Tudo ao redor dela, mesas, cadeiras, pratos, taças, tigelas e toda a mobília da casa, é feito de ouro. Em seu tesouro, há cinco toneladas de ouro; permita que os ourives de seu reino confeccionem vasos e baixelas e todo tipo de pássaros, jogos e animais maravilhosos para agradá-la. Vamos a ela e tentaremos a sorte.

O rei convocou todos os ourives, que tiveram que trabalhar duro dia e noite até que as coisas mais esplêndidas estivessem feitas. Quando um navio foi carregado com toda a mercadoria, João Fiel e o rei disfarçaram-se de mercadores para que ficassem totalmente irreconhecíveis. Assim, cruzaram os mares e viajaram até chegar à cidade em que habitava a Princesa do Telhado Dourado.

Ao chegar lá, João Fiel obrigou o rei a permanecer no navio e aguardar seu retorno.

— Talvez eu possa trazer a princesa comigo. Então veja se tudo está em ordem; deixe os ornamentos de ouro arrumados e todo o navio decorado.

Ele colocou um pouco dos objetos de ouro no avental, desembarcou e foi para o palácio. Quando chegou ao pátio, encontrou uma linda dama em frente ao poço, retirando água com dois baldes de ouro. Bem na hora em que estava prestes a levar a água cristalina, ela virou-se para trás e viu o estrangeiro, perguntando quem ele era. Ele respondeu:

— Sou um mercador — e abriu o avental para que ela visse.

— Minha nossa! — exclamou a criada da princesa. — Que lindos artigos dourados!

Colocou os baldes no chão e examinou uma coisa atrás da outra. Então, disse:

— A princesa precisa ver isso. Ela é fascinada por mercadorias de ouro e comprará tudo o que tiver.

Pegou-o pela mão e levou-o ao palácio.

Quando viu os artefatos, a princesa ficou absolutamente encantada e disse:

— Tudo é tão bem feito que comprarei tudo o que trouxe.

E João Fiel respondeu:

— Sou apenas o servo de um rico mercador. O que trago comigo não é nada comparado ao que meu amo tem em seu navio. A mercadoria dele é mais artística e mais cara do que tudo o que jamais foi feito de ouro.

A princesa desejava que tudo fosse levado até ela, mas João argumentou:

— Há uma enorme quantidade de objetos, seria necessário passar muitos dias para trazer para cá, e tudo ocuparia tantos aposentos que não teria espaço em sua casa.

Assim, o desejo e a curiosidade dela ficaram tão aguçados que ela acabou dizendo:

— Leve-me ao seu navio. Tenho que ver pessoalmente os tesouros do seu amo.

João Fiel ficou completamente encantado e levou-a ao navio. O rei, quando a contemplou, viu que era ainda mais bela do que no quadro e pensava a todo momento que seu coração fosse explodir. Ela entrou no navio com a ajuda do rei. João Fiel continuou a um passo atrás com o timoneiro e ordenou que o navio partisse.

— Içar velas! Vamos voar no oceano como um pássaro no ar.

Enquanto isso, o rei mostrava à princesa todos os artefatos de ouro, cada pequena peça: pratos, taças, tigelas, jogos e todos os animais maravilhosos. Muitas horas se passaram assim. A princesa estava tão feliz que não percebeu que o navio partia e navegava. Depois que viu a última peça, agradeceu ao mercador e preparou-se para voltar para casa. Mas, quando chegou à borda do navio, viu que ele seguia rumo ao alto-mar, afastando-se da costa, e que ia a toda a velocidade, de vento em popa.

— Ah! — ela gritou com terror. — Fui enganada, raptada e estou à mercê de um mercador. Prefiro morrer!

O rei pegou a mão dela e disse:

— Não sou um mercador, mas um rei de estirpe tão nobre quanto a sua, por um amor imenso por você, elaborei esse plano. Na primeira vez que vi seu retrato, até desmaiei.

Quando a Princesa do Telhado Dourado ouviu aquilo, consolou-se e rendeu-se a ele, concordando em se casar com ele.

Enquanto navegavam em alto-mar, João Fiel, sentado na proa do navio, à toa, observou três corvos nos céus, voando em sua direção. Ele parou de brincar e ouviu o que diziam, pois entendia a linguagem dos corvos. O primeiro grasnou:

— Ah, ah! Ele está levando a Princesa do Telhado Dourado para casa.

— Sim — respondeu o segundo —, mas ele ainda não a possui.

— Sim, ele a possui — disse o terceiro —, pois ela está sentada a seu lado no navio.

Então o primeiro começou mais uma vez e exclamou:

— Isso não adianta nada! Quando chegarem à terra firme, um cavalo alazão irá na direção deles para saudá-los. O rei desejará montá-lo e, se o fizer, o cavalo fugirá com ele e desaparecerá nos ares e ele nunca mais voltará a ver sua noiva.

— Não há saída para ele? — perguntou o segundo corvo.

— Ah, sim. Se alguém se antecipar e matar o cavalo com a pistola que está no coldre, o rei estará a salvo. Mas quem faria isso? Se alguém que souber disso contar ao rei, será transformado em pedra dos pés aos joelhos.

Então, disse o segundo:

— Sei mais que isso. Ainda que o cavalo seja morto, o jovem rei também não terá sua noiva. Quando entrarem juntos no palácio, encontrarão no guarda-roupa um manto nupcial que parecerá feito de prata e de ouro, mas que, na verdade, é feito de enxofre e de alcatrão. Quando o rei o vestir, queimará ossos e medula.

O terceiro perguntou:

— Ele não tem escapatória?

— Ah, sim! — respondeu o segundo. — Se alguém pegar o manto com luvas, lançá-lo no fogo e queimá-lo, o rei estará a salvo. Mas de que adianta? Se alguém que souber disso contar ao rei, terá seu corpo transformado em pedra dos joelhos ao coração.

E o terceiro disse:

— Sei ainda mais. Mesmo que o manto nupcial seja lançado ao fogo, o rei ainda não terá sua noiva assegurada. Quando começar o baile depois do casamento e a jovem rainha estiver dançando, ela ficará pálida e cairá morta no chão, a menos que alguém a levante e sugue três gotas de sangue de seu lado direito e depois cuspa, ela morrerá. Mas, se alguém que souber disso, trair o segredo, será transformado em pedra da cabeça aos pés.

Quando os corvos terminaram a conversa, partiram em revoada, mas João Fiel guardou tudo em sua mente e ficou triste e melancólico a partir daquele momento. Se não partilhasse com seu amo tudo o que tinha ouvido, estaria destinando-o à desgraça. No entanto, se contasse, seria ele que perderia a própria vida. Enfim, disse:

— Permanecerei fiel a meu amo, ainda que isso cause minha ruína.

Quando chegaram em terra firme, aconteceu como os corvos disseram, e um esplêndido alazão se aproximou.

— Excelente! — disse o rei. — Esse animal pode me levar ao palácio.

Ele estava prestes a montá-lo, mas João Fiel foi mais rápido e, de um salto, pegou a pistola e matou o cavalo. Os outros servos do rei, que nunca tinham visto João Fiel com bons olhos, exclamaram:

— Que pecado matar o lindo animal que levaria o rei ao palácio!

O rei os repreendeu:

— Silêncio. Deixem-no em paz. João sempre foi meu servo mais fiel. Quem sabe o verdadeiro motivo de ele ter feito isso?

Então partiram e entraram no palácio. No salão, havia um armário em que estava um manto nupcial, o qual parecia ter sido feito de prata e de ouro. O jovem rei foi em sua direção e estava prestes a vesti-lo, mas João Fiel, empurrando-o para o lado, tomou o manto com luvas, lançou-o no fogo e deixou-o queimar. Os outros servos disseram:

— Vejam! Ele colocou fogo no manto nupcial do rei.

E o respondeu:

— Quem sabe com que bom propósito ele fez isso? Deixem-no, ele é o meu fiel João.

Depois que o casamento foi celebrado, o baile começou e a noiva também quis dançar, mas João Fiel observava atentamente o semblante dela. De repente, ela empalideceu e caiu no chão, como se estivesse morta. Ele, sem hesitar, a levantou e a levou a um dos aposentos; lá, a deitou e, ajoelhando-se ao lado dela, sugou três gotas de sangue de seu lado direito, cuspindo em seguida. Ela logo voltou a respirar e voltou a si. Mas o jovem rei tinha visto o procedimento e, sem saber o motivo de João Fiel agir daquela maneira, enfureceu-se e gritou:

— Prendam-no.

Na manhã seguinte, foi proclamada a sentença e João Fiel foi condenado à forca. Quando estava no cadafalso, disse:

— Todos os condenados à morte têm direito a suas últimas palavras. Eu serei privado desse privilégio?

— Não — disse o rei. — Esse direito lhe será concedido.

Então, João fiel disse:

— Fui condenado injustamente, pois sempre fui fiel a você — e começou a contar como ouviu a conversa dos corvos no mar e como fez tudo para salvar o amo.

Então o rei exclamou:

— Ah! Meu João Fiel! Perdão! Perdão! Perdão! Tirem-no de lá.

Todavia, ao pronunciar a última palavra, João Fiel caiu como uma pedra e já sem vida.

O rei e a rainha ficaram desesperados, e o rei disse:

— Ah! Como recompensei mal uma fidelidade tão grande! — e fez que a imagem de pedra fosse erguida e colocada em seu quarto, perto da cama. Sempre que olhava para João, chorava e dizia:

— Ah! Se ao menos pudesse restaurar a vida dele, meu João mais fiel!

Depois de algum tempo, a rainha deu à luz gêmeos, dois filhinhos, que cresceram e se desenvolveram e eram uma alegria constante para ela. Um dia, quando a rainha estava na igreja e as duas crianças brincavam com o pai, ele fitou a estátua mais uma vez, com muito pesar, e, suspirando, gemeu:

— Ah! Se pudesse restaurar a sua vida, meu João mais fiel.

De repente, a pedra começou a falar:

— Pode restaurar a minha vida se estiver disposto a sacrificar seu bem mais precioso.

E o rei exclamou:

— Rendo a você tudo o que tenho no mundo.

A pedra continuou:

— Se cortar, com as próprias mãos, a cabeça dos seus dois filhos e me cobrir com o sangue deles, voltarei à vida.

O rei ficou horrorizado quando ouviu que ele mesmo tinha de matar os filhos; mas, pensando na fidelidade de João Fiel e como tinha morrido por ele, pegou a espada e com suas próprias mãos decepou a cabeça de seus filhos. Quando cobriu a pedra com seu sangue, a vida voltou e João Fiel estava são e salvo mais uma vez diante dele. E disse ao rei:

— Sua lealdade será recompensada.

Ele pegou as cabeças das crianças, colocou-as em seus corpos, cobriu as feridas com o sangue e, logo em seguida, os filhos do rei estavam bem de novo, pulando como se nada tivesse acontecido. O rei ficou em êxtase. Quando a rainha chegou, escondeu João e as crianças em um grande guarda-roupa. Enquanto ela entrava, ele disse:

— Rezou na igreja?

— Sim, mas meus pensamentos sempre se voltavam para João Fiel e para tudo o que ele sofreu por nós.

— Minha querida esposa, podemos restaurar a vida, mas o preço a pagar são nossos dois filhos. Temos que sacrificá-los.

A rainha ficou pálida e com o coração apertado, mas respondeu:

— Devemos isso a ele por sua grande fidelidade.

Então, o rei alegrou-se porque ela tinha o mesmo pensamento que ele e, dando um passo à frente, abriu o guarda-roupa, de onde saíram as duas crianças e João Fiel. A esposa, ao vê-los, disse:

— Deus seja louvado! João Fiel está livre de novo e temos nossos dois filhos de volta.

O rei contou a ela tudo o que tinha acontecido. Viveram juntos e felizes a partir daquele dia.

O Alfaiatezinho Valente

(Lang)

EM UM DIA de verão, um pequeno alfaiate estava sentado em sua mesa ao lado da janela. Sentia-se muito animado enquanto costurava para ganhar a vida. Subitamente, ouviu uma camponesa gritar rua abaixo:

— Geleia da boa para vender! Geleia da boa para vender!

As palavras soaram tão doces aos ouvidos do alfaiate que ele colocou a cabecinha frágil para fora da janela e gritou:

— Aqui em cima, boa mulher! Aqui há um freguês entusiasmado.

A mulher subiu três lances de escadas carregando a pesada cesta até a sala do alfaiate, que a fez espalhar todos os potes enfileirados na frente dele. Examinou todos, levantou-os, cheirou-os, e, por fim, declarou:

— Essa geleia parece boa. Separe cem gramas, boa mulher, e, mesmo que custe um quarto de libra, não vou deixar de comprá-la por causa disso.

A mulher, que tinha alimentado esperanças de fazer uma venda lucrativa, deu a ele o que queria, mas foi embora resmungando com raiva.

— Agora o céu abençoará essa geleia para meu consumo — exclamou o pequeno alfaiate —, irá me sustentar e fortalecer.

Ele foi buscar um pouco de pão em um armário, cortou uma fatia redonda do filão e espalhou a geleia nela.

— Esse pão não vai ficar nada ruim — brincou. — Mas vou terminar o colete, antes de dar uma mordida.

Colocou a fatia de pão a seu lado, continuou costurando e, de coração leve, continuou a fazer pontos cada vez maiores. Enquanto isso, o cheiro da geleia doce subiu ao teto, e lá estavam muitas moscas. Elas se sentiram tão atraídas que voaram ao mesmo tempo até o pão.

— Ah! Quem as convidou? — perguntou o alfaiate e começou a perseguir as indesejáveis visitantes.

Mas as moscas, que não entendiam sua língua, recusaram-se a ouvir o aviso para que sumissem e voltavam em número ainda maior. Por fim, o pequeno alfaiate, perdendo toda a paciência, pegou um espanador no canto da chaminé e gritou:

— Esperem, que darei o que merecem — e bateu nelas sem piedade. Quando parou, contou as moscas mortas, e nada menos do que sete delas estavam bem na frente dele com as pernas esticadas.

— Que sujeito corajoso eu sou! — gabou-se, cheio de admiração pela própria bravura — A cidade inteira tem que saber disso!

O pequeno alfaiate cortou um cinto apressadamente, fez a bainha e bordou nele em letras grandes: "Sete com um único golpe".

— O que foi que eu disse? A cidade? Não, o mundo inteiro saberá disso.

O alfaiate amarrou o cinto em volta da cintura e caiu no mundo, pois achou que sua sala de costura era um lugar pequeno demais para sua proeza. Antes de partir, olhou em volta para ver se havia alguma coisa na casa que pudesse levar em sua jornada. Não encontrou nada além de um queijo velho, que ele pegou mesmo assim. Na frente da casa, observou um passarinho que havia ficado preso em alguns arbustos e o colocou na sua bolsa ao lado do queijo. Depois disso, seguiu o caminho alegremente e, por ser leve e ágil, nunca se sentia cansado. Os passos o levaram até uma colina e, no topo dela, havia um gigante impressionante, que examinava a paisagem atentamente. O pequeno alfaiate foi até ele e, ao cumprimentá-lo com entusiasmo, disse:

— Vejo que está sentado aí observando a imensidão do mundo. Estou indo exatamente para lá. Que tal vir comigo?

O gigante olhou para o alfaiate com desdém e retrucou:

— Quem pensa que é, pobre e indigna criatura?!

— É uma bela piada — afirmou o pequeno alfaiate, que desabotoou o casaco e mostrou o cinto ao gigante. — Veja bem e leia aqui que tipo de pessoa eu sou.

O gigante leu: "Sete com um único golpe" e, acreditando que o alfaiate havia matado tantas pessoas, admitiu certo respeito pelo homenzinho. Mas, em primeiro lugar, achou que deveria testá-lo, portanto, pegou uma pedra na mão e a apertou até saírem algumas gotas d'água.

— Agora faça o mesmo, se realmente quiser ser considerado um homem forte — desafiou o gigante.

— Só isso? — replicou o alfaiate. — Isso é brincadeira de criança para mim — e enfiou a mão na bolsa, pegou o queijo e o apertou até que acabasse o soro do leite. — Meu aperto foi bem melhor que o seu — argumentou.

O gigante não sabia o que dizer, pois não conseguia acreditar na força do homenzinho. Para colocá-lo à prova mais uma vez, o gigante levantou uma pedra e a lançou a uma altura tão grande que os olhos mal conseguiam acompanhá-la.

— Agora, meu pigmeu, deixe-me vê-lo fazer o mesmo.

— Bom arremesso — comentou o alfaiate —, mas, afinal, sua pedra caiu no chão. Eu arremessarei uma que não virá abaixo de jeito nenhum.

Enfiou a mão na bolsa novamente e, agarrando o pássaro, lançou-o ao ar. O pássaro, encantado por estar livre, subiu para o céu e voou para longe para nunca mais voltar.

— Bem, o que achou do meu servicinho, amigo? — indagou o alfaiate.

— É certo que sabe arremessar — admitiu o gigante. — Mas agora vamos ver se é capaz de carregar um peso adequado.

Ele, então, levou o alfaiate a um enorme carvalho que estava caído no chão e provocou:

— Se for forte o bastante, ajude-me carregar a árvore para fora do bosque.

— Com certeza — concordou o alfaiate —, basta carregar o tronco em seu ombro. Eu levo a copa e os ramos, que certamente representam a parte mais pesada.

O gigante colocou o tronco no ombro e o alfaiate sentou-se confortavelmente entre os galhos. O gigante, que não conseguia ver o que acontecia lá atrás, carregou a árvore inteira, com o pequeno alfaiate como contrapeso. Lá ia ele, sentado na parte de trás, sempre bem-humorado, assobiando com entusiasmo uma canção, como se carregar árvores fosse um esporte corriqueiro. Depois de arrastar o pesado fardo algum tempo, o gigante não conseguiu continuar e gritou:

— Preciso soltar a árvore!

O alfaiate saltou agilmente ao chão, agarrou a árvore com as duas mãos, como se a tivesse carregado ao longo de todo o caminho, e disse ao gigante:

— Não faço ideia de como um grande patife como você não consegue transportar uma árvore.

Continuaram a trilhar juntos o mesmo caminho e, ao passar por uma cerejeira, o gigante agarrou a copa da árvore cujos frutos mais maduros estavam pendurados, pôs os galhos na mão do alfaiate e mandou que ele comesse. No entanto, o pequeno alfaiate era fraco demais para segurar a árvore para baixo e, quando o gigante soltou a copa, a árvore subiu pelos ares, levando junto o pequeno alfaiate. Depois de ter caído no chão novamente, sem se ferir, o gigante disse:

— O quê?! Está dizendo que não tem força para manter abaixado um frágil de galho árvore?!

— Não foi força o que faltou — respondeu o alfaiate. — Não acha que isso não teria sido nada para um homem que matou sete com um único golpe? Pulei sobre a árvore porque os caçadores estão atirando entre os galhos perto de nós. Faça o mesmo se tiver coragem.

O gigante tentou, mas não conseguia pular sobre a árvore e ficou preso nos ramos de tal forma que o pequeno alfaiate conseguiu superá-lo mais uma vez.

— Bem, afinal de contas, é um bom sujeito — admitiu o gigante. — Venha passar a noite conosco em nossa caverna.

O pequeno alfaiate aceitou o convite alegremente e foi seguindo o amigo até chegar a uma caverna em que vários outros gigantes estavam sentados ao redor de uma fogueira, cada um deles mordiscando sua ovelha assada que seguravam com as mãos. O pequeno alfaiate olhou ao redor e pensou:

— Sim, sem dúvida há mais espaço aqui do que na minha sala de costura.

O gigante mostrou uma cama para ele e a ofereceu para que se deitasse e tivesse um bom sono. Mas a cama era grande demais para o pequeno alfaiate, portanto, ele não se deitou nela, mas a arrastou para o canto. À meia-noite, quando o gigante pensou que o pequeno alfaiate estivesse dormindo profundamente, levantou-se e quebrou a cama ao meio com um golpe de bengala de ferro. Assim, pensou que tivesse acabado com o pequeno gafanhoto. Bem cedo na madrugada, os gigantes saíram para o bosque e esqueceram-se completamente do pequeno alfaiate, até que, subitamente, encontraram-no caminhando todo contente. Os gigantes ficaram apavorados com a aparição e, temendo que ele os matasse, todos fugiram na maior velocidade.

O pequeno alfaiate continuou seu rumo e, depois de um bom tempo, chegou ao pátio de um palácio real. Sentindo-se cansado, deitou-se na grama e adormeceu. Enquanto estava deitado, as pessoas chegavam e observavam de cima a baixo a inscrição o seu cinto: "Sete com um único golpe".

— Ah! — exclamavam. — O que será que esse grande herói de cem combates pode querer em nossa terra pacífica? Ele deve realmente ser um homem valente.

Foram até o rei e falaram dele, afirmando se tratar de um homem essencial e útil em tempos de guerra, que seria bom garantir sua presença a qualquer preço. O conselho agradou ao rei, que enviou um dos seus cortesãos até o pequeno alfaiate para oferecer a ele, assim que despertasse, uma posição em seu exército.

O mensageiro ficou em pé junto ao dorminhoco e esperou até que ele esticasse as pernas e abrisse os olhos, apresentando, assim, a sua proposta.

— Foi exatamente para isso que vim até aqui — respondeu. — Estou totalmente preparado para alistar-me no serviço do rei.

Então, foi recebido com todas as honras, ganhando uma casa especial para morar. Os outros oficiais ficaram ressentidos com o sucesso do pequeno alfaiate e queriam vê-lo a milhares de quilômetros de distância.

— O que será que vai acontecer? — perguntavam um ao outro — Se brigarmos com ele, ele nos atacará e, a cada golpe, sete perecerão. Nosso fim está próximo.

Assim, resolveram ir até o rei em grupo e devolveram todas as suas comendas.

— Não temos como oferecer resistência a um homem que mata sete com um único golpe.

O rei, pesaroso em perder todos os seus fiéis servidores por causa de um homem, desejou, de todo o coração, que nunca o tivesse conhecido ou que pudesse se livrar dele. Porém, não se atreveu a mandá-lo embora, pois temia que ele pudesse matá-lo juntamente com seu povo, ficando com seu trono. Avaliou a questão com profundidade e seriedade e finalmente chegou a uma conclusão. Mandou buscar o alfaiate e lhe disse que, vendo que ele era um grande herói belicoso, estava prestes a fazer uma oferta a ele. Em determinado bosque de seu reino, moravam dois gigantes que causavam muitos danos pela forma como roubavam, matavam, queimavam e saqueavam tudo à sua volta. Ninguém podia aproximar-se deles sem colocar a vida em risco. Mas, se ele conseguisse derrotar e matar os dois gigantes, poderia ficar com sua única filha como esposa e metade do reino como parte do negócio. Ele poderia levar cem cavaleiros também, para que servissem de apoio.

"É para isso mesmo que existe um homem como eu", pensou o pequeno alfaiate, "não é todo dia que se recebe a oferta de uma linda princesa e de metade de um reino".

— Aceito a sua oferta e logo darei fim aos gigantes. Mas eu não tenho a menor necessidade de seus cem cavaleiros; um sujeito que pode derrotar sete homens com um único golpe não precisa ter medo de dois.

O pequeno alfaiate partiu e os cem cavaleiros o seguiram. Quando chegou perto do bosque, determinou aos seguidores:

— Esperem aqui, vou sozinho cuidar dos gigantes.

Entrou no bosque, lançando olhares astuciosos à direita e à esquerda. Depois de um tempo, avistou os dois gigantes deitados, dormindo debaixo de uma árvore. Eles roncavam tanto que até os próprios galhos envergavam com o sopro. O pequeno alfaiate não perdeu tempo. Encheu a bolsa de pedras, depois, subiu na árvore em que estavam deitados. Quando chegou perto do meio da árvore, esgueirou-se por um galho até conseguir se sentar bem acima dos gigantes adormecidos e, então, jogou uma pedra após a outra sobre o gigante mais próximo. Durante um bom tempo, o gigante não sentiu nada, mas finalmente acordou e beliscou o companheiro dizendo:

— Por que me bateu?

— Não bati, deve ter sonhado.

Ambos se deitaram para dormir novamente e o alfaiate atirou uma pedra no segundo gigante, que saltou e gritou:

— Por que fez isso? Por que atirou uma coisa em mim?

— Não atirei nada — resmungou o primeiro.

Ficaram discutindo algum tempo, até que, por estarem ambos cansados, deixaram para lá e voltaram a dormir. O pequeno alfaiate começou o jogo mais uma vez e, com toda a força, atirou a maior pedra que conseguiu encontrar em sua bolsa e atingiu o primeiro gigante no peito.

— Isso foi demais! — berrou e saltou loucamente para socar o companheiro contra a árvore até fazê-lo tremer. No entanto, bateu da mesma forma que apanhou e estavam tão furiosos que arrancaram árvores e golpearam um ao outro com elas, até que, de uma só vez, ambos caíram mortos no chão.

Logo depois, o pequeno alfaiate pulou no chão.

— Graças a Deus que não arrancaram a árvore em que eu estava sentado, senão eu teria que ter saltado como um esquilo para outra e, mesmo ágil como sou, não teria sido uma tarefa fácil.

Desembainhou a espada e aplicou a cada um dos gigantes uma ou duas boas estocadas no peito, depois foi até os cavaleiros e informou:

— Missão cumprida, acabei com os dois, mas garanto a vocês que não foi tarefa fácil, pois eles até arrancaram árvores na luta para se defender. Contudo, tudo isso é inútil contra alguém que mata sete homens em um golpe.

— Não ficou ferido? — perguntaram os cavaleiros.

— Não temam, não tocaram sequer em um fio de cabelo de minha cabeça.

Mas os cavaleiros não acreditaram nele até galopar bosque adentro e encontrar os gigantes banhados de sangue e as árvores arrancadas pelas raízes espalhadas ao redor do lugar.

Ao voltarem, o pequeno alfaiate exigiu a recompensa prometida pelo rei, mas ele tinha se arrependido de ter feito tal promessa e ficou pensando em uma outra forma de se livrar do herói.

— Antes de conquistar a mão da minha filha e metade do meu reino — anunciou —, deverá realizar outra façanha. Um unicórnio está correndo solto no bosque, causando muitos danos. Deverá capturá-lo.

— Tenho muito menos medo de um unicórnio do que de dois gigantes. Sete com um único golpe, este é o meu lema.

Pegou um pedaço de corda e um machado, saiu para o bosque e novamente ordenou aos homens que haviam sido enviados com ele que ficassem fora. Não teve que procurar muito, pois o unicórnio logo passou e, ao notar o alfaiate, foi diretamente na direção dele como se fosse atacá-lo ali mesmo.

— Calma, calma — advertiu —, não tão rápido, meu amigo.

Em pé, imóvel, esperou que o animal chegasse bem perto e, então, saltou ligeiramente para trás de uma árvore. O unicórnio correu na direção da árvore e enfiou o chifre com tanta força contra o tronco que não teve forças para tirá-lo de lá novamente. Assim, foi capturado com sucesso.

— Agora capturo meu pássaro — exclamou o alfaiate, saindo de trás da árvore. Primeiro, passou a corda em volta do pescoço do unicórnio; depois, arrancou o chifre de dentro do tronco da árvore com seu machado e, quando tudo estava em ordem, levou o animal até o rei.

Ainda assim, o rei não queria dar a ele a recompensa prometida e fez uma terceira exigência. O alfaiate tinha de capturar para ele um javali que tinha feito grandes estragos no bosque e, para tal feito, poderia contar com caçadores para ajudá-lo.

— Posso garantir que isso não passa de brincadeira de criança para mim.

No entanto, recusou a companhia dos caçadores para o bosque, e eles ficaram bastante satisfeitos em ficar para trás, pois o javali os tinha recebido várias vezes de uma forma que faziam que não desejassem nenhum outro contato. Assim que o javali notou a presença do alfaiate, veio na direção dele com a boca cheia de espuma e os dentes brilhando. Tentou derrubá-lo, mas o nosso amiguinho atento entrou correndo em uma capela que ficava perto e saiu pela janela com um só salto. O javali o perseguiu dentro da igreja, mas o alfaiate pulou na frente da porta e a fechou de forma segura. Assim, a fera furiosa ficou presa porque era pesada e desajeitada demais para sair pela janela. O pequeno alfaiate convocou todos os caçadores para que pudessem ver o prisioneiro com seus próprios olhos.

Em seguida, o herói foi procurar o rei, que agora se via obrigado, gostasse ou não, a cumprir a promessa e entregar sua filha e metade do reino. Se soubesse que ali não havia nenhum herói guerreiro, mas simplesmente um pequeno alfaiate, teria ficado com o coração mais ferido.

Assim, o casamento foi celebrado com muito esplendor e pouca alegria, e o alfaiate tornou-se rei.

Depois de um tempo, a rainha ouviu seu marido dizer durante o sono uma noite:

— Meu rapaz, faça esse colete e conserte essas calças ou irei meter-lhe um bofete nas orelhas.

Assim, ela ficou sabendo em que posição o jovem cavalheiro tinha nascido e, no dia seguinte, desabafou os infortúnios com o pai, pedindo que a ajudasse a livrar-se de um marido que não passava de um alfaiate. O rei a consolou e a orientou:

— Deixe aberta a porta do seu quarto essa noite. Meus criados estarão do lado de fora e, quando seu marido estiver dormindo profundamente, eles entrarão com rapidez e o levarão para um navio, que partirá navegando para longe no vasto oceano.

A rainha ficou bem satisfeita com a ideia, mas o escudeiro, que ouviu tudo e era muito apegado a seu jovem senhor, foi direto a ele e revelou toda a trama.

— Vou acabar logo com esse negócio — garantiu o alfaiate.

Naquela noite, ele e a esposa foram dormir na hora de sempre; quando ela pensou que ele tivesse adormecido, levantou-se, abriu a porta e, em seguida, deitou-se novamente. O pequeno alfaiate, que só fingia estar dormindo, começou a falar em voz alta:

— Meu rapaz, faça esse colete e conserte essas calças ou irei meter-lhe um bofete nas orelhas. Matei sete com um único golpe, trucidei dois gigantes, aprisionei um unicórnio e capturei um javali; portanto, por que deveria ter medo desses homens em pé do lado de fora da minha porta?

Quando os homens ouviram o que o alfaiate dizia, ficaram tão aterrorizados que fugiram como se estivessem sendo perseguidos por um exército furioso e não se atreveram a se aproximar dele novamente. Assim, o pequeno alfaiate foi rei durante todos os dias do resto de sua vida.

Viagem a Lilliput

(Swift)

CAPÍTULO I

MEU PAI TINHA uma pequena propriedade no Condado de Nottingham, e eu era o terceiro de quatro filhos. Enviou-me a Cambridge quando eu tinha quatorze anos de idade e, depois de três anos de estudos, fui designado aprendiz do sr. Bates, famoso cirurgião em Londres. Como meu pai de vez em quando enviava um pouco de dinheiro para mim, eu gastava com os estudos de navegação e outras artes úteis aos viajantes, pois sempre acreditei que esse acabaria sendo meu destino.

Três anos após tê-lo deixado, meu bom mestre, o sr. Bates, recomendou-me como cirurgião embarcado no navio Swallow, no qual viajei durante três anos. Quando voltei, estabeleci-me em Londres e, por ter participado da convivência em uma casa pequena, casei-me com a srta. Mary Burton, filha do sr. Edmund Burton, negociante no ramo de roupas de malha.

Porém, o meu bom mestre Bates morreu dois anos depois; e, como eu tinha poucos amigos, meu negócio começou a falir e decidi voltar ao mar. Depois de várias viagens, aceitei uma oferta do capitão W. Pritchard, mestre do Antílope, que partia em uma viagem para os Mares do Sul. Saímos de Bristol no dia 4 de maio de 1699, e o início nossa viagem foi um sucesso. Mas, em nossa passagem para as Índias Orientais, fomos atingidos por uma violenta tempestade ao noroeste da Terra de Van Diemen. Doze membros de nossa tripulação morreram de trabalho árduo e por causa da comida ruim, e os remanescentes ficaram muito abatidos. No dia 5 de novembro, sob forte névoa, os marinheiros avistaram uma rocha a cento e dez metros do navio. No entanto, o vento era tão forte que fomos arremessados diretamente na direção dela e o navio rachou no mesmo instante.

Eu estava entre os seis tripulantes que conseguiram baixar o bote salva-vidas para escapar do navio. Remamos cerca de quinze quilômetros até não conseguirmos mais nos mover. Consequentemente, ficamos entregues ao sabor das ondas; e, em cerca de meia hora, o barco foi atingido por uma súbita tempestade. O que aconteceu aos meus companheiros no barco, ou com os que escaparam para a rocha, ou ainda com os que foram deixados no navio, eu não sei dizer; mas concluo que todos se perderam. Quanto a mim mesmo, nadei guiado pelo destino e fui impulsionado para frente pelo vento e pela maré; mas, quando já não conseguia lutar, fui parar em águas rasas.

A essa altura, a tempestade já havia diminuído bastante. Finalmente, cheguei à praia aproximadamente às oito horas da noite, e adentrei cerca de 800 metros, mas não consegui encontrar nenhuma evidência de habitantes. Estava extremamente cansado, e, como o tempo estava muito quente, senti que precisava dormir. Deitei-me na grama, que estava muito curta e macia, e durante cerca de nove horas dormi profundamente, de uma forma que jamais havia experimentado em minha vida. Tentei me levantar, mas não consegui, porque, como eu havia me deitado de costas, constatei que estava com os braços e as pernas amarrados ao chão dos dois lados. Meus cabelos, que eram longos e grossos, estavam presos da mesma maneira. Só conseguia olhar para cima. O sol começava a esquentar e a luz feria-me os olhos. Ouvi um ruído confuso a meu redor, mas não era capaz de ver nada além do céu. Em pouco tempo, senti algo vivo mover-se sobre minha perna esquerda, avançando suavemente em meu peito, quase alcançando meu queixo. Ao virar os olhos para baixo, percebi que era um ser humano com menos de quinze centímetros de altura, com as mãos munidas de arco e flecha e um coldre nas costas.

Naquele momento, percebi que pelo menos quarenta outros seguiam o primeiro. Eu fiquei completamente atônito e dei um berro tão forte que todos eles recuaram de susto. Alguns deles se machucaram com a queda que sofreram ao saltar de meus flancos ao chão. No entanto, logo retornaram, e um deles, que se aventurou a chegar longe o bastante para ver meu rosto por completo, ergueu as mãos admirado. Fiquei lá deitado todo aquele tempo em estado de profunda inquietação, porém, depois de algum tempo, lutando para me soltar, consegui romper as cordas que prendiam meu braço esquerdo ao solo e, simultaneamente, com um puxão violento que me causou extrema dor, afrouxei um pouco as cordas que prendiam meus cabelos, de forma tal que conseguia virar a cabeça a uma distância de pelo menos cinco centímetros.

No entanto, as criaturas fugiram mais uma vez antes que pudesse agarrá-las. Logo depois, houve um grande alarido e, em um instante, senti mais de uma centena de flechas lançadas sobre minha mão esquerda, espetando-me como centenas de agulhas. Em seguida, lançaram mais flechas ao ar, e algumas delas atingiram meu rosto, que cobri imediatamente com a mão esquerda.

Quando a chuva de flechas terminou, eu gemia de dor e sofrimento e, então, esforçando-me novamente para me soltar, eles descarregaram outra saraivada de flechas ainda mais forte do que a primeira. Alguns deles tentaram perfurar-me com lanças, mas, por sorte, eu usava uma jaqueta de couro, que não conseguiam transpassar. Àquela altura, achei ser mais prudente ficar imóvel até a noite, quando, com a mão esquerda já solta, poderia facilmente libertar-me; quanto aos nativos, pensei que eu poderia vir a ser vulnerável para o maior exército que conseguissem reunir contra mim, se todos fossem do mesmo tamanho daqueles que vi.

Quando as pessoas observaram que eu estava imóvel, não lançaram mais flechas, mas, pelo alvoroço que ouvi, sabia que estavam em maior número e a cerca de quatro metros de mim. Durante mais de uma hora, havia ruídos de batidas, como se as pessoas estivessem trabalhando. Assim, girando a cabeça na direção até onde me permitiam as estacas e as cordas, avistei um palco montado, a uma altura de aproximadamente quarenta e cinco centímetros do chão, com duas ou três escadas montadas para alcançá-lo.

A partir dali, um deles, que parecia ser alguém de alto nível, fez um longo discurso dirigido a mim, mas eu não entendi coisa alguma do que ele disse, embora pudesse discernir, pela forma como falava, que às vezes me ameaçava e que às vezes falava com tom de piedade e bondade. Respondi com poucas palavras, mas em tom bem submisso; e, quase desmaiando de fome, não poderia deixar de demonstrar minha impaciência, levando o dedo à boca várias vezes, sinalizando que queria comida. Ele me compreendeu muito bem e, descendo do palco, ordenou que várias escadas deveriam ser postas em meus flancos, e por elas subiram mais de cem nativos, caminhando em direção à minha boca com cestos cheios de comida, enviados por ordens do rei, assim que recebeu as primeiras notícias de minha presença.

Traziam pernis e paletas como de carneiro, mas menores do que as asas de uma cotovia. Comi duas ou três porções em um único bocado e peguei três pães de uma só vez.

Supriam-me o mais rapidamente que podiam, com mil sinais de que estavam maravilhados com meu apetite. Logo, fiz sinal que queria algo para beber.

Perceberam que uma quantidade pequena não seria suficiente para mim e, como eram pessoas muito engenhosas, içaram um de seus maiores barris, em seguida, rolaram-no em direção à minha mão, tirando a tampa. Bebi tudo em um gole só, o que para mim era fácil, pois não havia ali nem um quarto de litro. Trouxeram-me um segundo barril, cujo conteúdo bebi e fiz sinais de que queria mais; porém não tinham mais nada para me oferecer. No entanto, não cansava de me admirar com a audácia daqueles minúsculos mortais que se aventuravam a subir e a andar em meu corpo enquanto uma de minhas mãos estava livre, sem tremer ao ver uma criatura como eu, que era um gigante para eles. Depois de algum tempo, surgiu diante de mim uma pessoa de alta patente em nome de Sua Majestade Imperial.

Tendo escalado minha perna direita, Sua Excelência avançou até a meu rosto, acompanhada de uma comitiva de cerca de uma dúzia de membros. Falou cerca de dez minutos, muitas vezes apontando para frente, que, como descobriria mais tarde, era no sentido da capital, cidade situada a cerca de oitocentos metros dali, para onde eu deveria ser transportado por ordem de Sua Majestade. Fiz um sinal com a mão que estava solta, levando-a à outra (sobre a cabeça de Sua Excelência, por medo de machucar ele ou alguém em seu cortejo), para demonstrar que desejava minha liberdade. Ele pareceu entender-me suficientemente bem, pois balançou a cabeça dizendo que não, embora fizesse outros sinais para me informar que receberia carne e bebida e muito bom tratamento.

Na ocasião, mais uma vez pensei em tentar escapar, mas quando senti as flechas afiadas em meu rosto e em minhas mãos, todas cobertas de bolhas, e também constatei que havia aumentado o número de inimigos, dei indicações de que poderiam fazer comigo o que quisessem. Em seguida, besuntaram meu rosto e as mãos com uma pomada de cheiro doce, que, em poucos minutos, curou todos os ferimentos das flechas. O alívio da dor e da fome deixou-me sonolento e logo adormeci.

Dormi cerca de oito horas, como me contaram depois; e não era de estranhar, pois os médicos, cumprindo ordens do imperador, haviam misturado um sonífero ao vinho das barricas. Parece que, ao ser descoberto dormindo no chão depois de meu desembarque, o imperador foi prontamente avisado e determinou que eu deveria ser preso da maneira que relatei (o que foi feito durante a noite, enquanto eu dormia). Ele também ordenou que grande quantidade de comida e bebida deveria ser enviada até a mim e que uma máquina fosse preparada para me transportar para a capital. Quinhentos carpinteiros e engenheiros foram imediatamente acionados para trabalhar e preparar a máquina.

Era uma estrutura de madeira, a uma altura de cerca de sete centímetros e meio do solo, com dois metros e pouco de comprimento e um metro e pouco de largura, e que se movia sobre vinte e duas rodas. No entanto, a dificuldade estava em colocar-me sobre ela. Oitenta postes foram erguidos para esse fim, e cordas muito fortes foram presas a faixas que os operários haviam amarrado em volta do meu pescoço, das minhas mãos, do meu corpo e das minhas pernas. Novecentos dos homens mais fortes foram mobilizados para puxar as cordas por meio de roldanas presas aos postes e, em menos de três horas, fui erguido e catapultado para dentro da máquina, na qual me prenderam com rapidez. Mil e quinhentos dos maiores cavalos do imperador, cada um deles com altura de cerca de doze centímetros, foram utilizados em seguida para arrastar-me em direção à capital. Contudo, enquanto toda aquela operação era realizada, eu ainda dormia profundamente, só despertei depois de quatro horas após termos iniciado nossa jornada.

    O imperador e toda a corte vieram a nosso encontro quando chegamos à capital. No entanto, os altos dignitários não permitiriam que Sua Majestade se arriscasse a escalar meu corpo pessoalmente. No ponto em que o cortejo parou, havia um templo antigo, considerado o maior de todo o reino, e foi determinado que aquele seria meu alojamento. Perto do grande portão, pelo qual conseguiria arrastar-me com facilidade, fixaram noventa e uma correntes, semelhantes àquelas que ficam penduradas em relógios de senhoras, e as prenderam à minha perna esquerda com trinta e seis cadeados; assim que os operários acharam que eu não conseguiria me soltar, cortaram todas as cordas que me amarravam. Levantei-me, então, sentindo-me tão triste como nunca havia me sentido antes em toda a minha vida. Mas o alarido e o espanto das pessoas ao verem me levantar e caminhar eram indescritíveis.

    As correntes que prendiam minha perna esquerda tinham cerca de dois metros de comprimento e não só me propiciavam a liberdade de andar para trás e para frente em um semicírculo, como também permitiam que eu me arrastasse para dentro do templo para conseguir me deitar. O imperador, vindo em minha direção à frente dos cortesãos, todos em trajes magníficos, entrevistou-me com grande admiração, mas se manteve longe do comprimento da corrente que me prendia. Superava em altura qualquer dos membros da corte em cerca da medida da largura de minha unha, o que já bastava para causar temor a quem o observasse, e era elegante e majestoso. Para melhor contemplá-lo, deitei-me de lado, de modo que meu rosto ficava na altura do dele, a uma distância de três metros.

    Desde então, já o peguei muitas vezes na mão, portanto, sei do que falo. Suas vestes eram muito simples, mas ele usava um leve capacete de ouro, enfeitado com joias e plumas. Segurava na mão a espada desembainhada para se defender, caso eu me soltasse; sua arma tinha cerca de sete centímetros e meio de comprimento, e o punho era de ouro, embelezado com diamantes. Tinha voz estridente, mas muito clara. Sua Majestade Imperial dirigiu-se a mim muitas vezes e eu respondia a ele; mas nenhum de nós conseguia entender uma palavra do que o outro dizia.

CAPÍTULO II

Cerca de duas horas depois que a corte havia partido, fui vigiado pela guarda para manter-me longe da multidão. Alguns tinham tido a impertinência de atirar flechas em mim enquanto eu estava sentado ao lado da porta da minha casa, mas o coronel ordenou que seis deles fossem presos e amarrados em minhas mãos. Coloquei cinco deles no bolso do casaco; e, quanto ao sexto, fiz uma careta de quem ia comê-lo vivo. O pobre homem gritou terrivelmente, e o coronel e seus oficiais ficaram muito angustiados, especialmente quando me viram pegar meu canivete.

Eu logo os deixei à vontade, pois, cortando as cordas que os amarravam, coloquei-os suavemente no chão e eles correram para longe. Tratei todos os outros da mesma forma, tirando-os do meu bolso um por um; e vi que, tanto os soldados quanto as pessoas, ficaram encantadas com a minha bondade.

Já à noite, entrei com certa dificuldade em minha casa e me deitei no chão, e foi o que fiz por duas semanas, até que uma cama fosse construída para mim a partir de seiscentas camas de dimensão comum.

Foram-me designados seiscentos criados e trezentos alfaiates confeccionaram algumas roupas para mim. Além disso, seis dos maiores acadêmicos de Sua Majestade foram mobilizados para me ensinar a língua, para que eu logo tivesse condições de conversar de um jeito ou de outro com o imperador, que muitas vezes me honrava com sua visita. As primeiras palavras que aprendi serviram para expressar o desejo de que ele me concedesse a liberdade, o que repetia todos os dias de joelhos, mas ele respondia que isso deveria ser um esforço ao longo do tempo e que primeiro eu deveria prometer a paz a ele e a seu reino. Contou-me também que, pelas leis da nação, eu deveria ser revistado por dois dos seus oficiais e que, como isso não poderia ser feito sem a minha ajuda, ele os confiaria a minhas mãos, e tudo o que recolhessem de mim seria devolvido quando eu deixasse o país. Peguei os dois oficiais e os coloquei nos bolsos do meu casaco. Os senhores, munidos de pena, tinta e papel à sua volta, elaboraram uma lista exata de tudo o que tinham visto, lista que eu depois traduzi para minha língua e que descrevia o seguinte:

"No bolso direito do casaco do Homem Montanha, foi encontrado apenas um pedaço grande de pano grosso, grande o suficiente para cobrir o tapete do principal salão oficial de Sua Majestade. No bolso esquerdo, vimos um enorme baú de prata, com uma tampa de prata, que não conseguimos levantar. Queríamos que fosse aberto e, ao pisar dentro dele, um de nós se viu atolado até o meio das canelas em um tipo de pó que fez uma nuvem no rosto e causou a nós dois um ataque de espirros. No bolso direito do colete, encontramos várias substâncias finas e brancas, dobradas umas sobre as outras, aproximadamente com o tamanho de três homens, amarradas com um cabo forte e marcadas com figuras negras, que nós humildemente imaginamos que sejam escritos. No bolso à esquerda, havia um tipo aparato, em cuja parte traseira se estendiam vinte longos postes, com os quais, supomos que o Homem Montanha penteia a cabeça.

"No bolso menor do lado direito, havia várias peças planas redondas de tamanho diferente, feitas de metal branco e vermelho. Algumas das brancas, que pareciam ser de prata, eram tão grandes e pesadas, que o meu companheiro e eu mal conseguíamos levantá-las. Do outro bolso, pendurava-se uma enorme corrente de prata, com um maravilhoso tipo de mecanismo amarrado à sua extremidade, metade globo de prata, metade de algum metal transparente. No lado transparente, vimos certas figuras estranhas e achamos que poderíamos tocá-las até que sentimos os dedos parados ao lado da substância brilhante. O mecanismo fazia um barulho incessante, como um moinho d'água, e pensamos na possibilidade de ser algum animal desconhecido, ou o deus que ele adora. Provavelmente era a segunda hipótese, pois ele nos disse que raramente fazia algo sem consultá-lo. Tinha um bolso secreto, que não passou em revista, e lá havia um par de óculos e uma pequena luneta, que, por não terem nenhuma importância para o imperador, não me senti obrigado por honra a revelar".

CAPÍTULO III

Minha gentileza e meu bom comportamento conquistaram tanto o imperador e sua corte como as pessoas em geral. Comecei a ter esperança de conseguir a minha liberdade muito em breve. Os nativos, aos poucos, sentiam-se menos ameaçados por mim. Às vezes, deitava-me e deixava cinco ou seis deles dançarem sobre minha mão; por fim, os meninos e as meninas aventuravam-se a vir brincar de esconde-esconde em meus cabelos.

Os cavalos do exército e dos estábulos reais já não mais se assustavam comigo, pois eram trazidos à minha presença todos os dias; e um dos caçadores do imperador, em um grande corcel, saltou sobre meu pé, sapato e tudo, em uma pirueta muito prodigiosa. Certa vez, diverti o imperador de forma extraordinária. Peguei nove varetas e as fixei firmemente no chão, formando um quadrado. Em seguida, peguei outras quatro varetas e as amarrei em paralelo em cada canto, a cerca de sessenta centímetros do chão. Prendi meu lenço às nove varetas que estavam eretas e o estendi em todos os lados, até que ficasse tão esticado quanto o couro de um tambor, e pedi ao imperador que permitisse que uma tropa de seus melhores cavalos, em número de vinte e quatro, chegasse e se exercitasse sobre o platô. Sua Majestade aprovou a proposta, e eu os coloquei com minhas mãos, um por um, junto com os oficiais preparados para exercitá-los. Assim que se organizaram em ordem, dividiram-se em duas partes, descarregaram flechas cegas, sacaram suas espadas, fugiram e correram em perseguição e, resumindo, demonstraram a melhor disciplina militar que eu já tinha visto. As varas paralelas davam-lhes segurança, impedindo que eles e seus cavalos caíssem do palco, e o imperador ficou tão exultante que ordenou que aquele entretenimento fosse repetido vários dias. Ele persuadiu a própria imperatriz a deixar-me segurá-la em sua cadeira a uma distância de cerca de dois metros do palco, de onde conseguia ver toda a apresentação.

  Felizmente não aconteceu nenhum acidente; apenas uma vez um cavalo impaciente bateu o casco com força, fez um buraco no meu lenço e derrubou o cavaleiro, tombando em seguida. Mas eu imediatamente socorri os dois e, tapando o buraco com uma das mãos, fiz descer a tropa com a outra, usando a mesma técnica empregada para fazê-los subir. O cavalo que caiu sofreu uma luxação no ombro, mas o cavaleiro não se machucou, e eu consertei meu lenço da melhor maneira possível. No entanto, passei a não confiar mais na resistência da peça naquelas empreitadas perigosas.

  Enviei tantas petições pedindo minha liberdade que Sua Majestade mencionou o assunto em um conselho lotado, e não houve contestação de ninguém, exceto de Skyresh Bolgolam, almirante do reino, que, sem nenhuma provocação, gabava-se por ser meu inimigo mortal. No entanto, no fim, acabou concordando, embora conseguisse ele mesmo estabelecer as condições para que eu fosse posto em liberdade. Depois que foram lidas tais condições, exigiram que eu jurasse cumpri-las na forma prescrita por suas leis, o que consistia em segurar meu pé direito com a mão esquerda, colocar o dedo médio da mão direita sobre a cabeça e o polegar no alto da orelha direita. Porém, fiz uma interpretação das condições que apresento aqui ao público:

  "Golbaste Mamarem Evlame Gurdile Shefin Mully Ully Gue, Todo-Poderoso Imperador de Lilliput, encanto e terror do universo, cujos domínios se estendem até os confins do globo, monarca de todos os monarcas, mais alto do que os filhos dos homens, cujos pés estão bem rentes ao chão, e cuja cabeça bate contra o sol, cujo aceno de cabeça faz tremer os joelhos dos príncipes da terra, agradável como a primavera e aconchegante como o verão, frutífero como o outono, terrível como o inverno. Sua Mais Sublime Majestade propôs ao Homem Montanha, recém-chegado a nossos domínios celestes, os seguintes artigos, que, por meio de juramento solene, será obrigado a cumprir:

"— Primeiro: o Homem Montanha não se distanciará de nossos domínios sem a nossa licença, devidamente concedida por documento que porte o grande selo.

"— Segundo: ele não cogitará entrar em nossa metrópole sem nossa ordem expressa, ocasião em que os habitantes terão recebido aviso com duas horas de antecedência para que fiquem dentro de casa.

"— Terceiro: o referido Homem Montanha limitará suas caminhadas a nossas principais estradas, e não andará por e nem se deitará em prados nem milharais.

"— Quarto: enquanto caminhar pelas estradas citadas, tomará o máximo de cuidado para não pisar em nenhum de nossos devotados súditos, nem em seus cavalos ou em suas carruagens, nem tomará nas mãos nenhum de nossos súditos sem seu próprio consentimento.

"— Quinto: se um serviço de correio expresso exigir velocidade extraordinária, o Homem Montanha será obrigado a transportar no bolso o mensageiro e o cavalo em viagem de seis dias, e (se necessário) trazer de volta o referido mensageiro em segurança perante a presença imperial.

"— Sexto: ele será nosso aliado contra nossos inimigos na ilha de Blefuscu e fará todo o possível para destruir a frota, que se prepara neste momento para nos atacar.

"— Último: após jurar solenemente respeitar todos os artigos acima, o citado Homem Montanha terá um subsídio diário de comida e de bebida suficiente para o sustento de 1.724 de nossos súditos, com acesso livre à nossa real pessoa e outros símbolos de nosso apreço. Assinado em nosso palácio em Belfaburac, no décimo segundo dia da nonagésima primeira lua de nosso reino".

Com muito entusiasmo, jurei cumprir esses artigos, logo minhas correntes foram desatadas e passei a gozar de plena liberdade.

Um dia, cerca de quinze dias depois de ter obtido a liberdade, Reldresal, secretário do imperador para assuntos particulares, veio à minha casa, acompanhado apenas de um criado. Ele ordenou que sua carruagem fosse guardada e solicitou que lhe concedesse uma hora de audiência. Sugeri que eu ficasse deitado para que ele pudesse alcançar meu ouvido com mais conforto, mas ele preferiu ficar em minha mão durante nossa conversa. Começou com elogios sobre minha liberdade, mas acrescentou que, se não fosse o estado das coisas na corte no momento, talvez eu não a tivesse obtido tão cedo.

— Pois não importa quanto possamos parecer prósperos aos olhares estrangeiros, corremos o perigo de uma invasão da ilha de Blefuscu, que é o outro grande império do universo, quase tão grande e tão poderoso quanto o de Sua Majestade. Em relação ao que temos ouvido dizer, que há outros reinos no mundo, habitados por gente tão grande como você, nossos filósofos têm muitas dúvidas e acreditam que você caiu da lua ou de uma das estrelas, porque cem mortais de seu tamanho logo destruiriam todas as frutas e todo o gado dos domínios de Sua Majestade. Além disso, nossas histórias de seis mil luas não fazem nenhuma menção a outras regiões que não sejam os dois poderosos impérios de Lilliput e de Blefuscu, que, como estava prestes a contar, estão envolvidos em guerra extremamente acirrada, iniciada da seguinte forma: é bem sabido por todos que a maneira primitiva de quebrar os ovos consistia em fazê-lo pela extremidade maior, mas, durante a infância, o avô de Sua Majestade, quando comeu um ovo, ao quebrá-lo de acordo com a antiga prática, cortou um dos dedos. Diante disso, o imperador, pai de Sua majestade, decretou uma lei que ordenava a todos os seus súditos que quebrassem a extremidade menor dos ovos. O povo detestou tanto a lei que houve seis rebeliões causadas por esse fato, e um imperador perdeu a vida em uma delas, e o outro, a coroa. Calcula-se que mil e cem pessoas, em diferentes ocasiões, preferiram sofrer punições a quebrar os ovos pela extremidade menor. Mas os rebeldes, os bigendianos, foram tão incentivados pela corte do imperador de Blefuscu, para onde sempre corriam em busca de santuário, que uma guerra sangrenta, como disse, foi mantida entre os dois impérios durante trinta e seis luas. Agora, os blefuscudianos organizaram uma grande frota e estão se preparando para nos atacar. Portanto, Sua Majestade Imperial, depositando grande confiança em sua bravura e força, ordenou-me que explicasse a situação para você.

Pedi ao secretário que expressasse ao imperador meu humilde dever e o avisasse de que eu estava pronto para defendê-lo contra todos os invasores, mesmo que isso custasse minha própria vida.

CAPÍTULO IV

Não demorou muito para que eu comunicasse a Sua Majestade o plano arquitetado para tomar a frota inteira do inimigo. O império de Blefuscu é uma ilha separada de Lilliput apenas por um canal de cerca de oitocentos metros de largura. Consultei os marinheiros mais experientes sobre a profundidade do canal e disseram-me que no ponto mais profundo, na maré alta, media setenta glumguffs (cerca de um metro e oitenta centímetros em unidade de medida conhecida por nós). Caminhei em direção ao litoral, deitei-me atrás de uma colina, peguei minha luneta e avistei a frota do inimigo ancorada, com cerca de cinquenta navios de guerra e outras embarcações. Voltei em seguida para minha casa e ordenei que fosse providenciada uma grande quantidade de cabos e de barras de ferro muito fortes. O cabo teria que ser grosso como barbante e as barras deveriam ter o comprimento e o tamanho de uma agulha de tricô. Fiz um cabo triplo, buscando mais resistência e, para o mesmo efeito, torci juntas três das barras de ferro, dobrando as pontas em gancho. Dessa forma, fiz cinquenta ganchos para o mesmo número de cabos, voltei à praia e, livrando-me do casaco, dos sapatos e das meias, entrei no mar com minha jaqueta de couro cerca de meia hora antes da maré alta. Caminhei com toda velocidade na água e nadei em águas fundas cerca de trinta metros, até que senti o solo, e assim cheguei à frota em menos de meia hora. Os inimigos ficaram tão assustados quando me viram que saltaram de seus navios e nadaram para terra, provavelmente havia menos de trinta mil deles. Logo em seguida, prendendo um gancho no buraco na proa de cada navio, amarrei todos os cabos juntos na ponta.

Enquanto isso, o inimigo lançou milhares de flechas, muitas das quais me ferroaram as mãos e o rosto. Meu maior cuidado era com os olhos e teria perdido a visão se não tivesse subitamente lembrado dos óculos que tinham escapado da inspeção do imperador. Peguei e os posicionei sobre o nariz, assim armado, continuei com o meu trabalho, apesar das flechas, muitas das quais atingiram as lentes de meus óculos, mas sem causar nenhum outro efeito que não fosse entortá-los um pouco.

Depois, peguei o nó com a mão e comecei a puxar. No entanto, nenhum dos navios se mexeu, pois estavam muito bem presos pelas âncoras. Assim, restava-me a parte mais ousada do meu plano. Soltando o fio, com firmeza cortei com minha faca os cabos que prendiam as âncoras ao mesmo tempo em que era atingido por mais de duzentos arremessos no rosto e nas mãos. Peguei logo, mais uma vez, a extremidade dos cabos com o nó a que meus ganchos estavam presos e, com muita facilidade, saí rebocando cinquenta dos maiores navios de guerra do inimigo.

Quando os blefuscudianos viram a frota mover-se toda ao mesmo tempo enquanto eu a puxava pela ponta, lançaram um grito de dor e de desespero que é impossível descrever. Quando já estava fora de perigo, parei um pouco para arrancar as flechas que estavam presas às minhas mãos e ao meu rosto e esfreguei com um pouco da mesma pomada que me aplicaram quando cheguei. Em seguida, tirei os óculos e, depois de esperar cerca de uma hora até que a maré tivesse baixado um pouco, caminhei pela água até o porto real de Lilliput.

O imperador e toda a corte estavam na praia, aguardando-me. Viram os navios avançar em uma grande rota em meia-lua, mas não conseguiam me identificar, que no meio do canal estava com água até o pescoço. O imperador concluiu que eu havia me afogado e que a frota do inimigo se aproximava em movimento de ataque. Mas ele logo se tranquilizou, pois à vista do canal, que ficava mais raso a cada movimento meu, cheguei em pouco tempo à distância que conseguiam ouvir-me e, segurando a ponta do cabo com que a frota estava amarrada, gritei em voz alta:

— Viva o imperador mais poderoso de Lilliput!

O príncipe recebeu-me na chegada com todo a alegria possível e ali mesmo me ordenou Nardal, que é o título de mais alta honraria entre eles.

Sua Majestade desejava que eu aproveitasse alguma oportunidade para trazer todo o restante dos navios do inimigo para seus portos e não parecia pensar em nada menos do que conquistar o império de Blefuscu inteiro a fim de tornar o único monarca do mundo. Mas eu protestei de forma clara, afirmando que nunca seria um instrumento que levasse à escravidão um povo livre e corajoso; embora o mais sábio dos ministros concordasse com a minha opinião, minha franca recusa era tão oposta à ambição de Sua Majestade que ele nunca poderia me perdoar. A partir daquele momento, começou uma trama entre ele e os seus ministros, que eram meus inimigos, e que quase terminou em minha completa destruição.

Cerca de três semanas após a minha façanha, chegou uma delegação de Blefuscu, com humildes ofertas de paz, que foram logo concluídas, com condições muito vantajosas para o nosso imperador. Havia seis embaixadores, acompanhados de uma comitiva de quase quinhentas pessoas, todos magníficos. Tendo sido avisados que eu os havia apoiado, fizeram-me uma visita, cumprimentaram-me, elogiando minha bravura e generosidade, e, em nome do seu senhor imperador, convidaram-me para ir a seu reino. Pedi que apresentassem meus mais humildes respeitos ao senhor imperador deles, cuja real pessoa decidi visitar antes de retornar a meu país. Assim, na próxima vez que tive a honra de ver nosso imperador, solicitei autorização para visitar o monarca blefuscudiano. Recebi a autorização, mas de maneira muito fria, porém mais tarde entendi o motivo.

Mal tinha começado a me preparar para apresentar meus cumprimentos ao imperador de Blefuscu quando uma distinta pessoa da corte, a quem eu havia prestado grande serviço, veio à minha casa à noite em caráter muito sigiloso, sem anunciar seu nome para o pedido de entrada. Abriguei Sua Senhoria no bolso do meu casaco e, ordenando a um criado fiel que não deixasse mais ninguém entrar, tranquei a porta, posicionei minha visita sobre a mesa e sentei-me ao lado. O rosto de Sua Senhoria revelava muitas preocupações e me pediu que o ouvisse com paciência sobre uma questão que estava muito relacionada à minha honra e à minha vida.

— Está ciente — comentou — que Skyresh Bolgolam é seu inimigo mortal desde que você chegou aqui e seu ódio aumentou desde o grande êxito contra Blefuscu, fato que obscureceu a glória dele como almirante. Esse senhor e outros o acusaram de traição e, secretamente, foram convocados vários conselhos a seu respeito. Em gratidão por seus favores, colhi informações sobre todos os procedimentos, arriscando minha cabeça para ajudá-lo, e a acusação contra você diz o seguinte:

"Em primeiro lugar, que, ao ter trazido a frota imperial de Blefuscu até o porto real, recebeu ordem de Sua Majestade para tomar todos os outros navios e para matar todos os exilados bigendianos, além de para matar também todas as pessoas do império que não aceitassem imediatamente quebrar os ovos na extremidade menor. E que, na qualidade de falso traidor de Sua Sereníssima Majestade, recusou o serviço, sob pretexto de ausência de disposição para impor às consciências e destruir a liberdade e a vida de pessoas inocentes.

Mais uma vez, quando chegaram os embaixadores da corte de Blefuscu, como falso traidor, ajudou e recebeu-os, mas sabia que eram vassalos de um príncipe que está em guerra aberta contra Sua Majestade Imperial.

Além disso, em oposição ao dever de um súdito fiel, está agora se preparando para viajar para a corte de Blefuscu.

No debate a respeito dessa acusação, Sua Majestade muitas vezes exaltou os serviços prestados, enquanto o almirante e o tesoureiro insistiam que fosse condenado a morte vil. Mas Reldresal, secretário para assuntos particulares, que sempre provou ser seu amigo, sugeriu que, se Sua Majestade viesse a poupar sua vida e só ordenasse que seus dois olhos fossem cegados, de alguma forma poderia haver justiça. Naquele momento, Bolgolam levantou-se furioso, querendo saber como o secretário ousava desejar preservar a vida de um traidor e o tesoureiro, ressaltando a despesa de mantê-lo, insistiu também em sua morte. Mas Sua Majestade teve a cortesia de anunciar com prazer que, uma vez que o conselho considerava uma punição muito leve a perda de seus olhos, algum outro castigo poderia ser infligido em seguida. O secretário, com humilde desejo de ser ouvido novamente, acrescentou que, no que diz respeito às despesas, seu subsídio poderia ser gradualmente reduzido, assim, devido à falta de comida, você ficaria fraco e debilitado, e morreria em poucos meses, na ocasião, os súditos de Sua Majestade poderiam tirar sua carne dos ossos e enterrá-la, deixando o esqueleto para admiração da posteridade.

Assim, devido à grande amizade do secretário, o caso ficou decidido. Foi ordenado que o plano de deixá-lo morrer gradualmente de inanição deve ser mantido em segredo; mas a sentença de furar seus olhos foi registrada nos autos. Dentro de três dias, seu amigo, o secretário, chegará à sua casa, lerá a acusação na sua frente e ressaltará a grande misericórdia de Sua Majestade, que só o condena à perda dos olhos, punição que ele não duvida. Você se submeterá com humildade e com gratidão. Vinte dos cirurgiões de Sua Majestade estarão presentes para assegurar que a operação seja bem executada por meio do lançamento de flechas muito afiadas dirigidas ao centro de seus olhos enquanto estiver deitado no chão. Deixo-o agora para considerar as medidas a serem tomadas e, para livrar-me de suspeitas, devo retornar imediatamente, tão secretamente quanto vim".

Sua Senhoria assim fez e fiquei sozinho, totalmente perplexo. No começo, estava inclinado à resistência; pois, enquanto tivesse liberdade, conseguiria facilmente bombardear a metrópole com pedras e fazê-la em pedaços, mas logo, horrorizado, rejeitei a ideia, lembrando-me do juramento que tinha feito ao imperador e dos favores que havia recebido dele. Por fim, tendo a permissão de Sua Majestade para prestar minhas considerações ao imperador de Blefuscu, resolvi aproveitar a oportunidade. Antes que os três dias se tivessem passado, escrevi uma carta ao meu amigo, o secretário, para comunicar minha decisão e, sem esperar resposta, fui para a praia e entrei no canal, às vezes caminhando dentro d'água rasa e outras vezes nadando em águas profundas, cheguei ao porto de Blefuscu. Lá, o povo, que há muito me esperava, levou-me para a capital.

Sua Majestade, com a família real e importantes autoridades da corte, saiu para me receber e o fez de forma adequada à generosidade de um príncipe tão grande. No entanto, não mencionei minha desgraça com o imperador de Lilliput, uma vez que não supunha que o príncipe revelaria o segredo enquanto eu estivesse fora do alcance de seu poder. Contudo, quanto a isso, logo ficou claro que eu havia me enganado.

CAPÍTULO V

Três dias depois da minha chegada, caminhando para a costa nordeste da ilha por curiosidade, observei a alguma distância no mar algo que parecia um barco virado. Tirei os sapatos e as meias e fui andando dentro da água, quando, a uma distância de duzentos ou trezentos metros, vi claramente que era um barco de verdade e supus que talvez se tivesse afastado de um navio por causa de alguma tempestade. Imediatamente, retornei à cidade para buscar socorro, depois de um tumulto, consegui trazer meu barco até o porto real de Blefuscu. Uma multidão se aglomerava por lá, cheia de admiração ao ver tão prodigiosa embarcação. Disse ao imperador que minha sorte havia lançado aquele barco no meu caminho para me levar para algum lugar em que pudesse retornar a meu país de origem, implorei que providenciasse materiais para consertá-lo e que me desse permissão para partir, algo que, depois de muitas conversas plenas de cortesia, ele teve prazer de me conceder.

Enquanto isso, o imperador de Lilliput, inquieto com minha longa ausência (mas sem nunca imaginar que eu tivesse o mínimo conhecimento de seus projetos), enviou emissário de alta patente para informar o imperador de Blefuscu de minha desgraça. O mensageiro tinha ordens para mencionar a grande misericórdia de seu senhor, que ficava satisfeito em me punir com a perda dos olhos e que esperava que seu irmão de Blefuscu me mandasse de volta para Lilliput, com mãos e pés amarrados, para ser punido como traidor. O imperador de Blefuscu respondeu com muitas desculpas e civilidade. Afirmou que, no que dizia respeito a me enviar amarrado, seu irmão sabia que era impossível. Além disso, embora eu tivesse desviado sua frota, era grato a mim pelas boas providências que havia tomado para que ele selasse a paz. Disse também que ambas as Suas Majestades logo ficariam aliviadas, pois eu tinha encontrado um prodigioso navio no litoral, em condições de me transportar pelo mar, e ele havia dado ordens para que o reparassem; assim, esperava que dentro de algumas semanas ambos os impérios ficassem livres de mim.

Com essa resposta, o emissário retornou a Lilliput; e eu (embora o monarca de Blefuscu secretamente me oferecesse sua graciosa proteção se continuasse a seu serviço) apressei minha partida, decidido a nunca mais confiar em príncipes.

Dentro de cerca de um mês, eu estava pronto para partir. O imperador de Blefuscu, com a imperatriz e a família real, saíram do palácio; e deitei-me sobre o rosto para beijar-lhes as mãos, que gentilmente me estendiam. Sua Majestade presenteou-me com cinquenta bolsas de sprugs (a maior moeda de ouro do reino) e com seu retrato de corpo inteiro, que guardei imediatamente em uma de minhas luvas, para evitar que fosse danificado. Muitas outras cerimônias foram realizadas na minha partida.

Estoquei comida e bebida no barco e levei seis vacas e dois touros vivos, com número igual de ovelhas e de carneiros, com a intenção de levá-los até o meu próprio país; e, para alimentá-los a bordo, tinha um bom pacote de feno e um saco de milho. Ficaria feliz por ter levado uma dúzia de nativos; mas isso era algo que o imperador jamais permitiria e, além de uma diligente revista em meus bolsos, Sua Majestade pediu-me que jurasse por minha honra não levar nenhum de seus súditos, ainda que tivesse o próprio consentimento e desejo dele.

Tendo assim preparado todas as coisas tão bem quanto pude, zarpei. Depois de ter percorrido cento e dezessete quilômetros a partir da ilha de Blefuscu, vi uma vela em direção ao nordeste. Eu saudei o barco, mas não consegui obter resposta alguma; ainda assim, descobri que tinha mais velocidade do que ele porque o vento enfraqueceu; em meia hora, o barco me avistou e deu um tiro. Eu o alcancei entre cinco e seis horas da tarde do dia 26 de setembro de 1701, mas meu coração saltou dentro de mim ao ver as cores inglesas. Pus minhas vacas e meu rebanho de carneiros nos bolsos do casaco e embarquei com toda a minha pequena carga. O capitão me recebeu com bondade e me pediu que informasse o lugar em que tinha estado por último, mas, com minha resposta, ele achou que eu estava delirando. No entanto, tirei do bolso meu gado e meu rebanho negro de ovelhas, e eles, depois de grande espanto, fizeram com que ele fosse definitivamente convencido.

Chegamos à Inglaterra no dia 13 de abril de 1702. Fiquei dois meses com minha esposa e minha família; mas meu inquieto desejo de ver países estrangeiros me faria sofrer se permanecesse mais tempo. No entanto, enquanto estive na Inglaterra, fiz substanciosos lucros exibindo meu gado a pessoas ilustres. Antes de começar minha segunda viagem, vendi os animais por 600 libras. Deixei 1.500 libras com minha esposa e a instalei em uma boa casa. Em seguida, despedi-me dela, de meu menino e de minha menina. Todos estávamos com os olhos marejados, mesmo assim, saí a navegar a bordo do Adventure.

A Princesa da Montanha de Vidro

(Asbjornsen e Moe)

E RA UMA VEZ um homem que morava no campo, ao lado de uma montanha, onde havia um celeiro para armazenar feno. No entanto, os últimos dois anos não tinham produzido muito feno, pois toda véspera do dia de São João, quando o pasto estava mais viçoso, a grama era toda comida, como se um rebanho de ovelhas a tivesse devorado durante a noite. Isso aconteceu uma primeira vez, uma segunda vez, e, então, o homem se cansou de perder a colheita. Um dia, o homem, que tinha três filhos, sendo o terceiro chamado de Cinderelo, disse que um deles deveria dormir no celeiro na noite de São João, pois era absurdo deixar o pasto ser comido novamente até a raiz, como tinha acontecido nos últimos dois anos; aquele que fosse ficar de guarda deveria ficar de olho, disse o homem.

O mais velho estava muito disposto a ir para o campo, pois ficaria de olho no pasto, e disse que faria isso tão bem que nenhum homem ou fera, nem mesmo o próprio diabo, conseguiria tirar algo dali. Então, caiu a noite, e ele foi para o celeiro e deitou-se para dormir. Ao aproximar-se a madrugada, houve um enorme estrondo e um terremoto tão grande que as paredes e o teto sacudiram muitas vezes. O rapaz levantou-se e saiu correndo a toda velocidade, sem sequer olhar para trás, e o celeiro continuou vazio naquele ano como aconteceu nos dois anos anteriores.

Na véspera do dia de São João do ano seguinte, o homem disse novamente que não podia continuar a perder todo o pasto do campo mais distante ano após ano. Um de seus filhos deveria ir para lá cuidar do campo, e cuidar muito bem.

Assim, o segundo filho estava disposto a provar que poderia fazê-lo. Foi para o celeiro e deitou-se para dormir, assim como o irmão fez; mas, quando se aproximou a madrugada, ouviu um grande estrondo e depois, um terremoto, muito pior do que na noite de São João do ano anterior. Assim que o jovem ouviu aquilo, ficou aterrorizado e saiu dali em disparada, como se estivesse apostando corrida.

Um ano depois, foi a vez de Cinderelo, mas, quando disse estar pronto para ir, os outros riram dele.

— Bem, é perfeito para tomar conta do feno, pois você nunca aprendeu nada além de sentar-se no meio das cinzas para ser assado vivo! — disseram eles.

Cinderelo, entretanto, não se preocupou com o que disseram e à noitinha partiu para o campo mais distante. Ao chegar lá, foi para o celeiro e se deitou. Após uma hora, contudo, o estrondo e o rangido começaram, e ele ficou apavorado ao ouvi-los. "Bem, se não ficar pior do que isso, consigo continuar aqui", pensou Cinderelo. Em pouco tempo, o estalo começou de novo e a terra tremeu de modo que todo o feno voou sobre o rapaz. "Ah! Se não ficar pior do que isso, consigo ficar aqui", pensou Cinderelo. Porém, veio um terceiro estrondo e um terceiro terremoto tão violentos que o rapaz pensou que as paredes e o teto tinham caído, mas, quando acabaram, de repente, tudo ficou tão calmo como se a morte estivesse ao redor. "Estou certo de que acontecerá de novo", pensou Cinderelo; mas não aconteceu. Tudo estava quieto e continuou quieto, mas, depois de algum tempo, ele ouviu algo que parecia do lado de fora do celeiro, um cavalo estava pastando. Andou na ponta dos pés até a porta entreaberta para ver o que lá estava e viu um cavalo comendo. Era muito grande e gordo; um belo animal, de um tipo que Cinderelo jamais tinha visto antes, com sela, rédea e uma armadura de cavaleiro completa, tudo de cobre e tão brilhante que reluzia. "Ora, ora, então é você que come todo o nosso feno!", pensou o rapaz; "mas vou acabar com isso".

Então, apressou-se e pegou a peça de aço que tinha levado para acender o fogo e arremessou por cima do cavalo, que não teve mais forças para sair do lugar e ficou tão dócil que o rapaz poderia fazer o que quisesse com ele. Assim, montou no animal e seguiu para um lugar que só ele conhecia e ali amarrou o cavalo.

Quando chegou em casa, os irmãos riram e perguntaram como tinha se saído.

— Não ficou muito tempo no celeiro, mal conseguiu ir até o campo! — disseram.

— Fiquei no celeiro até amanhecer, mas não vi nem ouvi nada, nadinha! — e continuou — sabe Deus o que havia que tanto os deixou assustado.

— Bem, logo veremos se tomou conta do campo ou não — responderam os irmãos, mas, ao chegarem lá, a grama estava grande e viçosa como na noite anterior.

Na véspera do dia de São João do ano seguinte, a mesma coisa aconteceu: nenhum dos dois irmãos ousou ir ao campo afastado para tomar conta da safra, mas Cinderelo foi e tudo ocorreu exatamente como nos anos anteriores: primeiro um estrondo e um tremor, depois outra vez, e ainda uma terceira. No entanto, todos os três tremores foram muito, mas muito mais violentos do que tinham sido um ano antes. Então, de novo, tudo ficou parado como a morte e o rapaz ouviu algum animal do lado de fora do celeiro a ruminar. Andou pé ante pé, fazendo o máximo de silêncio possível, até a porta, que estava ligeiramente entreaberta e, mais uma vez, lá estava, perto da parede, um cavalo que pastava e comia a grama. Era maior e mais gordo que o primeiro cavalo, selado e arreado e com uma armadura de cavaleiro completa, que era toda de prata resplandecente, tão bonita quanto qualquer pessoa gostaria de ver. "Ora, ora!", pensou o rapaz, "é você que todo ano come o nosso feno durante a noite? Vou acabar com isso".

Assim, pegou a peça de fazer lume e lançou por cima da crina do cavalo, o animal ficou parado, quieto como um carneiro. Então, o rapaz montou no cavalo, levou-o também para o lugar em que havia deixado o outro cavalo e voltou para casa.

— Suponho que vai dizer que cuidou bem do campo mais uma vez — disseram os irmãos.

— Sim, certamente — respondeu Cinderelo.

Assim, mais uma vez, foram ao campo e lá estava o pasto, alto e viçoso como nunca tinha estado antes, mas aquilo não fez que ficassem mais gentis com Cinderelo.

Quando chegou a terceira noite de São João, nenhum dos dois irmãos mais velhos ousou ficar no celeiro daquele campo para tomar conta do pasto, pois ficaram tão amedrontados na noite em que lá tinham dormido que não tinham conseguido esquecer. Cinderelo, entretanto, foi mais uma vez, e tudo aconteceu exatamente como nas duas noites anteriores. Houve três terremotos, um pior que o outro, e o último lançou o rapaz pelos ares de uma ponta a outra do celeiro; mas, de repente, tudo ficou quieto como a morte. Quando tudo ficou em silêncio por um momento, ele ouviu algo pastar do lado de fora do celeiro.

Mais uma vez, então, foi na ponta dos pés até a porta ligeiramente entreaberta e viu um cavalo do lado de fora, muito maior e muito mais gordo que os dois cavalos anteriores que tinha capturado. "Ora, ora, então é você que come todo o nosso feno!", pensou o rapaz, "vou acabar com isso". Assim, puxou a peça de metal que usava para acender o fogo e a lançou por cima do cavalo, que ficou parado, como se estivesse pregado no chão, e assim o rapaz poderia fazer o que quisesse com ele. O cavalo estava igualmente selado, arreado e com uma armadura de cavaleiro completa, toda de ouro acobreado. Em seguida, montou no animal, levou-o para o mesmo lugar em que estavam os outros dois cavalos e foi para casa.

Naquela ocasião, os dois irmãos caçoaram dele como tinham feito antes e disseram que podiam ver que ele tinha tomado conta do pasto com muito cuidado naquela noite, pois parecia não ter pregado o olho, mas Cinderelo não se importou com aquilo; apenas pediu que fossem conferir o campo. Foram e, dessa vez também, a grama estava lá, mais bela e viçosa do que jamais tinha estado.

O rei da região tinha uma filha que não daria a ninguém que não pudesse cavalgar até o topo da montanha de vidro, pois seu reino tinha uma montanha de vidro muito alta, escorregadia como o gelo, próxima do palácio real. No topo da montanha, a filha do rei se sentaria com três maçãs douradas no colo, quem conseguisse ir até lá e pegar as três maçãs se casaria com ela e teria metade do reino.

O rei proclamou a notícia em todas as igrejas de seu reino e nas de muitos outros reinos também. A princesa era muito bela e todos os que a viam se apaixonavam perdidamente. Não é necessário dizer que todos os príncipes e cavaleiros estavam ansiosos por conseguir ganhar a mão dela, além de levar metade do reino. Por isso, foram todos para lá, de todos os cantos do mundo, vestidos de maneira tão esplendorosa que as vestes brilhavam com os raios de sol, montados em cavalos que pareciam dançar ao trotar; não havia um só deles que não estivesse certo de que conseguiria conquistar a princesa.

Ao chegar o dia indicado pelo rei, havia uma multidão de cavaleiros e de príncipes no sopé da montanha de vidro que parecia um enxame, e todos os que conseguiam andar ou se arrastar se dirigiram para o local para ver quem conquistaria a filha do rei. Os dois irmãos de Cinderelo também rumaram para lá, mas nem quiseram saber de Cinderelo os acompanhar, pois andava tão sujo e encardido por dormir e revirar-se nas cinzas que disseram que todos ririam deles, caso fossem vistos com um tolo como aquele.

— Pois bem, irei sozinho, então — disse Cinderelo.

Quando os dois irmãos chegaram à montanha de vidro, todos os príncipes e cavaleiros tentavam subi-la; seus cavalos espumavam, mas em vão, pois, assim que os cavalos pisavam com os cascos, escorregavam. Não houve um que conseguisse subir mais que alguns metros. Aquilo não causava estranhamento, pois a montanha era tão lisa quanto uma vidraça, tão íngreme quanto a parede de uma casa. Entretanto, lá estavam todos, impacientes por conquistar a filha do rei e ganhar metade do reino; cavalgavam e escorregavam, e assim prosseguiam. Ao final, todos os cavalos estavam tão cansados que já não conseguiam subir e sentiam tanto calor que espumavam. Assim, os cavaleiros viram-se forçados a desistir de tentar. O rei estava quase anunciando que a cavalgada recomeçaria no dia seguinte, quando talvez pudesse ser mais bem-sucedida, mas, de repente, veio um cavaleiro montado em um cavalo muito belo, de uma raça que nunca tinha sido vista. O cavaleiro trajava uma armadura de cobre, as rédeas também eram de cobre e os equipamentos eram tão brilhantes que reluziam.

Todos os outros cavaleiros gritaram para que ele não perdesse tempo em tentar subir a montanha de vidro, pois era inútil, mas o cavaleiro não lhes deu atenção, seguiu adiante e subiu como se nada tivesse acontecido. Assim, cavalgou um bom pedaço, deve ter percorrido um terço da montanha, mas, ao chegar quase ao final, deu meia-volta no cavalo e desceu novamente. A princesa, todavia, pensou nunca ter visto cavaleiro tão belo e, enquanto ele subia, ela, sentada, pensava: "Ah! Como desejo que ele consiga subir até o topo da montanha!". Ao ver que o cavaleiro dava meia-volta com o cavalo, arremessou para ele uma das maçãs, que chegou até o seu pé. Assim que desceu, no entanto, saiu em disparada, tão rápido, que ninguém mais soube dele.

Então, todos os príncipes e cavaleiros foram convidados a se apresentar diante do rei naquela noite, a fim de que aquele que tinha subido a montanha de vidro pudesse mostrar a maçã de ouro que a filha do rei tinha arremessado para ele. Entretanto, ninguém tinha nada para mostrar. Apresentaram-se, um cavaleiro após o outro, mas nenhum mostrou a maçã.

À noite, também, os irmãos de Cinderelo chegaram à casa com uma longa história para contar sobre a subida à montanha de vidro. Disseram que, no início, ninguém tinha conseguido dar um passo acima que fosse, mas depois surgiu um cavaleiro de armadura e rédeas de cobre, e tudo nele era tão reluzente que brilhava a grande distância. Vê-lo cavalgar era um verdadeiro prazer. Subiu um terço da montanha de vidro e poderia facilmente ter subido o restante, se o desejasse, mas deu meia-volta, pois decidiu já ter subido o bastante para uma vez.

— Ah! Como gostaria de tê-lo visto também, se pudesse — disse Cinderelo, que estava sentado sob o fumeiro, entre as cinzas como sempre.

— Você? É mesmo? Parece que acredita ser capaz de apresentar-se entre lordes tão importantes. Você, essa criatura abominável, capaz de sentar-se com eles!

No dia seguinte, os irmãos sairiam de novo e, dessa vez, Cinderelo implorou que o deixassem ir junto, ver quem cavalgava; mas não, disseram que ele não era digno de estar lá porque era muito feio e sujo.

— Pois bem, irei sozinho, então — disse Cinderelo.

Desse modo, os irmãos foram para a montanha de vidro. Todos os príncipes e cavaleiros começaram a cavalgar novamente e, dessa vez, tomaram o cuidado de tornar as ferraduras dos cavalos mais ásperas, mas isso não os ajudou: cavalgavam e escorregavam como no dia anterior, e nenhum deles chegou nem a subir um metro montanha acima. Depois de exaurirem os cavalos, de modo que não conseguiam mais tentar, tiveram de parar novamente. Justamente quando o rei pensava que seria bom proclamar que a corrida ocorreria pela última vez no dia seguinte, para que tivessem mais uma oportunidade, lembrou-se subitamente de que seria melhor esperar um pouco mais para ver se o cavaleiro de armadura de cobre também apareceria naquele dia; mas nem sinal dele. Entretanto, quando ainda esperavam, apareceu um cavaleiro montado em um corcel muito, mas muito melhor que o do cavaleiro de armadura de cobre. Esse cavaleiro tinha uma armadura de prata, com sela e rédeas prateadas, e tudo era tão resplandecente que brilhava e cintilava mesmo depois de ele estar longe.

Mais uma vez, os outros cavaleiros gritaram e disseram que era melhor que desistisse de tentar subir a montanha de vidro, pois era inútil. O cavaleiro, contudo, não lhes deu atenção e subiu montanha de vidro acima, indo ainda mais longe do que o cavaleiro de armadura de cobre tinha ido; mas, ao percorrer dois terços do percurso, deu meia-volta no cavalo e desceu. A princesa tinha gostado ainda mais daquele cavaleiro que do outro e estava sentada, esperando que ele fosse capaz de chegar lá em cima. Ao vê-lo dar meia-volta, arremessou a segunda maçã em sua direção, que rolou até os pés do cavaleiro. Assim que desceu a montanha de vidro, ele galopou tão rápido que ninguém viu para onde foi.

À noitinha, quando todos tinham que se apresentar diante do rei e da princesa para que aquele que tivesse pegado a maçã dourada a mostrasse, cavaleiro após cavaleiro foi se apresentando, mas nenhum trazia a maçã de ouro.

Mais tarde, os dois irmãos voltaram para casa como na noite anterior, contaram tudo o que tinha acontecido e como todos tinham cavalgado e ninguém tinha sido capaz de subir a montanha.

— Mas, por fim, veio um homem em uma armadura de prata, em um cavalo de sela e rédeas prateadas. Ah! Como cavalgava bem! Percorreu dois terços da subida da montanha, mas depois deu meia-volta. Era um rapaz excelente e a princesa arremessou a segunda maçã de ouro para ele!

— Ah! Como também gostaria de tê-lo visto! — exclamou Cinderelo.

— Você? É mesmo? Ele era um pouco mais brilhante que as cinzas em que mergulha, criatura encardida e imunda! — disseram os irmãos.

No terceiro dia, tudo aconteceu exatamente como nos dois dias anteriores. Cinderelo quis ir com os irmãos para ver a corrida, mas os dois não o queriam como companhia. Quando chegaram à montanha de vidro, ninguém conseguiu subir um metro sequer, e todos esperavam o cavaleiro de armadura de prata; mas ninguém o viu nem ouviu falar dele. Por fim, depois de muito tempo, apareceu um cavaleiro montado em um cavalo tão belo como nunca visto antes. O cavaleiro vestia uma armadura dourada e o cavalo tinha sela e rédeas douradas tão brilhantes que resplandeceram e deixaram todos maravilhados, mesmo depois de ele estar a grande distância. Os outros príncipes e cavaleiros nem conseguiram gritar como era inútil tentar subir a montanha de tão pasmos que ficaram ao ver tamanha imponência. Seguiu direto pela montanha de vidro e galopou como se não fosse uma montanha, assim, a princesa nem teve tempo de desejar que ele conseguisse percorrer toda a subida. Assim que chegou ao topo, pegou a terceira maçã no colo da princesa, deu meia-volta no cavalo e sumiu de vista antes que alguém fosse capaz de dizer uma só palavra a ele.

Quando os dois irmãos voltaram para casa naquela noite, tinham muito que contar sobre a prova naquele dia, por fim, contaram do cavaleiro na armadura de ouro.

— Aquele era um rapaz excepcional! Não existe, na face da terra, outro cavaleiro esplêndido como aquele!

— Ah! Como também gostaria de tê-lo visto! — exclamou Cinderelo.

— Bem, ele brilhava tanto como os montes de carvão em que você sempre está, criatura encardida! — disseram os irmãos.

No dia seguinte, todos os cavaleiros e príncipes se apresentaram diante do rei e da princesa, pois tinha ficado tarde demais na noite anterior, para que aquele que possuísse a maçã de ouro pudesse mostrá-la. Apresentaram-se em turnos, primeiro os príncipes, depois os cavaleiros, mas nenhum deles tinha a maçã de ouro.

— Alguém deve possui-la — afirmou o rei —, pois todos vimos, com nossos olhos, um homem subir a montanha e apanhá-la.

Então, ordenou que todos no reino comparecessem ao palácio para ver se alguém mostrava a maçã. Todos compareceram, um após o outro se apresentaram, mas ninguém tinha a maçã de ouro. Depois de muito tempo, apresentaram-se os dois irmãos de Cinderelo. Foram os últimos de todos, e o rei perguntou a eles se alguém em todo o reino tinha deixado de comparecer.

— Ah, sim! Temos um irmão — afirmaram os dois —, mas de modo algum ele poderia estar com a maçã de ouro! Não saiu do monte de cinzas nesses três dias.

— Isso não importa — declarou o rei. — Assim como todos vieram ao palácio, deixem que ele também venha!

Então, Cinderelo foi obrigado a comparecer ao palácio do rei.

— Tem a maçã de ouro? — perguntou o rei.

— Sim, aqui está a primeira, depois a segunda, e a terceira também — disse Cinderelo, ao tirar as três maçãs do bolso. Ao dizer isso, despiu-se dos trapos cobertos de fuligem e surgiu diante deles trajando a armadura de ouro reluzente, que brilhava mesmo ao ficar parado.

— Terá a minha filha e metade de meu reino, pois realmente mereceu as duas coisas! — exclamou o rei.

Então, houve uma comemoração e Cinderelo se casou com a filha do rei. Todos festejaram o casamento, embora não tivessem conseguido subir a montanha de vidro e, se não conseguiram sair da festa, ainda devem estar nela.

A história do Príncipe Ahmed e da Fada Paribanou

(De *As mil e uma noites*)

CAPÍTULO I

ERA UMA VEZ um sultão que tinha três filhos e uma sobrinha. O príncipe mais velho chamava-se Houssain; o segundo, Ali; o mais jovem; Ahmed; e a princesa, sua sobrinha, Nouronnihar.

A princesa Nouronnihar era filha do irmão mais novo do sultão, que faleceu e deixou a princesa órfã muito criança. O sultão tomou para si o cuidado da educação da filha dele e a criou em seu palácio com os três príncipes, propondo-se a casá-la quando chegasse à idade adequada e estabelecer aliança com algum príncipe vizinho por meio desse casamento. Porém, quando percebeu que os três príncipes, seus filhos, amavam-na perdidamente, pensou no caso com muita seriedade. Estava muito preocupado; a dificuldade que antevia era fazer que os dois mais jovens concordassem em cedê-la ao irmão mais velho. Como percebeu que estavam completamente obstinados, mandou buscá-los, e disse:

— Filhos, como não consegui persuadi-los a não desejar a princesa, sua prima, para seu próprio bem e tranquilidade, creio que não seria errado se cada um de vocês viajasse separadamente para diferentes países, a fim de que não se encontrem uns aos outros. Como sabem, sou muito curioso e fico encantado com tudo o que seja ímpar; portanto, prometo a mão de minha sobrinha em casamento àquele que me trouxer a raridade mais extraordinária. Para a compra de tal raridade e para as despesas de viagem, concederei a cada um de vocês uma quantia em dinheiro.

Como os três príncipes eram sempre submissos e obedientes à vontade do sultão e como cada um deles se iludia que o destino pudesse vir a favorecê-lo, todos concordaram. O sultão deu a eles o dinheiro prometido e, naquele mesmo dia, ordenou que fossem feitos os preparativos para a viagem. Despediram-se do sultão para que pudessem se aprontar para partir na manhã seguinte. Em comum acordo, todos partiram do mesmo portão da cidade, vestidos como mercadores, servidos por empregados de confiança com trajes de escravos, todos com boas montarias e bem equipados. Percorreram juntos o primeiro dia da jornada e alojaram-se em uma hospedaria, onde a estrada se dividia em três diferentes rotas. À noite, quando jantavam juntos, todos concordaram em viajar durante um ano e depois se reencontrar naquela hospedaria. O primeiro que chegasse deveria esperar os demais e que, por terem se separado todos juntos do sultão, poderiam todos voltar juntos também. Na manhã seguinte, assim que amanheceu, depois de terem se abraçado e desejado sucesso uns aos outros, montaram os cavalos e tomaram caminhos diferentes.

O príncipe Houssain, o irmão mais velho, chegou a Bisnagar, a capital do reino de mesmo nome, cidade da residência do rei. Entrou na cidade e alojou-se em uma hospedaria indicada para mercadores estrangeiros, onde ouviu dizer que havia quatro principais divisões em que os mercadores de todos os tipos vendiam seus produtos e mantinham lojas. No meio de tudo, estava o castelo, ou melhor, o palácio do rei.

O príncipe Houssain não pôde deixar de admirar a divisão assim que a viu. Era grande, cortada por várias ruas, todas abobadadas e protegidas do sol, e também muito iluminadas. As lojas tinham um tamanho único e em cada rua ficavam as lojas que vendiam os mesmos tipos de produtos; a mesma coisa acontecia com os artesãos, que mantinham suas lojas nas ruas menores.

A infinidade de lojas, abastecidas com todo tipo de mercadorias, como os melhores linhos de várias partes da Índia, alguns tingidos das cores mais berrantes, representando animais, árvores e flores, sedas e brocados da Pérsia, da China e de outros lugares, porcelana tanto do Japão quanto da China, e tapeçarias, o deixou tão surpreso que ele não podia acreditar em seus próprios olhos; mas, quando chegou aos ourives e joalheiros, ficou extasiado ao contemplar tamanhas quantidades prodigiosas de ouro e de prata lavrados e deslumbrou-se com o brilho das pérolas, dos diamantes, dos rubis, das esmeraldas e das outras joias expostas à venda.

Outra coisa que causou especial admiração ao príncipe Houssain foi a abundância de vendedores de rosas que enchiam as ruas; uma vez que os indianos são apaixonados por essa flor. Ninguém andava sem um ramalhete na mão ou uma guirlanda na cabeça e os mercadores as mantinham em vasos em suas lojas, o que fazia que o ar ficasse intensamente tomado por seu perfume.

Após percorrer aquela divisão, rua por rua, o príncipe Houssain, com seus pensamentos totalmente tomados pelas riquezas que contemplara, ficou muito cansado. Ao perceber esse fato, um mercador cortesmente o convidou a sentar-se em sua loja e ele aceitou. Porém, mal havia se sentado quando viu um leiloeiro passar com uma peça de tapeçaria de aproximadamente meio metro quadrado sobre o braço, oferecendo-a por trinta moedas. O príncipe chamou o leiloeiro e pediu para ver o tapete, porém achou o valor superestimado, não só pelo tamanho, mas também pela falta de qualidade da peça. Quando a examinou bem, disse ao leiloeiro que não conseguia entender como um tapete tão pequeno e de aparência tão descuidada poderia valer tanto. O leiloeiro, que o tomou por um mercador, respondeu:

— Se esse preço parece tão extravagante para você, terá surpresa maior quando eu disser que tenho ordens para subi-lo para quarenta moedas e não vender a peça por preço menor que esse.

— Certamente — replicou o príncipe Houssain —, deve haver algo muito extraordinário na peça, sobre a qual não sei nada.

— Pois adivinhou, senhor — concordou o leiloeiro —, e será o senhor desse segredo quando vier a saber que aquele que se sentar sobre este tapete poderá ser transportado em um instante para onde desejar estar, sem ser interrompido por nenhum obstáculo.

Ao ouvir o discurso do leiloeiro, o príncipe das Índias, considerando que o principal motivo de sua viagem era levar para casa, para o sultão, seu pai, uma raridade única, concluiu que não conseguiria achar nenhuma outra peça que pudesse dar ele maior satisfação.

— Se o tapete — afirmou ao leiloeiro — tem essa virtude de fato, não creio que quarenta moedas sejam demais, e além disso lhe darei um presente.

— Senhor — comentou o leiloeiro —, relatei a verdade. E não será difícil convencê-lo a pagar quarenta moedas por essa peça assim que eu demonstrar como ela pode ser usada. Porém, como suponho que não tem quantia tão alta aqui e, para recebê-la, eu tenho que acompanhá-lo até a hospedaria em que está instalado, com a autorização do dono da loja entremos até os fundos e lá eu desenrolarei o tapete. Quando nós dois estivermos sentados nele e você tiver formulado o desejo de ser transportado para seu aposento na hospedaria, se não formos levados até lá não haverá nenhum negócio e estará livre de compromisso. Quanto ao presente, embora meu trabalho seja pago pelo vendedor, eu o aceitarei como um favor e serei muito grato.

Acreditando no leiloeiro, o príncipe aceitou as condições e fechou o negócio; depois de obter permissão do dono do estabelecimento, foram para os fundos da loja. Os dois se sentaram sobre o tapete e, assim que o príncipe formulou o desejo de ser transportado a seus aposentos na hospedaria, foi levado para lá junto com o leiloeiro. Como não necessitava de prova mais convincente da virtude do tapete, desembolsou quarenta peças de ouro para o leiloeiro e deu-lhe vinte peças de presente.

Dessa forma, o príncipe Houssain tornou-se proprietário do tapete, ficou tão feliz por ter ido a Bisnagar e encontrado uma peça tão rara que jamais duvidaria não ter o bastante para conquistar a mão de Nouronnihar. Resumindo, ele considerava sua peça imbatível e achava que os príncipes, seus irmãos mais novos, não conseguiriam encontrar nada que pudesse rivalizá-la. Ele poderia, sentado no tapete, ir ao local do encontro marcado naquele mesmo dia. No entanto, estava obrigado a ficar lá por causa dos irmãos, como haviam combinado, e estava curioso para ver o rei de Bisnagar e sua corte, além de conhecer mais sobre o poder, as leis, os costumes e a religião do reino, decidiu ficar lá por mais tempo e passar alguns meses para satisfazer a sua curiosidade.

O príncipe Houssain poderia ter-se demorado mais tempo no reino e na corte de Bisnagar, mas estava tão ansioso para ficar mais próximo da princesa, que, abrindo o tapete, sentaram-se, ele e o empregado que o acompanhava, e assim que formulou seu desejo, foram transportados para a pousada em que ele e os irmãos haviam combinado de se encontrar, onde se fez passar por mercador até chegarem.

O príncipe Ali, segundo irmão do príncipe Houssain, que planejou viajar para a Pérsia, pegou a estrada e, três dias depois que se despediu dos irmãos, juntou-se a uma caravana. Depois de viajar por quatro dias, chegou a Schiraz, capital do reino de Pérsia. Lá, passou-se por joalheiro.

Na manhã seguinte, o príncipe Ali, que viajava apenas por prazer e não havia trazido nada consigo além de artigos indispensáveis, depois de se vestir, fez uma caminhada na parte da cidade de Schiraz que era chamada Bezestein. Entre todos os leiloeiros que passaram para lá e para cá com vários tipos de produtos, oferecendo-os para venda, ele não ficou nada surpreso ao ver um que segurava na mão um telescópio de marfim de cerca de trinta centímetros de comprimento e da espessura do polegar de um homem, oferecendo-o por trinta moedas. A princípio, acreditou que o leiloeiro fosse louco e, para colher informações, foi a uma loja e disse ao mercador que estava à porta:

— Por favor, senhor, aquele homem — perguntou, apontando para o leiloeiro que oferecia a luneta de marfim por trinta moedas — é louco? Se não for, estou completamente enganado.

— Na verdade, senhor — respondeu o mercador —, ele ontem estava em seu juízo perfeito. Posso garantir que ele é um dos leiloeiros mais hábeis que temos e o mais ocupado de todos quando algo de valor está à venda. Se ele anuncia a luneta de marfim por trinta moedas, deve valer essa quantia ou mais ainda, por um ou por outro motivo. Em seguida, passará por aqui, vamos chamá-lo e terá sua resposta; enquanto isso, sente-se no sofá e descanse.

O príncipe Ali aceitou o amável convite do mercador e logo depois o leiloeiro passou. O mercador o chamou pelo nome e, apontando o príncipe para ele, comentou:

— Diga a esse cavalheiro, que me perguntou se está em seu juízo perfeito, o que pretende ao anunciar por trinta moedas essa luneta de marfim que não parece valer tanto. Eu mesmo me surpreenderia se não o conhecesse.

O leiloeiro, dirigindo-se ao príncipe Ali, explicou:

— O senhor não é o único que me considerou louco por causa dessa luneta. Mas julgue você mesmo se sou louco ou não, quando eu relatar as propriedades do objeto, e espero que o valorize por preço tão alto quanto fizeram aqueles a quem eu já o mostrei antes e que tinham uma opinião tão ruim sobre mim quanto o senhor. Em primeiro lugar, senhor, observe que esse tubo está equipado com uma lente em ambas as extremidades, considere que, ao olhar através de uma delas, verá qualquer objeto que desejar observar.

— Estou preparado — prometeu o príncipe — para oferecer todo o reembolso imaginável pela vergonha que o fiz passar se for verdade aquilo que diz — e, como tinha o tubo de marfim na mão, olhou para as duas lentes e depois disse:
— Mostre-me por qual dessas extremidades devo olhar para que me satisfaça.

O leiloeiro logo mostrou para ele e, enquanto mirava, desejou ver o sultão, seu pai, a quem imediatamente avistou em perfeita saúde, sentado em seu trono, no meio do conselho. Em seguida, como depois do sultão não houvesse no mundo nada que lhe fosse tão caro quanto a Princesa Nouronnihar, desejou vê-la; e a viu rir em seu quarto de vestir, de bom humor, rodeada pelas aias.

O príncipe Ali não precisava de nenhuma outra prova para se convencer de que a luneta era a coisa mais valiosa do mundo e acreditou que, se deixasse de comprá-la, nunca mais encontraria novamente algo de tamanha raridade. Portanto, levou o leiloeiro consigo até a hospedaria em que estava alojado, entregou o dinheiro a ele e recebeu a luneta.

O príncipe Ali ficou muito feliz pelo negócio e convenceu-se de que seus irmãos não conseguiriam encontrar nada tão raro e tão magnífico, e a princesa Nouronnihar seria a recompensa pelo seu cansaço e sua angústia. Não conseguia pensar em nada mais que não fosse visitar incógnito a corte da Pérsia e observar todas as curiosidades em Schiraz e seus arredores até que a caravana com que viajava retornasse às Índias. Assim que a caravana estava pronta para partir, o príncipe juntou-se a ela e chegou bem ao local de encontro, sem nenhum acidente nem percalço, exceto pela duração do percurso e cansaço da viagem. Lá encontrou o príncipe Houssain, e os dois aguardaram o príncipe Ahmed.

O príncipe Ahmed, que havia tomado a rota de Samarcand, no dia seguinte após a sua chegada, assim como seus irmãos tinham feito, foi ao Bezestein. Não havia andado muito tempo e logo ouviu um leiloeiro, com uma maçã artificial na mão, anunciando-a por trinta e cinco moedas; aquilo o fez parar o leiloeiro, e dirigiu-se a ele:

— Deixe-me ver essa maçã, e diga-me quais virtudes e propriedades extraordinárias ela tem para ser avaliada por preço tão alto.

— Senhor — explicou o leiloeiro, deixando-a em sua mão —, se observar o exterior da maçã, tem muito pouco valor, mas, se considerar as suas propriedades, as suas virtudes e a grande utilidade e benefícios que representa para a humanidade, diria que não tem preço. Aquele que a possuir será senhor de grande tesouro. Resumindo, ela é capaz de curar todos os enfermos das doenças mais fatais. Se o paciente estiver morrendo, a maçã o recuperará imediatamente, restaurando a saúde perfeita; e isso tudo da maneira mais fácil possível, basta cheirá-la.

— Se eu acreditar em você — respondeu o príncipe Ahmed —, e as virtudes dessa maçã são maravilhosas e ela é inestimável; mas como posso ter certeza de que me diz a verdade se não tiver prova disso?

— Senhor — respondeu o leiloeiro —, a coisa é reconhecida por toda a cidade de Samarcand, mas, sem precisar ir muito longe, pergunte a todos esses mercadores que vê aqui e ouça o que dizem. Encontrará vários deles que dirão que não estariam vivos hoje se não tivessem se valido desse excelente remédio. Para que possa compreender melhor o que é, devo dizer que se trata do resultado de estudo e de experiências de um célebre filósofo desta cidade, que dedicou a vida inteira ao conhecimento das virtudes das plantas e dos minerais, tendo chegado, finalmente, a essa composição; e assim realizou nesta cidade as surpreendentes curas que jamais serão esquecidas. No entanto, ele mesmo morreu subitamente, antes que pudesse fazer uso de seu poderoso remédio. Deixou a esposa e vários filhos em circunstâncias bem adversas e, para sustentar a família e dar de comer aos filhos, ela decidiu vender a maçã.

Enquanto o leiloeiro informava o príncipe Ahmed das virtudes da maçã artificial, muita gente veio até eles e confirmou o que ele disse. Um deles contou que tinha um amigo gravemente doente, com a vida desenganada, e o príncipe Ahmed considerou que era então a situação perfeita para provar o poder da maçã. Prometeu ao leiloeiro que lhe daria quarenta moedas se curasse o enfermo.

O leiloeiro, que tinha ordens para vendê-la a esse preço, afirmou ao príncipe Ahmed:

— Venha, senhor, vamos e façamos a experiência, e a maçã será sua; e posso assegurar que provocará sempre o efeito desejado.

Em resumo, a experiência teve êxito, e o príncipe, depois de ter desembolsado quarenta moedas para o leiloeiro e de ter recebido a maçã, esperou pacientemente a primeira caravana para retornar às Índias e chegou são e salvo à pousada em que os príncipes Houssain e Ali o aguardavam.

Quando os príncipes se encontraram, mostraram uns aos outros os seus tesouros e imediatamente viram pela luneta que a princesa estava morrendo. Então, sentaram-se no tapete, desejaram estar junto dela e lá chegaram em um instante.

O príncipe Ahmed mal chegou no aposento de Nouronnihar e já se levantou do tapete, assim também fizeram os outros dois príncipes, e todos, chegando ao seu leito, puseram a maçã sob o nariz dela. Um pouco depois, a princesa abriu os olhos e virou a cabeça de um lado para outro, mirando as pessoas que a rodeavam. Em seguida, levantou-se da cama e pediu que a vestissem, tal como se tivesse acordado de sono profundo. Suas aias logo a informaram alegremente que ela devia aos três príncipes a recuperação repentina de sua saúde, e ela imediatamente expressou a alegria em vê-los, particularmente o príncipe Ahmed, e agradeceu a todos em conjunto.

Enquanto a princesa se vestia, os príncipes foram atirar-se aos pés do sultão, seu pai, para demonstrar-lhe seu apreço. Mas, quando chegaram à sua presença, descobriram que ele havia sido informado da chegada pelo chefe dos eunucos da princesa, e da forma como a princesa havia sido perfeitamente curada. O sultão os recebeu e os abraçou com a maior alegria, tanto pelo regresso quanto pela recuperação da princesa, sua sobrinha, a quem ele amava tanto como se fosse sua própria filha, e que havia sido desenganada pelos médicos. Após o costumeiro cerimonial e cumprimentos, cada um dos príncipes apresentou a sua raridade. O príncipe Houssain, o seu tapete, que ele cuidou para não deixar para trás no quarto da princesa; o príncipe Ali, a luneta de marfim; e o príncipe Ahmed, a maçã artificial. Depois que cada um deles havia apresentado seu presente e os colocado nas mãos do sultão, imploraram a ele que anunciasse seus destinos e declarasse a qual deles concederia a Princesa Nouronnihar como esposa, conforme havia prometido.

O sultão das Índias, tendo ouvido sem interromper tudo o que os príncipes tinham a apresentar sobre suas raridades e bem informado sobre a cura da princesa Nouronnihar, ficou em silêncio durante algum tempo, como se estivesse pensando em que resposta daria. Por fim, quebrou o silêncio e dirigiu a palavra a eles:

— Com muito prazer eu escolheria um de vocês, meus filhos, se pudesse fazê-lo com justiça; no entanto, avaliem se posso fazê-lo ou não. É verdade, príncipe Ahmed, a princesa, minha sobrinha, deve gratidão à sua maçã artificial por sua cura, mas devo perguntar se ela teria sido tão útil se não tivesse tido conhecimento do perigo que ela corria pela luneta do Príncipe Ali e se o tapete do príncipe Houssain não os tivesse transportado tão prontamente. A sua luneta, príncipe Ali, informou a vocês que provavelmente perderiam a princesa, sua prima, e por tal fato merece enorme gratidão. Mas você também deve admitir que tal conhecimento teria sido inútil sem a maçã artificial. E, por último, príncipe Houssain, a princesa seria muito ingrata se não demonstrasse reconhecimento pelo serviço do seu tapete, que foi um meio tão necessário para a sua cura. Porém, avaliem que teria sido de pouca serventia se você não tivesse tomado conhecimento da doença da princesa por meio da luneta do príncipe Ali e se o príncipe Ahmed não tivesse usado a maçã artificial. Portanto, uma vez que nem o tapete, nem a luneta de marfim, nem a maçã artificial têm a menor preferência um sobre o outro, mas, pelo contrário, há uma perfeita igualdade, não posso conceder a mão da princesa a nenhum de vocês. O único fruto que colheram em sua viagem é a glória de ter igualitariamente contribuído para restaurar a saúde dela. Se tudo isso for verdade, vejam que eu preciso recorrer a outros meios para determinar com certeza a escolha que devo fazer entre um de vocês; e que, com tempo suficiente entre este momento e a noite, eu a farei hoje. Vão e peguem cada um de vocês um arco e flecha e sigam para a grande planície em que os cavalos se exercitam. Logo chegarei até vocês para declarar que concederei a mão da princesa Nouronnihar àquele que atirar à maior distância.

Os três príncipes não tinham nada a opor à decisão do sultão. Quando saíram de sua presença, todos se muniram de arco e flecha, que entregaram a um de seus criados, e partiram para a planície indicada, seguidos por grande comitiva.

O sultão não os deixou esperando por muito tempo e, assim que chegou, o príncipe Houssain, na qualidade de filho mais velho, pegou seu arco e flecha e atirou em primeiro lugar; o príncipe Ali atirou logo em seguida; e, por último, depois de todos, o príncipe Ahmed, mas sucedeu que ninguém conseguia ver onde sua flecha tinha caído e, apesar de todos esforços envidados por ele próprio e por todos os demais, não foi encontrada longe nem perto. Embora acreditassem que ele tinha atirado mais longe e que, portanto, merecia a princesa Nouronnihar, era necessário, no entanto, que sua flecha fosse localizada para que a decisão fosse mais evidente e segura. Apesar do protesto, o sultão julgou a favor do príncipe Ali e deu ordens para que se fizessem os preparativos para as bodas, que seriam celebradas com grande esplendor dentro de poucos dias.

O príncipe Houssain não daria a honra de sua presença à festa. Sua dor era tão profunda e insuportável que deixou a corte e renunciou a todos os direitos de sucessão à coroa para tornar-se um ermitão.

O príncipe Ahmed, também, como seu irmão Houssain, não compareceu ao casamento do príncipe Ali e da Princesa Nouronnihar, porém não renunciou ao mundo como aquele tinha feito. No entanto, como não conseguia imaginar o que tinha acontecido a sua flecha, afastou-se furtivamente de seus assistentes e resolveu procurá-la para que não tivesse nenhum motivo para se censurar. Com esse propósito, aproximou-se do local em que o príncipe Houssain e o príncipe Ali haviam se reunido e, a partir dali, seguiu em frente, olhando meticulosamente para todos os lados. Foi tão longe que, por fim, pôs-se a pensar que seu trabalho tinha sido em vão; ainda assim não pôde deixar de seguir em frente até chegar a algumas íngremes rochas escarpadas, que pareciam ser os limites de sua jornada e estavam localizadas em terras infrutíferas, acerca de vinte quilômetros de onde tinha partido.

CAPÍTULO II

Quando o príncipe Ahmed chegou bem perto daquelas rochas, avistou uma flecha, que apanhou e examinou rigorosamente, e espantou-se ao descobrir que era a mesma que ele tinha lançado. "Com certeza", disse a si mesmo, "nem eu, nem nenhum homem vivo poderia atirar uma flecha a essa distância", e, ao encontrá-la na horizontal, sem estar fincada no chão, avaliou que a flecha havia ricocheteado na rocha.

— Deve haver algum mistério nisso — murmurou para si mesmo — e pode ser a meu favor. Talvez a sorte, para me compensar de ter me privado do que julgava a maior felicidade, possa ter-me reservado bênção maior para meu consolo.

Como aquelas rochas eram cheias de cavernas e algumas delas eram profundas, o príncipe entrou em uma e, olhando ao redor, fixou o olhar em uma porta de ferro, que parecia não ter fechadura, mas que temia que estivesse trancada. No entanto, ao empurrá-la, abriu-a e se deparou com uma ladeira acessível, mas sem degraus, pela qual desceu com sua flecha na mão. A princípio, pensou que caminhava para um lugar escuro, sombrio, mas logo surgiu uma luz muito especial da qual ele emergiu e, ao entrar em um lugar grande e espaçoso, acerca de cinquenta ou sessenta passos, deparou-se com um palácio magnífico, que, naquela ocasião, não teve tempo suficiente para observar. Ao mesmo tempo, uma dama de ares e porte majestosos adiantou-se até a varanda, seguida por uma grande comitiva de damas, tão bonitas e vestidas com tanto esmero que era difícil distinguir qual delas era a senhora.

Assim que o príncipe Ahmed notou a dama, apressou-se o máximo que pôde para chegar e demonstrar seu apreço. A dama, por sua vez, ao vê-lo chegar, não deixou que ele a abordasse em primeiro lugar, em vez disso, dirigiu a palavra a ele:

— Aproxime, príncipe Ahmed, é bem-vindo.

O príncipe ficou muito surpreso ao ser chamado pelo próprio nome em um lugar sobre o qual nunca tinha ouvido falar, ainda que tão próximo da capital de seu pai, e não conseguiu compreender como ele era conhecido por uma dama que era desconhecida para ele. Por fim, retribuiu o cumprimento atirando-se a seus pés e, ao levantar-se novamente, disse:

— Senhora, dirijo a você mil agradecimentos pela garantia de me dar boas-vindas a um lugar em que acreditava que minha curiosidade imprudente tivesse me feito avançar longe demais. Mas, minha senhora, talvez eu possa, sem ser acusado de maus modos, atrever-me a perguntar: como me conhece? E como você, que vive na mesma área em que habito, pode ser tão desconhecida para mim?

— Príncipe — replicou a dama —, passemos ao salão, e ali atenderei a seu pedido.

Após aquelas palavras, a dama levou o príncipe Ahmed ao salão. Depois se sentou em um sofá, seguida do príncipe, e explicou:

— Diz estar surpreso que eu o conheça e não seja conhecida por você, mas não ficará mais surpreso quando eu informar quem sou eu. Você é, sem dúvida, conhecedor de que sua religião o ensina a acreditar que o mundo é habitado tanto por gênios como também por homens. Eu sou filha de um dos gênios mais poderosos e ilustres e me chamo Paribanou. A única coisa que tenho que acrescentar é que você me parece digno de um destino mais feliz que o de se casar com a princesa Nouronnihar. Eu estava presente quando arremessou sua flecha e previ que não iria além da flecha do príncipe Houssain. Ergui-a ao ar e dei a ela o movimento necessário para bater contra as rochas perto das quais a encontrou, digo que está a nosso alcance aproveitar a oportunidade favorável que se apresenta para fazê-lo feliz.

Ao pronunciar aquelas últimas palavras com um tom diferente enquanto olhava o príncipe Ahmed com ternura, a Fada Paribanou levemente enrubesceu, e não foi difícil ao príncipe entender a que felicidade ela se referia. Logo, ele avaliou que a princesa Nouronnihar nunca poderia ser sua e que a fada Paribanou a superava infinitamente em beleza, afabilidade, sagacidade e, até onde poderia inferir da magnificência do palácio, em imensas riquezas. Abençoou o momento em que decidiu procurar a flecha pela segunda vez e, cedendo a seu amor, replicou:

— Senhora, tivesse eu a felicidade de ser seu escravo minha vida toda, admirador dos múltiplos encantos que me tomam a alma, consideraria a mim mesmo o mais abençoado dos homens. Perdoa-me a audácia que me inspira a pedir esse favor, e não recuse admitir em sua corte um príncipe que é inteiramente dedicado a você.

— Príncipe — continuou a fada —, você promete a sua fidelidade a mim, assim como eu prometo a minha a você?

— Sim, senhora — afirmou o príncipe extasiado. — O que posso fazer melhor e com maior prazer? Sim, minha sultana, minha rainha, eu dou a você meu coração sem a menor hesitação.

— Então — disse a fada —, é meu marido e sou sua esposa. Porém, como imagino — prosseguiu ela — que não comeu nada hoje, mandarei servir uma rápida refeição, enquanto estiverem em curso os preparativos para a nossa festa de casamento à noite e, em seguida, mostrarei a você os cômodos do meu palácio, assim, poderá avaliar se este salão é ou não é a parte mais modesta da casa.

Algumas das aias da fada, que foram para o salão com eles e adivinharam o que queriam, saíram para voltarem em seguida com carnes e vinhos de excelente qualidade.

Depois que o príncipe Ahmed comeu e bebeu o que quis, a fada Paribanou o levou por todos os cômodos, e ele viu os diamantes, os rubis, as esmeraldas e todos os tipos de joias finas, misturados com peças de pérolas, ágata, jaspe, pórfiro, e toda variedade dos mármores mais preciosos. Contudo, sem mencionar a inestimável riqueza do mobiliário, havia tanta abundância por toda parte que o príncipe, além de não ter jamais visto algo como aquilo, reconheceu que nunca poderia ter imaginado que existisse no mundo alguma coisa que se comparasse a tudo aquilo.

— Príncipe — comentou a fada —, se admira tanto meu palácio, que, na verdade, é muito bonito, o que dirá dos palácios do nosso chefe de gênios, que são muito mais bonitos, muito mais espaçosos e muito mais magníficos? Você também ficará encantado com meus jardins, mas isso ficará para outra hora. Já está anoitecendo e logo será a hora do jantar.

A sala seguinte em que a fada levou o príncipe já estava com as toalhas arrumadas para a festa. Era o único cômodo que ele não tinha visto, e não era nem um pouco inferior aos outros. Ao entrar, ele contemplou o número infinito de arandelas de velas de cera perfumadas com âmbar que haviam sido colocadas com tanta simetria, que formavam uma visão muito agradável. Uma grande mesa de apoio foi arrumada com todos os tipos de pratos de ouro, lavrados com tanta delicadeza que o trabalho de arte conferia à obra mais valor do que seu peso em ouro. Vários coros de mulheres bonitas, ricamente vestidas, com vozes encantadoras, deram início a um concerto, acompanhadas de todo tipo de instrumentos harmoniosos. Quando se sentaram à mesa, a fada Paribanou teve o cuidado de servir ao príncipe Ahmed as carnes mais tenras, que ela nomeava à medida que o convidava a experimentá-las, e o príncipe as considerou tão extraordinariamente deliciosas que as elogiou em demasia e afirmou que o entretenimento ultrapassava em muito as diversões dos homens. Também constatou a mesma excelência nos vinhos, que nem ele, nem a fada provaram até que fosse servida a sobremesa, uma primorosa seleção de doces e frutas.

A festa de casamento continuou no dia seguinte, ou melhor, nos dias seguintes, a celebração continuou em um banquete.

Ao final de seis meses, o príncipe Ahmed, que sempre amou e honrou o sultão, seu pai, foi tomado por grande desejo de saber como ele estava e não conseguiria satisfazer esse desejo sem que fosse vê-lo; falou à fada sobre isso e desejou que ela lhe desse permissão para sair.

— Príncipe — respondeu ela —, vá quando quiser. Mas, de início, não leve a mal alguns conselhos que darei sobre como você deve se comportar no lugar em que irá. Primeiramente, não creio que seja adequado falar ao sultão, seu pai, sobre nosso casamento nem sobre meus atributos, tampouco sobre lugar em que você está vivendo. Peça a ele que se contente em saber que é feliz e nada mais deseja. Deixe claro para ele que o único objetivo da sua visita é levar conforto a ele e informá-lo sobre seu paradeiro.

Para servi-lo, ela indicou vinte cavalheiros, com boas montarias e equipamentos. Quando tudo estava pronto, o príncipe Ahmed despediu-se da fada, abraçou-a e renovou sua promessa de voltar em breve. Em seguida, seu cavalo, um animal tão belo quanto os dos estábulos do sultão das Índias, foi finamente paramentado e levado a ele, que o montou com graça extraordinária e, depois de ter dado a ela um último adeus, partiu em sua jornada.

Como não era muito longo o caminho para a capital de seu pai, o príncipe Ahmed logo chegou lá. O povo, contente em vê-lo novamente, recebeu-o com alegria, e multidões o seguiram até os salões do sultão. O sultão o recebeu e o abraçou com muito entusiasmo, ao mesmo tempo que se queixava, com ternura paterna, da aflição que sua longa ausência lhe havia causado e admitiu que ficara ainda mais pesaroso pelo fato de a sorte ter decidido em favor do príncipe Ali, seu irmão, pois temia que tivesse tomado alguma decisão irrefletida.

O príncipe lhe contou uma história de suas aventuras, sem falar da fada, pois ela havia recomendado que não a mencionasse, e terminou com as seguintes palavras:

— O único favor que peço a Vossa Majestade é deixar-me vir muitas vezes, para o ver-lhe e demonstrar a você o meu apreço.

— Filho — respondeu o sultão das Índias —, não posso recusar a você a permissão que me pede, mas preferiria que decidisse ficar comigo; pelo menos diga-me aonde posso mandar procurá-lo se deixar de vir aqui ou quando julgar que sua presença se faça necessária.

— Senhor — rebateu o príncipe Ahmed —, o que Vossa Majestade me pede é parte do mistério que contei. Imploro que Vossa Majestade me dê permissão para manter silêncio sobre esse assunto, pois virei com tanta frequência que receio que antes serei considerado importuno do que acusado de negligência em meu dever.

O sultão das Índias não pressionou mais o príncipe Ahmed, dizendo:

— Filho, não vou mais indagar seus segredos e o deixarei em liberdade, mas posso garantir a você que não poderá proporcionar-me prazer maior do que vir, sua presença devolve a alegria que não sinto há muito tempo, e será sempre bem-vindo quando chegar, sem interromper seus negócios ou seu lazer.

O príncipe Ahmed ficou três dias na corte do sultão, seu pai, e no quarto dia retornou à fada Paribanou, que não o esperava tão cedo.

Um mês após retornar da visita que o príncipe Ahmed fez a seu pai, ocasião em que ele apresentou à fada Paribanou um relato de sua viagem, ela percebeu que o príncipe, depois da conversa com o pai e da licença que pediu para ir vê-lo com frequência, nunca mais tinha falado sobre o sultão, como se não houvesse aquela pessoa no mundo, enquanto antes estava sempre falando dele. Ela avaliou que ele escondia algo na história contada; assim, aproveitou uma oportunidade para dizer a ele um dia:

— Príncipe, diga-me, você já se esqueceu do sultão, seu pai? Não se lembra da promessa que fez de ir vê-lo com frequência? De minha parte, eu não esqueci o que me disse ao retornar, assim, não se esqueça de ter em mente que não pode demorar muito a cumprir sua promessa.

Assim, o príncipe Ahmed partiu na manhã seguinte com os mesmos acompanhantes de antes, mas com muito mais aparato, e ele próprio montado, equipado e vestido com maior magnificência, e foi recebido pelo sultão com a mesma alegria e satisfação. Durante vários meses, fez constantes visitas, sempre com mais luxo e mais esplendor.

Por fim, alguns vizires, os favoritos do sultão, que julgavam a opulência e poder do príncipe Ahmed pela aparência que exibia, estimularam no sultão ciúmes de seu filho, afirmando que deveria temer que pudesse seduzir o povo a seu favor e destroná-lo.

O sultão das Índias estava tão longe de julgar que o príncipe Ahmed pudesse ser capaz de projeto tão maléfico quanto queriam fazê-lo crer seus favoritos, que comunicou:

— Enganam-se vocês, meu filho me ama, e tenho certeza de seu afeto e fidelidade, pois não lhe dei nenhum motivo para virar-se contra mim.

Mas os favoritos continuaram a difamar o príncipe Ahmed, até o sultão declarar:

— Seja como for, não creio que meu filho Ahmed seja tão mau como tentam me convencer que seja. Contudo, sou grato a todos pelos bons conselhos, e não contesto que tenham boas intenções.

O sultão das Índias fez essa afirmação sem que seus favoritos pudessem saber que impressões o discurso deles havia provocado em sua mente, pois estava tão alarmado que resolveu mandar vigiar o príncipe Ahmed sem que seu grão-vizir tivesse conhecimento. Portanto, mandou buscar uma especialista em feitiçarias, uma mulher, que entrou em seus aposentos por uma porta secreta.

— Vá imediatamente — ordenou — e siga meu filho, vigie-o de perto o bastante para descobrir onde fica, e traga-me essa informação.

A feiticeira deixou o sultão e, conhecendo o lugar em que o príncipe Ahmed tinha encontrado a flecha, dirigiu-se para lá prontamente. Escondeu-se perto das rochas para que ninguém pudesse vê-la.

Na manhã seguinte, o príncipe Ahmed partiu ao amanhecer, sem pedir permissão ao sultão nem a ninguém da corte, de acordo com seu costume. A feiticeira, ao vê-lo chegar, seguiu-o com o olhar até que, subitamente, ele e seus acompanhantes sumiram de seu campo de visão.

Como as rochas eram muito íngremes e escarpadas, constituíam uma barreira intransponível, e a feiticeira avaliou que só duas coisas eram plausíveis: ou o príncipe havia entrado em alguma caverna, ou havia entrado em uma morada de gênios ou magas. Saiu, então, do lugar em que estava escondida e seguiu direto pelo caminho sulcado no chão, que percorreu até chegar à extremidade mais longínqua, examinando com cuidado todos os lados; mas, não obstante toda a sua atenção, não conseguiu perceber nenhuma abertura nem viu o portão de ferro que o príncipe Ahmed tinha descoberto, que só poderia ser visto por homens e aberto para eles e para aqueles cuja presença fosse agradável à fada Paribanou.

A feiticeira, que percebeu que era inútil procurar mais adiante, viu-se obrigada a contentar-se com a descoberta feita e voltou para fazer o relato ao sultão.

O sultão ficou muito satisfeito com a conduta da feiticeira e disse:

— Faça o que julgar apropriado; esperarei pacientemente os resultados de suas promessas.

Para incentivá-la, presenteou-a com um diamante de grande valor.

Como o príncipe Ahmed tinha obtido da fada Paribanou permissão para ir à corte do sultão das Índias uma vez por mês, nunca deixou de fazê-lo, e a feiticeira, sabendo da programação, um ou dois dias antes, dirigiu-se ao pé da rocha em que tinha perdido o príncipe e seus acompanhantes de vista e lá ficou esperando.

Na manhã seguinte, o príncipe Ahmed cruzou o portão de ferro em sua saída, como de costume, com os mesmos acompanhantes, e passou pela feiticeira, a quem desconhecia. Ao vê-la deitada com a cabeça contra a rocha, queixando-se como se sentisse muita dor, apiedou-se da mulher, girou o cavalo, dirigiu-se a ela e indagou qual era o seu problema e o que poderia fazer para auxiliá-la.

A feiticeira, cheia de artimanhas, olhou para o príncipe como se implorasse piedade e, sem nunca erguer a cabeça, respondeu com palavras entrecortadas e suspiros, como se mal pudesse tomar fôlego, e disse que estava indo para a capital, mas no caminho teve uma febre tão grave que perdeu todas as forças e se viu obrigada a prostrar-se onde ele a encontrou, longe de qualquer morada e sem nenhuma esperança de ajuda.

— Boa mulher — afirmou o príncipe Ahmed —, a ajuda está mais próxima do que imagina. Estou pronto para a auxiliar e levar a um local em que terá cura rápida. Levante-se e deixe que um dos meus homens a leve na garupa.

A essas palavras, a feiticeira, que fingia estar doente só para saber onde o príncipe morava e o que fazia, não recusou a oferta de caridade feita por ele e, para que suas ações correspondessem às suas palavras, esboçou muitas falsas tentativas vãs de se levantar. Ao mesmo tempo, dois dos acompanhantes do príncipe apearam de seus cavalos, ajudaram-na a se levantar, puseram-na na garupa de outro, montaram os cavalos novamente e seguiram o príncipe, que retornou ao portão de ferro, aberto por um dos membros de sua comitiva que cavalgou até lá antes dele. Quando entrou no átrio exterior da fada, sem descer da montaria, mandou dizer que queria falar com ela.

A fada Paribanou veio com toda a pressa que se possa imaginar, sem saber o motivo de o príncipe Ahmed voltar tão cedo. Ele, sem lhe dar tempo para perguntar, explicou:

— Princesa, desejo que tenha compaixão dessa boa mulher — disse, apontando para a feiticeira, que estava amparada por dois dos seus acompanhantes — Encontrei-a na condição que vê e prometi a ela a assistência que necessita, estou convencido de que você, com toda a sua bondade, e em respeito a meu pedido, não a abandonará.

A fada Paribanou, que tinha os olhos fixos na mulher doente impostora durante todo o tempo em que o príncipe falava, mandou duas de suas aias, que a seguiam, recolherem-na dos dois homens que a seguravam e levarem-na até um cômodo do palácio para cuidarem dela como se a própria fada estivesse fazendo isso.

Enquanto as duas aias executavam as ordens da fada, ela foi até o príncipe Ahmed e, sussurrando ao ouvido dele, explicou:

— Príncipe, aquela mulher não está tão doente quanto finge, e estarei completamente enganada se não for uma impostora que causará grande problema a você. Mas não se preocupe, deixe acontecer o que será tramado contra você e tenha certeza de que eu o livrarei de todas as armadilhas que forem armadas. Vá e continue sua viagem.

As palavras da fada não assustaram nem um pouco o príncipe Ahmed.

— Minha princesa, como não me lembro de ter jamais feito ou causado qualquer mal a alguém, não posso crer que alguém possa pensar em atingir-me com alguma maldade, mas, se assim for, não desistirei de fazer o bem sempre que tiver uma oportunidade.

Em seguida, retomou o caminho para o palácio de seu pai.

Enquanto isso, as duas aias carregaram a feiticeira para um aposento muito belo, ricamente decorado. A princípio, elas a assentaram sobre um sofá, com as costas apoiadas em uma almofada de brocado de ouro, enquanto diante dela lhe faziam a cama no mesmo sofá, cuja colcha era finamente bordada de seda, os lençóis de linho eram da melhor qualidade e a coberta era tecida com fios de ouro e de seda entrelaçados. Quando a tinham colocado na cama (pois a velha feiticeira fingia que sua febre era tão alta que não conseguia manter-se em pé), uma das aias saiu e logo voltou com uma peça de porcelana na mão, cheia de certa bebida, que apresentou à feiticeira, enquanto a outra a ajudava a sentar-se.

— Beba esse líquido — recomendou. — É a água da Fonte dos Leões, um remédio poderoso contra todo e qualquer tipo de febre. Sentirá efeito em menos de uma hora.

A feiticeira, para continuar a dissimulação, só tomou depois de muita insistência; porém, por fim, pegou a louça e, mantendo a cabeça para trás, engoliu a bebida. Quando a deitaram novamente, as duas aias a cobriram.

— Deite-se tranquila — disse para acalmá-la a aia que tinha trazido a xícara de porcelana — e durma um pouco se puder. Vamos deixá-la e esperamos encontrá-la perfeitamente curada quando voltarmos aqui dentro de uma hora.

As duas aias vieram de novo na hora em que disseram que chegariam e encontraram a feiticeira em pé, vestida e sentada no sofá.

— Ah! Que poção admirável! — exclamou. — Operou a cura muito antes do que me disseram que faria e terei condições de prosseguir minha jornada.

As duas aias, que eram magas como sua senhora, após terem manifestado à feiticeira como estavam felizes com tão pronta recuperação, foram caminhando em frente a ela e a levando por vários cômodos, todos mais sofisticados do que aquele em que ela esteve, até chegar a um grande salão, o cômodo mais rico, de decoração mais magnífica de todo o palácio.

Naquele salão, estava sentada a fada Paribanou em um trono de ouro maciço, ornado com diamantes, rubis e pérolas de dimensão extraordinária, ladeada por grande número de belas magas, todas vestidas com esplendor. Diante da visão tão majestosa, a feiticeira não só ficou ofuscada, mas também impressionada. Após ter-se prostrado diante do trono, não conseguia mover os lábios para balbuciar um agradecimento à fada, como se propunha. No entanto, Paribanou poupou-lhe o embaraço e dirigiu-se a ela:

— Boa mulher, estou feliz de ter tido a oportunidade de acomodá-la e ver que tem condições de prosseguir sua jornada. Não vou detê-la, mas talvez queira ver com mais atenção a minha morada; siga minhas aias, elas mostrarão o palácio a você.

Depois disso, a feiticeira voltou e relatou ao sultão de todas as Índias aquilo que havia acontecido. Ela contou a ele como o príncipe Ahmed era rico desde que tinha se casado com a fada, mais rico que todos os reis do mundo, e que não havia perigo de ele vir e tomar o trono do sultão.

Ainda que o sultão das Índias estivesse bem convencido de que o príncipe Ahmed era naturalmente dotado de boa índole, ele não podia deixar de se preocupar com o discurso da velha feiticeira, a quem disse as seguintes palavras quando ela saía:

— Agradeço os percalços pelos quais passou e o seu bom conselho. Estou tão consciente da grande importância que representa para mim que deliberarei sobre esse assunto no conselho.

Os favoritos aconselharam que o príncipe fosse morto, mas a feiticeira ofereceu um conselho diferente:

— Vossa Majestade deve obrigá-lo a dar-lhe toda sorte de coisas maravilhosas, com a ajuda da fada, até que ela se canse de estar com ele e o mande embora. Por exemplo, toda vez que Vossa Majestade vai ao campo, é obrigado a fazer grande despesa, não só em pavilhões e tendas para seu exército, mas também em mulas e camelos para o transporte de sua bagagem. Vossa Majestade não pode comprometê-lo a usar sua influência junto à fada para obter uma tenda que possa ser transportada pelas mãos de um homem, que fosse grande o bastante para abrigar todo o seu exército contra o mau tempo?

Quando a feiticeira terminou sua fala, o sultão perguntou a seus favoritos se tinham algo melhor a propor e, ao vê-los todos em silêncio, determinou-se a seguir o conselho da feiticeira por ser o mais razoável e o mais agradável a seu plácido governo.

No dia seguinte, o sultão agiu como a feiticeira havia recomendado e pediu o pavilhão.

O príncipe Ahmed jamais esperava que o sultão, seu pai, fizesse tal pedido, que a princípio parecia tão difícil, para não dizer impossível. Embora não soubesse nem um pouco até onde ia o poder de gênios e das magas, duvidava que chegasse ao ponto de criar uma tenda como a que seu pai desejava. Por fim, retrucou:

— Ainda que seja tomado de uma relutância tão grande quanto se possa imaginar, não posso deixar de demandar o apoio de minha esposa para atender aos desejos de Vossa Majestade, mas não posso prometer que o obterei; e, se eu não tiver a honra de voltar para demonstrar a Vossa Majestade o meu apreço, será sinal de que não obtive sucesso. Mas, de antemão, desejo que Vossa Majestade me perdoe e considere que fui reduzido a isso pelo senhor.

— Filho — rebateu o sultão das Índias —, ficaria muito triste se o que peço a você viesse a me causar o descontentamento de nunca mais o ver. Creio que não sabe o poder que um marido tem sobre sua mulher; e sua esposa demonstraria que o amor que tem por você é indiferente se ela, com o poder de maga que tem, negasse um pedido tão insignificante quanto esse que peço a você em meu benefício.

O príncipe retornou e ficou muito triste pelo receio de ofender a fada. Ela o pressionava continuamente para dizer qual era o problema e, por fim, ele admitiu:

— Senhora, pode ter observado que até aqui fiquei satisfeito com seu amor e nunca pedi nenhum outro favor. Considere, então, eu imploro, que não sou eu, mas sim o sultão, meu pai, que impudentemente, ou pelo menos assim creio, pede que lhe seja concedido um pavilhão grande o suficiente para abrigar a ele, à sua corte e ao exército de intempéries, e que um homem possa transportá-la em sua mão. Mas se lembre de que é o sultão, meu pai, quem pede esse favor.

— Príncipe — respondeu a Fada, sorrindo —, lamento que uma questão tão pequena o incomode e o deixe tão desconfortável assim.

Em seguida, a fada mandou buscar sua tesoureira e, assim que ela chegou, ordenou:

— Nourgihan — era o nome dela —, traga-me o maior pavilhão do meu tesouro.

Nourgihan retornou com o pavilhão, que ela conseguia segurar na mão como também fechar os dedos contra a sua palma, e o apresentou à sua senhora, que o passou ao príncipe Ahmed para que o examinasse.

Quando o príncipe Ahmed viu o pavilhão que a fada considerava ser o maior em sua tesouraria, imaginou que ela pretendia brincar com ele, por isso, sinais de surpresa logo surgiram no rosto dele. Paribanou percebeu tudo e começou a rir.

— Ora, príncipe! Pensa que estou caçoando de você? Logo perceberá que falo honestamente — e convocou a tesoureira, tirando a tenda das mãos do príncipe Ahmed — Vá e instale-a para que o príncipe possa avaliar se pode ser grande o suficiente para o sultão, seu pai.

A tesoureira imediatamente saiu do palácio com a tenda e a levou para longe, quando acabou de instalá-la, uma das extremidades chegava até o próprio palácio. No momento em que o príncipe, que a tinha considerado pequena, verificou que era grande o bastante para abrigar dois exércitos maiores que o do sultão, disse a Paribanou:

— Peço à minha princesa mil perdões por minha incredulidade. Depois do que vi, não creio que nada seja impossível para você.

— Veja — explanou a fada —, o pavilhão é maior do que o que seu pai pode ter oportunidade de usar porque é importante que saiba que o pavilhão tem como propriedade crescer ou diminuir de acordo com o exército que abriga.

A tesoureira desarmou a tenda novamente e a trouxe para o príncipe, que a pegou e, sem mais demora, já no dia seguinte montou seu cavalo e partiu com os mesmos acompanhantes até o sultão, seu pai.

O sultão, convencido de que não poderia haver nada como a tenda que havia pedido, foi tomado de grande surpresa pelo empenho do príncipe. Pegou a tenda e, depois de ter admirado o seu minúsculo tamanho, ficou tão estupefato que não conseguia recuperar-se. Quando a tenda foi montada na grande planície, ele avaliou que era grande o suficiente para abrigar um exército duas vezes maior do que aquele que conseguiria trazer a campo.

Porém, o sultão ainda não estava satisfeito.

— Filho — afirmou —, eu já expressei quanto me sinto grato pela tenda que me ofereceu, que a considero a coisa mais valiosa de todo o meu tesouro. No entanto, faça mais algo por mim, que me deixará completamente exultante. Fui informado de que a fada, sua esposa, faz uso de certa água, denominada Água da Fonte dos Leões, que cura todos os tipos de febres, mesmo as mais perigosas, e, como estou perfeitamente convencido de que minha saúde é importante para você, pedirei uma garrafa dessa água para mim e você a trará como remédio poderoso para que eu possa utilizá-lo quando for oportuno. Preste-me esse outro importante serviço, assim, complete o dever de um bom filho para com seu amoroso pai.

O príncipe voltou e relatou à fada o que seu pai tinha solicitado.

— Há muita maldade nesse pedido e entenderá pelo que contarei a você. A Fonte dos Leões está situada no meio de uma corte de um grande castelo, cuja entrada é guardada por quatro leões ferozes, dois dos quais dormem alternadamente enquanto os outros dois estão acordados. Mas não deixe que isso o assuste, pois providenciarei os meios para que os passe sem nenhum perigo.

Naquele momento, a fada Paribanou estava muito envolvida no trabalho e, como tinha vários novelos de linha em sua volta, pegou um deles, entregou ao príncipe Ahmed e explicou:

— Primeiro pegue esse novelo de linha. Vou logo contar sua utilidade. Em segundo lugar, pegue dois cavalos; um deles servirá de montaria e conduza o outro, que deverá estar carregado com uma ovelha, morta hoje, cortada em quatro partes. Em terceiro lugar, deverá estar munido de uma garrafa, que darei a você, para trazer a água. Parta amanhã pela manhã e, quando cruzar o portão de ferro, jogue o novelo de linha à sua frente, ele rolará até chegar aos portões do castelo. Siga-o e quando parar, assim que os portões se abrirem, verá os quatro leões: os dois que estão despertos rugirão e despertarão os outros dois, mas não se assuste e atire a cada um deles um quarto de carneiro. Em seguida, finque as esporas em seu cavalo e cavalgue até a fonte; encha a garrafa sem apear e volte na mesma jornada. Os leões estarão ocupados comendo e o deixarão passar entre eles.

O príncipe Ahmed partiu na manhã seguinte, na hora determinada pela fada, e seguiu exatamente as instruções dela. Quando chegou às portas do castelo, distribuiu os quartos da carne de ovelha entre os quatro leões e, passando pelo meio deles com bravura, chegou à fonte, encheu a garrafa e voltou são e salvo como na ida. Quando havia percorrido uma pequena distância dos portões do castelo, virou-se e, percebendo dois dos leões vindo atrás dele, sacou o sabre e se preparou para a defesa. Porém, à medida que seguia em frente, viu um deles sair da estrada a certa distância e, pelo movimento de sua cabeça e de sua cauda, percebeu que não vinha atacá-lo, mas somente o escoltava, enquanto o outro ficou para segui-lo atrás. Ele voltou a embainhar a espada. Guardado dessa forma, chegou à capital das Índias, mas os leões nunca o deixaram até que o tivessem conduzido aos portões do palácio do sultão. Depois disso, retornaram pelo mesmo caminho que vieram e não deixaram de assustar a todos os que os viam, embora caminhassem de forma muito suave e não mostrassem nenhuma ferocidade.

Muitos criados vieram ajudar o príncipe enquanto apeava do cavalo e depois o conduziram às salas do sultão, que, naquele momento, estava cercado de seus favoritos. Aproximou-se do trono, colocou a garrafa aos pés do sultão, beijou o rico tapete que cobria o escabelo e, então, disse:

— Senhor, trouxe a água da saúde que Vossa Majestade tanto desejava para tê-la entre as outras raridades de seu tesouro, mas, ao mesmo tempo, desejo a Vossa Majestade extraordinária saúde para que nunca tenha oportunidade de utilizá-la.

Logo após o cumprimento, o sultão colocou a mão direita no ombro dele e dirigiu-lhe a palavra:

— Filho, estou muito grato por esse valioso presente e também pelo grande perigo a que se expôs por minha causa, o qual fui informado por uma feiticeira que conhece a Fonte dos Leões — prosseguiu. — Mas me dê o prazer de informar-me qual o artifício, ou melhor, qual incrível poder o protegeu.

— Senhor — retrucou o príncipe Ahmed —, não tenho nenhum merecimento no elogio que Vossa Majestade dirige a mim; toda as honrarias devem ser dirigidas à fada, minha esposa, aos quais bons conselhos acatei.

Em seguida, informou ao sultão quais tinham sido as orientações e, pelo relato dessa sua expedição, soube que tinha se comportado muito bem. Quando havia explicado tudo, o sultão, que demonstrava externamente todas as manifestações de grande alegria, mas que por dentro ficava cada vez mais invejoso, retirou-se para uma sala interna e mandou buscar a feiticeira.

Ao chegar, a feiticeira dispensou o sultão do trabalho de contar sobre o êxito da jornada do príncipe Ahmed, pois ela já tinha ficado sabendo antes de vir, portanto, trazia preparado um meio infalível, como alegava. Ela comunicou o estratagema ao sultão, que o apresentou no dia seguinte ao príncipe, entre todos os seus cortesãos, com as seguintes palavras:

— Filho — expôs —, tenho mais uma coisa para pedir a você, depois desse pedido, já não terei mais nada que esperar de sua obediência nem de seu trato com sua esposa. Esse pedido é para me trazer um homem com altura máxima de quarenta e cinco centímetros, cuja barba tenha nove metros de comprimento e que carregue uma barra de ferro de duzentos e trinta quilogramas sobre os ombros e a use como arma.

O príncipe Ahmed, que não acreditava que houvesse no mundo um homem como seu pai descrevia, de bom grado teria abortado a missão; mas o sultão insistiu em sua demanda e disse que a fada seria capaz de realizar as coisas mais incríveis.

No dia seguinte, o príncipe voltou para sua querida Paribanou, a quem relatou a nova demanda de seu pai, que, segundo ele, seria algo ainda mais inatingível que as duas primeiras.

— Pois, não consigo imaginar que possa existir no mundo um homem como tal; sem dúvida, o que ele tem em mente é verificar se sou ou não sou bobo o bastante para tentar realizá-la, ou então tem como projeto o meu fracasso. Como ele pode supor que eu consiga encontrar um homem tão bem armado e, apesar disso, que seja tão pequeno? Que armas posso utilizar para subjugá-lo à minha vontade? Se houver qualquer meio, imploro que o revele a mim e me ajude a resolver isso de forma honrosa.

— Não tema, príncipe — respondeu a fada. — Arriscou-se em busca da Água da Fonte dos Leões para seu pai, mas não há perigo em descobrir esse homem, que é meu irmão, Schaibar, mas, embora ambos tenhamos o mesmo pai, ele é diferente de mim em sua natureza e tem índole tão violenta. Nada pode impedi-lo de deixar marcas cruéis de seu ressentimento por ligeira ofensa. Ainda assim, por outro lado, é tão bom que atende as pessoas em tudo o que desejem. Ele é exatamente como o sultão, seu pai, o descreveu e não tem outras armas além de uma barra de ferro de duzentos e trinta quilogramas sem a qual nunca se move, e que faz dele um homem respeitado. Vou mandar buscá-lo e julgarei a verdade do que digo; porém se certifique de que esteja prevenido contra o susto que a figura extraordinária causará em você assim que o vir.

— O que diz, minha rainha? — espantou-se o príncipe Ahmed. — Afirma que Schaibar é seu irmão? Ele nunca será tão feio nem tão deformado para que eu me assuste tanto ao vê-lo, pois, como sendo família, eu o honrarei e amarei.

A fada ordenou que um braseiro dourado fosse instalado com fogo aceso sob a varanda de seu palácio, com uma caixa do mesmo metal, que era um presente dado a ela, dentro da qual, ao se tirar o perfume e atirá-lo contra o fogo, fazia-se subir uma densa nuvem de fumaça.

Alguns momentos depois, a fada apontou ao príncipe Ahmed:

— Veja, aí vem meu irmão.

O príncipe imediatamente viu Schaibar vindo com passos austeros com a pesada barra sobre o ombro. Ele tinha a longa barba que levantava diante de si e um par de bigodes espessos, que empurrava para trás das orelhas e quase cobria todo o rosto dele. Os olhos eram muito pequenos e fundos na cabeça, que era longe de ser das menores, e nela usava um boné de granadeiro; além de tudo isso, tinha uma corcunda bem acentuada.

Se o príncipe Ahmed não soubesse que Schaibar era irmão de Paribanou, não teria conseguido contemplá-lo sem medo, mas, sabendo de antemão quem era, levantou-se ao lado da fada sem a menor preocupação.

À medida que se aproximava, Schaibar fixou um olhar tão sério no príncipe que teria sido o bastante para gelar o sangue em suas veias. Assim que abordou Paribanou, perguntou quem era aquele homem. E ela respondeu:

— Ele é meu marido, irmão. O nome dele é Ahmed; é filho do sultão das Índias. A razão pela qual não o convidei para minhas bodas foi que não quis desviá-lo de uma expedição em que estava envolvido e da qual tive o prazer de saber que voltou vitorioso, dessa forma, tomei a liberdade de convidá-lo agora.

Ao ouvir essas palavras, Schaibar, mirando o príncipe Ahmed com bons olhos, comentou:

— Há mais alguma coisa, irmã, em que possa servi-lo? É suficiente para mim que ele seja seu marido para que eu me envolva em qualquer coisa que ele deseje.

— O sultão, seu pai — adiantou Paribanou —, tem curiosidade de vê-lo, e desejo que ele possa ser seu guia até a corte.

— Basta que ele me conduza pelo caminho que eu o seguirei.

— Irmão — ponderou Paribanou —, já é muito tarde para partir hoje, portanto, fique até amanhã de manhã, enquanto isso eu o informarei de tudo o que se passou entre o sultão das Índias e o príncipe Ahmed desde nosso casamento.

Na manhã seguinte, depois de Schaibar ter sido informado do caso, ele e o príncipe Ahmed partiram para a corte do sultão. Quando chegaram às portas da capital, assim que as pessoas avistavam Schaibar, correram e se esconderam; alguns fecharam as portas de suas lojas e se trancaram em suas casas, enquanto outros rapidamente comunicaram seu medo a todos os que encontraram, que não ficaram para olhar para trás, saindo em disparada também. Tanto foi assim que, à medida que Schaibar e o Príncipe Ahmed passavam, deparavam-se com ruas desertas até chegarem aos palácios. Os porteiros, em vez de guardar os portões, fugiram também, de forma que o príncipe e Schaibar prosseguiram sem nenhum obstáculo até o Salão do Conselho, onde o sultão estava sentado no trono, concedendo audiência. Lá igualmente, com a chegada de Schaibar, os criados abandonaram seus postos e lhes propiciaram entrada livre. Ele marchou com audácia e ferocidade até o trono, sem esperar que fosse apresentado pelo príncipe Ahmed, e abordou o sultão das Índias com as seguintes palavras:

— Perguntou por mim — exclamou. — Estou aqui, o que quer comigo?

Em vez de responder, o sultão jogou as mãos diante dos olhos para evitar a visão de objeto tão terrível; com essa recepção descortês e rude, Schaibar sentiu-se tão destratado depois de ter-se dado ao trabalho de ir até lá que imediatamente ergueu a barra de ferro e o matou antes que o príncipe Ahmed pudesse interceder em seu favor. Tudo o que ele pôde fazer foi impedir que matasse o grão-vizir, que não se sentava longe dele, argumentando que havia sempre oferecido bons conselhos ao sultão, seu pai.

— Então são estes — bradou Schaibar — que lhe deram os maus conselhos — e, ao proferir essas palavras, matou todos os outros vizires e bajuladores favoritos do sultão que eram inimigos do príncipe Ahmed.

Toda vez que levantava a barra, matava um ou outro, e nenhum escapou além daqueles que não ficaram tão assustados com olhar fixo, gaguejando, e que se salvaram fugindo.

Quando terminou a terrível execução, Schaibar saiu do Salão do Conselho para o meio do pátio, com a barra de ferro sobre os ombros e, olhando firme para o grão-vizir, que devia a vida ao príncipe Ahmed, afirmou:

— Sei que há por aqui certa feiticeira, que é mais inimiga de meu cunhado do que todos esses vis favoritos que puni. Traga-me a feiticeira agora.

O grão-vizir imediatamente mandou buscá-la e, assim que foi trazida, Schaibar bradou, ao desferir um golpe com sua barra de ferro:

— Aqui está a recompensa por seu conselho destrutivo, e aprenda de novo a fingir-se de doente.

Depois disso, adiantou:

— Ainda não foi suficiente, agirei em toda a cidade da mesma maneira, se não reconhecerem imediatamente o príncipe Ahmed, meu cunhado, como seu sultão e sultão das Índias.

Todos os que estavam ali presentes, então, repetiram até os ares ecoarem as aclamações:

— Vida longa ao sultão Ahmed!

Imediatamente ele foi aclamado por toda a cidade.

Schaibar o fez vestir-se com os trajes reais, instalou-o no trono e, depois que havia feito todos prestarem homenagens e jurarem-lhe fidelidade, foi buscar sua irmã Paribanou, a quem trouxe com toda a pompa e grandiosidade que se possa imaginar, e a fez ser aclamada sultana das Índias.

Quanto ao príncipe Ali e a princesa Nouronnihar, como não tinham participação na conspiração contra o príncipe Ahmed e não sabiam de nada, foi concedida a eles uma província considerável, com sua capital, onde viveram o restante de suas vidas. Depois disso, ele enviou um emissário ao príncipe Houssain para comunicá-lo sobre as mudanças e fazer a ele uma oferta da província de que mais gostasse. No entanto, o príncipe julgava-se tão feliz em sua solidão que pediu ao emissário que agradecesse ao sultão a gentileza que lhe devotava, assegurando sua obediência, e que o único favor que desejava dele era que lhe desse permissão para viver afastado no lugar que havia escolhido para seu retiro.

A história de Jack, o Matador de Gigantes

(Old Chapbook)

NO REINADO DO famoso rei Artur, vivia na Cornualha um rapaz chamado Jack, um menino de temperamento ansioso que ficava feliz ao ouvir ou ler sobre mágicos, gigantes e fadas. Ele costumava ouvir com entusiasmo os feitos dos cavaleiros da Távola Redonda do rei Artur.

Naqueles dias, longe da Cornualha, vivia no Monte de São Miguel um gigante de quase cinco metros e meio de altura e dois metros e setenta centímetros de largura; sua aparência feroz e selvagem era o terror de todos os que o avistavam.

Ele morava em uma caverna sombria no topo da montanha e costumava perambular até a terra firme em busca de presas. Nessas ocasiões, ele jogava meia dúzia de bois nas costas, amarrava em torno da cintura um número três vezes maior de ovelhas e de porcos e marchava de volta até sua própria morada.

O gigante vinha fazendo isso há muitos anos quando Jack resolveu destruí-lo. Jack pegou um berrante, uma pá, uma picareta, sua armadura e um lampião escuro e, em uma noite de inverno, partiu para a montanha. Lá cavou um buraco de mais de seis metros e meio de profundidade e seis metros de largura. Cobriu a parte superior para que parecesse terra batida. Em seguida, soprou o berrante tão alto que o gigante despertou e saiu de sua toca gritando:

— Vilão atrevido! Pagará por isso! Vou devorá-lo assado no meu café da manhã!

Mal tinha acabado de dizer essas palavras, deu um passo à frente e caiu de ponta-cabeça no buraco, e Jack desferiu um golpe de picareta na cabeça dele, matando-o. Em seguida, Jack voltou para casa para alegrar os amigos com a notícia.

Outro gigante, chamado Blunderbore, prometeu vingar-se de Jack se conseguisse em algum momento tê-lo em seu poder. Esse gigante tinha um castelo encantado no meio de um bosque solitário. Algum tempo depois da morte de Cormoran, Jack estava atravessando um bosque e, sentindo-se cansado, sentou-se e caiu no sono.

Passando por ali e avistando Jack, o gigante o levou para o castelo e o prendeu em uma grande sala, cujo assoalho era coberto de corpos, crânios e ossos de homens e mulheres.

Logo depois, o gigante foi buscar seu irmão, que também era gigante, para que comessem sua carne na refeição; Jack, aterrorizado pelas barras de sua prisão, viu os dois aproximarem-se.

Notando que havia uma corda forte em um canto da sala, Jack encheu-se de coragem e, fazendo um nó corrediço em cada uma das extremidades, atirou-a sobre suas cabeças e amarrou-a nas barras da janela. Em seguida, puxou a corda até sufocá-los. Quando ficaram com o rosto negro, ele moveu a corda para baixo e os esfaqueou no coração.

Em seguida, Jack tirou um grande molho de chaves do bolso de Blunderbore e voltou a entrar no castelo. Fez uma busca detalhada em todos os cômodos, em um deles encontrou três senhoras amarradas pelos próprios cabelos, quase mortas de inanição. Contaram que os maridos haviam sido mortos pelos gigantes e que tinham sido condenadas a morrer de fome porque tinham se recusado a comer a carne dos maridos mortos.

— Senhoras — explicou Jack —, dei fim ao monstro e a seu irmão perverso e dou este castelo e todas as riquezas a vocês para compensar de alguma forma pelas dores terríveis que sentiram.

Logo em seguida, de forma muito cortês, deu a elas as chaves do castelo e seguiu em sua viagem ao País de Gales.

Como Jack tinha pouco dinheiro, viajou o mais rápido que conseguiu. Por fim, chegou a uma casa bonita. Bateu à porta e um gigante galês apareceu. Jack explicou que era um viajante que havia se perdido no caminho e, ao ouvi-lo, o gigante lhe deu as boas-vindas e o levou a um aposento em que havia uma boa cama para dormir.

Jack despiu-se rapidamente, mas, embora estivesse cansado, não conseguia dormir. Logo em seguida, ouviu o gigante andar para frente e para trás na sala ao lado, falando com seus botões:

Pode hoje ficar aqui,
Mas assim que raiar o dia
Saiba o que acontecerá contigo;
Será minha hora de alegria
Você será minha sangria
E esse será seu jazigo.

"É isso que pensa?", pensou Jack. "São essas suas trapaças para os viajantes? Mas espero provar que sou tão astuto como você." Em seguida, saindo da cama, tateou pelo quarto e, finalmente, encontrou uma grossa tora de madeira. Ele a pôs em seu próprio lugar na cama e depois se escondeu em um canto escuro do aposento.

Perto da meia-noite, o gigante entrou no recinto e, com seu porrete, desferiu muitos golpes na cama, no mesmo lugar em que Jack havia deixado a tora; e depois retornou para o próprio quarto, pensando que tivesse quebrado todos os ossos de Jack.

De manhã cedo, Jack fingiu que nada havia acontecido e entrou no quarto do gigante para agradecer a hospedagem. O gigante sobressaltou-se ao vê-lo e começou a balbuciar:

— Ah! Meu Deus, é você? Por favor, diga-me como dormiu ontem à noite. Ouviu alguma coisa na calada da noite?

— Nada digno de importância — replicou Jack, descontraidamente —; um rato, creio eu, deu-me três ou quatro tapas com a cauda e perturbou-me um pouco, mas logo adormeci novamente.

O gigante ficou cada vez mais pensativo, embora não tivesse dado uma palavra de resposta e, em vez disso, foi buscar duas tigelas grandes de mingau de aveia para o café da manhã. Jack queria convencer o gigante de que conseguia comer tanto quanto ele. Assim, prendeu uma bolsa de couro dentro do casaco, e fazia o mingau de aveia escorrer para dentro da bolsa enquanto parecia levá-lo à boca.

Quando acabou o café da manhã, disse ao gigante:

— Agora, vou mostrar um bom truque a você. Consigo curar todas as feridas com um toque; poderia cortar minha cabeça em um instante e, no minuto seguinte, ela estaria novamente perfeita sobre os ombros. Veja um exemplo.

Então, pegou a faca, rasgou a bolsa de couro, e todo o mingau de aveia se derramou no chão.

— Pelo sangue de Deus nos cravos da cruz! — gritou o gigante galês humilhado ao ser superado por um homenzinho como Jack — Eu também consigo fazer isso — e em seguida pegou a faca, enterrou-a no próprio estômago e, no momento seguinte, caiu morto.

Jack, até então bem-sucedido em todos os seus feitos, decidiu não ficar ocioso no futuro e providenciou para si um cavalo, um chapéu da sabedoria, uma espada da precisão, sapatos de velocidade e uma capa invisível, tudo do melhor para realizar as maravilhosas façanhas que tinha pela frente.

Cruzou altas colinas e, no terceiro dia, chegou a uma floresta grande e espaçosa que marcava seu caminho. Assim que entrou na floresta, avistou um gigante monstruoso arrastando um belo cavaleiro e sua senhora pelos cabelos. Jack apeou do cavalo e, amarrando-o a um carvalho, vestiu a capa da invisibilidade, sob a qual levava a espada da precisão.

Ao se aproximar do gigante, golpeou-o várias vezes, mas não conseguiu atingir o corpo dele, embora o tenha ferido em vários pontos das coxas. Por fim, empunhando a espada com as duas mãos e investindo com toda a força, cortou as duas pernas dele. Então Jack, colocando o pé sobre o pescoço do gigante, cravou a espada no corpo e nesse momento o monstro deu um gemido e morreu.

O cavaleiro e sua senhora agradeceram a Jack a libertação e o convidaram para ir à sua casa receber a recompensa adequada por seus serviços.

— Não — recusou Jack. — Não posso ficar à vontade até descobrir a morada desse monstro.

Assim, após anotar a localização da casa do cavaleiro, montou em seu cavalo e logo depois avistou outro gigante, que estava sentado em um toco de madeira, esperando o retorno do irmão.

Jack desmontou e, vestindo o seu casaco invisível, aproximou-se e desferiu um golpe na cabeça do gigante, mas, por falta de pontaria, só decepou o nariz dele. Com isso, o gigante agarrou a clava e caiu sobre ele de forma muito impiedosa.

— Não — reagiu Jack —, se é para ser assim, é melhor eu acabar com você! — e, então, saltando para cima do toco, ele o esfaqueou nas costas e o gigante caiu morto logo em seguida.

Jack então continuou sua jornada e atravessou colinas e vales até chegar ao pé de uma montanha alta, onde bateu à porta de uma casa solitária, e um velho o deixou entrar.

Quando Jack estava sentado, o ermitão dirigiu-se a ele com essas palavras:

— Meu filho, no topo dessa montanha há um castelo encantado, mantido pelo gigante Galligantus e por um bruxo perverso. Lamento o destino da filha de um duque, a quem prenderam enquanto caminhava no jardim de seu pai, e levaram para lá transformada em corça.

Jack prometeu que, pela manhã, arriscando a vida, quebraria o encantamento. Depois de sono profundo, levantou-se cedo, vestiu o casaco invisível e preparou-se para o desafio.

Depois de subir ao topo da montanha, viu dois ferozes grifos, mas passou entre eles sem nenhum medo de perigo, pois não podiam vê-lo por causa da capa da invisibilidade. À porta do castelo, encontrou uma trombeta dourada, nela estavam escritas essas linhas:

Quem souber soprar assim
Levará o gigante ao fim.

Assim que Jack leu aquilo, pegou a trombeta e a soprou, provocando um som estridente que fez as portas se escancararem e o próprio castelo tremer.

O gigante e o bruxo agora sabiam que seu caminho do mal estava no fim e lá ficaram, mordendo os polegares e tremendo de medo. Com a espada da precisão, Jack logo matou o gigante e, em seguida, o bruxo foi carregado por um redemoinho; todos os cavalheiros e todas as belas damas que tinham sido transformados em pássaros e animais retomaram suas formas originais. O castelo desapareceu como fumaça e a cabeça do gigante Galligantus foi enviada ao rei Artur.

Os cavalheiros e as damas descansaram naquela noite no santuário do velho e, no dia seguinte, partiram para a corte. Depois disso, Jack foi ao rei e apresentou à Sua Majestade um relato de todas as suas ferozes batalhas.

A fama de Jack espalhou-se por todo o país e, obedecendo ao desejo do rei, o duque lhe concedeu sua filha em casamento para a alegria de todo o reino. Depois disso, o rei deu uma grande propriedade a ele e sua senhora. Então, eles viveram o restante de seus dias em júbilo.

O Touro Negro da Noruega

(Chambers, *Tradições Populares da Escócia*)

Cantaram canções para animar,
Alegria e agitação;
Depois, encheram-se de pesar,
"A Escócia de coração";
E cada voz entoou
Em tons que se espalhavam:
"O conto do Negro Touro
Da Noruega!" gritavam.
E tudo se apagou;
E as cantorias se dissiparam.

"O Potro de Keeldar", de J. Leyden

NA NORUEGA, há muito tempo, vivia certa senhora que tinha três filhas. A mais velha disse à mãe um dia:
— Mãe, faça uma broa de cevada para mim e asse um pedaço de carne, pois vou em busca de minha sorte.

A mãe assim o fez e a filha foi até a uma velha bruxa lavadeira e contou o que pretendia. A velha ordenou que ficasse aquele dia e fosse olhar a porta de trás da casa, examinasse o que conseguia ver. Ela nada viu no primeiro dia. No segundo, fez o mesmo e nada viu. No terceiro dia, procurou novamente, e viu um coche com seis cavalos vir pela estrada. A moça correu e contou à velha o que tinha visto.

— Ah, bem! — exclamou a velha — O coche é para você.

Assim, eles a puseram no coche e partiram a galope.

A segunda filha, em seguida, disse à mãe:

— Mãe, faça uma broa de cevada para mim e asse um pedaço de carne, pois vou em busca de minha sorte.

Assim fez sua mãe e lá foi ela até a velha, como tinha feito sua irmã. No terceiro dia, olhou lá fora da porta de trás da casa e viu um coche com quatro cavalos vir pela estrada.

— Ah, bem! — exclamou a velha. — O coche é para você.

Assim, eles a fizeram entrar e foram embora.

Logo, a terceira filha disse à mãe:

— Mãe, faça-me uma broa de cevada e asse um naco de carne, pois vou em busca de minha sorte.

Assim fez sua mãe e lá foi ela até a velha bruxa, que lhe ordenou que fosse olhar a porta de trás da casa e examinasse o que conseguisse ver. Assim fez a moça e, quando voltou, disse que não viu nada. Fez o mesmo no segundo dia, e nada viu. No terceiro dia, olhou novamente e, ao voltar, disse à velha que não tinha visto nada além de um touro negro imenso que vinha rugindo pela estrada.

— Ah, bem! — exclamou a velha. — Ele é para você.

Ao ouvir isso, a moça sentiu imenso sofrimento e pavor, mas foi erguida e ajustada no lombo do touro, e foram embora.

Viajaram sem parar e viajaram mais ainda, até que a moça começou a passar mal de fome.

— Coma da minha orelha direita — instruiu o Touro negro —, beba da minha orelha esquerda e guarde as sobras.

A moça fez como o touro a orientou e revigorou-se maravilhosamente. Foram longe e viajaram satisfeitos até avistar um castelo muito grande e formoso.

— Deveremos nos instalar ali hoje à noite — afirmou o touro —, pois meu irmão mais velho mora lá — e logo chegaram ao lugar.

Os servos a apearam, levaram-na para dentro e mandaram o touro para um parque para passar a noite. Pela manhã, quando trouxeram a coleira para o touro, levaram a moça a um salão de brilho magnífico e deram-lhe uma bela maçã, recomendando que não a partisse até que estivesse na maior aflição em que um mortal jamais tivesse vivido no mundo, e a maçã a salvaria. Mais uma vez, levantaram-na ao lombo do touro e, depois de ter percorrido longa distância e viajado mais longe do que se possa dizer, avistaram um castelo bem mais imponente e muito mais distante do que o anterior. O touro dirigiu-se à moça:

— Deveremos nos instalar ali hoje à noite, pois meu segundo irmão mora lá — e foram direto para o lugar.

Apearam-na e levaram-na para dentro, e mandaram o touro para o campo para passar a noite. Pela manhã, levaram a moça a um belo e rico quarto e deram a ela a melhor pera que já vira, pedindo que não a partisse até que estivesse na maior aflição em que um mortal jamais tivesse vivido no mundo, e a pera a salvaria. Mais uma vez, ergueram-na e puseram-na no lombo do touro, e lá se foram eles. E longe foram, viajaram satisfeitos até avistar no horizonte o maior castelo, e ainda muito mais longínquo do que já tinham visto antes.

— Deveremos nos instalar ali hoje à noite — afirma o touro —, pois meu irmão mais jovem mora lá — e chegaram direto ao lugar. Apearam-na e levaram-na para dentro e mandaram o touro para o campo para passar a noite. Pela manhã, levaram-na a um cômodo, o mais belo de todos, e deram a ela uma ameixa, dizendo que não a partisse até que estivesse na maior aflição que um mortal jamais tivesse vivido, e a ameixa a salvaria. Logo trouxeram a coleira do touro, sentaram a moça em seu lombo, e lá se foram eles.

Viajaram sem parar, e continuaram a viajar até chegar a um vale sombrio e repugnante, e lá pararam para que a moça desmontasse do touro. O touro a avisou:

— Deve ficar aqui enquanto eu luto com o diabo. Deve sentar-se sobre aquela pedra e não mexa a mão nem o pé até que eu volte, ou jamais a encontrarei outra vez. Se tudo ao seu redor se colorir de azul, é porque venci o diabo; porém, se as coisas ficarem vermelhas, terei sido derrotado.

A moça sentou-se na pedra e, após algum tempo, tudo a seu redor ficou azul. Cheia alegria, ela levantou um pé e o cruzou sobre o outro de tão feliz que estava porque seu companheiro era vitorioso. O touro voltou e a procurou, mas nunca conseguiu encontrá-la.

A moça ficou sentada e durante muito tempo se lamentou, até que se cansou. Por fim, levantou-se e foi embora, sem saber para onde. Andou sem rumo até que chegou a uma colina de vidro, que fez de tudo para escalar, mas não conseguiu. Ela andou em torno do sopé da colina, choramingando e buscando uma passagem para cima, até que finalmente chegou à casa de um ferreiro. Ele prometeu que, se ela o servisse durante sete anos, fabricaria para ela sapatos de ferro com os quais conseguiria escalar a colina de vidro. Ao fim de sete anos, a moça obteve os sapatos de ferro, subiu a colina de vidro e teve a sorte de chegar à casa de uma velha lavadeira. Lá, ouviu falar de um galante cavaleiro que tinha entregado algumas camisas ensanguentadas para lavar e aquela que conseguisse lavar as camisas seria sua esposa. A velha as tinha lavado até ficar exausta e, em seguida, passou-as para a filha, que lavou, e lavou, e lavou melhor, na esperança de conquistar o jovem cavaleiro; mas nada que pudessem fazer era capaz de tirar a mancha. Por fim, incumbiram a donzela forasteira de fazer o trabalho; e, sempre que ela se punha a lavar, as manchas sumiam e a camisa ficava pura e limpa; mas a velha fez o cavaleiro acreditar que sua filha é quem havia lavado as camisas. Assim, o cavaleiro e a filha mais velha estavam prestes a se casar e a donzela forasteira ficou arrasada ao pensar nisso, pois estava profundamente apaixonada por ele. Lembrou-se, então, de sua maçã e ao parti-la viu que estava cheia de ouro e de joias preciosas, as mais ricas que já tinha visto.

— Tudo isso — anunciou à filha da lavadeira — eu darei a você, com a condição de que adie seu casamento um dia e permita-me ir ao quarto dele sozinha à noite.

Assim, a moça consentiu; mas, enquanto isso, a velha preparou uma bebida com sonífero e a deu ao cavalheiro, que a bebeu e não despertou até a manhã seguinte. Durante a noite sem-fim, a donzela soluçou e cantou:

Por você sete anos servi,
E a colina de vidro subi,
E o sangue da sua camisa torci,
E por que não acorda comigo aqui?

No dia seguinte, não sabia o que fazer para aliviar seu sofrimento. Então, partiu a pera e descobriu que estava cheia de joias ainda mais preciosas do as da maçã. Com essas joias, pediu autorização para ficar uma segunda noite no quarto do jovem cavaleiro; mas a velha deu outra poção com sonífero e ele novamente dormiu até o amanhecer. Durante a noite toda, a moça ficou suspirando e cantando como antes:

Por você sete anos servi,
E a colina de vidro subi,
E o sangue da sua camisa torci,
E por que não acorda comigo aqui?

Ainda assim, ele dormia e ela quase perdeu totalmente a esperança. Mas, naquele dia, enquanto ele estava fora, na caça, alguém perguntou a ele que ruídos e gemidos eram aqueles que tinham ouvido toda a noite anterior em seu quarto. O cavalheiro disse que não tinha ouvido ruído algum, mas garantiram a ele que algo tinha acontecido. O jovem resolveu ficar em vigília naquela noite para tentar perceber o que conseguiria escutar. Na terceira noite, a donzela estava entre a esperança e o desespero e, assim, resolveu partiu a ameixa, que guardava, de longe, as joias mais preciosas das três. Negociou como antes, e a velha, novamente, levou a poção com sonífero até o quarto do jovem cavalheiro; mas ele lhe disse que não conseguiria bebê-la naquela noite sem adoçá-la. Quando a velha se afastou para pegar um pouco de mel, o cavalheiro jogou fora a bebida, mas fez a velha pensar que a havia bebido. Todos foram para a cama novamente, e a donzela, como antes, começou a cantar:

Por você sete anos servi,
E a colina de vidro subi,
E o sangue da sua camisa torci,
E por que não acorda comigo aqui?

O cavalheiro a ouviu e virou-se para a moça. Ela contou tudo o que tinha sucedido a ela e ele contou tudo que tinha acontecido a ele. O cavalheiro fez com que a velha lavadeira e sua filha morressem queimadas. Eles, após alguns dias, casaram-se e, pelo que sei, estão vivendo felizes até o dia de hoje.

O Gigante Ruivo

(Chambers, *Tradições Populares da Escócia*)

ERA UMA VEZ duas viúvas que viviam em um pequeno pedaço de terra arrendado de um fazendeiro. Uma delas tinha dois filhos e a outra, só um. Logo chegou a hora da mulher que tinha dois filhos mandá-los pelo mundo em busca da sorte. Assim, essa viúva, um dia, disse ao filho mais velho para pegar uma vasilha e trazer água do poço para que ela pudesse preparar um pão; o tamanho do pão dependeria da quantidade de água que o rapaz traria. O pão era tudo o que ela poderia dar ao filho quando saísse em viagem.

O rapaz foi ao poço com a vasilha, encheu-a de água e depois voltou para casa. No entanto, a vasilha estava rachada e boa parte da água caiu antes de ele chegar em casa. Desse modo, seu pão ficou muito pequeno. Apesar do tamanho, a mãe perguntou se estaria disposto a levar a metade do pão com as suas bênçãos e disse que, se escolhesse levá-lo inteiro, o filho o levaria com uma maldição.

O jovem, acreditando que viajaria para longe e sem saber quando ou como conseguiria outras provisões, disse que levaria o pão inteiro e que fosse com a maldição da mãe. Assim, ela deu o pão inteiro, juntamente com a maldição. Então, o rapaz chamou o irmão em particular e deu a ele uma faca para que guardasse até a sua volta. Pediu ao irmão que olhasse para a faca todas as manhãs, enquanto ela permanecesse límpida, teria certeza de que seu dono estaria bem, mas, se ficasse opaca e enferrujada, então, certamente, algum mal lhe teria acontecido.

Assim, o jovem partiu em busca da sorte. E foi da mesma forma naquele dia e no dia seguinte. No terceiro dia, à tarde, chegou a um lugar em que estava sentado um pastor com um rebanho de ovelhas; aproximou-se do pastor e perguntou a quem pertenciam as ovelhas. O homem respondeu:

O rubro gigante de Irlanda
Morava em Beligano,
E levou a filha do Rei Malcom,
De Escócia Lorde ufano.
Hoje, o gigante rubro a espanca,
Amarra com um pano,
E todo dia bate nela
Com a vara prateada.
Tal como o infiel Juliano,
Ele não teme nada.
Dizem que há um predestinado
Que é capaz de o matar;
Mas não nasceu até agora
Talvez possa demorar.

O rapaz prosseguiu em sua jornada e, não muito distante dali, avistou um velho de cabelos brancos cacheados, pastoreando uma vara de porcos. Dirigiu-se a ele e perguntou de quem eram os porcos, e o homem respondeu:

O rubro gigante de Irlanda
Morava em Beligano,
E levou a filha do Rei Malcom,
De Escócia Lorde ufano.
Hoje, o gigante rubro a espanca,
Amarra com um pano,
E todo dia bate nela
Com a vara prateada.
Tal como o Infiel Juliano,
Ele não teme nada.
Dizem que há um predestinado
Que é capaz de o matar;
Mas não nasceu até agora
Talvez possa demorar.

O jovem foi um pouco mais adiante e encontrou outro velho pastoreando cabras. Quando perguntou de quem eram as cabras, a resposta foi:

O rubro gigante de Irlanda
Morava em Beligano,
E levou a filha do Rei Malcom,
De Escócia Lorde ufano.
Hoje, o gigante rubro a espanca,
Amarra com um pano,
E todo dia bate nela
Com a vara prateada.
Tal como o Infiel Juliano,
Ele não teme nada.
Dizem que há um predestinado
Que é capaz de o matar;
Mas não nasceu até agora
Talvez possa demorar.

Esse velho também o aconselhou a tomar cuidado com os próximos animais que encontrasse, pois eram muito diferentes de qualquer coisa que já tivesse visto.

Assim, o jovem prosseguiu e logo viu uma multidão de feras terríveis: cada uma delas tinha duas cabeças e, em cada cabeça havia quatro chifres. Ele ficou tão assustado que saiu correndo dali o mais rápido que pôde. Ficou feliz quando viu um castelo que ficava em uma colina imensa e cujas portas estavam abertas. Entrou no lugar em busca de abrigo e lá viu uma velha senhora sentada ao lado do fogão da cozinha. Ele perguntou à mulher se poderia passar a noite ali, pois estava cansado da longa viagem. A senhora disse que poderia permanecer, mas que aquele não era um bom lugar para estar, pois pertencia ao gigante ruivo, uma fera terrível de três cabeças que não poupava a vida de nenhum homem que pudesse capturar.

O rapaz teria ido embora se não estivesse com medo das feras fora do castelo, assim, implorou à velha senhora que o escondesse da melhor maneira possível e que não dissesse ao gigante que estava ali. Acreditou que, se pudesse passar só aquela noite, conseguiria sair pela manhã sem encontrar as feras e, logo, fugiria. Contudo, pouco tempo depois de ter entrado no esconderijo, quando chegou o medonho gigante ruivo. Não demorou muito para que o monstro exclamasse:

> *Snif, snif, que cheiro é esse então?*
> *Sinto cheiro de carne humana*
> *Hoje tem bife, hoje tem pão*
> *Como e depois já vou para cama.*

  O gigante logo achou o pobre rapaz e o retirou do seu esconderijo. Assim que o fez, o monstro disse que, se ele pudesse responder a três perguntas, sua vida seria poupada. A primeira das perguntas era: que país foi povoado primeiro: a Escócia ou a Irlanda? A segunda era: o homem foi feito para a mulher ou a mulher para o homem? E a terceira: quem foi criado primeiro: o homem ou os animais? O jovem não conseguiu responder a nenhuma das três perguntas e o gigante ruivo pegou um bastão, bateu na cabeça dele e o transformou em uma coluna de pedra.

  Na manhã em que isso aconteceu, o irmão mais novo pegou a faca para olhar e ficou entristecido ao vê-la marrom de ferrugem. Disse à mãe que era sua hora de partir e que agora ele também deveria seguir a viagem. Assim, a mãe pediu que levasse a vasilha ao poço, pois assaria um pão. Por estar rachada, ele chegou em casa com tão pouca água quanto o irmão e seu pão ficou tão pequeno quanto o dele. Ela perguntou se gostaria do pão inteiro, com a sua maldição, ou metade do pão, com uma bênção. Como o irmão mais velho, acreditou que era melhor levar o pão inteiro, e que viesse com a maldição. Então, o rapaz partiu e aconteceu com ele tudo o que tinha acontecido ao irmão mais velho!

  A outra viúva e seu filho único ouviram de uma fada tudo o que tinha acontecido, e o jovem decidiu que também sairia em viagem para ver se poderia fazer alguma coisa para libertar seus dois amigos. Assim, a mãe deu a ele uma vasilha para ir ao poço trazer água para casa para que pudesse assar um pão para a viagem. O jovem partiu e, enquanto trazia a água para casa, um corvo que passava por ali avisou que prestasse atenção, pois a água estava se esgotando. Como era um rapaz ajuizado, vendo que a água se esvaía, pegou um punhado de barro e consertou as rachaduras, assim, levou para casa água o suficiente para assar um pão grande. Quando a mãe ofereceu que levasse meio pão com a sua bênção, preferiu que assim fosse, pois era melhor que receber uma maldição. Mesmo assim, sua metade era maior que os dois pães dos irmãos juntos.

  Assim, saiu em viagem e já bem longe se encontrou com uma velha senhora que perguntou se ele daria a ela um pedaço de pão. O rapaz disse à senhora que o faria com muito prazer. Devido à gentileza do jovem, ela lhe deu uma varinha mágica e disse que ela seria útil a ele se tomasse o cuidado de usá-la corretamente. Então, a velha senhora, que era uma fada, contou um pouco do que aconteceria ao jovem e o que ele deveria fazer em todas as situações. Depois disso, sumiu de vista em um piscar de olhos. Mais adiante, ele encontrou um velho pastoreando as ovelhas. Quando perguntou de quem eram tais ovelhas, a resposta foi:

O rubro gigante de Irlanda
Morava em Beligano,
E levou a filha do Rei Malcom,
De Escócia Lorde ufano.
Hoje, o gigante rubro a espanca,
Amarra com um pano,
E todo dia bate nela
Com a vara prateada.
Tal como o infiel Juliano,
Ele não teme nada.

Mas agora chegou seu fim,
Conforme profetizado;
E você será enfim,
O senhor deste condado.

Repetiram-se as mesmas perguntas, tanto ao homem com a vara de porcos como ao velho com as cabras e as respostas foram iguais à do pastor de ovelhas nas outras duas ocasiões.

Quando o rapaz chegou ao lugar em que estavam as criaturas monstruosas, não parou nem correu, mas passou, corajosamente, por entre as feras. Uma delas veio rugindo, de boca aberta para devorá-lo, e foi então que ele pegou a varinha e a fera caiu morta a seus pés em um segundo. Em pouco tempo, chegou ao castelo do gigante, bateu à porta e pôde entrar. A velha senhora, que estava sentada ao pé do fogão, advertiu-o a respeito do terrível gigante e contou-lhe o destino dos dois irmãos, mas o rapaz não se intimidou. O monstro logo apareceu, dizendo:

Snif, snif, que cheiro é esse então?
Sinto cheiro de carne humana
Hoje tem bife, hoje tem pão
Como e depois já vou para cama.

Rapidamente, o gigante avistou o jovem e ordenou que saísse do esconderijo. Então, fez ao rapaz as três perguntas, mas, como o jovem tinha sido advertido pela boa fada, foi capaz de responder a todas elas. Assim, o gigante percebeu que tinha perdido todo o seu poder. O jovem pegou um machado e decepou as três cabeças do monstro. Em seguida, pediu à velha senhora que lhe mostrasse onde ficava a filha do rei. A velha mulher o levou ao andar de cima e abriu várias portas. De cada uma delas surgiu uma bela donzela que tinha sido aprisionada pelo gigante de três cabeças. Uma delas era a filha do rei.

A senhora também o levou a um cômodo, no andar inferior, e lá estavam as duas colunas de pedra. Tocou-as com a varinha de condão e ambas voltaram à vida. Todos os prisioneiros ficaram muito satisfeitos e atribuíram a libertação ao jovem prudente.

No dia seguinte, foram todos juntos para a corte do rei, em uma comitiva encantadora. O rei casou a filha com o rapaz que a libertou e deu a cada um dos outros dois rapazes a mão da filha de um de seus nobres. Assim, viveram felizes pelo restante dos dias.

Andrew Lang

INFORMAÇÕES SOBRE NOSSAS PUBLICAÇÕES
E ÚLTIMOS LANÇAMENTOS

instagram.com/pandorgaeditora

facebook.com/editorapandorga

editorapandorga.com.br